SCHAAKMAT

Van Joanne Harris verschenen eerder bij Uitgeverij De Kern:

Chocolat
Bramenwijn
Vijf kwarten van de sinaasappel
Stranddieven
Gods dwazen
Bokkensprongen (korte verhalen)
Schimmenspel

Samen met Fran Warde schreef zij het kookboek:
De Franse keuken

Joanne Harris

SCHAAKMAT

Tweede druk, juni 2006

Oorspronkelijke titel: *Gentlemen & Players*
Oorspronkelijke uitgever: Doubleday, a division of Transworld Publishers
Copyright © 2005 Frogspawn Limited
The right of Joanne Harris to be identified as the author of this work has been asserted in accordance with sections 77 and 78 of the Copyright, Designs and Patents Act, 1988
Citaat uit *When an Old Cricketer Leaves the Crease* van Roy Harper is opgenomen met toestemming van Roy Harper
Citaat uit *Down with Skool!* van Geoffrey Willans © Geoffrey Willans 1992. Opgenomen met toestemming van Chrysalis Books Group plc
Copyright © 2006 voor deze uitgave:
Uitgeverij De Kern, De Fontein bv, Postbus 1, 3740 AA Baarn
Vertaling: Monique de Vré
Omslagfoto's: Michael Trevillion, Trevillion Images / Mark Bauer, Trevillion Images
Belettering omslag: Hans Gordijn
Opmaak binnenwerk: v3-Services, Baarn
ISBN 90 325 1037 1
NUR 305, 332

www.uitgeverijdefontein.nl

Alle personen in dit boek zijn door de auteur bedacht. Enige gelijkenis met bestaande – overleden of nog in leven zijnde – personen berust op puur toeval.

Alle rechten voorbehouden. Niets uit deze uitgave mag worden verveelvoudigd en/of openbaar gemaakt door middel van druk, fotokopie, microfilm, elektronisch, door geluidsopname- of weergaveapparatuur, of op enige andere wijze, zonder voorafgaande schriftelijke toestemming van de uitgever.

*Voor Derek Fry
van de oude school
en de oude stempel*

Wanneer een oude cricketspeler de streep verlaat, weet je nooit of
   hij weg is,
of je niet soms een vluchtige glimp opvangt van een twaalfde man
   die dwaas mid on speelt.
Het zou Geoff kunnen zijn en het zou John kunnen zijn, met het
   venijn van een nieuwe bal in de staart,
ik zou het kunnen zijn, en jij zou het kunnen zijn...
   Roy Harper, *When an Old Cricketer Leaves the Crease*

Iedere sgool is een beetje een janboel.
   Geoffrey Willans, *Down with Skool!*

PION

1

ALS IK DE AFGELOPEN VIJFTIEN JAAR íéts GELEERD HEB, IS HET WEL dat moord eigenlijk niet veel voorstelt. Het is gewoon een grens, zonder betekenis en even willekeurig als alle andere – een lijn die op de grond wordt getrokken. Net als het reusachtige bord op de oprit van St. Oswald met VERBODEN TOEGANG erop, dat als een schildwacht wijdbeens de lucht in steekt. Ik was negen jaar toen ik er voor het eerst mee geconfronteerd werd en het torende destijds boven me uit met de grommend-dreigende houding van een schoolpestkop.

                VERBODEN TOEGANG
                ZONDER TOESTEMMING
         VOORBIJ DIT PUNT GEEN TOEGANG

Een ander kind had zich door het bevel misschien laten afschrikken, maar in mijn geval won mijn nieuwsgierigheid het van mijn instinct. Toestemming van wíé? Waarom voorbij dit punt en niet voorbij een ander? Maar vooral: wat zou er gebeuren als ik die grens overschreed?

    Natuurlijk wist ik al dat de school niet voor iedereen toegankelijk was. Ik woonde toen al een halfjaar in de schaduw ervan en die regel was al een van de belangrijkste geboden in mijn jonge leven die me door John Snyde waren opgelegd. *Doe niet zo kinderachtig. Zorg voor jezelf. Werk hard, speel het hard. Een beetje drank heeft nog nooit iemand kwaad gedaan.* En vooral: *Blijf uit de buurt van St. Oswald*, af en toe gelardeerd met: *Als ik jou was, bleef ik er maar een eind vandaan*, of een waarschuwende stomp op de bovenarm. De stompen waren vriendelijk bedoeld, wist ik. Toch deden ze pijn.

Het ouderschap was niet een van de grootste vaardigheden van John Snyde.

Niettemin gehoorzaamde ik de eerste paar maanden zonder meer. Mijn vader was heel trots op zijn nieuwe baan als portier: zo'n mooie oude school, met zo'n geweldige reputatie, en wij gingen in het oude poorthuis wonen, waar generaties portiers voor ons hadden gewoond. Op zomeravonden zouden we thee drinken op het gazon en het zou het begin van iets heerlijks zijn. Misschien, wanneer ze zag hoe goed we het nu hadden, zou mijn moeder zelfs thuiskomen.

Maar er gingen weken voorbij en al die dingen gebeurden niet. Het poorthuis stond op de monumentenlijst en had ramen met kleine ruitjes erin die haast geen licht doorlieten. Het rook er constant naar vocht en we mochten geen satellietschotel aanbrengen, omdat die het karakteristieke aanzien zou aantasten. Het meeste meubilair was van St. Oswald – zware eikenhouten stoelen en stoffige ladekasten – en daarnaast hadden we onze eigen dingen, gered uit de oude gemeentewoning aan Abbey Road, die er goedkoop en misplaatst uitzagen. Mijn vaders nieuwe baan eiste al zijn tijd op en ik leerde algauw zelfstandig te zijn – eisen stellen, zoals maaltijden op gezette tijden of schone lakens, stond te boek als 'kinderachtig doen' – en mijn vader in de weekends niet lastig te vallen en mijn slaapkamerdeur op zaterdagavond altijd op slot te doen.

Mijn moeder schreef niet; als ik over haar begon, gold dat ook als 'kinderachtig doen' en na een tijdje begon ik te vergeten hoe ze eruit had gezien. Mijn vader had echter een fles parfum onder zijn matras verstopt en wanneer hij zijn rondes deed of in de Engineers zat met zijn maats, sloop ik soms zijn kamer in en spoot ik een beetje van dat parfum – het heette Cinnabar – op mijn hoofdkussen, en dan deed ik bijvoorbeeld alsof mijn moeder tv zat te kijken in de kamer ernaast, of alsof ze zojuist de keuken in was gegaan om een beker melk voor me te halen en een verhaaltje ging voorlezen wanneer ze terugkwam. Eigenlijk wel een beetje stom: ze had die dingen ook nooit gedaan toen ze nog thuis was. Maar goed: na een poosje moet mijn vader de fles weggegooid hebben, want op een dag was hij weg, en toen kon ik me niet eens meer herinneren hoe ze geroken had.

Kerstmis was in aantocht en nam slecht weer mee en zelfs nog meer werk voor de portier, zodat we niet één keer thee op het gras dronken. Aan de andere kant was ik best tevreden. Ook toen al was ik een eenzelvig kind, verlegen in gezelschap, onzichtbaar op school. Tijdens het eerste trimester bemoeide ik me weinig met anderen; ik bleef buitenshuis, speelde in de besneeuwde bossen achter St. Oswald en verkende iedere centimeter van de omtrek van de school, waarbij ik ervoor zorgde nooit de verboden grens over te steken.

Ik ontdekte dat het merendeel van St. Oswald afgeschermd was van het publiek: het hoofdgebouw door een lange laan met – nu kale – lindebomen, die de oprijlaan flankeerden en het terrein door muren en heggen die het aan alle kanten omgaven. Maar door het hek bij de ingang kon ik de door mijn vader in volmaakte banen gemaaide gazons zien, de cricketvelden met hun keurige heggen en de kapel met zijn windwijzer en zijn inscripties in Latijn. Daarachter lag een wereld die in mijn ogen even vreemd en ver weg was als Narnia of Oz, een wereld waar ik nooit bij zou kunnen horen.

Mijn eigen school heette Abbey Road Juniors – een plomp gebouwtje in de woonwijk, met een hobbelig speelterrein dat schuin afliep en twee ingangen, een met JONGENS en een met MEISJES erboven geschreven in het beroete steen. Ik had het er nooit prettig gevonden, maar toch vreesde ik mijn overgang naar Sunnybank Park, de scholengemeenschap waar ik volgens de postcode-indeling heen moest.

Sinds mijn eerste dag op Abbey Road had ik de Sunnybankers – goedkope groene sweatshirts met het schoollogo op de borst, nylon rugzakken, peuken, haarlak – met toenemende afkeer bekeken. Ze zouden me haten, ik wist het. Wanneer ze één blik op me geworpen hadden, zouden ze me al haten. Ik voelde het meteen. Ik was mager, te klein voor mijn leeftijd, iemand die het heel gewoon vond huiswerk in te leveren. Sunnybank Park zou me levend opeten.

Ik zeurde mijn vaders kop gek: 'Waarom? Waarom de Parkschool? Waarom juist die?'

'Doe niet zo kinderachtig. Er is niks mis met die school, kind. Het is gewoon een school. Ze zijn toch allemaal hetzelfde.'

Nou, dat was mooi niet waar. Zelfs ik wist dat. Het maakte me nieuwsgierig, het vervulde me met wrok. En nu, nu de lente zich over het kale land begon uit te spreiden en er witte bloesems aan de sleedoornheggen verschenen, keek ik opnieuw naar dat bord met VERBODEN TOEGANG erop, dat mijn vader zo moeizaam geschreven had, en vroeg ik me opnieuw af: wiens toestemming? Waarom dit punt en niet een ander? En met steeds meer urgentie en ongeduld: wat zou er gebeuren als ik die grens overschreed?

Er was hier geen muur, geen zichtbare grenslijn van wat voor aard dan ook. Er was er geen nodig. Je had niet meer dan de weg, de sleedoornheg die erlangs liep en een paar meter naar links het bord. Het stond er arrogant, onaantastbaar, zeker van zijn gezag. Daarachter, aan de andere kant, stelde ik me gevaarvol, onverkend terrein voor. Daar kon van alles zijn: landmijnen, klemmen, bewakers, verborgen camera's.

O, het zag er wel veilig úít, in feite niet anders dan aan deze kant, maar dat bord bracht een andere boodschap. Daarachter heerste orde. Daar heerste gezag. Iedere inbreuk op die orde zou resulteren in een vergelding die even geheimzinnig als verschrikkelijk was. Ik betwijfelde dat geen moment: het feit dat er verder niets werd uitgelegd, versterkte de sfeer van dreiging alleen maar.

Dus ging ik op eerbiedige afstand het ontoegankelijke terrein zitten observeren. Het was een vreemde troost te weten dat hier tenminste orde werd gehandhaafd. Ik had de politieauto's bij Sunnybank Park gezien. Ik had de graffiti op de zijkanten van de gebouwen gezien en de jongens die stenen gooiden naar auto's op de oprit. Ik had hen naar de leraren horen gillen wanneer ze de school uit kwamen en ik had de ruime hoeveelheden prikkeldraad met scheermesjes gezien boven het parkeerterrein van het personeel.

Ik had een keer staan kijken toen een groep van vier of vijf een jongen die alleen was in het nauw dreef. Hij was een paar jaar ouder dan ik en met meer zorg gekleed dan de meeste Sunnybankers. Ik wist dat hij een pak slaag zou krijgen zodra ik de bibliotheekboeken onder zijn arm zag. Mensen die lezen zijn voor een instelling als Sunnybank altijd een gewettigd doelwit.

St. Oswald was een andere wereld. Ik wist dat hier geen graffiti zouden zijn, geen afval, geen vandalisme – nog geen kapot raam. Het stond op het bord en ik voelde plotseling de stille overtuiging dat ik híér eigenlijk thuishoorde, op deze school, waar jonge bomen geplant konden worden zonder dat 's nachts de toppen eraf werden gerukt, waar niemand bloedend op de weg werd achtergelaten, waar de wijkagent geen verrassingsbezoekjes aflegde en waar geen posters waren die leerlingen maanden hun mes thuis te laten. Hier waren strenge leraren met ouderwetse zwarte toga's aan, norse portiers zoals mijn vader, lange prefecten. Hier was je geen nicht of uitslover of mietje als je je huiswerk maakte. Hier was je veilig. Hier was je thuis.

Ik was alleen; niemand had zich ooit zo ver gewaagd. Op het verboden terrein kwamen en gingen de vogels. Er overkwam hun niets. Iets later stapte er een kat onder de heg vandaan en hij ging met zijn kopje naar me toe gekeerd zijn poot zitten likken. Nog steeds niets.

Toen kwam ik dichterbij; eerst waagde ik me uit de schaduw, daarna zat ik ineengedoken tussen de grote poten van het bord. Mijn schaduw was in overtreding.

Even was ik best opgewonden. Maar niet lang: ik was al te zeer een rebel om tevreden te zijn met wangedrag in strikt technische zin. Met mijn voet porde ik licht in het gras aan de andere kant en trok hem toen met een rilling van genot terug, als een kind dat zijn eerste stap in zee zet. Natuurlijk had ik de zee nooit gezien, maar het instinct was er, evenals de gewaarwording dat ik me in een nieuw element had begeven waar van alles kon gebeuren.

Er gebeurde niets...

Ik zette nog een stap, en deze keer trok ik mijn voet niet terug. Nog steeds niets. Het bord torende als een monster uit een nachtfilm boven me uit, maar het was vreemd verstard, alsof het hevig verontwaardigd was over mijn onbeschaamdheid. Toen ik mijn kans schoon zag, nam ik een spurt en rende ik, laag blijvend, over het winderige veld naar de heg, voorbereid op een aanval. Toen ik bij de heg kwam, wierp ik me in de schaduw, ademloos van angst. Nu had ik het gedaan. Nu zouden ze komen.

Slechts een meter bij me vandaan was een gat in de heg. Het zag eruit als mijn beste kans. Ik kroop erheen, in de schaduw blijvend, en perste me in de kleine ruimte. Ze kwamen misschien vanaf de andere kant, dacht ik; als ze van beide kanten kwamen, zou ik het op een lopen moeten zetten. Ik had gemerkt dat volwassenen mettertijd de neiging hadden dingen te vergeten en ik was er vrij zeker van dat ik, als ik snel genoeg kon wegkomen, misschien aan vergelding kon ontkomen.

Benieuwd wachtte ik af. Het strakke gevoel in mijn keel nam geleidelijk af. Mijn hartslag vertraagde tot een bijna normaal ritme. Ik werd me bewust van mijn omgeving, eerst nieuwsgierig, toen steeds onzekerder. Er prikten doorns door mijn T-shirt in mijn rug. Ik rook zweet en aarde en de zure geur van de heg. Vlakbij hoorde ik vogels zingen, in de verte een maaimachine – een slaperig gezoem als van insecten in het gras. Verder niets. Eerst grijnsde ik van plezier – ik had een overtreding begaan en was niet betrapt –, maar toen werd ik me bewust van een zekere ontevredenheid, een onrustig gevoel van wrok achter mijn ribben.

Waar waren de camera's? De landmijnen? De bewakers? Waar was de *orde*? Maar bovenal: waar was mijn vader?

Ik stond op, nog steeds op mijn hoede, en verliet de schaduw van de heg. De zon scheen recht in mijn gezicht en ik bracht mijn hand naar mijn ogen om ze te beschermen. Ik zette een stap in het open veld, en toen nog een.

Nu zouden ze toch wel komen, die wetshandhavers, die schimmige figuren van orde en gezag. Maar er gingen seconden voorbij, vervolgens minuten, en er gebeurde niets. Er kwam niemand, geen prefect, geen leraar – zelfs geen portier.

Een soort paniek greep me aan en ik rende naar het midden van het veld en zwaaide met mijn armen, als iemand die op een onbewoond eiland staat en probeert de aandacht te trekken van een reddingsvliegtuig. Kon het hun dan niets schelen? Ik was in overtreding! Zagen ze me dan niet?

'Hier!' Ik was door het dolle heen van verontwaardiging. 'Hier sta ik! Hier! Hier!'

Niets. Geen enkel geluid. Nog niet het blaffen van een hond in de verte en nog niet het zwakste gejank van een waarschuwingssirene. Op dat moment besefte ik, met een zekere woede en een klam soort opwinding, dat het allemaal één grote leugen was geweest. Er was in het veld niets anders dan gras en bomen. Slechts een lijn op de grond, die me uitdaagde eroverheen te lopen. Ik had het gedurfd. Ik had de ORDE uitgedaagd.

Tegelijkertijd voelde ik me bedrogen, zoals vaker gebeurde wanneer ik te maken kreeg met de dreigementen en geruststellende woorden van de wereld der volwassenen, die zoveel belooft en zo weinig waarmaakt.

Ze liegen, kind. Dat was mijn vaders stem – slechts een beetje aangeschoten – in mijn hoofd. *Ze beloven je ik weet niet wat, kind, maar ze zijn allemaal hetzelfde. Ze liegen.*

'Nietwaar! Niet altijd...'

Probeer het maar. Toe dan. Ik daag je uit. Kijk hoe ver je komt.

Dus ging ik verder; ik liep langs de heg een heuveltje op naar een groepje bomen. Daar stond weer een bord:

VERBODEN TOEGANG
OVERTREDING WORDT BESTRAFT

Natuurlijk was de eerste stap toen al genomen en liet ik me door het impliciete dreigement nauwelijks meer tegenhouden.

Maar voorbij de bomen wachtte me een verrassing. Ik had een weg verwacht, een spoorlijn misschien, een rivier – iets wat aangaf dat er buiten St. Oswald nog een wereld was. Maar waar ik stond, en zo ver als ik kon zien, was álles St. Oswald: de heuvel, het bosje, de tennisbanen, het cricketveld, de zoetgeurende gazons en de heel lange stukken weiland daarachter.

Van hieraf kon ik achter de bomen mensen zien: ik zag jongens. Jongens van alle leeftijden, sommige nauwelijks ouder dan ik, andere gevaarlijk, snoeverig volwassen. Sommigen droegen witte cricketkleding, anderen een sportbroekje en een gekleurd hemdje met een nummer erop. Op een vierkant van zand verderop waren er een paar sprongen aan het oefenen. En daarachter zag ik een groot gebouw van beroete steen. Rijen boogramen die de zon weerkaatsten, een lang met leien bedekt dak met op regelmatige afstanden dakramen, een toren, een windwijzer, een verzameling bijgebouwen, een kapel, een sierlijke trap die naar een gazon, bomen, bloembedden en geasfalteerde plaatsen leidde die van elkaar gescheiden waren door hekjes en boogvormige doorgangen.

Ook daar waren jongens. Sommigen zaten op treetjes. Anderen stonden onder de bomen te praten. Sommigen hadden een marineblauwe blazer en een grijze broek aan, anderen sportkleding. Het geluid dat ze maakten – een geluid dat ik tot nu toe nog niet eens tot me door had laten dringen – kwam op me over als dat van een zwerm exotische vogels.

Ik begreep meteen dat ze van een andere soort waren dan ik: niet alleen waren ze omgeven door een gouden gloed vanwege het zonlicht en het feit dat ze bij die prachtige gebouwen stonden, maar ook door iets minder tastbaars: een houding van gladde zelfverzekerdheid, een mysterieuze glans.

Later zag ik het natuurlijk zoals het echt was. Het chique verval achter de elegante lijnen. De rot. Maar die eerste, verboden glimp die ik destijds van St. Oswald opving, kwam als onbereikbare glorie op me over: het was Xanadu, Asgard en Babylon ineen. En op het terrein van deze school lummelden en dartelden jonge goden.

Ik begreep toen dat dit toch om veel meer ging dan een lijn op de grond. Het was een barrière die geen enkele hoeveelheid lef of verlangen me kon doen nemen. Ik was een indringer; plotseling was ik me heel erg bewust van mijn vuile spijkerbroek, mijn afgetrapte gympen, mijn spichtige gezicht en sluike haar. Ik voelde me geen dappere verkenner meer. Ik had niet het recht daar te zijn. Ik was iets laags geworden, iets gewoons, een spion, een insluiper, een gemene gluiperd met hongerige ogen en snelle vingers. Onzichtbaar of niet, zo zouden ze me altijd zien. Dat was wat ik was. Een Sunnybanker.

Kijk, het was op dat moment al begonnen. Zo was St. Oswald, dat is wat de school met mensen doet. Er laaide woede in me op, als een zweer. Woede, en het begin van opstandigheid.

Dus ik was een buitenstaander. Nou en? Regels konden genegeerd worden. Een overtreding blijft, net als een misdaad, onbestraft wanneer er niemand is die het ziet. Woorden, hoe bezwerend ook, zijn toch maar woorden.

Ik wist het toen nog niet, maar op dat moment verklaarde ik St. Oswald de oorlog. De school wilde me niet hebben? Dan zou ik St. Oswald hebben. Ik zou hem veroveren, en niemand, niets, zelfs mijn vader niet, zou me kunnen tegenhouden. Dit was een grens.

Een nieuwe grens die overschreden moest worden, deze keer met een meer verfijnde vorm van bluf: de school waande zich veilig in zijn traditionele arrogantie, zich er niet van bewust dat daarin de kiem van zijn ondergang school. Een nieuwe grens die me uitdaagde hem te overschrijden.

In de vorm van moord, bijvoorbeeld.

KONING

1

Jongensgymnasium St. Oswald
Maandag 6 september, herfsttrimester

DAT ZIJN ER NAAR MIJN BEREKENING NEGENENNEGENTIG, GEUREND naar hout en oud krijtstof en desinfecteermiddel en de onbegrijpelijk koekjesachtige, hamsterachtige geur van jongens. Negenennegentig trimesters die zich als een snoer van stoffige lampionnen over de jaren uitstrekken. Drieëndertig jaar. Het is net een gevangenisstraf. Dat doet me denken aan die oude mop over de bejaarde die voor moord wordt veroordeeld.

'Drieëndertig jaar, edelachtbare?' protesteert hij. 'Dat is te veel! Dat red ik nooit!' Waarop de rechter zegt: 'Nou, doe er dan zoveel u kunt...'

Nu ik erover nadenk, is dat niet grappig. Ik word in november vijfenzestig.

Niet dat het iets uitmaakt. Op St. Oswald ben je niet verplicht met pensioen te gaan. We volgen onze eigen regels. Dat hebben we altijd gedaan. Nog één trimester en dan heb ik mijn eeuw bij elkaar. Eindelijk kom ik dan op de erelijst. Ik zie het al voor me, in gotische letters: 'Roy Hubert Straitley (BA), oude centurio van de school.'

Ik moet er wel om lachen. Ik had nooit gedacht dat ik hier terecht zou komen. Ik rondde in 1954 een periode van tien jaar op St. Oswald af en het laatste wat ik toen verwachtte was dat ik hier weer terug zou komen, nota bene als leraar, en er orde zou houden, strafregels zou uitdelen en zou laten nablijven. Maar tot mijn verbazing merkte ik dat die jaren me een soort natuurlijk inzicht hadden gegeven in het leraarsvak. Er is inmiddels geen streek meer die ik niet ken. Ik heb de meeste tenslotte zelf uitgehaald, als man, jongen en iets daartussenin. En nu ben ik weer hier, op St. Oswald, voor een nieuw trimester. Het lijkt wel of ik niet weg kan komen.

Ik steek een Gauloise op: mijn enige concessie aan de invloed van Moderne Talen. Het is strikt genomen natuurlijk niet toegestaan, maar vandaag, in de privacy van mijn eigen klaslokaal, zal niemand er waarschijnlijk veel aandacht aan besteden. Vandaag is van oudsher een dag zonder jongens en een dag die gereserveerd is voor administratieve zaken zoals leerboeken tellen, de toewijzing van kantoorbenodigdheden, de laatste wijzigingen in het rooster, klassen- en groepslijsten ophalen, kennismaking met nieuw personeel en afdelingsvergaderingen.

Ik ben natuurlijk al een afdeling op zich. Ooit was ik hoofd Klassieke Talen en bestierde ik een goed gedijende sectie eerbiedige lakeien, die nu naar een stoffige hoek van de nieuwe talensectie is gedelegeerd, als een tamelijk saaie eerste druk die niemand goed durft weg te gooien.

Al mijn ratten hebben het schip verlaten – afgezien van de jongens dan. Ik heb nog steeds een volledig lesrooster, tot verbijstering van meneer Strange – de derde meester, die Latijn als onbelangrijk beschouwt – en tot de heimelijke gêne van het nieuwe hoofd. Toch blijven de jongens mijn onbelangrijke vak kiezen en blijven de resultaten over het geheel genomen tamelijk goed. Ik mag graag denken dat dat door mijn persoonlijke charisma komt.

Niet dat ik niet reuze dol op mijn collega's van Moderne Talen ben, hoewel ik meer gemeen heb met de subversieve Galliërs dan met de humorloze Teutonen. Daar heb je Pearman, Hoofd Frans – rond, opgewekt, af en toe briljant, maar hopeloos wanordelijk –, en Kitty Teague, die soms haar lunchkoekjes met me deelt bij een kop thee, en Eric Scoones, een levendige halfcenturio (ook van de oude garde) van tweeënzestig, die zich wanneer hij daar zin in heeft, griezelig goed een aantal van de meer extreme heldendaden uit mijn jeugd weet te herinneren.

Dan heb je nog Isabelle Tapi, decoratief, maar nogal nutteloos, langbenig en Gallisch als ze is, en het onderwerp van heel wat bewonderende graffiti in de kluisjesruimte. Al met al wel een aardige afdeling: de leden verdragen mijn excentriciteiten met prijzenswaardig geduld en goede zin, en bemoeien zich zelden met mijn onconventionele aanpak.

De Duitsers zijn over het geheel genomen minder sympathiek: Geoff en Penny Nation (de 'Volkenbond'), een gemengd duo dat op mijn klaslokaal aast; Gerry Grachvogel, een goedbedoelende sukkel met een voorliefde voor spiekkaarten en ten slotte dr. 'Zuurpruim' Devine, afdelingshoofd en verstokt voorstander van de uitbreiding van het Grote Rijk, die me ziet als iemand die subversief is en leerlingen afpikt, die geen belangstelling voor klassieke talen heeft en die ongetwijfeld denkt dat *Carpe diem* betekent: 'Vis van de dag'.

Hij heeft de gewoonte mijn lokaal quasi-energiek te passeren en ondertussen achterdochtig door het glas te loeren, alsof hij wil kijken of er tekenen van immoreel gedrag zijn, en ik weet dat het op een dag als vandaag niet lang zal duren voordat ik zijn vreugdeloze gelaat naar binnen zal zien kijken.

Aha. Wat zei ik je?

Keurig op schema.

'Morgen, Devine!'

Ik onderdrukte de neiging te salueren en verborg ondertussen mijn halfopgerookte Gauloise onder het bureau en schonk hem door de glazen deur mijn breedste glimlach. Ik merkte dat hij een grote kartonnen doos droeg met stapels boeken en papieren erin. Hij keek me met, naar ik later te weten kwam, nauwverholen zelfvoldaanheid aan en liep toen door met de houding van iemand die belangrijke zaken aan zijn hoofd heeft.

Nieuwsgierig stond ik op en keek ik hem na in de gang, net op tijd om Gerry Grachvogel én de Volkenbond steels in zijn kielzog te zien verdwijnen, allemaal met dezelfde soort doos in de handen.

Niet-begrijpend ging ik aan mijn oude bureau zitten en overzag ik mijn bescheiden imperium.

Lokaal 59, al dertig jaar lang mijn territorium. Vaak betwist, maar nooit afgestaan. Nu zijn de Duitsers nog de enigen die pogingen doen. Het is een groot lokaal, met een eigen charme, hoewel de hoge positie in de klokkentoren me meer trappen te beklimmen geeft dan ik verkozen zou hebben, en het bevindt zich, als je in een rechte lijnt denkt, ongeveer achthonderd meter bij mijn kantoortje op de bovengang vandaan.

Je zult wel gemerkt hebben dat zoals honden en hun baasjes na verloop van tijd op elkaar gaan lijken, dat ook bij leraren en lokalen gebeurt. Het mijne past bij me als mijn oude tweed jasje en ruikt bijna hetzelfde – een troostgevende mengeling van boeken, krijt en illegale sigaretten. Een groot en eerbiedwaardig schoolbord neemt een dominante plaats in – dr. Devines pogingen de term 'schrijfbord' te introduceren hebben, kan ik tot mijn vreugde melden, geen enkel succes gehad. De banken zijn oud en gehavend door de strijd, en ik heb alle pogingen weerstaan ze te laten vervangen door de alomaanwezige plastic tafels.

Als ik me verveel, kan ik altijd de graffiti lezen. Een vleiende hoeveelheid gaat over mij. Mijn huidige favoriet is *Hic magister podex est* en is langer geleden dan ik me wil herinneren door de een of andere jongen geschreven. Toen ík nog een jongen was, zou niemand het lef hebben gehad een leraar een 'podex' te noemen. Schandalig. En toch ontlokt het me om de een of andere reden altijd een glimlach.

Mijn eigen bureau verkeert in niet minder schandalige staat. Het is een gigantisch, door de tijd donker geworden ding met bodemloze laden en vele inscripties. Het staat op een verhoging – oorspronkelijk gemaakt voor een kleine leraar klassieke talen, zodat hij bij het bord kon – en vanaf dit achterdek kan ik welwillend neerkijken op mijn onderdanen en ongemerkt de kruiswoordpuzzel in de *Times* invullen.

Er wonen muizen achter de kluisjes. Ik weet dat omdat ze op vrijdagmiddag allemaal tevoorschijn komen en rondsnuffelen onder de radiatorbuizen, terwijl de jongens hun wekelijkse vocabulairetest doen. Ik klaag niet: ik mag de muizen wel. Het oude hoofd heeft een keer gif gestrooid, maar dat is bij één keer gebleven: de stank van dode muizen brengt meer schade toe dan een levend wezen ooit aan schade zou kunnen produceren, en deze hield weken aan totdat John Snyde, die toen hoofdportier was, erbij gehaald werd om de plinten los te trekken en de onwelriekende doden te verwijderen.

Sindsdien genieten de muizen en ik de aangename situatie van leven en laten leven. Konden de Duitsers maar hetzelfde doen.

Toen ik opkeek van mijn gemijmer, zag ik dr. Devine het lokaal weer met zijn gevolg passeren. Hij tikte nadrukkelijk op zijn pols, alsof hij op de tijd wilde wijzen. Halfelf. Ah. Natuurlijk. Personeelsvergadering. Met tegenzin moest ik hem gelijk geven; ik gooide mijn peuk in de prullenbak en kuierde naar de docentenkamer, waarbij ik slechts even stilstond om de afgedragen toga te pakken die aan een haak bij de deur van de voorraadkast hing.

Het oude hoofd stond er altijd op dat we bij formele aangelegenheden een toga droegen. Tegenwoordig ben ik vrijwel de enige die er op vergaderingen nog een draagt, maar op de laatste schooldag doen de meesten van ons het nog wel. De ouders vinden het leuk. Het geeft hun een gevoel van traditie. Ik vind het prettig omdat een toga een goede camouflage biedt en je pakken spaart.

Gerry Grachvogel deed net zijn deur op slot toen ik naar buiten kwam. 'Hé, dag Roy.' Hij lachte me nerveuzer toe dan anders. Hij is een slungelige jongeman met goede bedoelingen die slecht de orde kan handhaven. Toen de deur dichtging, zag ik een stapel tot de rand gevulde kartonnen dozen tegen de muur staan.

'Drukke dag vandaag?' vroeg ik hem, op de dozen wijzend. 'Wat zit erin? Gaan jullie Polen binnenvallen?'

Gerry's gezicht trok zenuwachtig. 'Nee, eh... we verhuizen een paar spullen. Eh... naar het nieuwe afdelingskantoor.'

Ik bekeek hem aandachtig. Die woorden hadden een onheilspellende klank. 'Welk nieuw afdelingskantoor?'

'Eh... sorry. Ik moet ervandoor. Het hoofd gaat ons voorlichten. Ik mag niet te laat komen.'

Laat me niet lachen. Gerry is voor alles te laat. 'Welk nieuw kantoor? Is er iemand dood?'

'Eh... sorry, Roy. Zie je.' En als een postduif ging hij naar de docentenkamer. Ik trok mijn toga aan en liep iets waardiger achter hem aan, me afvragend hoe het zat en vervuld van sombere voorgevoelens.

Ik was net op tijd in de docentenkamer. Het nieuwe hoofd kwam binnen, met Pat Bishop, de tweede meester, en zijn secretaresse, Marlene, een voormalige ouder die bij ons is komen werken toen haar zoon stierf. Het nieuwe hoofd is broos, elegant en enigszins sinister, als Christopher Lee in *Dracula*. Het oude hoofd was slechtgehumeurd, intimiderend, onbeleefd en eigenzinnig: precies wat ik in een hoofd het meest waardeer. Het is nu vijftien jaar geleden dat hij vertrok, maar ik mis hem nog steeds.

Toen ik naar mijn plaats liep, bleef ik staan om een mok thee uit de kraantjespot te tappen. Ik merkte tot mijn vreugde dat mijn plaats nog niet bezet was, ondank het feit dat het vol was in de docentenkamer en sommige jongere leraren stonden. Het is de derde van het raam, recht onder de klok. Ik liet de mok op mijn schoot balanceren terwijl ik me op de kussens liet zakken, en toen ik dat deed, merkte ik dat mijn stoel nogal krap leek.

Ik ben tijdens de vakantie geloof ik weer een paar pondjes aangekomen.

'Hum-hum.' Een kuchje van het nieuwe hoofd, wat door bijna iedereen genegeerd werd. Marlene, die ergens in de vijftig, gescheiden, ijsblond en Wagneriaans is, ving mijn blik en fronste haar wenkbrauwen. Toen men haar afkeuring bespeurde, werd het stil in de docentenkamer.

Het is natuurlijk geen geheim dat Marlene de zaak runt. Het nieuwe hoofd is de enige die het nog niet gemerkt heeft.

'Welkom, allemaal.' Dat was Pat Bishop, algemeen erkend als het menselijke gezicht van de school. Fors, opgewekt en nog absurd jong voor zijn vijfenvijftig jaren. Hij heeft nog dat gebrokenneusachtige en die blozende charme van een buitenproportionele schooljongen. Hij is echter een goede man. Hij is vriendelijk, werkt hard en is zeer loyaal jegens de school, waar hij ooit ook leerling was – maar niet al te intelligent, ondanks zijn opleiding in Oxford. Een man van de daad is Pat, een man van het mededogen, niet van het intellect, meer geschikt voor de klas en het rugbyveld dan voor de beleidscommissie en de schoolbestuursvergadering. We verwijten hem dat echter niet. Er is op St. Oswald meer dan genoeg intelligentie; wat we echt nodig hebben is meer menselijkheid van Bishops soort.

'Hum-hum.' Weer het hoofd. Het wekt geen verbazing dat er spanningen tussen hen zijn. Bishop is nu eenmaal Bishop, en hij doet erg zijn best te verhullen dat dit zo is. Zijn populariteit bij

zowel jongens als personeel heeft het nieuwe hoofd, wiens sociale vaardigheden vrijwel non-existent zijn, echter altijd geïrriteerd. 'Hum-húm.'
Het gezicht van Bishop, dat altijd al blozend is, werd wat roder van kleur. Marlene, die Pat reeds vijftien jaar toegewijd is (heimelijk, denkt ze), keek geërgerd.
Zonder dit alles te merken stapte het hoofd naar voren. 'Het eerste onderwerp: het werven van fondsen voor het nieuwe sportpaviljoen. Er is besloten een tweede administratieve functie te creëren die zich met het werven van fondsen zal bezighouden. De succesvolle kandidaat zal gekozen worden uit een lijst van zes gegadigden en zal de volgende titel krijgen: Uitvoerend pr-medewerker belast met...'
Ik wist het meeste van wat volgde langs me heen te laten gaan en het aangename gedrens van de prekende stem van het nieuwe hoofd op de achtergrond te houden. De gebruikelijke litanie, nam ik aan: gebrek aan geld, de rituele lijkschouwing van de resultaten van afgelopen zomer, het onvermijdelijke Nieuwe Plan voor het werven van leerlingen, een nieuwe poging om het onderwijzend personeel enige kennis van computers bij te brengen, een optimistisch klinkend voorstel van de meisjesschool voor een gezamenlijke onderneming, een voorgenomen (en zeer gevreesde) schoolinspectie in december, een korte aanklacht tegen de regeringspolitiek, een kleine klaagzang over de ordehandhaving in de klas en het persoonlijke voorkomen (hierbij keek Zuurpruim Devine me scherp aan) en de lopende rechtszaken (drie tot nu toe, niet slecht voor september).
Ik doodde de tijd door om me heen te kijken of ik nieuwe gezichten zag. Ik verwachtte er een paar dit trimester: een paar oude rotten hadden er vorige zomer eindelijk de brui aan gegeven en die moesten toch vervangen worden. Kitty Teague knipoogde naar me toen ik haar blik ving.
'Punt elf. Herindeling van klaslokalen en kantoren. Door het omnummeren van lokalen na de voltooiing van de afdeling Computerkunde...'
Aha. Een nieuweling. Je herkent ze meestal aan de manier waarop ze staan. Strak in de houding, als legercadetten. En dan de pakken natuurlijk, altijd vers geperst en nog niet bestoven met krijt.

Niet dat dat lang duurt: krijtstof is een verraderlijke substantie, die zelfs in die politiek correcte delen van de school blijft hangen waar het schoolbord – en zijn zelfvoldane neef, het schrijfbord – beide zijn afgeschaft.

De nieuweling stond bij de computerdeskundigen. Een slecht teken. Op St. Oswald hebben alle computermensen een baard, dat is de regel. Behalve het hoofd van de sectie, meneer Beard, die, in een halfslachtige poging de conventies te negeren, slechts een snorretje heeft.

'... daardoor zullen lokaal 24 tot 36 omgenummerd worden tot 114 tot en met 126, zal lokaal 59 voortaan 75 heten en zal lokaal 59, het overbodig geworden kantoor klassieke talen, gaan functioneren als de werkruimte van de afdeling Duits.'

'Wát?' Nog een voordeel van toga's dragen tijdens personeelsvergaderingen is dat de inhoud van een mok thee die wild over de schoot klotst nauwelijks sporen achterlaat. 'Meneer de directeur, ik geloof dat u dat laatste verkeerd gelezen hebt. Het kantoor Klassieke Talen is nog steeds in gebruik. Het is beslist níet overbodig. En dat ben ik ook niet,' voegde ik er *sotto voce*, met een dreigende blik naar de Duitsers, aan toe.

Het nieuwe hoofd wierp me een kille blik toe. 'Meneer Straitley,' zei hij. 'Al die administratieve zaken zijn al tijdens de personeelsvergadering van het vorige trimester besproken, en als u iets te berde had willen brengen, had u dat toen moeten doen.'

Ik zag de Duitsers naar me kijken. Gerry, die slecht kan liegen, had het fatsoen schaapachtig te kijken.

Ik richtte me tot dr. Devine. 'U weet best dat ik niet op die vergadering was. Ik hield toezicht bij de examens.'

Zuurpruim grijnsde vals. 'Ik heb de notulen zelf naar u gemaild.'

'U weet verrekte goed dat ik niet aan e-mailen doe!'

Het hoofd keek killer dan ooit. Hijzelf houdt wel van technologie (althans, dat beweert hij) en gaat er prat op dat hij bijblijft. Ik geef de schuld aan Bob Strange, de derde meester, die duidelijk heeft gemaakt dat er in het onderwijssysteem van nu geen plaats is voor digibeten, en aan meneer Beard, die hem heeft geholpen hij het opzetten van een intern communicatienetwerk dat zo ingewikkeld en elegant is dat het gesproken woord volledig overvleugeld is.

Iedereen kan vanuit ieder kantoor contact opnemen met iedereen in een ander kantoor zonder al dat vervelende gedoe van opstaan, deuren openen, gangen door lopen en echt met anderen praten (wat een pervers idee, met al dat akelige intermenselijke contact).

Computerweigerachtigen zoals ik zijn een uitstervend ras en in de ogen van de administratie doof, stom en blind.

'Heren!' snauwde het hoofd. 'Dit is niet het geschikte moment om dit te bespreken. Meneer Straitley, ik stel voor dat u uw bezwaren op schrift stelt en ze naar meneer Bishop mailt. Zullen we nu verdergaan?'

Ik ging zitten. *'Ave, Caesar, morituri te salutant.'*

'Wat hoorde ik daar, meneer Straitley?'

'Ik weet het niet. Misschien hoorde u het langzame afbrokkelen van de laatste buitenpost van onze beschaving, meneer de directeur.'

Niet zo'n gunstig begin van het trimester. Een reprimande van het nieuwe hoofd kon ik wel verdragen, maar de gedachte dat Zuurpruim Devine mijn kantoor onder mijn neus vandaan had weten te stelen was onverdraaglijk. Hoe het ook zij, bedacht ik, zonder protest zal ik niet gaan. Ik was van plan het de Duitsers heel erg moeilijk te maken met hun bezetting.

'En dan nu een woord van welkom voor onze nieuwe collega's.' Het hoofd gaf zijn stem een minimaal warme klank. 'Ik hoop dat u u hier thuis zult voelen en dat u net zo'n band met St. Oswald zult opbouwen als alle anderen.'

Band? Ze moesten opgesloten worden.

'Zei u iets, meneer Straitley?'

'Een geval van onduidelijk gearticuleerde goedkeuring, meneer de directeur.'

'Hmm.'

'Zoals u zegt.'

Er waren in totaal vijf nieuwe: een computerdeskundige, zoals ik al had gevreesd. Ik ving zijn naam niet op, maar Baarden zijn verwisselbaar, net als Pakken. Enfin, het is een afdeling waarin ik me om voor de hand liggende redenen zelden zal wagen. Een jonge vrouw voor moderne talen (donker haar, goed gebit, tot dusverre veelbelovend), een Pak voor aardrijkskunde, waar ze een verzameling lijken te zijn begonnen, een sportleraar in een opzichtige en verontrustende korte broek van lycra, plus een keurig uitziende jongeman voor Engels, die ik nog moet categoriseren.

Wanneer je zoveel docentenkamers als ik hebt gezien, begin je de fauna die zich daar verzamelt te herkennen. Elke school heeft zijn eigen ecosysteem en sociale mix, maar overal kom je dezelfde soorten tegen. Pakken natuurlijk (steeds meer daarvan sinds de komst van het nieuwe hoofd – Ze opereren in groepen) en hun natuurlijke vijand: het Tweedjasje. Een solitair en territoriaal dier, dat Tweedjasje, hoewel het zich af en toe te buiten gaat; het zoekt niet vaak gezelschap, hetgeen verklaart dat de aantallen afnemen. Dan is er nog de Streber, waarvan mijn collega's Duits Geoff en Penny Nation typische voorbeelden zijn; de Lijntrekker, die tijdens personeelsvergaderingen de *Mirror* leest, zelden zonder kop koffie wordt waargenomen en altijd te laat voor de les is; de Magere Yoghurt (altijd van het vrouwelijke geslacht, dit beest, en altijd druk bezig met roddelen en afvallen); en dan het Konijn, dat van beide geslachten kan zijn, en een hol in schiet bij de eerste tekenen van onraad; plus een willekeurig aantal Draken, Lieverds, Vreemde Vogels, Ouwe Jongens, Jonge Kanjers en allerhande excentriekelingen.

Ik kan een nieuweling meestal al na een paar minuten in de juiste categorie indelen. De aardrijkskundige, meneer Easy, is een typisch Pak: stijlvol, glad en geknipt voor administratieve bezigheden. De sportman is, mogen de goden ons bijstaan, een typische Lijntrekker. Meneer Meek, de computerman, is een Konijn met een pluizige baard. De talenvrouw, juffrouw Dare, zou een Draak in opleiding kunnen zijn, als ze niet dat humoristische trekje om haar mond had; ik moet erom denken dat ik haar test om te zien wat voor iemand ze is. De nieuwe leraar Engels, meneer Keane, is misschien wat minder eenduidig, niet echt een Pak, niet echt een Streber, maar veel te jong voor het Tweedvolkje.

Het nieuwe hoofd maakt veel werk van het binnenhalen van Jong Bloed: de toekomst van het vak, zo zegt hij, ligt in de instroom van nieuwe ideeën. Oude rotten als ik laten zich natuurlijk niet misleiden. Jong bloed is goedkoper.

Ik zei later iets van die strekking tegen Pat Bishop, na de vergadering.

'Geef hun een kans,' zei hij. 'Laat hen in ieder geval even wennen voordat je je uitleeft.'

Pat houdt natuurlijk van jonge mensen; dat hoort bij zijn charme. De jongens voelen het: het maakt hem toegankelijk. Het maakt hem echter ook immens goedgelovig, en zijn onvermogen de slechte kant in mensen te zien heeft in het verleden al vaak ergernis gegeven. 'Jeff Light is een goede, onversneden sportman,' had hij gezegd. Ik moest aan de in lycrashort gestoken sportleraar denken. 'Chris Keane heeft goede aanbevelingen.' Dat kon ik eerder geloven. 'En de lerares Frans lijkt over veel gezond verstand te beschikken.'

Natuurlijk had Bishop, zo dacht ik, met iedereen een gesprek gehad. 'Nou, laten we het maar hopen,' zei ik, me naar de klokkentoren begevend. Na die frontale aanval van dr. Devine wilde ik nog niet meer problemen creëren dan ik al had.

2

HET WAS BIJNA TE EENVOUDIG, WEET JE. ZODRA ZE MIJN GELOOFSbrieven gezien hadden, waren ze verkocht. Het is gek dat sommige mensen zoveel vertrouwen in stukken papier stellen: certificaten, diploma's, universitaire graden en referenties. En op St. Oswald is het erger dan waar ook. Per slot van rekening is papier datgene waar de hele machinerie op loopt. En niet zo best ook, als ik het zo hoor, nu er een tekort aan het essentiële smeermiddel is. Geld houdt de wielen draaiend, zei mijn vader altijd, en hij had gelijk.

Er is sinds die eerste dag niet veel veranderd. De sportvelden zijn nu minder open, omdat er meer huizen gebouwd zijn, en er is een hoge omheining – betonnen palen met draad – om het VERBODEN TOEGANG te versterken. Maar de essentie van St. Oswald is helemaal niet veranderd.

De manier waarop je aan moet komen lopen is recht van voren, natuurlijk. De voorgevel, met zijn imposante oprijlaan en smeedijzeren hek, is gebouwd om te imponeren. En dat doet hij dan ook, wat zesduizend pond per leerling per jaar oplevert. Die mengeling van arrogantie oude stijl en geldsmijterij trekt dat soort figuren altijd aan.

St. Oswald blijft zich specialiseren in diepzinnige titels. Hier is het subhoofd de 'tweede meester', de lerarenkamer de 'docentenkamer', en zelfs de schoonmakers worden volgens de traditie 'beddenopmakers' genoemd, hoewel St. Oswald al sinds 1918 geen interne leerlingen, en dus ook geen bedden, meer heeft. Maar de ouders zijn gek op dit soort dingen: in oud Oswaldiaans (of 'Ozzie' zoals het van oudsher heet), is huiswerk 'voorbereidingen', wordt de oude eetzaal nog steeds de 'nieuwe refter' genoemd en worden de gebouwen zelf, hoe vervallen ze ook zijn, onderverdeeld in een reeks grillige benoemde bouwsels: de rotonde, de botermakerij, de meesterloge, het valhek, het observatorium, de koetspoort. Tegenwoordig gebruikt natuurlijk haast niemand die officiële benamingen meer – maar in de brochures doen ze het heel aardig.

Mijn vader, dat moet ik hem nageven, was uitzonderlijk trots op de titel 'hoofdportier'. Het was een conciërgebaantje, niet meer en niet minder, maar die titel – met het impliciete gezag – maakte hem blind voor de meeste neerbuigende opmerkingen en kleine beledigingen die hem tijdens zijn eerste jaren op de school zouden worden toegevoegd. Hij was op zijn zestiende van school gegaan en had geen verdere kwalificaties, en voor hem vertegenwoordigde St. Oswald een hoogte waarnaar hij niet eens dorst te streven.

Daardoor bekeek hij de 'gouden' jongens van St. Oswald met zowel bewondering als minachting. Bewondering voor hun voortreffelijke lichaam, hun sportprestaties, hun superieure botstructuur, hun vertoon van welstand. Minachting voor hun softheid, hun zelfgenoegzaamheid, hun beschermde bestaan. Ik wist dat hij ons met elkaar vergeleek en naarmate ik ouder werd, werd ik me steeds meer bewust van mijn 'tekortkomingen' en van zijn stille, maar steeds bitterder wordende teleurstelling.

Mijn vader had namelijk graag een zoon gehad die op hem leek, een knaap die zijn liefde voor voetbal en kraskaarten en patat met gebakken vis, zijn wantrouwen jegens vrouwen en zijn liefde voor het buitenleven met hem deelde. En als dat niet kon, een jongen à la St. Oswald, een sportieve speler, een aanvoerder van het cricketteam, een jongen die het lef had zijn klasse te overstijgen en iets van zichzelf te maken, ook als dat betekende dat er een vader achtergelaten moest worden.

Maar hij had mij. Ik was vlees noch vis, iemand die nutteloos dagdroomde, boeken las en B-films keek, een stiekem, mager, bleek, saai kind zonder belangstelling voor sport en even eenzelvig als hij op gezelschap was gesteld.

Maar hij deed zijn best. Hij probeerde het, zelfs als ik dat niet deed. Hij nam me mee naar voetbalwedstrijden, waarbij ik me stierlijk verveelde. Hij kocht een fiets voor me, waarop ik met plichtmatige regelmaat om de buitenmuren van de school reed. Maar wat van veel meer betekenis was: het eerste jaar van ons leven daar bleef hij redelijk en plichtsgetrouw nuchter. Ik had dankbaar moeten zijn, denk ik, maar dat was ik niet. Net als hij een op hem lijkende zoon had willen hebben, verlangde ik vurig naar een vader die op mij leek. Ik had de matrijs al in mijn hoofd, samengesteld uit honderden boeken en stripverhalen. Allereerst zou het een man met gezag zijn, streng maar eerlijk. Een man met fysieke moed en een scherpe intelligentie. Iemand die las, een geleerde, een intellectueel. Een man met begrip.

O, ik zocht hem in John Snyde. Een paar keer dacht ik hem zelfs gevonden te hebben. De weg naar de volwassenheid is gevuld met tegenspraak, en ik was nog jong genoeg om de leugens waarmee die weg geplaveid is half-en-half te geloven. *Vader weet het beter. Laat het maar aan mij over. Ouder is beter. Doe wat je gezegd wordt.* Maar diep in mijn hart kon ik de kloof tussen ons al breder zien worden. Ondanks mijn jeugdige leeftijd had ik ambities, terwijl John Snyde ondanks al zijn ervaring nooit meer dan een portier zou zijn.

En toch zag ik dat hij een goede portier was. Hij voerde zijn taken trouw uit. Hij deed het hek 's nachts op slot, liep 's avonds over het terrein, gaf de planten water, zaaide de cricketgrasvelden in, maaide gras, verwelkomde bezoekers, begroette het personeel, organiseerde reparaties, maakte afvoerputjes schoon, meldde schade, verwijderde graffiti, verplaatste meubilair, deelde sleutels van kluisjes uit, sorteerde post en bracht boodschappen over. In ruil daarvoor noemden sommige personeelsleden hem bij zijn naam en dan glom mijn vader van trots en dankbaarheid.

Er is nu een nieuwe portier, een man die Fallow heet. Hij is dik, ontevreden en laks. Hij luistert naar de radio in de loge in plaats van de ingang in de gaten te houden. John Snyde zou dat nooit getolereerd hebben.

Mijn eigen aanstelling geschiedde geheel in St. Oswald-stijl, namelijk geïsoleerd. Ik heb geen van de andere kandidaten ontmoet. Ik werd ondervraagd door het sectiehoofd, het hoofd en zowel de tweede als de derde meester.

Ik herkende hen natuurlijk meteen. In die vijftien jaar is Pat Bishop dikker, roder en rondborstiger geworden, als een stripversie van zijn vroegere zelf, maar Bob Strange ziet er ondanks zijn dunner wordende haar nog steeds hetzelfde uit: een schrale man met scherpe gelaatstrekken, donkere ogen en een bleke huid. Natuurlijk was hij toen nog maar een ambitieuze leraar Engels geweest die gevoel voor administratie had. Nu is hij de *éminence grise* van de school, een uitstekende roostermaker, een ervaren manipulator en een veteraan op het gebied van 'ingelaste' dagen en opleidingscursussen.

Het spreekt vanzelf dat ik het hoofd herkende. Het nieuwe hoofd, was hij destijds geweest: achter in de dertig, maar ook toen al voortijdig grijs wordend, lang en stijf en waardig. Hij herkende mij niet – waarom zou hij ook? –, maar hij schudde me met koele, slappe vingers de hand.

'Ik hoop dat u tot uw tevredenheid op Onze School hebt kunnen rondkijken.' De hoofdletters lagen in zijn stem besloten.

Ik glimlachte. 'O, ja. Het is heel indrukwekkend. Vooral de nieuwe IT-afdeling. Dynamische nieuwe leermiddelen in een traditionele academische omgeving.'

Het hoofd knikte. Ik zag hem de zin in gedachten archiveren, misschien voor het prospectus van volgend jaar. Achter hem maakte Pat Bishop een geluid dat geringschatting of goedkeuring had kunnen weergeven. Bob Strange sloeg me alleen maar gade.

'Wat me vooral opviel...' Ik deed er het zwijgen toe. De deur was opengegaan en de secretaresse was met een theeblad binnengekomen. Ik bleef midden in de zin steken – het was de verbazing haar te zien, denk ik; echt bang dat juist *zíj* me zou herkennen was ik niet – en toen ging ik verder: 'Wat me vooral opviel was de naadloze manier waarop het moderne op het oude aansluit, en zo het beste uit twee werelden behoudt. Dat het hier om een school gaat die niet bang is om uit te stralen dat men, hoewel men zich de laatste vernieuwingen kan veroorloven, niet gewoon heeft toegegeven aan populaire modes, maar die heeft gebruikt om de traditie van een academisch hoog niveau te versterken.'

Het hoofd knikte weer. De secretaresse – lange benen, ring met smaragd, snufje No. 5 – schonk thee in. Ik bedankte haar met een stem die zowel afstandelijk als waarderend klonk. Mijn hart sloeg sneller, maar in zekere zin genoot ik.

Het was de eerste test, en ik wist dat ik hem met succes had doorstaan.

Ik nam een slok thee en hield Bishop in de gaten toen de secretaresse het blad weghaalde. 'Dank je, Marlene.' Hij dronk zijn thee net als mijn vader – drie klontjes, soms vier – en de zilveren tang leek in zijn stevige vingers net een pincet. Strange zei niets. Het hoofd wachtte met kiezelsteenachtige ogen af.

'Goed,' zei Bishop, me aankijkend. 'Laten we nu de koe bij de hoorns vatten. We hebben u horen praten. We weten allemaal dat u tijdens een sollicitatiegesprek jargon kunt oplepelen. Wat ik nu zou willen weten is: hoe bent u voor de klas?'

Die goeie ouwe Bishop. Mijn vader mocht hem, beschouwde hem als een van de jongens; hij zag totaal niet hoe geslepen de man in werkelijkheid was. *De koe bij de hoorns vatten.* Een typische Bishop-uitdrukking. Je zou bijna vergeten dat er in deze man met dat Yorkshire-accent en dat rugbyspelersgezicht iemand schuilging die in Oxford had gestudeerd (al heeft hij dan slechts een hogere tweede graad). Nee, je mag Bishop niet onderschatten.

Ik lachte naar hem en zette mijn kop neer. 'Ik heb in de klas zo mijn eigen methoden, meneer, net als u, neem ik aan. Daarbuiten vind ik het zaak alle jargon te leren kennen dat ik tegenkom. Ik geloof sterk dat als je kunt praten, je ook resultaten krijgt, en dat het er dan niet toe doet of je de jongste regeringsvoorschriften opvolgt of niet. De meeste ouders weten niets van lesgeven af. Het enige wat ze zeker willen weten is dat ze waar voor hun geld krijgen. Vindt u ook niet?'

Bishop bromde. Openhartigheid, echte of vermeende, is een valuta die hij begrijpt. Ik merkte aan zijn gezicht dat hij tegen wil en dank bewondering voelde. De tweede test: ook voor geslaagd.

'En waar ziet u uzelf over vijf jaar?' Die vraag kwam van Strange, die tijdens vrijwel het gehele gesprek had gezwegen. Een ambitieuze man, wist ik; achter dat zuinige gezicht van hem ging een manipulator schuil en hij wilde dolgraag zijn kleine imperium veiligstellen.

'Voor de klas, meneer,' antwoordde ik meteen. 'Daar hoor ik. Dat vind ik leuk.'

De gezichtsuitdrukking van Strange veranderde niet, maar hij knikte eenmaal, ervan overtuigd dat ik geen aanspraak op de troon zou maken. Derde test. Alweer geslaagd.

Het leed in mijn gedachten geen twijfel dat ik de beste kandidaat was. Mijn kwalificaties waren uitstekend en mijn referenties eersteklas. Dat moest ook: ik was heel lang bezig geweest met vervalsen. Het leukste accent was de naam, die zorgvuldig geselecteerd was uit een van de kleinere erelijsten op de middengang. Ik vind hem bij me passen, en bovendien weet ik zeker dat mijn vader blij zou zijn geweest met het feit dat ik van hem een Ozzie had gemaakt – een oud-leerling van St. Oswald.

Dat gedoe met John Snyde vond lang geleden plaats; zelfs de oudgedienden als Roy Straitley of Hillary Monument zullen zich daar nu niet veel meer van herinneren. Maar dat mijn vader een oud-leerling was, verklaart waarom de school mij zo vertrouwd is, waarom ik er genegenheid voor koester, waarom ik er wil lesgeven. Dat maakt me vooral geschikt, nog meer dan mijn eersteklas Cambridge-graad, het geruststellende accent en de discreet dure kleding.

Ik bedacht nog wat overtuigende details als vulling voor het verhaal: een Zwitserse moeder, een jeugd op het continent. Na een zo lange oefentijd kan ik mijn vader heel gemakkelijk voor me zien: een keurige, precieze man met muzikantenhanden die graag reisde. Een briljante geleerde op Trinity – waar hij ook mijn moeder ontmoette – die later een van de meest vooraanstaande mannen in zijn vakgebied zou worden. Beiden waren vorig jaar kerst op tragische wijze omgekomen bij een ongeluk met een kabelbaan bij Interlaken. Ik voegde voor de zekerheid nog een zus en broer toe: een zus in St. Moritz en een broer op de universiteit in Tokio. Ik deed mijn proefjaar aan het Harwood-gymnasium in Oxfordshire, alvorens de keuze te maken meer noordwaarts een permanente betrekking te zoeken.

Zoals ik al zei, was het bijna te gemakkelijk. Een paar brieven op papier met een imposant briefhoofd, een kleurrijk cv, een paar gemakkelijk na te maken referenties. Ze controleerden de details niet eens – teleurstellend, want ik had me zeer ingespannen om ze goed te krijgen. Zelfs de naam klopt met een gelijkwaardig diploma dat in datzelfde jaar is uitgereikt. Niet aan mij, natuurlijk. Maar die mensen laten zich zo gemakkelijk verblinden. Nog groter dan hun domheid is hun arrogantie, de zekerheid dat niemand de grens zou overschrijden.

En verder is het een spelletje bluf, toch? Het heeft alles met schijn te maken. Als ik in het noorden was afgestudeerd en gewoon praatte en goedkope kleding droeg, had ik de beste referenties ter wereld kunnen hebben, maar zou ik toch geen enkele kans hebben gemaakt.

Ze belden me diezelfde avond nog.

Ik was aangenomen.

3

Jongensgymnasium St. Oswald
Maandag 6 september

HET VOLGENDE DAT IK NA DE VERGADERING DEED, WAS PEARMAN opzoeken. Ik trof hem in zijn kantoor, met de nieuwe taaldame, Dianne Dare.

'Let maar niet op Straitley,' zei Pearman vrolijk tegen haar toen hij ons aan elkaar voorstelde. 'Hij heeft iets met namen. Hij zal zich uitstekend amuseren met de jouwe, dat weet ik zeker.'

Ik negeerde de onwaardige opmerking. 'Je laat je afdeling overnemen door vrouwen, Pearman,' zei ik streng. 'Straks ga je nog bloemetjesgordijnen kopen.'

Juffrouw Dare wierp me een sarcastische blik toe. 'Ik heb heel wat over u gehoord,' zei ze.

'Niets dan goeds, neem ik aan?'

'Het zou niet professioneel zijn als ik me daarover uitliet.'

'Hmm.' Ze is een slanke meid, met intelligente bruine ogen. 'Tja, het is te laat om me nu nog terug te trekken,' zei ik. 'Wanneer St. Oswald je eenmaal te pakken heeft, zit je er je hele leven aan vast. Het pleegt een aanslag op de geest. Kijk maar naar Pearman, die is lang niet meer wat hij ooit geweest is: hij heeft mijn kantoor zomaar aan de *Boche* afgestaan.'

Pearman zuchtte. 'Ik dacht wel dat het je niet zou bevallen.'

'Dus toch?'

'Roy, ik kon kiezen tussen dat of lokaal 59 kwijtraken. En aangezien je je kantoor nooit gebruikt...'

Hij had in zekere zin gelijk, maar dat wilde ik niet zeggen. 'Wat bedoel je: lokaal 59 kwijtraken? Dat is al dertig jaar mijn klaslokaal. Ik ben er zo ongeveer mee vergroeid. Je weet hoe de jongens me noemen: Quasimodo. Omdat ik er als een monster uitzie en in de klokkentoren woon.'

Juffrouw Dare hield haar gezicht met veel moeite in de plooi.

Pearman schudde zijn hoofd. 'Doe me een plezier en bespreek het met Bob Strange. Meer dan dit kon ik niet doen. Je mag het grootste deel van de tijd nog beschikken over lokaal 59 en er is nog steeds de stiltekamer als iemand anders er lesgeeft en je wat werk wilt nakijken.'

Dat voorspelde niet veel goeds. Ik kijk altijd werk in mijn eigen lokaal na wanneer ik vrij heb. 'Wil je zeggen dat ik lokaal 59 zal moeten delen?'

Pearman keek verontschuldigend. 'Tja, de meeste mensen moeten delen,' zei hij. 'We hebben anders niet genoeg ruimte. Heb je je rooster niet gezien?'

Eh... nee, natuurlijk had ik dat niet. Iedereen weet dat ik daar pas naar kijk wanneer het moet. Laaiend doorzocht ik mijn postvakje en ten slotte vond ik een gekreukeld vel computerpapier en een memo van Danielle, de secretaresse van Strange. Ik zette me schrap.

'Vier mensen? Ik deel mijn lokaal met vier beginnelingen en een schoolafdelingsvergadering?'

'Het wordt helaas nog erger,' zei juffrouw Dare tam. 'Een van die beginnelingen ben ik.'

Het pleit voor Dianne Dare dat ze me vergaf wat ik toen zei. Natuurlijk werd dat allemaal door het moment ingegeven: overhaast geuite woorden en zo. Maar ieder ander – Isabelle Tapi, bijvoorbeeld – had er aanstoot aan kunnen nemen. Ik kan het weten, want dat is al eens eerder gebeurd. Isabelle heeft zwakke zenuwen en iedere schadeclaim, bijvoorbeeld vanwege gekwetste gevoelens, wordt door het kantoor van de thesaurier uiterst serieus opgevat.

Maar juffrouw Dare hield zich staande. En om haar recht te doen: ze heeft mijn lokaal nooit slordig achtergelaten wanneer ze er heeft lesgegeven, of mijn papieren herschikt, of tegen de muizen geschreeuwd, of iets gezegd van de fles met medicinale sherry achter in mijn kast, dus had ik het gevoel dat ik het met haar zo slecht nog niet had getroffen.

Toch voelde ik wrok vanwege deze aanval op mijn kleine imperium, en ik twijfelde er niet aan wie erachter had gezeten: dr. Devine, hoofd Duits, en, wat misschien relevanter was, hoofd van Amadeus House, en deze schoolafdeling stond ingepland om elke donderdagochtend in mijn klaslokaal te vergaderen.

Ik zal het uitleggen. Er zijn in St. Oswald vijf *Houses* of schoolafdelingen: Amadeus, Parkinson, Birkby, Christchurch en Stubbs. Die houden zich voornamelijk bezig met sportwedstrijden, clubs en kerkdiensten, dus heb ik er natuurlijk niet veel mee te maken. Een schoolafdelingssysteem dat voornamelijk om kerkdiensten en te koude douches draait, heeft mij niet veel te zeggen. Toch komen die schoolafdelingen op donderdag bijeen in de grootste lokalen die er zijn om de gebeurtenissen van de week door te nemen, en het ergerde mij zeer dat ze mijn lokaal als hun vergaderruimte hadden gekozen. Ten eerste betekende het dat Zuurpruim Devine de kans zou hebben in al mijn bureauladen te neuzen, en ten tweede gaf het een afschuwelijke verwarring wanneer honderd jongens uit alle macht probeerden zich in een ruimte te persen die voor dertig mensen bestemd was.

Ik bedacht treurig dat het slechts eenmaal per week was. Toch voelde ik me niet op mijn gemak. De snelheid waarmee Zuurpruim een voet tussen de deur had weten te krijgen beviel me niet.

De andere indringers hielden me eerlijk gezegd minder bezig. Juffrouw Dare kende ik al. De andere drie waren allemaal nieuwkomers: Meek, Keane en Easy. Het is niet ongewoon dat een nieuw personeelslid in tien of meer verschillende lokalen lesgeeft: er is in St. Oswald altijd ruimtegebrek en dit jaar had het opzetten van de nieuwe afdeling computerkunde tot een crisis geleid. Met tegenzin bereidde ik de openstelling van mijn vesting voor het publiek voor. Ik verwachtte weinig problemen met het nieuwe personeel. Devine: dat was degene die ik in de gaten moest houden.

Ik bracht de rest van de dag in mijn heiligdom door, waar ik peinzend boven mijn werk zat. Mijn rooster was een verrassing: slechts achtentwintig lesuren per week, vergeleken bij vierendertig het jaar daarvoor. Mijn klassen leken ook minder groot geworden. Minder werk voor mij natuurlijk, maar ik twijfelde er niet aan dat ik elke dag wel voor iemand zou moeten invallen.

Diverse mensen kwamen langs: Gerry Grachvogel stak zijn hoofd om de hoek van de deur en raakte het bijna kwijt (hij vroeg wanneer ik van plan was mijn kantoor uit te ruimen); Fallow, de portier, kwam het nummer op de deur veranderen in 75; Monument, hoofd Wiskunde, kwam rustig een sigaretje roken zonder dat zijn afkeurende ondergeschikten het zouden merken; Pearman kwam een paar leerboeken afgeven en me een obsceen gedicht van Rimbaud voorlezen; Marlene kwam me mijn klassenboek brengen; en Kitty Teague kwam me vragen hoe ik het maakte.

'Goed, denk ik,' zei ik sombertjes. 'Het is nog niet eens de *ides* van maart. God mag weten wat er dan gebeurt.' Ik stak een Gauloise op. Ik kon het net zo goed doen nu het nog kon, bedacht ik. Er zou verdomd weinig gelegenheid zijn om rustig een sigaret te roken wanneer Devine zich hier vestigde.

Kitty leek mee te leven. 'Ga met me mee naar de eetzaal,' stelde ze voor. 'U zult u beter voelen wanneer u iets gegeten hebt.'

'Wat? En onder de lunch Zuurpruim naar me laten loeren?' In feite had ik het plan zitten bedenken om naar de Thirsty Scholar te gaan om een pintje te pakken, maar ik had er nu niet de moed toe.

'Doe dat,' drong Kitty aan, toen ik haar dat vertelde. 'U zult u beter voelen wanneer u hier even weg bent.'

De Scholar is, althans in theorie, verboden terrein voor leerlingen, maar hij is maar een kleine kilometer bij St. Oswald vandaan en je zou wel volslagen onnozel moeten zijn om niet te geloven dat de helft van de zesde klas er tijdens de lunch heen gaat. Ondanks stevige zedenpreken van het hoofd is Pat Bishop, die de discipline moet handhaven, geneigd de overtreding te negeren. Net als ik, zolang ze maar hun das en blazer uittrekken; op die manier kunnen zowel zij als ik doen alsof we elkaar niet herkennen.

Het was rustig deze lunchpauze. Er waren maar een paar mensen in het bargedeelte. Ik zag Fallow, de portier, met meneer Roach, een geschiedkundige die zijn haar laat groeien en het leuk vindt als de jongens hem 'Robbie' noemen, en Jimmy Watt, het manusje-van-alles van de school – een handige, maar niet erg snuggere man.

Hij straalde toen hij me zag. 'Meneer Straitley! Goeie vakantie gehad?'

'Ja, dank je, Jimmy.' Ik heb geleerd hem niet met te veel woorden te belasten. Sommigen zijn minder aardig; wanneer je zijn ronde gezicht en openstaande mond ziet, kun je zo vergeten hoe goedaardig hij is. 'Wat drink je?'

Jimmy straalde weer. 'Een kleine shandy graag, m'neer. Ik moet nog aan de bedrading werken straks.'

Ik liep met zijn en mijn drankje naar een vrije tafel. Ik zag dat Easy, Meek en Keane samen in de hoek zaten met Light, de nieuwe sportleraar, Isabelle Tapi, die altijd graag met nieuwe leraren aanpapt, en juffrouw Dare, die zich een beetje afzijdig hield, een paar tafels verderop. Een groep biedt veiligheid en St. Oswald kan op nieuwkomers een intimiderende uitwerking hebben.

Ik zette Jimmy's drankje neer, slenterde naar hun tafel en stelde me voor. 'Het ziet ernaar uit dat ik met een aantal van jullie mijn lokaal ga delen,' zei ik. 'Hoewel ik niet zie hoe je er computerles in kunt geven,' – dit tegen de bebaarde Meek – 'of is het soms een nieuwe fase in jullie plan om de aarde te beërven?'

Keane grijnsde. Light en Easy keken niet-begrijpend.

'Ik... Ik ben parttimer,' zei Meek zenuwachtig. 'Ik... geef onder meer wiskunde op vrijdag.'

O jee. Als ik hem al bang maakte, zou 5F hem op vrijdag levend villen. Ik moest maar niet denken aan de rommel die ze in mijn lokaal zouden maken. Ik nam me voor in de buurt te zijn als er tekenen van tumult waren.

'Wel een verdomd goeie plek voor een kroeg, zeg,' zei Light, zijn bier naar binnen slaand. 'Ik zou hieraan kunnen wennen voor de lunch.'

Easy trok een wenkbrauw op. 'Moet u dan niet trainen of toezicht houden op buitenschoolse activiteiten, of rugby spelen of zo?'

'We hebben toch allemaal recht op onze lunchpauze?'

Niet alleen maar een Lijntrekker, maar ook nog een Vakbondsman. Grote goden. Daar zaten we nou net op te wachten.

'O, maar het hoofd was... Ik heb gezegd dat ik zorg zou dragen voor de aardrijkskundevereniging. Ik dacht dat iedereen iets aan buitenschoolse activiteiten moest doen.'

Light haalde zijn schouders op. 'Tja, natuurlijk zegt hij dat. Maar ik zeg je: ze krijgen mij niet zo gek dat ik aan naschoolse sport en wedstrijden in het weekend ga doen, en ook nog mijn biertje in de lunchpauze ga opgeven. Het is verdomme toch geen strafkamp?'

'Nou, u hoeft geen lessen voor te bereiden of werk na te kijken...' begon Easy.

'O, daar gaan we weer,' zei Light, terwijl zijn gezicht rood aanliep. 'Echt weer iets voor die academici. Als het niet op papier staat, telt het niet, hè? Nou, ik kan u wel vertellen: die knapen steken in mijn lessen meer op dan wanneer ze leren wat de hoofdstad van Khazistan is, of hoe het ook heten mag...'

Easy leek geschrokken. Meek stopte zijn gezicht in zijn frisdrank en kwam er voorlopig niet uit. Juffrouw Dare staarde uit het raam. Isabelle zond Light vanonder haar grijsgemaakte wimpers een bewonderende blik toe.

Keane grijnsde. Hij leek wel van het geharrewar te genieten.

'En wat vindt u?' zei ik. 'Wat vindt u van St. Oswald?'

Hij keek me aan. Hij was tussen de vijfentwintig en dertig, slank, donker haar met pony, zwart T-shirt onder een donker pak. Hij lijkt heel zelfverzekerd voor zo'n jong iemand en zijn stem heeft een autoritaire klank, hoewel het ook een aangename stem is. 'Als kind heb ik een poosje hier in de buurt gewoond. Ik heb een jaar op de plaatselijke scholengemeenschap, Sunnybank Park, gezeten. Vergeleken daarbij is St. Oswald een andere wereld.'

Nou, dat verbaasde me niet zo erg. Sunnybank Park eet kinderen levend op, vooral de pientere. 'Maar goed dat u ontsnapt bent,' zei ik.

'Ja,' grijnsde hij. 'We zijn naar het zuiden verhuisd en ik ben naar een andere school gegaan. Ik heb geboft. Als ik er nog een jaar op gezeten had, zou ik het niet overleefd hebben. Maar goed – schrijvers van dit land: opgelet –, het is allemaal goed materiaal voor als ik ooit een boek ga schrijven.'

O jee, dacht ik. Niet wéér een ontluikende schrijver. Die heb je af en toe, vooral onder de leraren Engels, en hoewel ze niet zo vervelend zijn als Vakbondslui of Lijntrekkers, veroorzaken ze meestal ellende. Robbie Roach was in zijn jeugd dichter. Zelfs Eric Scoones schreef ooit een toneelstuk. Geen van tweeën is er ooit helemaal van hersteld.

'Schrijft u?' zei ik.

'Puur hobbyisme,' zei Keane.

'Ja, ja... Ik heb begrepen dat het griezelgenre niet meer zo lucratief is als vroeger,' zei ik, naar Light kijkend, die Easy zijn biceps toonde met behulp van zijn pint bier.

Ik keek weer naar Keane, die mijn blik had gevolgd. Zo op het eerste gezicht leek hij potentieel te hebben. Ik hoopte dat hij niet een tweede Roach zou blijken te zijn. Leraren Engels hebben vaak die fatale neiging, die gedwarsboomde ambitie iets meer te zijn, iets anders dan een eenvoudige onderwijzer. Natuurlijk eindigt het meestal in tranen; uit Alcatraz ontsnappen lijkt beslist kinderspel vergeleken bij ontsnappen aan het leraarsvak. Ik keek of Keane tekenen van rot vertoonde, en ik moet zeggen dat ik er zo op het oog geen zag.

'Ik heb eens een b-boek geschreven,' zei Meek. 'Het heette *Javascript en andere...*'

'Ik heb eens een boek gelézen,' zei Light, vals grijnzend. 'Maar daar vond ik niet zoveel aan.'

Easy moest lachen. Hij leek over zijn aanvankelijke *faux pas* bij Light heen te zijn. Aan het volgende tafeltje zat Jimmy te grijnzen en hij schoof een eindje op naar de groep, maar Easy wist met halfafgewend gezicht oogcontact te mijden.

'Tja, als je had gezegd ínternet...' Light verplaatste zijn stoel een stukje, waardoor Jimmy het zicht werd ontnomen, en reikte naar zijn restje bier. 'Daar valt heel wat te lezen, als je tenminste niet bang bent om blind te worden...'

Jimmy slurpte een beetje terneergeslagen van zijn shandy. Hij is niet zo traag van begrip als sommige mensen denken en bovendien was de manoeuvre zo duidelijk dat iedereen hem kon zien. Ik moest plotseling aan Anderton-Pullitt denken, de *Einzelgänger* uit mijn klas, die zijn brood alleen opat in de klas terwijl de andere jongens voetbalden op het binnenplein.

Ik wierp Keane, die noch goedkeurend, noch afkeurend, maar met een glans van waardering in zijn grijze ogen toekeek, een zijdelingse blik toe. Hij knipoogde naar me en ik lachte terug; het amuseerde me dat de tot dusverre meest veelbelovende van onze nieuwelingen een Sunnybanker bleek te zijn geweest.

4

DE EERSTE STAP IS ALTIJD HET MOEILIJKST. IK HEB NOG VEEL ILLE-gale uitstapjes naar St. Oswald gemaakt, waarbij ik aan zelfvertrouwen won en steeds meer het terrein, de binnenpleinen en ten slotte de gebouwen zelf binnendrong. Er gingen maanden, trimesters voorbij, en beetje bij beetje verminderde mijn vaders waakzaamheid.

Alles was niet helemaal gegaan zoals hij had gehoopt. De leraren die hem bij zijn naam hadden genoemd, bleven niet minder neerbuigend dan de jongens die hem bij zijn achternaam noemden, de oude portierswoning was 's winters vochtig, en door al dat bierdrinken en voetbalwedstrijden kijken en krasloten kopen was er nooit genoeg geld. Ondanks zijn grootse ideeën was St. Oswald een doodgewone conciërgebaan gebleken, gevuld met dagelijkse vernederingen. Het nam zijn hele leven in beslag. Er was nooit tijd voor thee op het gras en mijn moeder kwam nooit thuis.

In plaats daarvan legde mijn vader het aan met een brutale negentienjarige die Pepsi heette en een schoonheidssalon in de stad runde, te veel lipgloss gebruikte en graag de bloemetjes buitenzette. Ze had haar eigen huis, maar ze logeerde vaak in het onze, en 's morgens had mijn vader lodderogen en een slecht humeur, en rook het huis naar koude pizza en bier. Op die dagen, en ook op andere, wist ik dat ik uit de buurt moest blijven.

De zaterdagavonden waren het ergst. Mijn vaders opvliegendheid werd verergerd door bier en wanneer hij na een nacht aan de zwier te zijn geweest platzak thuiskwam, koos hij meestal mij als doelwit van zijn wrok. 'Onderkruipsel dat je bent,' zei hij dan met dubbele tong door de deur van de slaapkamer. 'Hoe weet ik of je van mij bent, hè? Hoe weet ik of je eigenlijk wel van mij bent?' En als ik zo dom was de deur open te doen, begon het: het duwen, het schreeuwen, het vloeken en ten slotte de grote, trage uithaal die negen van de tien keer de muur raakte en de dronkelap vloerde.

Ik was niet bang voor hem. Dat was ik wel geweest, maar je kunt na verloop van tijd aan alles wennen, en tegenwoordig schonk ik even weinig aandacht aan zijn woede-uitbarstingen als de inwoners van Pompeji aan de vulkaan die hun op een dag noodlottig zou worden. De meeste dingen kunnen routine worden, als je ze maar vaak genoeg herhaalt, en mijn routine was de slaapkamerdeur op slot doen, wat er ook kwam, en de ochtend erna ver uit zijn buurt blijven.

Eerst probeerde Pepsi me aan haar kant te krijgen. Soms nam ze cadeautjes voor me mee, of probeerde ze te koken, want een geweldige kok was ze niet. Maar ik bleef me hardnekkig afzijdig houden. Het was niet omdat ik haar niet mocht – ze had valse nagels en te sterk geëpileerde wenkbrauwen, en ik vond haar te stom om haar niet te mogen –, of zelfs maar omdat ik haar iets kwalijk nam. Nee, het was haar afgrijselijke klefheid die me afstootte, de implicatie dat zij en ik iets met elkaar gemeen konden hebben, dat we op een dag misschien vrienden konden zijn.

Toen ik op dit punt was aangekomen, werd St. Oswald mijn speelterrein. Het was officieel nog steeds verboden terrein, maar mijn vader raakte zijn aanvankelijke evangelisme met betrekking tot de school een beetje kwijt en zat er niet mee te doen alsof hij niets in de gaten had wanneer ik af en toe de regels overtrad, zolang ik discreet te werk ging en geen aandacht op mezelf vestigde.

Toch: als het aan John Snyde lag, speelde ik alleen maar op het terrein. Maar de portiersleutels waren zorgvuldig gelabeld en hingen allemaal op hun plaats in het glazen kastje achter de deur van het poorthuis, en naarmate mijn nieuwsgierigheid en mijn obsessie toenamen, vond ik het moeilijker de uitdaging te weerstaan.

Eén kleine diefstal en de school was van mij. Nu bleef geen deur meer voor me gesloten; met de loper in de hand zwierf ik in het weekend door de verlaten gebouwen, terwijl mijn vader tv keek of met zijn vrienden naar de buurtkroeg ging. Het gevolg was dat ik tegen mijn tiende verjaardag de school beter kende dan welke leerling ook en dat ik ongezien en ongehoord kon passeren zonder ook maar een stofje op te laten dwarrelen.

Ik kende de kasten waar het schoonmaakmateriaal werd bewaard, de medische ruimte, de stopcontacten en de archieven. Ik kende alle klaslokalen: de op het zuiden gelegen aardrijkskundelokalen, ondraaglijk warm in de zomer, en de koele, gelambriseerde natuurkundelokalen. Ik kende de krakende trappen, de vreemdvormige lokalen in de klokkentoren. Ik kende de duivenzolder, de kapel, het observatorium met zijn ronde glazen plafond en de kleine werkkamers met hun rijen metalen kastjes. Ik las spookzinnen op halfschoongeveegde borden. Ik kende het personeel, of eigenlijk meer hun reputatie. Ik opende kluisjes met de loper. Ik rook krijt, leer, kookgeuren en boenwas. Ik paste achtergelaten sportkleding. Ik las verboden boeken.

Maar wat nog beter was, en nog gevaarlijker: ik verkende het dak. Het dak van St. Oswald was een reusachtig, rommelig geheel, met brontosaurusachtige randen en elkaar overlappende platen van natuursteen. Het was een kleine stad op zich, met torens en pleintjes die veel weg hadden van de torens en pleinen van de school beneden. Grote schoorstenen, met keizerskronen erop, staken boven de onregelmatige randen uit; er nestelden vogels; vlierstruiken lieten hun wortels in de vochtige kieren neer en gedijden onwaarschijnlijk goed, en de bloesems hingen tot in de kieren tussen de leien. Er waren kanalen en geulen en een wirwar van richels die over de daknokken heen voerden; er waren daklichten en balkons, die vanaf hoge borstweringen met gevaar voor eigen leven toegankelijk waren.

Eerst was ik behoedzaam, omdat ik me mijn onhandigheid met schoolgymnastiek herinnerde. Maar toen ik zelfstandig begon te opereren, kreeg ik steeds meer zelfvertrouwen, leerde ik mijn evenwicht bewaren, leerde ik mezelf hoe ik stilletjes over gladde leien en onbeschermde balken moest klauteren, leerde ik met behulp van een metalen stang van een hoge richel op een balkonnetje te springen en via een dikke, harige klimplanttak bij een vaalgele schoorsteen vol klimop en mos te komen.

Ik was dol op het dak. Ik hield van de peperachtige geur, de klamheid bij vochtig weer, de rozetten van geel korstmos die goed gedijden en zich over de steen verspreidden. Hier was ik tenminste vrij om mezelf te zijn. Er waren onderhoudsladders die via diverse openingen naar het dak voerden, maar die waren grotendeels in slechte staat; sommige waren niet meer dan een dodelijk kantwerk van roest en metaal, en ik had ze altijd links laten liggen en op mijn eigen manier toegang tot het dakrijk gezocht. Ik deblokkeerde ramen die tientallen jaren eerder dichtgeverfd waren, sloeg met touw een lus om schoorstenen om me te helpen afdalen, verkende de schachten en kruipruimten en de grote, met lood beklede stenen goten. Ik had geen hoogtevrees en was niet bang om te vallen. Tot mijn verbazing merkte ik dat ik van nature lenig was; op het dak was mijn lichte bouw een echt voordeel en hier in de hoogte waren geen pestkoppen om te spotten met mijn magere benen.

Natuurlijk wist ik allang dat het onderhouden van het dak een klus was die mijn vader verafschuwde. Hij kon met een kapotte lei nog wel overweg (zolang hij vanuit een raam te bereiken was), maar het lood dat de goten afdekte was een heel andere zaak. Om daarbij te komen, moest je over een met leistenen bedekte schuinte naar het uiteinde van het dak kruipen, waar een stenen borstwering was die de goot omsloot, en daar knielend, met honderd meter blauwgroene St. Oswald-lucht tussen hemzelf en de grond, de loden bekleding controleren. Hij voerde deze noodzakelijke taak nooit uit; hij gaf ik weet niet hoeveel redenen op voor dit verzuim, maar toen de excuses op waren, vermoedde ik eindelijk met enige vrolijkheid de waarheid: John Snyde had hoogtevrees.

Geheimen fascineerden me ook toen al. Een fles sherry achter in een voorraadkast, een pakje brieven in een blikken trommel achter een paneel, een aantal tijdschriften in een afgesloten dossierkast, een lijst namen in een oud rekeningenboek. Voor mij was geen geheim te alledaags en was niets te klein om aan mijn belangstelling te ontsnappen. Ik wist wie zijn vrouw bedroog, wie last van zijn zenuwen had, wie ambitieus was, wie romantische boeken las, wie het kopieerapparaat illegaal gebruikte. Als kennis macht is, was ik oppermachtig.

Inmiddels was het laatste trimester op Abbey Road Juniors aangebroken. Het was geen succes geweest. Ik had hard gewerkt, me geen moeilijkheden op de hals gehaald, maar had consequent gefaald vriendschap te sluiten. In een poging mijn vaders noordelijke accent te bestrijden had ik – met rampzalige gevolgen – geprobeerd de stemmen en manier van doen van de jongens van St. Oswald te imiteren en daarmee de bijnaam 'Snyde de Snob' verworven. Zelfs sommige onderwijzers gebruikten hem. Ik had hen weleens in de personeelsruimte gehoord toen de zware deur openzwaaide en een waas van rook en gelach me tegemoetkwam. 'Snyde de Snob,' gierde een vrouwenstem het uit. 'Is het niet kostelijk? Snyde de Snob!'

Ik maakte me geen illusies dat Sunnybank Park ook maar een haar beter zou zijn. De meeste leerlingen waren afkomstig van Abbey Road, een deprimerende straat met gemeentewoningen met een grindstenen gevel en kartonnen flatgebouwen met wasgoed op de balkons en donkere trappenhuizen waar het naar pis stonk. Ik had er zelf gewoond. Ik wist wat ik kon verwachten. Er was een zandbak vol hondendrollen, een speelterrein met schommels en een dodelijke hoeveelheid glassplinters, muren vol graffiti, jongens- en meisjesbendes die gore taal uitsloegen en smerige inteeltkoppen hadden.

Hun vaders dronken met mijn vader in café de Engineers; hun moeders waren met Sharon Snyde op zaterdagavond naar Cinderella's Dance-a-rama geweest. 'Doe maar je best, kind,' zei mijn vader tegen me. 'Als je ze een kans geeft, hoor je er algauw bij.'

Maar ik wilde die moeite niet nemen. Ik wilde er niet bij horen op Sunnybank Park.

'Maar wat wil je dán?'

Ah. Dát was de vraag.

Wanneer ik in mijn eentje door de hol klinkende gangen van de school liep, droomde ik ervan mijn naam op de erelijst te zien, grappen met de jongens van St. Oswald te maken, Latijn en Grieks te leren, in plaats van houtbewerking en technisch tekenen, met 'mijn voorbereidingen' bezig te zijn aan de grote houten bureaus, in plaats van huiswerk te maken. In anderhalf jaar was mijn onzichtbaarheid van een talent veranderd in een vloek: ik verlangde ernaar *gezien* te worden, ik streefde ernaar erbij te horen, ik ondernam van alles om steeds grotere risico's te nemen in de hoop dat St. Oswald me misschien op een dag zou erkennen en zou opnemen.

Dus kerfde ik mijn initialen naast die van generaties van vroegere Oswaldianen op de eikenhouten panelen in de refter. Ik keek in het weekend vanuit een schuilplaats achter het sportpaviljoen naar de sportwedstrijden. Ik klom met moeite naar de top van de esdoorn midden op het oude binnenplein en trok gekke bekken naar de waterspuwers aan de rand van het dak. Na schooltijd rende ik zo hard ik kon naar St. Oswald en sloeg ik de jongens gade die vertrokken; ik hoorde hen lachen en klagen, bespiedde hen bij hun ruzies en ademde de uitlaatgassen van de dure auto's van hun ouders in alsof het wierook was. Onze eigen schoolboekenkamer was slecht geoutilleerd, voornamelijk met pocketboeken en stripverhalen, maar in de enorme, stille bibliotheek van St. Oswald las ik gretig: *Ivanhoe* en *Grote verwachtingen* en *Tom Browns schooltijd* en *Gormenghast* en *Sprookjes van Duizend-en-één nacht* en *De mijnen van koning Salomo*. Vaak smokkelde ik boeken mee naar huis – sommige waren al sinds de jaren veertig niet meer uitgeleend. Mijn lievelingsboek was *De onzichtbare man*. Wanneer ik 's avonds door de gangen van St. Oswald liep en de krijtgeur van die dag en de saaie keukengeuren opsnoof en de weggestorven echo's van blije stemmen hoorde en de schaduwen van de bomen op de pasgeboende vloeren zag vallen, wist ik precies, en met een diepe pijn van verlangen, hoe hij zich had gevoeld.

Het enige wat ik namelijk wilde was ergens bij horen. Abbey Road Juniors was armzalig en verlopen geweest, een mislukt eerbetoon aan het liberalisme van de jaren zestig. Maar Sunnybank Park was oneindig veel erger. Ik kreeg regelmatig een pak slaag vanwege mijn leren schooltas (iedereen liep dat jaar met een Adidas-tas), vanwege mijn minachting voor sport, vanwege mijn bijdehante praat, vanwege mijn liefde voor boeken, vanwege mijn kleren en vanwege het feit dat mijn vader op die 'dure school' werkte (het scheen niet uit te maken dat hij slechts de conciërge was). Ik leerde hard te rennen en mijn hoofd gebogen te houden. Ik stelde me voor dat ik een banneling was die niet mee mocht doen met de anderen, dat ik op een dag teruggeroepen zou worden naar de plek waar ik thuishoorde. Diep in mijn hart dacht ik dat als ik me op de een of andere manier kon bewijzen, als ik het hoofd kon bieden aan dat gepest en de kleinzielige vernederingen, St. Oswald me op een dag met open armen zou ontvangen.

Toen ik elf was en de dokter besloot dat ik een bril nodig had, gaf mijn vader de schuld aan het vele lezen. Maar ik wist heimelijk dat ik weer een mijlpaal had bereikt op de weg naar St. Oswald en hoewel 'Snyde de Snob' algauw veranderde in 'Snyde de Schele', was ik vreemd blij. Ik bekeek mezelf aandachtig in de spiegel van de badkamer en concludeerde dat ik er al bijna geschikt uitzag.

Dat is nog steeds zo, hoewel de bril vervangen is door lenzen (je weet maar nooit). Mijn haar is wat donkerder dan toen en beter geknipt. Mijn kleren zijn ook van betere snit, maar niet te formeel – ik wil er niet uitzien alsof ik te veel mijn best doe. Ik ben vooral blij met hoe ik klink: geen spoor van mijn vaders accent, maar de nepverfijning die Snyde de Snob zo'n vreselijke streber maakte is verdwenen. Mijn nieuwe persona is beminnelijk, maar niet opdringerig, en kan goed luisteren – precies de eigenschappen die iemand die moorden pleegt en anderen bespioneert nodig heeft.

Al met al was ik blij met hoe ik het vandaag gedaan heb. Misschien verwacht een deel van mij nog steeds herkend te zullen worden, want de opwinding van gevaar was de hele dag voelbaar, terwijl ik mijn best deed niet te vertrouwd met de gebouwen, en de regels en de mensen over te komen.

Het lesgeven is tot mijn verbazing het gemakkelijkst. Ik heb alleen maar de laagniveaugroepen van mijn vak, dankzij de unieke roostermethoden van Strange (senioren krijgen steevast de betere klassen en laten de pasbenoemden met het schuim worstelen), en dat betekent dat het, hoewel ik een volledig rooster heb, in intellectueel opzicht niet veel van me vraagt. Ik weet in ieder geval genoeg van mijn vak af om de jongens een rad voor ogen te draaien, en wanneer ik twijfel laat ik me leiden door het boek voor de leraar.

Het is voldoende voor mijn doel. Niemand vermoedt iets. Ik word niet belast door hoogniveaugroepen of zesdeklassers. Noch verwacht ik problemen op het vlak van de discipline. Deze jongens zijn heel anders dan de leerlingen van Sunnybank Park en ik heb de hele disciplinaire infrastructuur van St. Oswald achter me om zo nodig mijn positie te versterken.

Ik voel echter dat dat niet nodig zal zijn. Deze jongens zijn betalende klanten. Ze zijn eraan gewend hun leraren te gehoorzamen; hun wangedrag blijft beperkt tot af en toe geen huiswerk maken of fluisteren in de klas. De roede wordt niet meer gebruikt – die is niet meer nodig nu er sprake is van een grotere, niet nader aangeduide dreiging. Het is nogal grappig eigenlijk. Grappig en belachelijk eenvoudig. Het is natuurlijk een spel, een strijd tussen mijn wil en die van het schuim. We weten allemaal dat ik niets kan uithalen als ze besluiten *en masse* de klas te verlaten. We weten het allemaal, maar niemand durft me te overbluffen.

Desondanks mag ik niet op mijn lauweren rusten. Mijn dekmantel is goed, maar zelfs een kleine fout kan in dit stadium desastreus blijken. Die secretaresse, bijvoorbeeld. Niet dat haar aanwezigheid iets verandert, maar het toont gewoon aan dat je niet iedere zet kunt voorzien.

Ik ben ook op mijn hoede voor Roy Straitley. Noch het hoofd, noch Bishop, noch Strange heeft me verder een blik waardig gekeurd, maar Straitley is anders. Zijn blik is nog even scherp als vijftien jaar geleden – en zijn verstand ook. De jongens hebben hem altijd gerespecteerd, ook als zijn collega's dat niet deden. Veel van de roddel die ik tijdens die jaren op St. Oswald opving, had op de een of andere manier met hem te maken, en hoewel zijn rol in wat er gebeurde klein was, was die toch van veel betekenis.

Hij is natuurlijk ouder geworden. Hij zal nu bijna gepensioneerd zijn. Maar veranderd is hij niet: nog dezelfde overdreven manier van doen, nog dezelfde toga, nog hetzelfde tweedjasje, nog dezelfde Latijnse uitdrukkingen. Ik voelde bijna een innige genegenheid voor hem vandaag, alsof hij een oude oom was die ik in geen jaren had gezien. Maar ik kan de man achter de vermomming zien, ook al ziet hij mij niet. Ik ken mijn vijand.

Ik had min of meer verwacht te zullen horen dat hij met pensioen was. In zekere zin zou dat de zaak er gemakkelijker op hebben gemaakt. Maar na vandaag ben ik blij dat hij er nog is. Het maakt de situatie wat spannender. Bovendien wil ik dat Roy Straitley erbij is wanneer ik St. Oswald ten val breng.

5

Jongensgymnasium St. Oswald
Dinsdag 7 september

ER HEERST ALTIJD EEN SPECIAAL SOORT CHAOS OP DE EERSTE DAG. Jongens die te laat zijn, jongens die de weg kwijt zijn, boeken die moeten worden afgehaald, schrijfbenodigdheden die moeten worden opgehaald. De veranderingen in de klaslokalen maakten het er niet beter op; het nieuwe rooster had geen rekening gehouden met de nieuwe nummering en moest worden opgevolgd door een memo die niemand las. Een paar maal onderschepte ik rijen jongens die naar het nieuwe kantoor van de afdeling Duits op weg waren, in plaats van naar de klokkentoren, en moest ik hen op de juiste koers brengen.

Dr. Devine zag er gespannen uit. Ik had mijn vroegere kantoor uiteraard nog steeds niet leeggehaald; alle dossierkastjes zaten op slot en alleen ik had de sleutel. Dan moesten er nog klassenboeken en vakantiewerk worden opgehaald, cheques voor schoolgeld naar het kantoor van de thesaurier gebracht, sleutels van kluisjes uitgedeeld, zitplaatsen verdeeld en de wet gehandhaafd.

Gelukkig heb ik dit jaar geen nieuwe klas. Mijn jongens, eenendertig in getal, zijn oude rotten en ze weten wat ze kunnen verwachten. Ze zijn aan me gewend geraakt en ik aan hen. Dat zijn: Pink, een rustige, spitsvondige jongen met een vreemd volwassen gevoel voor humor, en zijn vriend Tayler; dan mijn Brodie-jongens, Allen-Jones en McNair, twee extravagante grappenmakers die minder hoeven nablijven dan ze verdienen, omdat ze me aan het lachen maken; verder nog de roodharige Sutcliff; Niu, een Japanse jongen die heel actief is in het schoolorkest; Knight, die ik niet vertrouw; de kleine Jackson, die zich dagelijks moet bewijzen door ruzie te zoeken; de grote Brasenose, die gauw gepest wordt; en Anderton-Pullitt, een intelligente, eenzelvige, gewichtigdoenerige jongen die veel allergieën heeft, waaronder, als we hem moeten geloven, een zeer speciale vorm van astma, die erop neerkomt dat hij niet mee zou hoeven doen aan allerlei sporten en ook niet aan wiskunde, Frans, godsdienst, huiswerk op maandag, schoolafdelingsvergaderingen, schoolbijeenkomsten en kerkdiensten. Hij heeft ook de gewoonte achter me aan te lopen, wat Kitty Teague ertoe heeft geïnspireerd grapjes te maken over mijn 'vriendje', en me de oren van het hoofd te kletsen over zijn diverse interesses (vliegtuigen uit de Eerste Wereldoorlog, computerspelletjes, de muziek van Gilbert en Sullivan). In de regel vind ik het niet zo erg – het is een vreemde jongen, die wordt buitengesloten door zijn leeftijdgenoten, en hij is denk ik eenzaam –, maar aan de andere kant heb ik werk te doen en ben ik niet van zins de weinige vrije tijd die ik heb met Anderton-Pullitt door te brengen.

Natuurlijk zijn de liefdes van schooljongens iets wat bij het lesgeven hoort en we leren er zo goed mogelijk mee omgaan. We hebben allemaal weleens zoiets meegemaakt, zelfs mensen als Hillary Monument en ik, die, laten we nou maar eerlijk zijn, zo ongeveer het minst aantrekkelijke paar vormen dat er rondloopt. We hebben allemaal onze eigen manier om ermee om te gaan, hoewel ik geloof dat Isabelle Tapi de jongens in feite aanmoedigt – ze heeft inderdaad altijd een aantal 'vriendjes', net als Robbie Roach en Penny Nation. Wat mezelf betreft: ik vind dat een energieke manier van doen en een beleid van welwillende verwaarlozing de Anderton-Pullitts van deze wereld er meestal genoeg van weerhoudt al te familiair te worden.

Toch is het al met al niet zo'n verkeerd stel, 3S. Ze zijn in de vakantie gegroeid: sommigen zien er bijna volwassen uit. Dat zou mij het gevoel moeten geven dat ik oud ben, maar ik voel juist een soort trots, of ik wil of niet. Ik mag graag denken dat ik al mijn jongens hetzelfde behandel, maar ik heb vooral een voorliefde voor deze klas ontwikkeld, die al twee jaar bij me is. Ik mag altijd graag denken dat we elkaar begrijpen.

'O, me-néér!' Er werd gekreund toen ik iedereen een test Latijn overhandigde.

'Het is de eerste dag, meneer!'
'Kunnen we niet een quiz doen, meneer?'
'Mogen we galgen in het Latijn?'
'Wanneer ik jullie alles heb geleerd wat ik weet, meneer Allen-Jones, kunnen we misschien de tijd vinden om ons aan onschuldig tijdverdrijf over te geven.'

Allen-Jones grijnsde en ik zag dat hij in de ruimte die voor 'klaslokaal' bestemd was op zijn Latijnse boek, had geschreven: 'Voorheen lokaal 59'.

Er werd geklopt en dr. Devine stak zijn hoofd om de hoek van de deur.

'Meneer Straitley?'

'Quid agis, medice?'

De klas grinnikte. Zuurpruim, die nooit klassieke talen heeft gehad, keek geërgerd. 'Het spijt me dat ik u moet lastigvallen, meneer Straitley. Kan ik u heel even spreken?'

We gingen de gang op. Ondertussen hield ik de jongens door de ruit in de deur in de gaten. McNair was al iets op zijn bank aan het schrijven, en ik tikte waarschuwend op het glas.

Zuurpruim nam me afkeurend op. 'Ik had echt gehoopt dat ik vanmorgen de werkkamer van de afdeling had kunnen reorganiseren,' zei hij. 'Uw dossierkasten...'

'O, daar zal ik wel voor zorgen,' antwoordde ik. 'Laat het maar aan mij over.'

'En dan is er nog dat bureau – en de boeken – om nog maar te zwijgen over al die enorme plánten...'

'Maak het u naar de zin,' zei ik luchtig. 'Let maar niet op mijn spullen.' In dat bureau zat dertig jaar aan papier. 'Misschien wilt u alvast wat dossiers naar het archief brengen wanneer u tijd hebt?' opperde ik behulpzaam.

'Dat wil ik zeker niet,' snauwde Zuurpruim. 'En nu we het er toch over hebben: misschien kunt u me vertellen wie het nieuwe nummer 59 van de deur van het afdelingskantoor heeft gehaald en het hierdoor heeft vervangen?' Hij overhandigde me een stukje van een kaart waarop geschreven stond: 'Voorheen lokaal 75', geschreven in een uitbundig (en enigszins bekend) jeugdig handschrift.

'Het spijt me, dr. Devine. Ik heb geen flauw idee.'

'Het is gewoon diefstal. Die deurplaten kosten vier pond per stuk. Dat is voor achtentwintig lokalen in totaal 113 pond en er zijn er al zes verdwenen. Ik weet niet waarom je zo staat te grijnzen, Straitley, maar...'

'Zei u "grijnzen"? Helemaal niet. Knoeien met lokaalnummers? Betreurenswaardig.' Deze keer wist ik mijn gezicht in de plooi te houden, hoewel Zuurpruim niet overtuigd leek.

'Goed, ik zal hier en daar informeren, en ik zou u dankbaar zijn als u ook uw ogen open zou willen houden. We kunnen dit soort dingen niet tolereren. Het is een schande. Het veiligheidsbeleid van deze school is al jarenlang een ramp.'

Dr. Devine wil bewakingscamera's in de middengang – zogenaamd voor de veiligheid, maar in werkelijkheid wil hij in de gaten kunnen houden wat iedereen in zijn schild voert: wie de jongens naar cricketwedstrijden laat kijken in plaats van te repeteren voor examens, wie kruiswoordpuzzels invult tijdens leestests, wie altijd twintig minuten te laat is, wie even weggaat om een kop koffie te halen, wie gebrek aan discipline toelaat, wie zijn werk voorbereidt en wie alles ter plekke verzint terwijl hij bezig is.

O, hij zou dolgraag al die dingen op camera willen vastleggen, het harde bewijs van al onze feilen willen bezitten, van onze kleine incompetenties. Hij zou dolgraag willen kunnen aantonen (bijvoorbeeld tijdens een schoolinspectie) dat Isabelle vaak te laat in de klas is en dat Pearman soms helemaal vergeet te komen. Dat Eric Scoones driftig wordt en af en toe een jongen een draai om zijn oren geeft, dat ik zelden gebruikmaak van audiovisuele middelen en dat Grachvogel, ondanks zijn moderne methoden, moeite heeft met orde houden. Ik weet al die dingen natuurlijk. Devine vermoedt ze alleen maar.

Ik weet ook dat Erics moeder Alzheimer heeft en dat hij uit alle macht probeert haar thuis te houden, dat Pearmans vrouw kanker heeft en dat Grachvogel homoseksueel is, en bang. Zuurpruim heeft geen idee van deze dingen, opgesloten als hij is in zijn ivoren toren in het voormalige klassieke-talenkantoor. En het kan hem ook niet schelen. Informatie, en niet begrip, is waar het bij hem om draait.

Na de les gebruikte ik discreet de loper om in het kluisje van Allen-Jones te komen. En ja hoor: de zes deurplaten lagen erin, evenals een stel kleine schroevendraaiers en de losgedraaide schroeven, die ik allemaal verwijderde. Ik zou Jimmy vragen de platen tijdens de lunchpauze te vervangen. Fallow zou vragen gesteld hebben en zou zelfs misschien iets aan dr. Devine hebben verteld.

Het leek geen zin te hebben nadere stappen te nemen. Als Allen-Jones een beetje verstandig was, zou hij ook niets over de zaak zeggen. Toen ik het kastje dichtdeed, zag ik achter zijn *Julius Caesar* een pakje sigaretten en een aansteker liggen; ik haalde ze allemaal weg, maar besloot toen ze niet gezien te hebben.

Ik had bijna de hele middag vrij. Ik had graag in mijn lokaal willen blijven, maar Meek zat erin met een derdejaars wiskundeklas, dus trok ik me in de stiltekamer terug (waar het helaas verboden is te roken) om even lekker met de eventueel aanwezige collega's te praten.

De stiltekamer is natuurlijk een foutieve benaming. Het is een soort gemeenschappelijk kantoor met bureaus in het midden en kluisjes langs de kant, en dit is de plek waar het roddelcentrum van het personeel zetelt. Hier worden onder het mom van werk nakijken nieuwtjes uitgewisseld en geruchten verspreid. Het heeft het extra voordeel dat het precies onder mijn lokaal ligt en dit gelukkige toeval betekent dat ik, als dat nodig is, een klas in stilte kan laten werken terwijl ik in een aangename omgeving een kop thee drink of de *Times* lees. Ieder geluid dat van boven komt, is duidelijk hoorbaar, ook van wie het geluid komt, en het kost me slechts een ogenblik om op te staan en de jongen die de boel verstoort snel te grijpen en te bestraffen. Op die manier heb ik een reputatie van alomtegenwoordigheid opgebouwd die me goed van pas komt.

In de stiltekamer trof ik Chris Keane, Kitty Teague, Robbie Roach, Eric Scoones en Paddy McDonaugh, de godsdienstleraar, aan. Keane zat te lezen en maakte af en toe aantekeningen in een rood notitieboekje. Kitty en Scoones namen afdelingsrapporten door. McDonaugh dronk thee en bladerde in *De encyclopedie van demonen en demonologie*. Ik denk weleens dat de man zijn werk een beetje te serieus opvat.

Roach was verdiept in de *Mirror*. 'Nog zevenendertig,' zei hij.

Het was stil. Toen niemand vroeg wat hij bedoelde, legde hij uit: 'Nog zevenendertig werkdagen; dan is het herfstvakantie.'

McDonaugh snoof. 'Sinds wanneer wérk jij?' vroeg hij.

'Ik heb mijn steentje bijgedragen,' zei Roach, de bladzij omslaand. 'Vergeet niet dat ik sinds augustus op kamp geweest ben.' Op zomerkamp gaan is Robbies bijdrage aan de buitenschoolse activiteiten van de school: drie weken per jaar gaat hij met een minibus vol jongens naar Wales om leiding te geven aan wandelexpedities, kanotochten, paintballavonturen en kartrondes. Dat vindt hij leuk: de hele dag in spijkerbroek lopen en zich door de jongens 'Robbie' laten noemen, maar toch houdt hij vol dat het een grote opoffering is en wil hij er het recht aan ontlenen het de rest van het jaar rustig aan te mogen doen.

'Kamp,' zei McDonaugh schamper.

Scoones keek hem afkeurend aan. 'Ik dacht dat dit de stíltekamer was,' bracht hij kil te berde, alvorens zijn aandacht weer op zijn rapporten te richten.

Het was even stil. Eric is een beste kerel, maar humeurig; iedere andere dag had hij roddels te over, maar vandaag leek hij somber. Het kwam waarschijnlijk door de nieuwe aanwinst van de afdeling Frans, dacht ik. Juffrouw Dare is jong, ambitieus en intelligent – weer iemand om voor op zijn hoede te zijn. Daarbij komt dat ze een vrouw is, en een oudgediende als Scoones houdt er niet van met een vrouw te werken die dertig jaar jonger is dan hij. Hij heeft de afgelopen vijftien jaar steeds op promotie zitten wachten, maar die krijgt hij nu niet meer. Hij is te oud – en ook lang niet plooibaar genoeg. Iedereen behalve Scoones zelf weet het en iedere verandering in de samenstelling van de afdeling herinnert hem er alleen maar aan dat hij er niet jonger op wordt.

Kitty wierp me een humoristische blik toe, die mijn vermoedens bevestigde. 'Grote administratieve achterstand,' fluisterde ze. 'Er was het vorige trimester wat verwarring en om de een of andere reden zijn deze gegevens over het hoofd gezien.'

Wat ze bedoelt is dat Pearman ze over het hoofd heeft gezien. Ik heb zijn kantoor gezien: het puilt uit van de verwaarloosde administratie. Belangrijke dossiers verdwijnen in een zee van ongelezen memo's, zoekgeraakt werk, schriften, oude koffiekopjes, proefwerken, gefotokopieerde aantekeningen en de ingewikkelde tekeningetjes die hij maakt wanneer hij aan het bellen is. Mijn eigen kantoor ziet er net zo uit, maar ik weet tenminste waar alles is. Pearman zou helemaal de weg kwijt zijn als Kitty er niet was om hem dekking te geven.

'Hoe is het nieuwe meisje?' vroeg ik provocerend.

Scoones maakte een verontwaardigd geluid. 'Slimmer dan goed voor haar is.'

Kitty lachte verontschuldigend. 'Nieuwe ideeën,' legde ze uit. 'Ze komt vast wel tot rust.'

'Pearman heeft een hoge dunk van haar,' zei Scoones snierend.

'Ja, natuurlijk.'

Pearman heeft een levendige waardering voor vrouwelijk schoon. Het gerucht gaat dat Isabelle Tapi nooit op St. Oswald zou zijn aangenomen als ze tijdens het sollicitatiegesprek geen minirok had gedragen.

Kitty schudde haar hoofd. 'Het komt wel goed met haar. Ze zit vol ideeën.'

'Ik zou je wel kunnen vertellen waar ze vol mee zit,' mompelde Scoones. 'Maar ze is goedkoop, hè? Voor we het weten, worden we allemaal vervangen door jonge strebers met puistjes en een goedkope graad. Scheelt heel wat geld.'

Ik zag dat Keane zat te luisteren: hij grijnsde terwijl hij zijn aantekeningen maakte. Weer materiaal voor de Grote Britse Roman, nam ik aan. McDonaugh bestudeerde zijn demonen. Robbie Roach knikte zuur goedkeurend.

Kitty was zoals altijd verzoenend. 'Ach, we moeten allemaal inkrimpen,' zei ze. 'Zelfs het budget voor leerboeken...'

'Praat me er niet van!' onderbrak Roach haar. 'Geschiedenis krijgt veertig procent minder, mijn klaslokaal is een aanfluiting, er komt water door het plafond, ik draai een volledig rooster en wat doen ze? Dertigduizend pond verspillen aan computers die niemand wil. En het dak dan? En wat dacht je van de middengang? Die kan wel een likje verf gebruiken. En hoe zit dat met die dvd-speler waar ik al ik weet niet hoe lang om vraag?'

McDonaugh bromde. 'Aan de kapel moet ook iets gedaan worden,' bracht hij ons in herinnering. 'We zullen gewoon het schoolgeld weer moeten verhogen. Deze keer kunnen we er niet omheen.'

'Het schoolgeld gaat niet omhoog,' zei Scoones, zijn behoefte aan rust en stilte vergetend. 'Dan zouden we de helft van de leerlingen kwijtraken. Er zijn andere gymnasia, hoor. En ook betere dan het onze, om je de waarheid te zeggen.'

'Er is nog een andere wereld,' citeerde ik zacht.

'Ik heb weleens gehoord dat we onder enige druk staan om wat land van de school te verkopen,' zei Roach, zijn koffiekop ledigend.

'Wat, de sportterreinen?' Scoones, die een verstokte rugbyfan is, was geschrokken.

'Niet het rugbyveld,' legde Roach geruststellend uit. 'Alleen maar de velden achter de tennisbanen. Ze worden niet meer gebruikt, alleen maar door jongens die stiekem willen roken. Ze zijn toch waardeloos voor sport – ze staan altijd onder water. We kunnen ze net zo goed verkopen aan een projectontwikkelaar of zoiets.'

Projectontwikkelaar. Dat klonk onheilspellend. Misschien voor een supermarkt, of een bowlingcomplex, zodat de Sunnybankers na school hun dagelijks portie bier en kegels konden gaan halen.

'Dat idee zal ZM niet aanstaan,' zei McDonaugh droogjes. 'Hij wil niet de geschiedenis in gaan als de man die St. Oswald verkocht.'

'Misschien worden we een gemengde school,' opperde Roach melancholisch. 'Denk je eens in... al die meisjes in uniform.'

Scoones huiverde. 'Jakkie! Liever niet.'

In de pauze die volgde, werd ik me plotseling bewust van een geluid boven mijn hoofd, een gestamp van voeten, een geschraap van stoelen en luide stemmen. Ik keek op.

'Jouw klas?'

Ik schudde mijn hoofd. 'Dat is de nieuwe Baard van computerkunde. Meek, heet hij.'

'Zo klinkt het ook,' zei Scoones.

Het gebonk en gestamp gingen door en zwollen ineens aan tot een crescendo, waarin ik nog net het zwakke stemgeluid van de meester meende te kunnen horen.

'Misschien moest ik maar eens gaan kijken.'

Het is altijd een beetje gênant om de klas van een andere leraar tot de orde te moeten roepen. Normaal gesproken doe ik dat niet – op

St. Oswald bemoeien we ons doorgaans met onze eigen zaken –, maar het was mijn lokaal en ik voelde me op een rare manier verantwoordelijk. Ik vloog – naar ik vermoedde niet voor de laatste keer – de trappen naar de klokkentoren op.

Halverwege ontmoette ik dr. Devine. 'Is dat uw klas daarbinnen die zo'n vreselijke herrie maakt?'

Ik was beledigd. 'Natuurlijk niet,' zei ik, uit de hoogte. 'Dat is het Konijn Meek. Dat gebeurt er nou als je computerkunde aan de massa wilt slijten; dan barst er door alle wereldvreemdheid een soort gekte los.'

'Nou, ik hoop dat u er iets aan gaat doen,' zei Zuurpruim. 'Ik kon het lawaai op de middengang al horen.'

Wat had die man toch een lef. 'Even op adem komen,' zei ik waardig. 'Die trappen worden met het jaar steiler.'

Devine keek smalend. 'Als u niet zoveel rookte, zou u met een paar trappen geen moeite hebben.' Toen liep hij met ferme pas weg.

Mijn ontmoeting met Zuurpruim maakte mijn humeur er niet bepaald beter op. Ik wendde me meteen tot de klas, het arme Konijn bij de leraarstafel negerend, en trof tot mijn woede een aantal van mijn leerlingen in zijn groep aan. De grond was bezaaid met papieren vliegtuigjes. Er was een bank omgegooid. Knight stond bij het raam kennelijk een grappig toneelstukje op te voeren, want de rest van de klas lag in een deuk van het lachen.

Toen ik binnenkwam, werd het bijna meteen stil. Ik ving een gesis op – 'Quasi!' – en Knight probeerde – te laat – de toga uit te trekken die hij aanhad.

Knight keerde zich naar me toe en ging meteen, met een angstig gezicht, recht staan. En dat was maar goed ook. Ik betrapte hem op het dragen van míjn toga, in míjn lokaal, terwijl hij míj nadeed – want het leed geen twijfel dat die aapachtige uitdrukking en manke loop mij moesten voorstellen – en hij stond waarschijnlijk te bidden dat de onderwereld hem zou verzwelgen.

Ik moet zeggen dat het me verbaasde dat het om Knight ging. Hij was een sluwe jongen met te weinig zelfvertrouwen, die meestal anderen de leiding liet nemen terwijl hij genoot. Het feit dat zelfs híj zich had durven misdragen zei veel over Meeks ordehandhaving.

'Jij. Eruit.' Een staccato gefluister is in deze gevallen veel effectiever dan stemverheffing.
Knight aarzelde even. 'Meneer, het was geen...'
'Eruit!'
Knight vluchtte. Ik keerde me naar de rest van de groep. Even liet ik de stilte tussen ons weerklinken. Niemand durfde me aan te kijken. 'Wat de rest aangaat: als ik ooit nog een keer zo moet binnenkomen, als ik ook maar één keer stemverheffing uit dit lokaal hoor komen, laat ik jullie allemaal nablijven, schuldigen, medeplichtigen en zwijgende medestanders, zonder onderscheid. Is dat begrepen?'
Er werd geknikt. Onder de gezichten zag ik Allen-Jones en McNair, Sutcliff, Jackson en Anderton-Pullitt. De helft van mijn klas. Ik schudde afkerig mijn hoofd. 'Ik had meer van jullie verwacht, 3S. Ik dacht dat jullie een beetje beschaving hadden.'
'Sorry, meneer,' mompelde Allen-Jones, strak naar de klep van zijn bank kijkend.
'Volgens mij hoort meneer Meek de verontschuldiging te krijgen,' zei ik.
'Sorry, meneer.'
'Sorry.'
'Sorry.'
Meek stond rechtop op de verhoging. Mijn te grote bureau deed hem nog kleiner en onbeduidender lijken. Zijn treurige gezicht leek slechts uit ogen en baard te bestaan en hij leek niet zozeer op een konijn als wel op een kapucijnaap.
'Mijn – hum – dank, meneer Straitley. Ik geloof dat ik, eh... dat ik het nu w-wel red. Jongens... eh... uhm...'
Terwijl ik de klas verliet, keerde ik me om om de deur met glaspaneel achter me dicht te doen. Even ving ik de blik op waarmee Meek naar me keek. Hij wendde zijn gezicht bijna meteen af, maar toen had ik de zijne al opgevangen.
Het leed geen twijfel: ik had er vandaag weer een vijand bij gekregen. Een stille, maar desalniettemin een vijand. Later zal hij in de docentenkamer naar me toe komen om me te bedanken voor mijn ingrijpen, maar geen enkele mate van veinzerij zal kunnen verhelen dat hij waar de hele klas bij was vernederd is en dat ik degene was die daar getuige van was.

Toch was ik van die blik geschrokken. Het was net of er een geheim gezicht achter dat grappige baardje en die bushbabyoogjes tevoorschijn was gekomen, een gezicht vol zwakke, maar onverzoenlijke haat.

6

IK VOELDE ME ALS EEN KIND IN EEN SNOEPWINKEL DAT NET ZIJN zakgeld heeft gekregen. Waar zal ik beginnen? Wordt het Pearman, of Bishop, of Straitley of Strange? Of moet ik lager beginnen, bij die dikke Fallow, die mijn vaders plaats met zulke slappe arrogantie heeft ingenomen? Die domme halvegare Jimmy? Of een van de nieuwe? Het hoofd zelf?

Ik moet toegeven dat het idee me aanspreekt. Maar dat zou te gemakkelijk zijn; bovendien wil ik het hart van St. Oswald treffen, niet het hoofd. Ik wil hen állemaal ten onder zien gaan – alleen een paar mindere goden treffen is niet voldoende. Instellingen als St. Oswald hebben de gewoonte steeds opnieuw tot leven te komen; oorlogen gaan voorbij, schandalen verdwijnen naar de achtergrond en zelfs moorden worden uiteindelijk vergeten.

Ik laat me inspireren en wacht het juiste moment af. Ik heb gemerkt dat ik het net zo plezierig vind hier te zijn als toen ik nog een kind was: dat heerlijke gevoel in overtreding te zijn. Er is heel weinig veranderd: de nieuwe computers staan ongemakkelijk op de nieuwe plastic tafels, terwijl de namen van de vroegere Oswaldianen me vanaf de erelijsten dreigend aankijken. De geur van de school is een beetje anders – minder kool en meer plastic, minder stof en meer deodorant –, maar de klokkentoren heeft, dankzij Straitley, de oorspronkelijke formule van muizen, krijt en door de zon verwarmde sportschoenen behouden.

Maar de lokalen zelf zijn niet veranderd, evenmin als de verhogingen waarop de leraren als boekaniers op hun achterdek rondstapten en de houten vloeren, in de loop der jaren paars geworden door de inkt en iedere vrijdagavond dodelijk glanzend geboend.

De docentenkamer heeft nog dezelfde gammele stoelen en de aula en de klokkentoren zijn ook onveranderd. Het is het chique soort verval waarop St. Oswald gesteld schijnt te zijn, maar wat nog belangrijker is: het fluistert 'traditie' tegen de schoolgeld betalende ouders.

Als kind voelde ik die last van de traditie als een lichamelijke pijn. St. Oswald was zo anders dan Sunnybank Park met zijn kleurloze klaslokalen en geur van schuurmiddel. Ik voelde me op Sunnybank niet op mijn gemak: ik werd gemeden door de andere leerlingen en voelde minachting voor de leraren, die spijkerbroeken droegen en ons bij de voornaam noemden.

Ik wilde dat ze me 'Snyde' noemden, zoals ze op St. Oswald zouden doen; ik wilde een uniform dragen en hen 'meneer' noemen. De leraren op St. Oswald gebruikten de roede nog: vergeleken daarbij leek mijn eigen school soft en slap. Mijn klassenleraar was een vrouw, Jenny McCauleigh. Ze was jong, gemakkelijk in de omgang en heel aantrekkelijk (veel jongens waren verkikkerd op haar), maar ik voelde alleen maar een diepe wrok. Op St. Oswald waren geen leraressen. Weer had ik een tweederangs substituut gekregen.

In de loop van de maanden werd ik gepest, bespot en geminacht door zowel het personeel als de leerlingen. Mijn lunchgeld werd gestolen, mijn kleren werden stukgemaakt, mijn boeken op de grond gegooid. Algauw werd Sunnybank Park ondraaglijk. Ik hoefde geen ziekte voor te wenden: ik had tijdens mijn eerste jaar vaker griep dan ik daarvoor ooit had gehad. Ik werd geplaagd door hoofdpijn en nachtmerries; elke maandagochtend kreeg ik zo'n hevige aanval van misselijkheid dat zelfs mijn vader het begon te merken.

Een keer probeerde ik met hem te praten, weet ik nog. Het was een zaterdagavond en hij had besloten voor de verandering eens thuis te blijven. Zo'n avond thuis was zeldzaam voor hem, maar Pepsi had een parttime baantje in een café in de stad gekregen en ik had alweer een tijdje griep, en hij was thuisgebleven en had gekookt – niets bijzonders, gewoon een kant-en-klaarmaaltijd met patat, maar het was voor mij een teken dat hij zijn best deed. Ook was hij in een milde bui; het halfleeg gedronken sixpack bierflesjes dat naast hem stond leek zijn eeuwige woede een beetje gedempt te hebben. De tv stond aan – een aflevering van *The Professionals* – en we keken ernaar in een stilte die voor de verandering eens kameraadschappelijk was in plaats van nors. Het weekend lag voor ons – twee hele dagen dat ik niet naar Sunnybank Park hoefde – en ook ik was mild gestemd, bijna tevreden. Zulke dagen waren er ook: dagen waarop ik bijna kon geloven dat een Snyde zijn niet het eind van de wereld was, en waarop ik meende een soort licht aan het einde van de Sunnybank Park-tunnel te kunnen zien en waarop al die dingen er niet echt toe deden. Ik keek naar opzij en zag mijn vader nieuwsgierig naar me kijken, een fles tussen zijn dikke vingers geklemd.

'Mag ik ook wat?' vroeg ik, want het gaf me moed.

Hij keek peinzend naar de fles. 'Goed,' zei hij, me de fles overhandigend. 'Maar niet meer. Ik wil niet dat je aangeschoten raakt.'

Ik dronk en genoot van de bittere smaak. Ik had natuurlijk weleens pils gedronken, maar nooit met toestemming van mijn vader. Ik grijnsde naar hem en tot mijn verbazing grijnsde hij terug. Hij zag er voor de verandering heel jong uit, vond ik, bijna als de jongen die hij ooit geweest moest zijn, toen hij en mijn moeder elkaar leerden kennen. Het kwam voor het eerst bij me op dat ik, als ik hem toen ontmoet had, die sterke, zachtmoedige, grappenmakende jongen misschien even aardig had gevonden als zij, en dat hij en ik misschien zelfs vriendschap hadden kunnen sluiten.

'We redden ons best zonder haar, hè kind?' zei mijn vader, en ik voelde een schok van verbazing onder in mijn maag. Hij had mijn gedachten gelezen.

'Ik weet dat het zwaar is geweest,' zei hij. 'Zonder moeder en zo, en nu die nieuwe school. Je hebt zeker erg moeten wennen, hè, kind?'

Ik knikte en durfde nauwelijks te hopen.

'En dan die hoofdpijn en zo. Dat ziekteverzuim. Heb je moeilijkheden op school? Is dat het? Maken de andere kinderen het je moeilijk?'

Weer knikte ik. Nu zou hij zich afwenden, ik wist het. Mijn vader verachtte lafaards. *Als eerste slaan, en snel slaan*, was zijn persoonlijke mantra, samen met: *Hoe groter ze zijn, hoe harder ze vallen*, en: *Schelden doet geen zeer*. Maar deze keer wendde hij zich niet af. Hij keek me juist recht aan en zei: 'Maak je maar geen zorgen, kind. Ik zal er iets aan doen. Ik beloof het je.'

Nu bloeide er tot mijn schrik iets op in mijn hart: opluchting, hoop, het begin van vreugde. Mijn vader had het geraden. Mijn vader had het begrepen. Hij had beloofd er iets aan te doen. Ik had plotseling een verbluffend visioen: ik zag mijn vader, vijf meter lang, op de poort van Sunnybank Park af lopen, schitterend in zijn woede en doelbewustheid. Ik zag hem naar mijn grootste kwelgeesten toe lopen en hun koppen tegen elkaar slaan, ik zag hem naar meneer Bray, de sportleraar, toe lopen en hem neerslaan, maar het mooiste en verrukkelijkste plaatje was dat hij voor juffrouw McCauleigh, mijn klassenlerares, ging staan en zei: 'Stop die stomme school van je maar in je je-weet-wel, schatje – we hebben een andere gevonden.'

Mijn vader keek nog steeds naar me met die blije lach op zijn gezicht. 'Je zou het misschien niet denken, kind, maar ik heb het allemaal meegemaakt, net als jij. Pestkoppen, grotere jongens, ze zijn er altijd, ze staan altijd klaar om het te proberen. Ik was als kind ook niet zo lang, ik had eerst niet veel vrienden. Geloof het of niet: ik weet hoe je je voelt. En ik weet ook wat je eraan kunt doen.'

Ik kan me dat moment nog steeds herinneren. Dat gelukzalige gevoel van vertrouwen, van orde die wordt hersteld. Op dat ogenblik was ik weer zes, een kind vol vertrouwen, geborgen omdat het weet: Vader Weet Het Beter. 'Wat dan?' zei ik bijna onhoorbaar.

Mijn vader knipoogde. 'Karateles.'

'Karateles?'

'Ja. Kungfu, Bruce Lee, weet je wel? Ik ken een knul, ik zie hem weleens in de kroeg. Hij geeft op zaterdagochtend les. Ach, toe nou, kind,' zei hij toen hij mijn gezicht zag. 'Een paar weken karateles en er is niks meer aan de hand. Als eerste slaan en snel slaan. Je moet van niemand iets pikken.'

Ik staarde hem aan, niet in staat een woord uit te brengen. Ik herinner me de fles bier in mijn hand, de koude condens; op de televisie waren Bodie en Doyle bezig van niemand iets te pikken. Tegenover me op de bank zat John Snyde me nog steeds vol blije verwachting aan te kijken, alsof hij wachtte op mijn onvermijdelijke reactie van genoegen en dankbaarheid.

Dus dit was zijn fantastische oplossing? Karateles. Van een man uit de kroeg. Als mijn hart niet brak, had ik luid gelachen. Ik zag het al voor me, die zaterdagochtendles: twintig harde jongens uit de gemeentewoningen, die waren grootgebracht met *Street Fighter* en *Kick Boxer* II – met een beetje geluk kwam ik zelfs nog een paar van mijn grootste kwelgeesten van Sunnybank Park tegen en zou ik hun de kans geven me nu eens in een volkomen andere omgeving in elkaar te slaan.

'Nou?' zei mijn vader. Hij grijnsde nog steeds, en zonder veel moeite kon ik nog altijd de jongen zien die hij geweest was, de trage leerling, de pestkop in wording. Hij was zo absurd ingenomen met zichzelf en zat er zo ver naast dat ik niet, zoals ik verwacht had, minachting of woede voelde, maar een diep, niet-kinderlijk verdriet.

'Ja, best,' zei ik eindelijk.

'Ik had je toch gezegd dat ik iets zou bedenken, hè?'

Ik knikte met een bittere smaak in mijn mond.

'Kom hier, kind. Geef je ouwe vader eens een knuffel.'

Ik deed het, nog steeds met die smaak achter in mijn keel; ik rook zijn sigaretten en zijn zweet en zijn bieradem en de mottenballengeur van zijn trui, en terwijl ik mijn ogen sloot, dacht ik: ik sta alleen.

Tot mijn verbazing deed het niet zoveel zeer als ik had verwacht. We keerden weer terug naar *The Professionals*. Een tijdje deed ik alsof ik naar karateles ging, in ieder geval totdat mijn vaders aandacht zich op andere dingen richtte.

Er gingen maanden voorbij en mijn leven op Sunnybank Park werd een treurige routine. Ik redde me zo goed ik kon, voornamelijk, en steeds meer, door vermijdingsgedrag. Tijdens de lunchpauze spijbelde ik en hing ik rond op het terrein van St. Oswald. 's Avonds rende ik terug om naar de naschoolse sportwedstrijden te kijken of door de ramen naar binnen te gluren. Soms waagde ik me tijdens schooltijd zelfs in het gebouw. Ik kende elke schuilplaats en kon altijd uit het zicht blijven, en wanneer ik een uniform droeg dat ik van verloren of gepikte kledingstukken had samengesteld, kon ik zelfs in een gang voor een leerling doorgaan.

In de loop der maanden werd ik stoutmoediger. Ik voegde me tijdens een schoolsportdag onder de menigte; ik droeg een te groot schoolafdelingshemdje dat ik uit een kluisje in de bovengang had gestolen. Ik ging onder in de algehele drukte en deed, stoutmoedig geworden door mijn succes, zelfs ongevraagd mee met een wedstrijd 800 meter hardlopen voor de laagste klassen, waarbij ik me presenteerde als een eersteklasser uit Amadeus House. Ik zal nooit vergeten hoe de jongens voor me juichten toen ik over de finish kwam, of hoe de dienstdoende leraar – dat was Pat Bishop, toen nog jonger, atletisch in zijn sportbroek en schoolsweatshirt – door mijn korte haar woelde en zei: 'Goed zo, jongen. Twee punten voor je schoolafdeling, en meld je maandag voor het team.'

Natuurlijk wist ik dat er geen sprake kon zijn van meedoen met een team. Ik was in de verleiding, maar zelfs ik durfde niet zover te gaan. Mijn bezoekjes aan St. Oswald waren al zo frequent als ik voor elkaar kreeg, en hoewel mijn gezicht zo onopvallend was dat het me bijna onzichtbaar maakte, wist ik dat ik als ik niet oppaste op een dag herkend zou worden.

Maar het was een verslaving: hoe langer het duurde, hoe meer risico ik nam. Ik ging tijdens de pauze de school in en kocht snoep in de snoepwinkel. Ik keek naar voetbalwedstrijden en zwaaide met mijn St. Oswald-sjaal naar de supporters van de rivaliserende school. Ik zat in de schaduw van het cricketpaviljoen als voortdurende twaalfde man. Ik deed zelfs mee aan de jaarlijkse foto van de hele school en wrong me in een hoekje tussen de nieuwe eersteklassers.

In mijn tweede jaar ontdekte ik een manier om de school tijdens de les te bezoeken, waarvoor ik mijn eigen sportlessen oversloeg. Het was gemakkelijk: op maandagmiddag hadden we altijd een veldloop van acht kilometer, die over de sportvelden van St. Oswald voerde en in een wijde lus weer terug naar onze eigen school. De andere leerlingen hadden er een hekel aan. Het leek wel of het terrein zelf voor hen een belediging was, en dat ontlokte hun gejouw en gefluit. Soms verschenen er na de loop graffiti op de bakstenen buitenmuren, en ik voelde een vurige en diepe schaamte als ik bedacht dat iemand die ons gezien had zou denken dat ik een van de daders was. Toen ontdekte ik dat ik, als ik me achter een struik verschool totdat de anderen gepasseerd waren, heel gemakkelijk terug kon lopen door de velden en mezelf een geheel vrije middag op St. Oswald kon bezorgen.

Eerst was ik voorzichtig. Ik hield me schuil op het terrein en timede de komst van de sportklas. Ik plande alles nauwgezet. Ik had een dikke twee uur voordat de meeste hardlopers terug waren bij de ingang van de school. Het zou niet al te moeilijk zijn om mijn sportkleding weer aan te trekken en me ongemerkt onder de hekkensluiters te begeven.

We werden begeleid door twee leerkrachten, een vooraan en een achteraan. Meneer Bray was een gemankeerde sporter die gigantisch ijdel en stompzinnig geestig was en die aan atletische jongens en mooie meisjes de voorkeur gaf en alle anderen diep verachtte. Juffrouw Potts was een stagiaire, meestal achter in de groep te vinden, waar ze hof hield – zij noemde het 'raad gaf' – aan een kleine kliek bewonderende meisjes. Geen van beiden besteedde veel aandacht aan mij; geen van beiden zou mijn afwezigheid opmerken.

Ik verborg mijn gestolen St. Oswald-uniform: grijze trui, grijze broek, schooldas, marineblauwe blazer (met het schoolwapen en het devies – *Audere, agere, auferre* – in goudkleur op de zak gestikt) onder de treetjes van het sportpaviljoen en verkleedde me daar. Niemand zag me – de sportmiddagen van St. Oswald waren op woensdag en donderdag, dus werd ik niet gestoord. En zolang ik terug was voor het eind van mijn eigen schooldag, zou mijn afwezigheid niet worden opgemerkt.

Eerst was het nieuwe van tijdens de lessen in de school zijn voldoende. Niemand stelde me vragen wanneer ik door de gangen liep. Sommige klassen waren rumoerig. Andere waren griezelig stil. Ik gluurde door het glas in de deuren naar de hoofden die boven de tafeltjes gebogen zaten, naar de papieren pijltjes die stiekem achter de rug van de leraar gegooid werden, naar briefjes die heimelijk werden doorgegeven. Ik legde mijn oor tegen dichte deuren en afgesloten werkkamers.

Maar mijn favoriete plek was de klokkentoren. Een doolhof van kamertjes die hoogstzelden werden gebruikt – bergruimten, duivenzolders, voorraadkasten – en lesruimten, de ene groot, de andere klein, die allebei van de afdeling Klassieke Talen waren, en een gammel stenen balkon vanwaar ik op het dak kon komen, waar ik ongezien op de warme leien lag te luisteren naar de eentonige stemmen die door de open ramen aan de middengang kwamen en aantekeningen zat te maken in mijn gestolen schriften. Op die manier volgde ik heimelijk een aantal van de lessen Latijn die meneer Straitley aan eersteklassers gaf, van de natuurkundelessen die meneer Bishop aan tweedeklassers gaf en van meneer Langdons kunstgeschiedenis. Ik las *Heer der vliegen* met de derde klas van Bob Strange en leverde zelfs een aantal opstellen in. Ik legde ze in zijn postvakje op de middengang (ik haalde ze de volgende dag stiekem uit het kluisje van Strange. Ze waren nagekeken en er stond een cijfer op en er was 'NAAM?' met rode inkt boven gekrabbeld). Eindelijk heb ik mijn plaats gevonden, dacht ik. Het was een eenzame plaats, maar dat gaf niet. St. Oswald en al zijn schatten stonden me ter beschikking. Wat kon ik nog meer wensen?

Toen leerde ik Leon kennen. Alles veranderde.

Het was een dromerige, zonnige dag aan het eind van de lente – een van die dagen waarop ik van St. Oswald hield met een heftige hartstocht die geen enkele leerling me na zou kunnen doen – en ik voelde me ongewoon stoutmoedig. Sinds onze eerste ontmoeting had mijn eenzijdige oorlog tegen de school vele fasen doorlopen: haat, bewondering, woede en ambitie. Die lente was er echter een soort wapenstilstand tot stand gekomen. Terwijl ik Sunnybank Park steeds meer afwees, begon St. Oswald me naar mijn gevoel langzaam te accepteren. Ik liep niet langer door de aderen van het gebouw als een indringer, maar meer als een vriend – als de inenting met een kennelijk giftige stof die later van nut blijkt te zijn.

Natuurlijk was ik nog steeds boos om de oneerlijkheid, om het schoolgeld dat mijn vader zich nooit had kunnen veroorloven, om het feit dat ik, schoolgeld of niet, nooit zou kunnen hopen dat ik geaccepteerd zou worden. Maar desondanks hadden we een band. Een welwillende symbiose misschien, als de haai en de lamprei. Ik begon te begrijpen dat ik niet een parasiet hoefde te zijn: ik kon St. Oswald mij laten gebruiken zoals ik St. Oswald gebruikte. Ik was de laatste tijd begonnen bij te houden wat er op de school gedaan moest worden: kapotte ruiten, loszittende tegels, beschadigde banken. Ik schreef de bijzonderheden in het reparatieboek in de portiersloge en tekende met de initialen van diverse leraren om achterdocht te voorkomen. Plichtsgetrouw zorgde mijn vader ervoor dat het goed kwam, en ik was er trots op dat ik op mijn bescheiden manier ook iets kon betekenen; St. Oswald bedankte me, ik was goedgekeurd.

Het was een maandag. Ik had over de middengang gezworven en aan deuren geluisterd. Mijn middagles Latijn was afgelopen en ik overwoog naar de bibliotheek te gaan of naar het kunstblok en me daar onder de jongens te begeven die moesten studeren. Of misschien kon ik naar de refter gaan – het keukenpersoneel zou al weg zijn – en een paar koekjes pikken die klaarstonden voor de lerarenvergadering na school.

Ik was zo verzonken in mijn gedachten dat ik, toen ik de bocht naar de bovengang om was, bijna tegen een jongen opbotste die daar met zijn handen in zijn zakken en zijn gezicht naar de muur stond, bij een erelijst. Hij was een paar jaar ouder dan ik – veertien, schatte ik –, met een scherp, intelligent gezicht en lichtgrijze ogen. Zijn bruine haar, zo merkte ik, was voor St. Oswald-begrippen tamelijk lang, en het uiteinde van zijn das, die oneerbiedig uit zijn trui hing, was afgeknipt. Ik maakte er met enige bewondering uit op dat ik een rebel voor me had.

'Kijk uit waar je loopt,' zei de jongen.

Het was de eerste keer dat een jongen van St. Oswald de moeite had genomen me rechtstreeks toe te spreken. Ik staarde hem gefascineerd aan.

'Waarvoor sta je hier?' Ik wist dat de kamer aan het eind van de bovengang de werkkamer van een leraar was. Ik was er zelfs tweemaal in geweest. Het was een kleine, bedompte ruimte die bezaaid was met papier; er stond een aantal kolossale en onverwoestbare planten die zich vanaf een hoog, smal raam onheilspellend verspreidden.

De jongen grijnsde. 'Quasi heeft me gestuurd. Ik kom er met een waarschuwing af, of met nablijven. Quasi gebruikt nooit de roede.'

'Quasi?' Ik had die naam weleens opgevangen wanneer de jongens 's middags met elkaar praatten. Ik wist dat het een bijnaam was, maar kon er geen gezicht bij bedenken.

'Woont in de klokkentoren? Ziet eruit als een monster?' De jongen grijnsde weer. 'Een beetje een *podex*, maar hij kan ermee door. Ik klets hem wel om.'

Ik staarde de jongen met toenemend ontzag aan. Zijn zelfvertrouwen fascineerde me. De manier waarop hij over een leraar sprak – niet als een mens met angstwekkend gezag, maar als iemand met wie je de spot kunt drijven – maakte me sprakeloos van bewondering. Beter nog: deze jongen, deze rebel die St. Oswald durfde te tarten, sprak tegen me alsof ik zijn gelijke was, en hij had niet het flauwste idee wie ik was!

Ik had tot die tijd nooit verwacht dat ik er een bondgenoot zou kunnen vinden. Mijn bezoekjes aan St. Oswald waren pijnlijk privé. Ik had geen schoolvriendjes om het aan te vertellen en het aan mijn vader of Pepsi toevertrouwen zou ondenkbaar zijn geweest. Maar deze jongen...

Eindelijk kon ik weer iets uitbrengen. 'Wat is een podex?'

De jongen heette Leon Mitchell. Ik noemde mezelf Julian Pinchbeck en vertelde hem dat ik in de eerste klas zat. Ik was nogal klein voor mijn leeftijd en ik dacht dat het gemakkelijker voor me zou zijn om door te gaan voor iemand uit een ander jaar. Dan zou Leon nooit verbaasd zijn over mijn afwezigheid bij de jaarlijkse schoolbijeenkomsten of bij sportevenementen.

Ik viel bijna flauw als ik aan de enorme omvang van mijn bluf dacht, maar ik was ook opgetogen. Het was eigenlijk heel gemakkelijk. Als één jongen te overtuigen was, waarom dan niet anderen? Misschien zelfs leraren?

Ik zag mezelf ineens lid worden van clubs, teams, openlijk lessen bijwonen. Waarom niet? Ik kende de school beter dan welke leerling ook. Ik droeg het uniform. Waarom zouden mensen aan me twijfelen? Er waren wel duizend jongens op de school. Niemand, zelfs het hoofd niet, kon ze allemaal kennen. Mooier nog: ik had de hele schitterende traditie van St. Oswald aan mijn kant: niemand had ooit van zo'n bedrog als het mijne gehoord. Niemand zou ooit zoiets buitenissigs vermoeden.

'Moet je niet naar les?' De grijze ogen van de jongen hadden een boosaardige glans. 'Je krijgt op je sodemieter als je te laat komt.'

Ik voelde dat dit een uitdaging was. 'Kan me niet schelen,' zei ik. 'Meneer Bishop heeft me met een boodschap naar het kantoor gestuurd. Ik kan zeggen dat de secretaresse zat te bellen en dat ik moest wachten.'

'Niet slecht. Die zal ik onthouden.'

Leons goedkeuring maakte me roekeloos. 'Ik knijp er zo vaak tussenuit,' zei ik tegen hem. 'Ik ben nog nooit gepakt.'

Hij knikte met een grijns op zijn gezicht. 'En waar ben je vandaag tussenuit geknepen?'

Ik zei bijna: 'Sport', maar hield me nog net op tijd in. 'Godsdienst.'

Leon trok een vies gezicht. '*Vae!* Dat kan ik je niet kwalijk nemen. Geef mij maar de heidenen. Die mochten tenminste seksen.'

Ik grinnikte. 'Wie is je klassenleraar?' vroeg ik. Als ik dat wist, kon ik er echt achter komen in welke klas hij zat.

'De Slijmerige Strange. Engels. Een echte *cimex*. En de jouwe?'

Ik aarzelde. Ik wilde Leon niet iets vertellen dat te gemakkelijk te ontzenuwen was. Maar voordat ik antwoord kon geven, klonk er ineens een geschuifel van voetstappen in de gang achter ons. Er kwam iemand aan.

Leon rechtte onmiddellijk zijn rug. 'Het is Quasi,' meldde hij zacht en snel. 'Ga er maar gauw vandoor.'

Ik keerde me naar de naderende voetstappen, niet wetend of ik opgelucht moest zijn omdat ik de vraag over de klassenleraar niet hoefde te beantwoorden, of teleurgesteld omdat ons gesprek zo kort was geweest. Ik probeerde Leons gezicht in mijn geheugen te griffen: de lok haar die nonchalant over zijn voorhoofd viel, de lichte ogen, de spottende trek om de mond. Het was belachelijk me in te beelden dat ik hem ooit nog zou zien. Zelfs gevaarlijk om dat te proberen.

Ik hield mijn gezicht neutraal toen de leraar de bovengang in kwam.

Ik kende Roy Straitley alleen maar van stem. Ik had zijn lessen gevolgd, om zijn grappen gelachen, maar zijn gezicht had ik alleen vanuit de verte gezien. Nu zag ik hem: een gebocheld silhouet in een sjofele toga en met leren instappers. Ik bracht mijn hoofd naar beneden toen hij dichterbij kwam, maar ik moet iets schuldigs gehad hebben, want hij hield me staande en keek me scherp aan. 'Hé, jongen. Wat doe je hier buiten de klas?'

Ik mompelde iets over meneer Bishop en een boodschap.

Meneer Straitley leek niet overtuigd. 'Het kantoor is in de benedengang. Je bent ver uit de buurt!'

'Ja, meneer. Ik moest even naar mijn kluisje, meneer.'

'Wat? Tijdens de les?'

'Ja, meneer.'

Ik zag wel dat hij me niet geloofde. Mijn hart hamerde. Ik waagde het omhoog te kijken en zag Straitleys gezicht, zijn lelijke, intelligente, goedaardige gezicht, fronsend naar me kijken. Ik was bang, maar achter mijn vrees school iets anders: een irrationeel, adembenemend gevoel van hoop. Had hij me gezien? Had eindelijk iemand me gezien?

'Hoe heet je, knul?'

'Pinchbeck, meneer.'

'Zo. Pinchbeck.'

Ik merkte dat hij probeerde te bedenken wat hij zou doen. Of hij me nog verder zou ondervragen, zoals zijn intuïtie hem zei, of dat hij me gewoon zou laten gaan en zich op zijn eigen leerling zou richten. Hij nam me nog even aandachtig op – zijn ogen hadden de vage gelig blauwe kleur van een vuile spijkerbroek – en toen voelde ik het gewicht van zijn onderzoekende blik van me af vallen. Hij was tot de slotsom gekomen dat ik niet belangrijk genoeg was. Een jongen uit de onderbouw, zonder toestemming buiten de klas, geen bedreiging, niet zijn problem. Even overschaduwde mijn woede mijn natuurlijke voorzichtigheid. Geen bedreiging? Niet de moeite waard? Of was ik na al die jaren van me verstoppen en stiekem rondhangen eindelijk volkomen en onherroepelijk onzichtbaar geworden?

'Goed, jongen. Laat ik je hier niet nog eens zien. Wegwezen.'

Dat deed ik, trillend van opluchting. Terwijl ik wegrende, hoorde ik achter me Leons stem duidelijk fluisteren: 'Hé, Pinchbeck! Na school, goed?'

Ik keerde me om en zag hem naar me knipogen.

7

Jongensgymnasium St. Oswald
Woensdag 8 september

DRAMA ONDERDEKS: HET GROTE, LOGGE FREGAT DAT ST. OSWALD is, is vroeg in het jaar al op een rif gelopen. Allereerst is de datum van de ophanden zijnde schoolinspectie afgekondigd en die is 6 december. Dit werkt altijd verstorend op alle fronten, vooral in de hogere echelons van het administratieve personeel. Verder werd vanmorgen per tweedeklas post een ongewone schoolgeldverhoging aangekondigd, iets wat in mijn ogen veel verstorender werkt, en dit heeft in de hele provincie consternatie gegeven aan de ontbijttafels.

Onze kapitein houdt vol dat dit volkomen normaal is en geheel in overeenstemming met het peil van de inflatie, hoewel hij momenteel niet bereikbaar is voor commentaar. Sommige onverlaten heeft men horen mompelen dat als wij, het personeel, van de voorgenomen verhoging op de hoogte waren gesteld, we misschien niet zo overvallen waren door de stroom boze telefoontjes van vanmorgen.

Bishop steunt het hoofd wanneer hem vragen worden gesteld. Hij kan echter niet goed liegen. Om de confrontatie met de docentenkamer uit de weg te gaan rende hij vanmorgen tot de schoolbijeenkomst rondjes op de atletiekbaan; hij beweerde dat hij zich niet fit voelde en wat lichaamsbeweging nodig had. Niemand geloofde dit, maar toen ik de trap naar lokaal 59 op liep, zag ik hem door het raam van de klokkentoren nog steeds rennen, nietig en verloren door het perspectief vanuit mijn hoge standplaats.

Mijn klas nam het nieuws van de schoolgeldverhoging met het gebruikelijke gezonde cynisme in ontvangst. 'Meneer, wil dat zeggen dat we dit jaar dan een echte leraar krijgen?' Allen-Jones leek onaangedaan door zowel het lokaalnummerincident als mijn ijselijke dreigementen op de dag ervoor.

'Nee, het betekent alleen maar dat de bar in de geheime werkkamer van het hoofd nu beter gevuld is.'

Gegrinnik in de klas. Alleen Knight keek stug voor zich. Na dat onaangename voorval van gisteren was dit zijn tweede strafdag en hij was al het mikpunt van spot geweest toen hij in een feloranje overall over het terrein liep om papier te rapen en het in een enorme plastic zak te doen. Twintig jaar geleden zou hij de roede hebben gekregen en het respect van zijn leeftijdgenoten. Zo zie je maar: niet alle vernieuwingen zijn slecht.

'Mijn moeder vindt het een schande,' zei Sutcliff. 'Er zijn nog wel andere scholen, hoor.'

'Ja, maar jij zou bij iedere dierentuin terechtkunnen,' zei ik vaagjes, in mijn bureau naar het klassenboek zoekend. 'Verdorie, waar is het klassenboek? Ik weet zeker dat het hier was.'

Ik bewaar het klassenboek altijd in mijn bovenste la. Ik mag dan slordig overkomen, maar ik weet meestal waar alles is.

'Wanneer gaat úw salaris omhoog, meneer?' Dat was Jackson.

Sutcliff: 'Hij is al miljonair!'

Allen-Jones: 'Dat komt doordat hij nooit geld verspilt aan kleren.'

Knight: 'Of aan zeep.'

Ik schoot overeind en keek Knight aan. Op de een of andere manier wist hij tegelijkertijd brutaal en onderdanig te kijken. 'Hoe is je papierronde je gisteren bevallen?' zei ik. 'Wil je misschien nog een week?'

'Dat zei u ook niet tegen de anderen,' mompelde Knight.

'Dat komt doordat de anderen het verschil tussen humor en grofheid weten.'

'U hebt de pik op mij.' Knight praatte zachter dan ooit. Zijn ogen meden de mijne.

'Wát?' Ik was oprecht verbaasd.

'U hebt de pik op mij, meneer. U hebt de pik op mij omdat...'

'Omdat wat?' snauwde ik.

'Omdat ik Joods ben, meneer.'

'Hè?' Ik ergerde me aan mezelf. Ik was zo druk bezig geweest met het onvindbare klassenboek dat ik in de oudste val was getrapt die er is en een leerling de kans had gegeven me bij een openlijke confrontatie te betrekken.

De rest van de klas zweeg en sloeg ons beiden verwachtingsvol gade.

Ik hervond mijn zelfbeheersing. 'Onzin. Ik heb niet de pik op jou omdat je Joods bent; ik heb de pik op jou omdat je nooit je grote mond kunt houden en *stercus* hebt in plaats van hersens.'

McNair, Sutcliff of Allen-Jones zou daarom hebben gelachen en dan zou alles weer in orde zijn geweest. Zelfs Tayler zou gelachen hebben, en die draagt in de klas een keppeltje.

Maar de uitdrukking op Knights gezicht veranderde niet. In plaats daarvan zag ik iets wat ik er nooit op had gezien: een nieuw soort koppigheid. Voor het eerst was Knight me blijven aankijken. Even dacht ik dat hij nog iets ging zeggen, maar toen sloeg hij op de bekende manier zijn ogen neer en mompelde hij zacht iets onverstaanbaars.

'Wat zei je daar?'

'Niets, meneer.'

'Weet je het zeker?'

'Heel zeker, meneer.'

'Goed zo.'

Ik richtte mijn aandacht weer op mijn bureau. Het klassenboek mocht dan verdwenen zijn, maar ik kende al mijn jongens: ik zou zodra ik de klas binnenkwam geweten hebben of er een ontbrak. Ik dreunde de lijst toch maar op – de mantra van de schoolmeester. Ze worden er altijd rustig van.

Naderhand keek ik nog even naar Knight, maar zijn stugge gezicht was naar beneden gekeerd en er was niets op te lezen wat op rebellie leek. Ik besloot dat alles weer gewoon was. De kleine crisis was voorbij.

8

IK WIKTE EN WOOG LANG VOORDAT IK ME AAN MIJN AFSPRAAK MET Leon hield. Ik wilde hem ontmoeten, liever dan wat ook. Ik wilde bevriend met hem zijn, hoewel dit een grens was die ik nog nooit had overschreden en er bij deze gelegenheid meer op het spel stond dan ooit. Maar ik mocht Leon, had hem meteen gemogen, en dat maakte me roekeloos. Op mijn eigen school liep iedereen die met me sprak het risico door mijn schoolpleinplaaggeesten achtervolgd te worden. Leon kwam uit een andere wereld. Ondanks zijn lange haar en verminkte das was hij een insider.

Ik voegde me niet meer bij de veldloopgroep. De volgende dag zou ik een brief schrijven die zogenaamd van mijn vader kwam, waarin stond dat ik tijdens de loop een astma-aanval had gehad en dat het mij verboden werd nog mee te doen.

Ik had er geen spijt van. Ik had een hekel aan sport. Ik had vooral een hekel aan meneer Bray, met zijn valse zongebruinde huid en zijn gouden ketting, die zijn Neanderthalerachtige humor in het kringetje pluimstrijkers tentoonspreidde ten koste van de zwakken, de onhandigen, de minder welbespraakten en de sukkels zoals ik. Dus verstopte ik me achter het paviljoen, nog met mijn St. Oswald-kleding aan, en wachtte ik enigszins angstig tot de schoolbel ging.

Niemand keurde me een blik waardig. Niemand vroeg zich af of ik het recht had daar te zijn. Alle jongens om me heen, sommige in blazers of hemdsmouwen, andere nog in sportkleding, sprongen in auto's, struikelden over cricketbats en wisselden grappen, boeken en huiswerkaantekeningen uit. Een forse, uitbundig uitziende man hield toezicht op de rij voor de bus – dat was meneer Bishop, de leraar natuurkunde – en een oudere man in een zwart-rode toga stond bij de ingang van de kapel.

Ik wist dat dit meneer Shakeshafte was, het hoofd. Mijn vader sprak met eerbied en enig ontzag over hem – hij had hem tenslotte zijn baan bezorgd. *Iemand van de oude stempel*, zei mijn vader vaak goedkeurend, *hard maar rechtvaardig. Laten we hopen dat die nieuwe half zo goed is.*

Officieel wist ik natuurlijk niets van de gebeurtenissen die tot de aanstelling van het nieuwe hoofd hadden geleid. Mijn vader kon wat sommige zaken betreft vreemd preuts zijn en ik denk dat hij het van gebrek aan loyaliteit jegens St. Oswald vond getuigen als hij de zaak met mij besprak. Sommige plaatselijke kranten hadden er echter al lucht van gekregen en ik had de rest van het verhaal opgemaakt uit opmerkingen die mijn vader tegen Pepsi had gemaakt. Om negatieve publiciteit te voorkomen zou het oude hoofd aanblijven tot het einde van het trimester, zogenaamd om de nieuwe man in te werken en te helpen zijn draai te vinden. Daarna zou hij, voorzien van een ruim pensioen, hem geboden door het schoolfonds, vertrekken. St. Oswald zorgt goed voor zijn mensen: er zou ook een genereuze afkoopsom verstrekt worden aan de benadeelde partij, natuurlijk met dien verstande dat er geen melding zou worden gemaakt van de reden waarom.

Dientengevolge observeerde ik, staande bij de schoolingang, dr. Shakeshafte met enige nieuwsgierigheid. Een man met een verweerd gezicht van rond de zestig, minder fors dan Bishop, maar met dezelfde lichaamsbouw van de voormalige rugbyspeler, en hij torende als een monster boven de jongens uit. Een groot voorstander van de roede, begreep ik van mijn vader – *Dat is maar goed ook, dat ze die jongens wat discipline bijbrengen.* Op mijn eigen school was de roede al jaren verboden. Mensen als juffrouw Potts en juffrouw McCauleigh waren voor de invoelende benadering: treiteraars en zware jongens werd gevraagd hun gevoelens te bespreken, waarna ze met een waarschuwing werden weggestuurd.

Meneer Bray, die zelf een verstokte treiteraar was, gaf de voorkeur aan de directe benadering, net als mijn vader, waarbij de klager het advies kreeg: 'Zeur mij niet aan mijn kop en voer verdomme je eigen strijd.' Ik peinsde over de precieze aard van de strijd die tot de onvrijwillige pensionering van het hoofd had geleid en vroeg me af hoe die gestreden was. Ik stond het me nog steeds af te vragen toen Leon tien minuten later arriveerde.

'Ha, Pinchbeck.' Hij had zijn blazer over zijn schouder en zijn overhemd hing uit zijn broek. De gekortwiekte das stak onbeschaamd als een tong uit zijn kraag. 'Wat ben je aan het doen?'

Ik slikte en probeerde achteloos te doen. 'O, niks. Hoe is het bij Quasi afgelopen?'

'*Pactum factum*,' zei Leon grijnzend. 'Vrijdag nablijven, zoals ik had voorspeld.'

'Pech.' Ik schudde mijn hoofd. 'Wat heb je gedaan?'

Hij maakte een wegwuifgebaar. 'Ach, niets,' zei hij. 'Een vorm van elementaire zelfexpressie op mijn bank. Zullen we de stad in gaan?'

Ik maakte snel een berekening. Ik kon me veroorloven een uur te laat te komen. Mijn vader moest zijn rondes maken – deuren afsluiten, sleutels ophalen – en zou niet voor vijven thuis zijn. Pepsi, als die er al was, zou tv zitten kijken, of misschien aan het koken zijn. Ze deed allang geen pogingen meer om vriendschap met me te sluiten. Ik was vrij.

Probeer je dat uur voor te stellen, als je dat kunt. Leon had wat geld en we namen koffie met een donut erbij in het koffieshopje bij het station en gingen daarna naar de platenwinkels, waar Leon mijn muzieksmaak afdeed als 'banaal' en een voorkeur te kennen gaf voor bands als de Stranglers en Squeeze. Ik had het even moeilijk toen we een groep meisjes van mijn school tegenkwamen en nog moeilijker toen meneer Brays witte Capri bij een verkeerslicht stopte toen we de weg overstaken, maar ik besefte algauw dat ik in mijn St. Oswalduniform net zo goed onzichtbaar had kunnen zijn.

Een paar seconden waren meneer Bray en ik zo dichtbij dat we elkaar hadden kunnen aanraken. Ik vroeg me af wat er zou gebeuren als ik op het raam tikte en zei: 'U bent een volslagen podex, meneer.'

Bij die gedachte moest ik zo erg en plotseling lachen dat ik naar adem hapte.

'Wie is dat?' zei Leon, die zag dat ik iets zag.

'Niemand,' zei ik vlug. 'Gewoon een vent.'

'Dat mé*is*je, sukkel.'

'O.' Ze zat voorin, enigszins naar hem toe gekeerd. Ik herkende haar: Tracey Delacey, een paar jaar ouder dan ik, de huidige pin-up uit de vierde. Ze droeg een tennisrokje en zat met haar benen heel ver over elkaar geslagen.
'Banaal,' zei ik, Leons woord gebruikend.
'Ik zou haar wel een beurt willen geven,' zei Leon.
'Echt?'
'Jij niet dan?'
Ik dacht aan Tracey, met haar tegengekamde haar en die kauwgomgeur om haar heen. 'Eh... misschien,' zei ik, zonder enig enthousiasme.
Leon grijnsde toen het autootje optrok.

Mijn nieuwe vriend zat in Amadeus House. Zijn ouders – een universiteitssecretaresse en een rijksambtenaar – waren gescheiden ('maar dat geeft niet, dan krijg ik dubbel zakgeld'). Hij had een jongere zus, Charlotte, een hond die Captain Sensible heette, een privé-therapeut, een elektrische gitaar en – in mijn ogen – ongelimiteerde vrijheid.
'Mijn moeder zegt dat ik het onderwijs buiten de grenzen van het patriarchale joods-christelijke systeem moet ervaren. Ze keurt St. Oz niet echt goed, maar mijn vader is degene die de rekening betaalt. Hij heeft op Eton gezeten. Hij vindt mensen die naar een dagschool gaan proletariërs.'
'Ja, ja.' Ik probeerde iets waars te bedenken dat ik kon zeggen over mijn eigen ouders, maar dat kon ik niet. Ik kende deze jongen nog geen uur en voelde nu al dat hij een grotere plaats in mijn hart innam dan John of Sharon Snyde ooit gedaan had.
Dus bedacht ik onbarmhartig nieuwe. Mijn moeder was dood en mijn vader was politie-inspecteur (het was de interessantst klinkende baan die ik op dat moment kon bedenken). Ik woonde een deel van het jaar bij mijn vader en de rest van de tijd bij mijn oom in de stad. 'Ik moest midden in het trimester naar St. Oswald,' legde ik uit. 'Ik ben er nog niet zo lang.'
Leon knikte. 'O ja? Ik dacht al dat je misschien een nieuweling was. Wat is er met die andere tent gebeurd? Ben je van school gestuurd?'

De suggestie beviel me wel. 'Het was er vreselijk. Mijn vader heeft me er weggehaald.'

'Ik ben van mijn vorige school gegooid,' zei Leon. 'Mijn vader had het niet meer. Drie ruggen per jaar kregen ze, en ze gooiden me er bij de eerste de beste overtreding uit. Over banaal gesproken. Je zou toch denken dat ze wel wat meer hun best zouden doen, toch? Maar ach, zo erg is St. Oz nou ook weer niet. Vooral niet nu Shakeshafte vertrekt, de ouwe zak...'

Ik zag mijn kans schoon. 'Waarom gaat hij eigenlijk weg?'

Leons ogen werden grappig groot. 'Je bent wel echt een nieuweling, hè?' Hij dempte zijn stem. 'Laat ik het zo zeggen: ik heb gehoord dat hij iets te veel belangstelling voor het andere geslacht had...'

Sindsdien is er van alles veranderd, ook op St. Oswald. In die tijd kon je geld tegen een schandaal aan smijten en dan ging het weg. Dat is nu allemaal veranderd. We zijn niet meer zo diep onder de indruk van de glanzende torentjes: onder de glans zien we de corruptie. En de school is ook kwetsbaar: een goedgemikte steen kan hem neerhalen. Een steen, of iets anders.

Ik kan me wel met een jongen als Knight vereenzelvigen. Hij is klein en slungelig en kan niet goed uit zijn woorden komen, een duidelijke buitenstaander. Hij wordt door zijn klasgenoten gemeden, niet om religieuze redenen, maar om een meer elementaire reden. Hij kan er niets aan veranderen: het zit in de contouren van zijn gezicht, de kleurloosheid van zijn slappe haar, de lengte van zijn botten. Zijn familie mag inmiddels dan rijk zijn, maar in hem schuilen generaties barre armoede. Ik kan het weten. St. Oswald accepteert zijn soort met tegenzin wanneer het financieel tegenzit, maar een jongen als Knight zal er nooit bij horen. Zijn naam zal nooit op de erelijst prijken. De leraren vergeten telkens weer hoe hij heet. Hij zal nooit voor teams gekozen worden. Zijn pogingen om geaccepteerd te worden zullen altijd op een ramp uitlopen. Er ligt in zijn ogen een blik die ik maar al te zeer herken: de behoedzame, wrokkige blik van een jongen die allang niet meer probeert geaccepteerd te worden. Het enige wat hij kan doen is haten.

Natuurlijk heb ik vrijwel meteen gehoord dat er een scène met Straitley was geweest. De geruchtenmachine op St. Oswald werkt snel: ieder incident wordt binnen een dag bekend. Deze dag was voor Colin Knight wel een bijzonder slechte dag geweest. Tijdens het afwerken van de presentielijst had hij dat akkefietje met Straitley gehad, tijdens de pauze een incident met Robbie Roach over niet-gemaakt huiswerk en tijdens de lunchpauze een oplaaiend conflict met Jackson, ook uit 3S, waarvan het resultaat was dat Jackson met een gebroken neus naar huis werd gestuurd en Knight een week werd geschorst.

Ik had buitenwacht toen het gebeurde. Ik zag Knight met zijn beschermende overall aan somber afval uit de rozenbedden rapen. Een slimme, wrede straf, veel vernederender dan strafwerk of nablijven. Voor zover ik weet, maakt alleen Roy Straitley er gebruik van: het ding is groot en feloranje en is helemaal vanaf de sportvelden te zien. Wie hem draagt is een gemakkelijk doelwit.

Knight had zonder succes geprobeerd zich achter een uitstekend gedeelte van het gebouw te verbergen. Een kluitje kleinere jongens had zich daar verzameld en ze dreven de spot met hem en wezen naar afval dat hij over het hoofd had gezien. Jackson, een kleine agressieve jongen die weet dat alleen de aanwezigheid van een verliezer als Knight voorkomt dat hijzelf gepest wordt, hing in de buurt rond met een paar andere derdeklassers. Pat Bishop had dienst, maar stond buiten gehoorsafstand, omringd door jongens, aan de andere kant van het cricketveld. Roach, de geschiedenisleraar, had ook wacht, maar leek meer geïnteresseerd in praten met een groep vijfdeklassers dan in de orde handhaven.

Ik liep naar Knight. 'Dat is vast niet erg leuk.'

Knight schudde nors zijn hoofd. Zijn gezicht was bleek en grauw, op een rode vlek op zijn konen na. Jackson, die me had geobserveerd, maakte zich los uit het groepje en schoof behoedzaam dichterbij. Ik zag hoe hij me schattend opnam, alsof hij wilde bepalen wat voor bedreiging ik vormde. Jakhalzen doen zo'n beetje hetzelfde wanneer ze om een stervend dier heen draaien.

'Wil je met hem meedoen?' vroeg ik scherp, en Jackson haastte zich terug naar zijn groep.

Knight wierp me steels een dankbare blik toe. 'Het is niet eerlijk,' zei hij zacht. 'Ze moeten altijd mij hebben.'

Ik knikte meelevend. 'Ik weet het.'
'Weet u het?'
'O, ja,' zei ik rustig. 'Ik heb het gezien.'
Knight keek me aan. Zijn blik was warm en donker, en vervuld van een absurde hoop.
'Hoor eens, Colin. Zo heet je toch?'
Hij knikte.
'Je moet je leren verweren, Colin,' zei ik. 'Wees geen slachtoffer. Zet het hen betaald.'
'Het hun betaald zetten?' Knight keek geschrokken.
'Waarom niet?'
'Dan krijg ik moeilijkheden.'
'Die heb je toch al?'
Hij keek me aan.
'Wat heb je dus te verliezen?'
Toen ging de bel die het eind van de pauze aankondigde en had ik geen tijd meer om nog iets te zeggen, maar dat hoefde ook niet: het zaad was gezaaid. Knights hoopvolle blik volgde me over het schoolplein en toen de lunchpauze aanbrak, volgden er daden: Jackson lag op de grond met Knight boven op hem en Roach rende op hen af terwijl zijn fluitje op zijn borst danste, en de anderen stonden erbij met open mond van verbazing omdat het slachtoffer eindelijk had besloten iets terug te doen.

Je moet weten dat ik bondgenoten nodig heb. Niet onder mijn collega's, maar in de lagere regionen van St. Oswald. Wanneer je een slag toebrengt aan de basis, zal het hoofd uiteindelijk ook rollen. Ik voelde even een flits van medelijden met de nietsvermoedende Knight, die ik zal moeten offeren, maar ik moet in gedachten houden dat er in iedere oorlog slachtoffers vallen en dat als alles volgens plan verloopt, er nog veel meer zullen volgen voordat St. Oswald instort, waarbij vele afgoden zullen sneuvelen en vele dromen aan diggelen zullen vallen.

KNIGHT*

* Knight: dit is tevens de Engelse benaming voor het paard in het schaakspel.

1

Jongensgymnasium St. Oswald
Donderdag 9 september

DE KLAS WAS ONGEWOON STIL VANMORGEN TOEN IK DE PRESENTIElijst op een blaadje noteerde (het klassenboek is nog steeds weg): Jackson afwezig, Knight geschorst en drie anderen betrokken bij iets wat snel uitgroeide tot een bijzonder onfris incident.

Jacksons vader had natuurlijk geklaagd. Dat had ook die van Knight gedaan: volgens hun zoon had hij alleen maar gereageerd op de ontoelaatbare provocaties van de anderen, die volgens de jongen daarin werden bijgestaan door hun klassenleraar.

Het hoofd, dat nog steeds niet was bijgekomen van de talloze klachten over het schoolgeld, had zwak gereageerd en beloofd het incident te zullen onderzoeken, met het gevolg dat Sutcliff, McNair en Allen-Jones het grootste deel van mijn les Latijn voor het kantoor van Pat Bishop stonden te wachten, omdat ze genoemd waren als horend bij de voornaamste kwelgeesten van Knight, en ik kreeg een dagvaarding via dr. Devine, waarin ik werd uitgenodigd de situatie aan het hoofd te komen uitleggen zodra mij dat schikte.

Ik schonk er natuurlijk geen aandacht aan. Sommige mensen hebben zo het een en ander te doen, zoals lesgeven, taken uitvoeren en kranten lezen, om nog maar te zwijgen over het weghalen van de dossierkasten uit het nieuwe kantoor Duits, zoals ik dr. Devine duidelijk maakte toen hij de boodschap overbracht.

Toch ergerde het me dat het hoofd zich er ongevraagd mee bemoeide. Het was een interne aangelegenheid, iets wat door een klassenleraar kon en moest worden opgelost. Mogen de goden ons behoeden voor een beleidsman met te veel tijd: wanneer een hoofd zich met de ordehandhaving begint in te laten, kunnen de gevolgen rampzalig zijn.

Allen-Jones zei ook iets van die strekking tijdens de lunchpauze. 'We waren alleen maar een beetje aan het stangen,' zei hij bedremmeld tegen me. 'We gingen gewoon een beetje te ver. U weet wel hoe dat gaat.'

Dat wist ik. Bishop wist het ook. Ik wist ook dat het hoofd het niet wist. Tien tegen één dat hij een soort samenzwering vermoedt. Ik zie al weken van bellen, schrijven, nablijven, schorsen en andere administratieve ellende voor me, voordat we de zaak kunnen laten rusten. Het irriteert me. Sutcliff heeft een beurs en die kan ingetrokken worden als er sprake is van ernstig wangedrag; McNairs vader maakt graag ruzie en legt zich niet zonder meer neer bij een schorsing; en Allen-Jones senior is een legerman die, wanneer hij zich aan zijn intelligente, opstandige zoon ergert, maar al te vaak gewelddadig wordt.

Als ze het aan mij hadden overgelaten, zou ik de schuldige snel en efficiënt hebben aangepakt zonder dat er ouderlijke inmenging aan te pas kwam – naar de jongens luisteren is al erg genoeg, maar naar hun ouders luisteren is dodelijk –, maar daar is het nu al te laat voor. Ik was somber gestemd toen ik de trap naar de docentenkamer af liep, en toen die stomme Meek onderweg ook nog tegen me opbotste en me bijna omverliep, voegde ik hem een exquise verwensing toe.

'Sodeju, wat is er met u gebeurd?' zei Jeff Light, de sportleraar, die breeduit de *Mirror* zat te lezen.

Ik keek naar de plek waar hij zat. Derde stoel vanaf het raam, onder de klok. Het is stom, ik weet het, maar het Tweedjasje is een territoriaal dier en ik was al bijna tot het uiterste geprikkeld. Natuurlijk verwacht ik niet dat de nieuwelingen het weten, maar Pearman en Roach zaten er koffie te drinken, Kitty Teague was vlakbij werk aan het nakijken en McDonaugh zat op zijn vaste plek te lezen. Alle vier keken ze naar Light alsof hij een vlek was die iemand had vergeten op te ruimen.

Roach schraapte behulpzaam zijn keel. 'Je zit geloof ik op Roys plaats,' zei hij.

Light haalde zijn schouders op, maar kwam niet in beweging. Naast hem zat Easy, de aardrijkskundige met het zandkleurige gezicht, koude rijstebrij te eten uit een plastic koelkastdoos. Keane, de romanschrijver in wording, zat uit het raam te kijken, waardoor ik nog net de eenzame gestalte van Pat Bishop rondjes zag rennen.

'Nee, echt, maat,' zei Roach. 'Hij zit er altijd. Hij hoort zo ongeveer bij de inboedel.'

Light strekte zijn eindeloze benen, wat hem een smeulende blik van Isabelle Tapi in de yoghurthoek opleverde. 'Latijn, hè?' zei hij. 'Rare mensen met toga's aan. Geef mij maar een goeie veldloop.'

Ecce, stercus pro cerebro habes,' zei ik tegen hem, wat McDonaugh deed fronsen en Pearman afwezig deed knikken, alsof het een citaat was dat hij vaag herkende. Penny Nation schonk me een van haar medelijdende glimlachen en klopte op de stoel naast haar.

'Het geeft niet,' zei ik. 'Ik blijf toch niet.' Nee, echt, zo wanhopig was ik nu ook weer niet. Ik zette dus maar theewater op en opende het deurtje van het gootsteenkastje om mijn mok te zoeken.

Je kunt heel wat te weten komen over de persoonlijkheid van een leraar door naar zijn koffiemok te kijken. Geoff en Penny Nation hebben een bij elkaar horend stel, met op de ene mok in grote letters CAPITAINE en op de andere SOUS-FIFRE. Roach heeft er een met Homer Simpson erop en Grachvogel heeft er een van de X-files. Hillary Monuments barse imago wordt dagelijks gelogenstraft door een enorme mok met in een bibberig jong handschrift *Liefste opa ter wereld* erop. Die van Pearman is gekocht tijdens een schoolreisje naar Parijs; er staat een foto van de dichter Jacques Prévert op die een sigaret rookt. Dr. Devine kijkt op de eenvoudige mok neer en gebruikt het porselein van het hoofd – een privilege dat voorbehouden is aan bezoekers, seniore Pakken en het hoofd zelf – en Bishop, die altijd populair is bij de jongens, heeft elk trimester een andere stripfiguur op zijn mok (dit trimester Yogi Bear) – een geschenk van zijn klas.

Mijn mok is een jubileummok van St. Oswald, een beperkte oplage uit 1990. Eric Scoones heeft er een, evenals diverse leden van de oude garde, maar de mijne heeft een beschadigd oor, waardoor ik hem van de andere kan onderscheiden. We hebben het nieuwe sportpaviljoen van de opbrengst van die mok gebouwd en ik ben trots op mijn bezit. Of dat zou ik zijn, als ik hem kon vinden.

'Verdorie. Eerst dat stomme klassenboek en nu die stomme mok.'

'Neem even de mijne,' zei McDonaugh (Charles en Diana, hier en daar een scherfje af).

'Daar gaat het niet om.'

Daar ging het ook niet om: een koffiemok van een leraar van zijn rechtmatige plek halen is even erg als zijn plaats bezet houden. De stoel, het kantoor, de klas en nu de mok. Ik begon me beslist belegerd te voelen.

Keane wierp me een satirische blik toe aan terwijl ik thee in de verkeerde mok goot. 'Het is aardig te weten dat ik niet de enige ben die een slechte dag heeft,' zei hij.

'O?'

'Ik ben allebei mijn vrije lesuren kwijt. 5G. De literatuurles Engels van Bob Strange.'

Ai. Natuurlijk weet iedereen dat meneer Strange veel te doen heeft. Omdat hij derde meester is en over het rooster gaat, heeft hij in de loop der jaren voor zichzelf een systeem van cursussen, verplichtingen, vergaderingen, uren voor administratie en andere noodzakelijkheden gecreëerd waardoor hij nauwelijks tijd over heeft voor het echte werk. Maar Keane leek me best capabel – hij had per slot van rekening Sunnybank Park overleefd – en ik had sterke mensen tot pulp vermalen zien worden door die vijfdeklassers.

'Ik red het wel,' zei Keane toen ik mijn oprechte medeleven betuigde. 'Bovendien is het allemaal geschikt materiaal voor mijn boek.'

O, ja, het boek. 'Als je de dag maar doorkomt,' zei ik, me afvragend of hij het meende of niet. Die Keane heeft een soort ingetogen scherts, iets bijdehand-nieuwkomerigs, waardoor ik alles wat hij zegt in twijfel trek. Toch heb ik hem oneindig veel liever dan spierbal Light, of pluimstrijker Easy, of bangerik Meek.

'Tussen twee haakjes: dr. Devine vroeg naar u,' vervolgde Keane. 'Het ging geloof ik over oude dossierkasten?'

'Mooi.' Het was het beste nieuws dat ik vandaag gehad had. Hoewel zelfs Duitsertje-pesten na die narigheid met 3S iets van zijn charme verloren had.

'Hij heeft Jimmy gevraagd ze op het plein te zetten,' zei Keane.
'Hij zei dat ze zo snel mogelijk weggehaald moesten worden.'
'Wát?'
'Obstructie van een belangrijke route, zei hij geloof ik. Iets met gezondheid en veiligheid.'

Ik vloekte. Zuurpruim wilde dat kantoor wel érg graag hebben. De gezondheids- en veiligheidsmanoeuvre is er een waartoe slechts weinigen zich durven verlagen. Ik dronk mijn thee op en beende recht op mijn doel af: het voormalig kantoor van Klassieke Talen, maar ik trof er slechts Jimmy, die met een schroevendraaier in de hand bezig was een elektronisch dingetje op de deur te monteren.

'Dat is een zoemer, meneer,' legde Jimmy uit toen hij mijn verbazing zag. 'Dan weet dr. Devine of er iemand voor de deur staat.'

'Ja, ja.' In mijn tijd klopte je gewoon.

Jimmy was echter opgetogen. 'Wanneer je het rode lampje ziet, is er iemand bij hem,' zei hij. 'Als het groen is, drukt hij op de zoemer en dan kun je binnenkomen.'

'En het gele licht?'

Jimmy fronste zijn voorhoofd. 'Als het geel is,' zei hij ten slotte, 'dan drukt dr. Devine op de zoemer om te kijken wie het is' – hij zweeg even en trok rimpels in zijn voorhoofd – 'en als het dan een belangrijk iemand is, laat hij hem binnen!'

'Zeer Teutonisch.' Ik stapte langs hem heen mijn kantoor binnen.

Er heerste een opvallende en onaangename orde. Nieuwe kastjes – met kleurcode, een chique waterkoeler, een groot mahoniehouten bureau met computer, een maagdelijk vloeiblad en een ingelijste foto van mevrouw Zuurpruim. Het kleed was gereinigd, mijn graslelies – die gehavende en stoffige overlevers van droogte en verwaarlozing – waren keurig verwijderd, en aan de muur hingen een zelfingenomen bordje met NIET ROKEN erop en een geplastificeerd rooster met afdelingsvergaderingen, taken, clubs en werkgroepen.

Even viel er niets te zeggen.

'Ik heb uw spullen, meneer,' zei Jimmy. 'Zal ik ze voor u naar boven brengen?'

Ach, waarom zou ik nog moeite doen? Ik wist wanneer ik verslagen was. Ik slofte terug naar de docentenkamer om mijn verdriet met thee weg te drinken.

2

IN DE LOOP VAN DE VOLGENDE WEKEN RAAKTEN LEON EN IK BEvriend. Het was niet zo riskant als het klinkt, deels omdat we bij verschillende schoolafdelingen hoorden – hij zat in Amadeus House, terwijl ik beweerde in Birkby te zitten – en ook bij verschillende schooljaren. Ik ontmoette hem 's morgens, waarbij ik mijn eigen schoolkleding onder mijn St. Oswald-uniform droeg, en kwam laat in mijn eigen lessen, waarvoor ik een reeks ingenieuze smoezen verzon.

Ik sloeg sport over – de astmatruc had goed gewerkt – en bracht mijn pauzes en lunchtijd door op het terrein van St. Oswald. Ik begon mezelf bijna als een echte Ozzie te beschouwen: door Leon kende ik de meesters die wacht hadden en de roddel en de schooltaal. Met hem ging ik naar de bibliotheek, speelde ik schaak, hing ik op de banken op het vierkante binnenplein zoals de anderen. Met hem hoorde ik er thuis.

Het zou niet gewerkt hebben als Leon extraverter was geweest of een populairdere leerling, maar ik kwam er algauw achter dat ook hij een buitenbeentje was, hoewel hij er in tegenstelling tot mij voor koos zich afzijdig te houden. Sunnybank Park zou hem in een week hebben afgemaakt, maar St. Oswald waardeert intelligentie boven alles, en hij was zo slim daar zijn voordeel mee te doen. Tegen leraren deed hij beleefd respectvol – althans, waar ze bij waren – en ik merkte dat dat hem een immens voordeel gaf wanneer hij in de problemen zat, wat vaak gebeurde. Want Leon leek problemen uit te lokken waar hij ook ging: hij was gespecialiseerd in practical jokes, kleine, keurige wraakoefeningen, heimelijke, uitdagende daden. Hij werd zelden gepakt. Als ik Knight was, was hij Allen-Jones:

de charmeur, de bedrieger, de ongrijpbare rebel. En toch mocht hij me. En toch waren we bevriend.

Ik verzon verhalen over mijn vorige school om hem te amuseren, waarbij ik mezelf de rol gaf die hij naar ik voelde van mij verwachtte. Van tijd tot tijd voerde ik personages uit mijn andere leven op: juffrouw Potts, juffrouw McCauleigh of meneer Bray. Ik sprak met echte haat over Bray wanneer ik aan zijn hoon en aanstellerij dacht, en Leon luisterde met een oplettendheid die niet helemaal voorsproot uit meelevendheid.

'Jammer dat je die kerel niet terug kon pakken,' zei hij een keer. 'Zodat je hem met gelijke munt kon terugbetalen.'

'Waar dacht je aan?' zei ik. 'Voodoo?'

'Nee,' zei Leon peinzend. 'Niet echt, nee.'

Ik kende Leon toen al een maand. We konden het einde van het zomertrimester al ruiken: de geur van gemaaid gras en vrijheid. Nog een maand en alle scholen zouden de deuren sluiten (achtenhalve week – een ongelimiteerde, onvoorstelbare tijd) en ik zou niet meer van uniform hoeven wisselen of gevaarlijke spijbelspelletjes hoeven spelen, geen briefjes hoeven vervalsen en geen smoezen hoeven verzinnen.

We hadden al plannen gemaakt, Leon en ik, om naar de bioscoop te gaan, wandelingen in het bos te maken en uitstapjes naar de stad te maken. Op Sunnybank Park was de examentijd, voor zover die iets voorstelde, al voorbij. De lessen waren rommelig en de orde werd nauwelijks gehandhaafd. Sommige leraren lieten hun vak helemaal voor wat het was en lieten naar Wimbledon op de televisie kijken, terwijl andere hun tijd aan spelletjes en privé-studie wijdden. Het was nog nooit zo gemakkelijk geweest om naar St. Oz te ontsnappen. Het was de gelukkigste tijd van mijn leven.

Toen sloeg de rampspoed toe. Het had nooit mogen gebeuren: een stom toeval, meer was het niet. Maar het deed mijn wereld instorten en vormde een bedreiging voor alles waar ik ooit op gehoopt had. De oorzaak van dit alles was de sportleraar, meneer Bray.

In de opwinding van al het andere was ik meneer Bray bijna vergeten. Ik ging niet meer naar sport – had hoe dan ook nooit enige aanleg getoond – en ik ging ervan uit dat ik niet gemist werd. Zelfs zonder hem was sport een wekelijkse kwelling geweest: mijn kleren werden in de douche gegooid, mijn sportkleding verstopt of gestolen en mijn bril kapotgemaakt, en mijn halfslachtige pogingen om mee te doen stuitten op gelach en minachting.

Bray zelf was de hoofdinstigator van deze pesterijen geweest: hij koos me herhaaldelijk uit voor 'demonstraties', waarin met meedogenloze precisie op al mijn lichamelijke tekortkomingen werd gewezen.

Mijn benen waren mager en ik had knokige knieën, en toen ik van school sportkleding moest lenen (de mijne was iets te vaak 'verdwenen' en mijn vader weigerde nieuwe te kopen), verschafte Bray me een reusachtige flanellen short die belachelijk fladderde wanneer ik rende en me de bijnaam 'schetenbroek' bezorgde.

De bewonderaars vonden dit ontzettend grappig en zo bleef ik Schetenbroek. Dit had bij de andere leerlingen tot het algemene inzicht geleid dat ik een probleem met winderigheid had. Snyde de Schele werd Snyde de Stinker; ik werd dagelijks overladen met grappen over witte bonen in tomatensaus, en bij klassenwedstrijden (waarin ik altijd als laatste werd gekozen), riep Bray naar de andere spelers: 'Let op, team! Snyde heeft weer bonen gegeten!'

Zoals ik al zei: het was een les waarbij niemand me miste, ook de leraar niet, zo meende ik. Maar ik had geen rekening gehouden met de fundamentele boosaardigheid van de man. Hofhouden voor zijn kleine kliek bewonderaars en pluimstrijkers was voor hem niet voldoende. Zelfs lonken naar de meisjes (en af en toe snel even voelen onder de dekmantel van een 'demonstratie'), of de jongens vernederen met zijn lompe humor was hem niet genoeg. Elke artiest heeft een publiek nodig, maar Bray had meer nodig. Hij had behoefte aan slachtoffers.

Ik had al vier sportlessen overgeslagen. Ik hoorde in gedachten al het commentaar:

Waar is Schetenbroek, jongens?

Kweenie, meneer. In de bibliotheek, meneer. In de plee, meneer. Hoeft niet mee te doen met sport, meneer. Astma, meneer.

M'n reet, astma.

Het zou uiteindelijk vergeten zijn. Bray zou een ander mikpunt hebben gevonden; er waren er meer dan genoeg. De dikke Peggy

Johnsen, of de sportieve Harold Mann, of Lucy Robbins met haar bolle gezicht, of Jeffrey Stuarts, die rende als een meisje. Uiteindelijk zou hij zijn blik op een van hen hebben laten vallen, en dat wisten ze: ze sloegen me in de klas en tijdens schoolbijeenkomsten met toenemende vijandigheid gade en haatten me omdat ik aan hem ontsnapt was.

Zij, de mislukkelingen, waren degenen die niet los wilden laten. Zij hielden de grappen over Schetenbroek vol, zij zeurden constant over bonen en astma, totdat elke les zonder mij een rariteitenshow zonder de rariteit leek en meneer Bray eindelijk argwaan begon te krijgen.

Ik weet niet waar hij me precies in de gaten kreeg. Misschien had hij me geobserveerd toen ik uit de bibliotheek glipte. Ik was roekeloos geworden; Leon vulde reeds mijn leven en Bray en zijn soortgenoten waren vergeleken bij hem slechts schimmen. Hoe het ook zij: hij stond me de volgende ochtend op te wachten; later kwam ik erachter dat hij zijn toezichtsdienst geruild had met een andere leraar om er zeker van te zijn dat hij me zou snappen.

'Zo, zo. Voor iemand die zo vreselijk aan astma lijdt, zie je er erg levendig uit,' begon hij toen ik door de ingang voor de laatkomers naar binnen rende.

Ik staarde hem halfverlamd van angst aan. Hij lachte gemeen, als de gebruinde totem van een sekte die mensenoffers brengt.

'Nou? Heb je je tong verloren?'

'Ik ben te laat, meneer,' stamelde ik, tijd rekkend. 'Mijn vader was...'

Ik voelde zijn minachting terwijl hij boven me uittorende. 'Misschien zou je vader me meer over die astma-aanvallen van jou kunnen vertellen,' zei hij. 'Hij is toch conciërge bij het gymnasium? Hij komt weleens in de buurtkroeg.'

Ik kreeg nauwelijks lucht. Even geloofde ik bijna dat ik echt astma had, dat mijn longen zouden knappen van pure angst. Ik hoopte dat het zou gebeuren – op dat moment leek de dood oneindig veel aantrekkelijker dan de mogelijke alternatieven.

Bray zag het en zijn grijns werd harder. 'Kom na school naar de kleedkamer,' zei hij. 'En kom niet te laat.'

Ik liep die dag rond in een soort waas van angst. Mijn ingewanden werden slap, ik kon me niet concentreren, ik liep naar de verkeerde klaslokalen, ik kreeg mijn lunch niet door mijn keel. Tijdens de middagpauze was ik zo in paniek dat juffrouw Potts, de stagiaire, het merkte en vroeg wat er was.

'Niets, juffrouw,' zei ik. Ik wilde dolgraag niet nog meer aandacht trekken. 'Gewoon een beetje hoofdpijn.'

'Meer dan een hoofdpijn,' zei ze, dichterbij komend. 'Je ziet heel bleek...'

'Er is niets, juffrouw, echt niet.'

'Volgens mij moet je echt naar huis. Je hebt misschien iets onder de leden.'

'Nee!' Ik kon niet voorkomen dat mijn stem uitschoot. Dat zou alles er alleen maar veel erger op maken; de kans die ik nog had dat het allemaal niet uitkwam zou dan verkeken zijn.

Juffrouw Potts fronste haar voorhoofd. 'Kijk me aan. Is er iets aan de hand?'

Stil schudde ik mijn hoofd. Juffrouw Potts was nog maar een lerares in opleiding, niet veel ouder dan de vriendin van mijn vader. Ze vond het leuk populair te zijn, belangrijk te zijn. Een meisje uit mijn klas, Wendy Lovell, had tijdens de lunchpauzes expres overgegeven en toen juffrouw Potts het had gemerkt, had ze naar de hulplijn voor eetstoornissen gebeld.

Ze had het vaak over seksuele geaardheid, was een deskundige op het gebied van rassendiscriminatie en had cursussen gevolgd over assertiviteit, pesten en drugs. Ik voelde dat juffrouw Potts op zoek was naar een Nobele Zaak, maar wist dat ze maar tot het eind van het trimester op school zou zijn en dat ze over een paar weken weg zou zijn.

'Alstublieft, juffrouw,' fluisterde ik.

'Toe maar, schat,' fleemde juffrouw Potts. 'Je kunt het toch wel aan míj vertellen.'

Het geheim was eenvoudig, zoals alle geheimen. Instellingen als St. Oswald en tot op zekere hoogte ook Sunnybank Park hebben hun eigen beveiligingssysteem, dat niet op rookdetectoren of verborgen camera's stoelt, maar op een dikke laag bluf.

Niemand brengt een leerkracht ten val, niemand haalt het in zijn hóófd om een school ten val te brengen. En waarom? Het instinctieve terugdeinzen voor gezag, de angst die de angst voor ontdekking volkomen overstemt. Een leraar is voor zijn leerlingen altijd 'meneer', hoeveel jaren er ook zijn verstreken; zelfs wanneer we volwassen zijn, merken we dat de oude reflexen niet verdwenen zijn, maar slechts een tijdlang zijn onderdrukt en bij de juiste opdracht onveranderd naar boven komen. Wie zou het durven opnemen tegen zo'n enorme bluf? Wie zou het durven? Het was ondenkbaar.

Maar ik was wanhopig. Aan de ene kant was er St. Oswald met Leon, alles waar ik naar had verlangd, alles wat ik had opgebouwd. Aan de andere kant was daar meneer Bray, die als het woord van God boven mijn hoofd hing. Zou ik het wagen? Zou ik ermee weg kunnen komen?

'Kom, lieverd,' zei juffrouw Potts vriendelijk toen ze kansen zag. 'Je kunt het aan mij wel vertellen – ik vertel het aan niemand.'

Ik deed alsof ik aarzelde. Toen sprak ik zacht. 'Het gaat om meneer Bray,' zei ik, haar aankijkend. 'Om meneer Bray en Tracey Delacey.'

3

Jongensgymnasium St. Oswald
Vrijdag 10 september

HET IS EEN LANGE EERSTE WEEK GEWEEST. DIE IS ALTIJD LANG, maar dit jaar lijkt al dat vervelende gedoe dat daarbij hoort eerder toe te slaan. Anderton-Pullitt is vandaag niet aanwezig (een van zijn allergische aanvallen, volgens zijn moeder) maar Knight en Jackson zijn weer in de klas. Jackson heeft behalve zijn gebroken neus ook een imposant blauw oog; McNair, Sutcliff en Allen-Jones hebben vandaag gedragsrapportage (Allen-Jones met een blauwe plek op de zijkant van zijn gezicht die duidelijk de afdruk van vier vingers is en die hij naar hij zegt bij voetbal heeft opgelopen).

Easy heeft de aardrijkskundevereniging overgenomen, die dankzij Bob Strange nu wekelijks in mijn lokaal vergadert; Bishop heeft tijdens een iets te enthousiaste hardlooprondje zijn achillespees beschadigd, Isabelle Tapi hangt sinds kort in steeds gewaagdere rokken rond in de gymnastiekhoek; de overname van het kantoor van klassieke talen door dr. Devine heeft na de ontdekking van een muizennest achter de lambrisering een tijdelijke achterstand opgelopen; mijn koffiemok en klassenboek zijn nog steeds onvindbaar, wat me de afkeuring van Marlene heeft opgeleverd; en toen ik donderdag na de lunch naar mijn lokaal terugkeerde, kwam ik tot de ontdekking dat mijn lievelingspen – een groene Parker met een gouden pen – uit mijn bureaula verdwenen was.

Het verlies van dit voorwerp vond ik echt heel vervelend, deels omdat ik maar een halfuurtje weg was geweest, maar vooral omdat het tijdens de lunchpauze gebeurde, wat mij doet denken dat de dief iemand uit mijn klas was. Mijn eigen 3S, goeie jongens – althans, dat dacht ik – en loyaal jegens mij. Jeff Light had op dat moment gangwacht, evenals, heel toevallig, Isabelle Tapi, maar geen van beiden heeft tijdens die lunchpauze ongewoon bezoek aan lokaal 59 opgemerkt, wat niemand zal verbazen.

Ik vertelde 3S vanmiddag over de pen in de hoop dat iemand hem misschien geleend had en vergeten was hem terug te leggen, maar de jongens keken me slechts wezenloos aan.

'Wat, heeft niemand iets gezien? Tayler? Jackson?'
'Niets, meneer. Nee, meneer.'
'Pryce? Pink? Sutcliff?'
'Nee, meneer.'
'Knight?'
Knight keek met een zelfvoldaan lachje op zijn gezicht de andere kant op.
'Knight?'

Ik noteerde de presentielijst op een vel papier en stuurde de jongens met een bepaald ongemakkelijk gevoel weg. Het deed me pijn dat ik het moest doen, maar er was maar één manier om de schuldige te achterhalen en dat was de kluisjes van de jongens doorzoeken. Toevallig was ik die middag vrij, dus nam ik mijn loper en een lijst van kluisnummers, liet Meek achter in lokaal 59 met een kleine groep laagniveau-zesdeklassers die niet zo gauw de boel op stelten zouden zetten en ging op weg naar de middengang en de kluisjesruimte van de derdeklassers.

Ik zocht in alfabetische volgorde en nam de tijd; ik lette vooral op de inhoud van etuis, maar vond niets anders dan een pakje sigaretten in het kastje van Allen-Jones en een seksblaadje in dat van Jackson.

Toen kwam dat van Knight; het puilde bijna uit van de papieren, de boeken en de rommel. Een zilveren pennendoos in de vorm van een calculator gleed tussen twee mappen vandaan. Ik maakte hem open, maar er zat geen pen in. Daarna kwam dat van Lemon, toen dat van Niu, Pink en Anderton-Pullitt, dat helemaal vol zat met boeken over zijn allesverterende passie: vliegtuigen uit de Eerste Wereldoorlog. Ik doorzocht alle kluisjes, vond een verboden kaartspel en een paar pin-upfoto's, maar geen Parker.

Ik zat ruim een uur in de kluisjesruimte, zo lang dat de bel voor het einde van de les weer luidde en de gang zich vulde, maar gelukkig besloot geen enkele leerling tussen de lessen door naar zijn kluisje te gaan.

Ik was nu nog geïrriteerder dan daarvoor, niet zozeer vanwege het verlies van mijn pen – hij was te vervangen –, als wel vanwege het feit dat het voorval een deel van het plezier dat ik aan de jongens beleefde bedierf, en ook vanwege het feit dat ik geen van hen kon vertrouwen zolang de dief niet gevonden was.

Nu had ik naschoolse wacht: ik moest de rij voor de bus in de gaten houden. Meek bevond zich op het hoofdplein en was nauwelijks te zien in de massa vertrekkende jongens, en Monument stond op de treden van de kapel en hield vanuit de hoogte toezicht op het hele gebeuren.

'Dag, meneer! Een prettig weekend!' Dat was McNair, die langsrende met zijn das op halfzeven en zijn overhemd uit zijn broek. Allen-Jones was bij hem en rende zoals altijd alsof zijn leven ervan afhing.

'Rustig aan,' riep ik. 'Je breekt je nek nog.'

'Sorry, meneer,' gilde Allen-Jones, zonder vaart te minderen.

Ik moest lachen. Ik weet nog dat ik ook zo rende, echt nog niet zo lang geleden, toen de weekends nog zo lang leken als een sportveld. Tegenwoordig zijn ze in een oogwenk om: de weken, maanden en jaren zijn allemaal in een en dezelfde goochelaarshoed verdwenen. Maar toch vraag ik me af: waarom rennen jongens altijd? En wanneer ben ik opgehouden met rennen?

'Meneer Straitley.'

Er was zoveel lawaai dat ik niet had gehoord dat het nieuwe hoofd van achteren op me toe gelopen was. Zelfs op vrijdagmiddag was hij nog onberispelijk: wit overhemd, grijs pak, das geknoopt en precies op de juiste plaats.

'Meneer de directeur.'

Het ergert hem als ik hem zo noem. Het herinnert hem aan het feit dat hij in de geschiedenis van St. Oswald noch uniek, noch onvervangbaar is. 'Was dat iemand uit een van uw klassen,' vroeg hij, 'die daar met wapperend overhemd langsrende?'

'Ik weet zeker van niet,' loog ik. Het nieuwe hoofd is als een echte leidinggevende gefixeerd op overhemden, sokken en andere uniformachtige onbenulligheden. Bij dat antwoord keek hij sceptisch. 'Ik heb deze week een zekere achteloosheid opgemerkt waar het de uniformvoorschriften betreft. Ik hoop dat u de jongens zult kunnen bijbrengen dat het belangrijk is om buiten de schoolpoort een goede indruk te maken.'

'Maar natuurlijk, meneer de directeur.'

Met het oog op de naderende schoolinspectie is Een Goede Indruk Maken een van de grootste prioriteiten van het nieuwe hoofd geworden. Het King Henry-gymnasium gaat prat op strikte kledingvoorschriften, inclusief strohoeden in de zomer en hoge hoeden voor leden van het kerkkoor, wat naar zijn idee bijdraagt aan hun superieure positie op de scholenranglijst. Mijn eigen met inkt bevlekte onverlaten hebben een minder vleiende kijk op hun rivalen, of 'Henrietta's', zoals ze in de traditie van St. Oswald heten, waarvoor ik, zo moet ik bekennen, enige sympathie heb. Rebelsheid op kledinggebied is iets wat bij het opgroeien hoort, en leerlingen van de school, en die van 3S in het bijzonder, uiten hun opstandigheid door middel van loshangende overhemden, afgeknipte dassen en subversieve sokken.

Ik probeerde iets van die strekking te zeggen tegen het nieuwe hoofd, maar dat wekte zo'n blik van afgrijzen dat ik wenste dat ik het niet gedaan had. 'Sokken, meneer Straitley?' zei hij, alsof ik hem had laten kennismaken met een nieuwe en tot nu toe ondenkbare perversie.

'Eh... ja,' zei ik. 'U weet wel: Homer Simpson, *South Park*, Scooby-Doo.'

'Maar we hebben vóórgeschreven sokken,' zei het hoofd. 'Grijze wol, kuitlengte, geel-zwart gestreept. Acht pond negenennegentig per paar bij de firma die de schoolkleding levert.'

Ik haalde hulpeloos mijn schouders op. Vijftien jaar is hij nu al hoofd van St. Oswald en nog steeds beseft hij niet dat niemand, echt níémand, ooit uniformsokken draagt.

'Maar ik verwacht wel van u dat u daar een eind aan maakt,' zei het hoofd, nog steeds geschokt. 'Iedere jongen hoort te allen tijde in uniform te lopen, vollédig uniform. Ik zal een memo rond moeten sturen.'

Ik vroeg me af of het hoofd als jongen te allen tijde in volledig uniform had gelopen. Ik probeerde het me voor te stellen en constateerde dat ik dat kon. Ik zuchtte. *'Fac ut vivas,* meneer de directeur.'
'Wat?'
'Zeker, meneer.'
'En nu ik het toch over memo's heb: mijn secretaresse heeft u vandaag al driemaal gemaild om u te vragen of u in mijn kantoor wilt komen.'
'O ja, meneer de directeur?'
'Ja, meneer Straitley.' Hij klonk ijzig. 'We hebben een klacht gehad.'

Het was natuurlijk Knight. Of liever gezegd: Knights moeder, een geblondeerde vrouw met een ondefinieerbare leeftijd en een opvliegende aard, die gezegend was met een ruime alimentatie en derhalve voldoende tijd om elk trimester een klacht in te dienen. Deze keer had ik haar zoon tot slachtoffer gemaakt vanwege zijn Jood zijn.
'Antisemitisme is een uiterst serieuze klacht,' verklaarde het hoofd. 'Vijfentwintig procent van onze cliënten, ouders dus, behoort tot de Joodse gemeenschap, en ik hoef u er niet aan te herinneren...'
'Nee, dat hoeft u zeker niet, meneer de directeur.' Dat ging me te ver. De kant van een jongen kiezen en niet die van een leraar, en dan ook nog op een openbare plaats, waar iedereen mee kon luisteren, getuigde van iets wat verderging dan gebrek aan loyaliteit. Ik voelde mijn drift opwellen. 'Dit is een kwestie van persoonlijkheden, meer niet, en ik verwacht dat u me volledig steunt inzake deze volkomen ongefundeerde beschuldiging. En nu we het er toch over hebben: mag ik u eraan herinneren dat er een piramidale structuur is in de ordehandhaving, die begint bij de klassenleraar, en dat het me niet bevalt dat mijn taken worden overgenomen door iemand anders zonder dat ik erin gekend word?'
'Meneer Straitley!' Het hoofd leek behoorlijk geschokt.
'Ja, meneer de directeur?'
'Er is nog meer.' Nog steeds kokend van woede wachtte ik af. 'Mevrouw Knight zegt dat een kostbare pen, een bar mitswa-ge-

schenk voor haar zoon, in de loop van gistermiddag uit zijn kluisje is verdwenen.'

Vae! Ik vervloekte mezelf inwendig. Ik had voorzichtiger moeten zijn, had – volgens de regels – de kluisjes moeten doorzoeken waar de jongens bij waren. Maar 3S is mijn klas, in vele opzichten mijn favoriete klas. Het was gemakkelijker om te werk te gaan zoals ik altijd deed: de schuldige heimelijk bezoeken, het bewijsmateriaal verwijderen, en het daarbij laten. Het had bij Allen-Jones en zijn deurplaten gewerkt en het zou bij Knight hebben gewerkt. Behalve dan dat ik niets in Knights kluisje gevonden had, hoewel mijn intuïtie me nog steeds zei dat hij de schuldige was, en ik zeker niets verwijderd had.

Het hoofd was nu goed op dreef. 'Mevrouw Knight beschuldigt u er niet alleen van dat u regelmatig de jongen tot slachtoffer maakt en vernedert,' zei hij, 'maar ook dat u hem min of meer van diefstal beschuldigde toen hij het ontkende en dat u een waardevol voorwerp heimelijk uit zijn kastje had gehaald, misschien in de hoop hem een bekentenis af te dwingen.'

'Juist ja. Weet u, ik zal u eens zeggen hoe *ík* over mevrouw Knight denk...'

'De verzekering van de school zal het verlies natuurlijk vergoeden. Maar het roept wel de vraag op...'

'*Wát?*' Ik kon bijna niet uit mijn woorden komen. Jongens raken dagelijks iets kwijt. Als je in dit geval een vergoeding gaf, kwam dat zo ongeveer neer op aanvaarden dat ik schuldig was. 'Dit neem ik niet. Ik durf er alles om te verwedden dat dat stomme ding opduikt onder zijn bed of zo.'

'Ik handel de klacht liever zo af dan dat hij naar het schoolbestuur gaat,' zei het hoofd, met ongewone openhartigheid.

'Dat zal best, ja,' zei ik. 'Maar als u dat doet, treft u maandagmorgen mijn ontslagbrief op uw bureau aan.'

ZM trok wit weg. 'Een beetje kalm aan, Roy...'

'Ik doe helemaal niet kalm aan. Het is de taak van een schoolhoofd om het personeel te steunen. En niet bij de eerste de beste gemene aantijging de wijk te nemen.'

Er viel een nogal koele stilte. Ik besefte dat mijn stem, die lang geoefend was in de akoestiek van de klokkentoren, nogal luid was geworden. Diverse jongens en hun ouders slenterden binnen gehoorsafstand rond en de kleine Meek, die nog steeds dienst had, sloeg me met open mond gade.

'Goed, meneer Straitley,' zei het nieuwe hoofd stijfjes.

Daarop liep hij weg, me achterlatend met het gevoel dat ik op z'n slechtst een pyrrusoverwinning had behaald en op z'n best heel beroerd in eigen doel had geschoten.

4

DIE ARME OUWE STRAITLEY. HIJ ZAG ER ZO GEDEPRIMEERD UIT toen hij vandaag vertrok dat ik bijna wou dat ik zijn pen niet gepikt had. Hij zag er oud uit, vond ik – hij boezemde geen ontzag meer in, maar was gewoon *oud*, een trieste komediant met een verlopen gezicht die zijn beste tijd gehad heeft. Helemaal fout, natuurlijk. Roy Straitley had echt lef en hij bezat een echte, en gevaarlijke, intelligentie. Toch – noem het voor mijn part nostalgie, of perversie – was hij me vandaag sympathieker dan voorheen. Ik vraag me af of ik misschien clementie met hem moet hebben. Omwille van het verleden.

Ja, misschien. Misschien moet dat.

Ik vierde mijn eerste week met een fles champagne. Het is natuurlijk nog vroeg dag, maar ik heb al een aantal giftige zaadjes gezaaid, en dit is nog maar het begin. Knight blijkt een waardevol instrument te zijn – hij praat nu bijna elke pauze met me en zuigt ieder woord op. O, niets wat je echt beschuldigend zou kunnen noemen – juist ik hoor beter te weten –, maar met behulp van hints en verhaaltjes kan ik hem denk ik in de juiste richting sturen.

Zijn moeder heeft natuurlijk niet bij het schoolbestuur geklaagd. Dat had ik ook niet verwacht, ondanks haar theatrale gedoe. Deze keer in ieder geval niet. Niettemin worden al deze dingen opgeborgen. Diep vanbinnen, waar het ertoe doet.

Schandalen – de rot die funderingen doet verbrokkelen. St. Oswald heeft zijn deel gehad, voor het merendeel keurig weggesneden door de raad van bestuur en de beheerders van de financiën. De affaire-Shakeshafte, bijvoorbeeld, of die akelige zaak rond de conciërge, vijftien jaar geleden. Hoe heette hij ook alweer? Snyde? De details weet ik niet meer, ouwe kerel, maar het toont wel aan dat je niemand kunt vertrouwen.

In het geval van meneer Bray en mijn oude school waren er geen financieel beheerders om de zaak in eigen hand te nemen. Juffrouw Potts luisterde met ogen die steeds groter werden en een mond die van pruilend-overredend in minder dan een minuut naar zure appel ging. 'Maar Tracey is vijftien,' zei juffrouw Potts (die altijd haar best had gedaan om er tijdens meneer Brays lessen goed uit te zien en wier gezicht nu strak van afkeuring was). 'Vijftien!'

Ik knikte. 'Wilt u het aan niemand vertellen?' zei ik. 'Hij doet me wat als hij erachter komt dat ik het aan u verteld heb.'

Dat was het aas en ze hapte toe, zoals ik wel geweten had. 'Jou overkomt niets,' zei juffrouw Potts ferm. 'Het enige wat je hoeft te doen is me alles vertellen.'

Ik hield me niet aan mijn afspraak na schooltijd met meneer Bray. In plaats daarvan zat ik voor het kantoor van het hoofd te trillen van angst en opwinding, en te luisteren hoe het drama zich binnen ontvouwde. Bray ontkende natuurlijk alles, maar de verliefde Tracey huilde hevig om zijn openbare verraad; ze vergeleek zichzelf met Julia, dreigde een eind aan haar leven te maken en verklaarde ten slotte dat ze zwanger was. Na deze aankondiging eindigde de bijeenkomst in paniek en verwijten. Bray haastte zich om zijn vakbondsvertegenwoordiger te bellen en juffrouw Potts dreigde de plaatselijke kranten in te lichten als er niet meteen iets werd ondernomen om te voorkomen dat er nog meer onschuldige meisjes door deze perverseling werden verleid; ze had hem altijd al verdacht, zei ze, en hij zou opgesloten moeten worden.

De volgende dag werd meneer Bray hangende een onderzoek geschorst en op grond van de bevindingen niet meer teruggenomen. Het volgende trimester onthulde Tracey dat ze toch niet zwanger was (tot openlijke opluchting van meer dan een van de vijfdeklassers) en kwam er een nieuwe en heel jonge gymnastieklerares die juffrouw Applewhite heette en mijn astmasmoes zonder vragen te stellen of nieuwsgierigheid te tonen accepteerde, en zelfs zonder het profijt van karatelessen merkte ik dat ik een dubieus soort respect had verworven bij sommige van mijn leeftijdgenoten als de leerling die het tegen die klootzak van een Bray had durven opnemen.

Zoals ik al zei: met een goedgemikte steen kun je een reus vellen. Bray was de eerste. De testcase, zo je wilt. Misschien voelden mijn klasgenoten het, voelden ze dat ik er op de een of andere manier plezier in begon te krijgen me te verweren, want daarna kwam er stilletjes een eind aan de meeste pesterijen die mijn leven op school ondraaglijk hadden gemaakt. Ik was natuurlijk niet populairder dan voorheen, maar terwijl iedereen er tot dan toe alles aan had gedaan om me te kwellen, lieten personeel en leerlingen me nu aan mijn lot over.

Te weinig, te laat. Ik ging inmiddels al bijna iedere dag naar St. Oswald. Ik hing op de gangen rond, ik praatte tijdens de pauzes en tussen de middag met Leon, ik was roekeloos gelukkig. De proefwerkweek brak aan en Leon mocht in de bibliotheek leren wanneer hij geen proefwerk had, dus ontsnapten we samen naar de stad, waar we naar platen keken, en ze soms ook stalen, hoewel Leon dat niet hoefde te doen, omdat hij meer dan genoeg zakgeld had.

Dat had ik echter niet. Vrijwel al mijn geld, inclusief mijn weinige wekelijkse zakgeld en het lunchgeld dat ik niet meer op school besteedde, ging op aan het in stand houden van mijn bedrog op St. Oswald.

De incidentele uitgaven waren ontstellend. Boeken, schrijfwaren, drankjes en snacks uit de snoepwinkel, bustochtjes naar uitwedstrijden, en natuurlijk het uniform. Ik kwam er algauw achter dat, ook al droegen alle jongens hetzelfde uniform, er toch een bepaalde norm opgehouden moest worden. Ik had me tegenover Leon als een nieuwe leerling gepresenteerd, de zoon van een politie-inspecteur; er was dus geen sprake van dat ik de tweedehands kleren kon blijven dragen die ik bij de gevonden voorwerpen had weggenomen, of de afgetrapte en modderige sportschoenen die ik thuis droeg. Ik had een *nieuw* uniform, glanzende schoenen en een leren schooltas nodig.

Een aantal van deze voorwerpen stal ik buiten schooltijd uit kluisjes, waarna ik de naamlabels eruit haalde en ze verving door labels met mijn naam. Sommige kocht ik van mijn spaargeld. Een paar keer plunderde ik mijn vaders biergeld wanneer hij weg was, in de wetenschap dat hij dronken thuis zou komen en in de hoop dat hij zou vergeten hoeveel hij precies had uitgegeven. Het werkte, maar mijn vader was zorgvuldiger in deze dingen dan ik had verwacht en bij een van mijn pogingen werd ik bijna betrapt. Gelukkig was er nóg een verdachte, die meer voor de hand lag dan ik, en er volgde een vreselijke ruzie. Pepsi droeg de twee weken daarna een zonnebril en ik nam nooit meer risico's door geld van mijn vader te stelen.

In plaats daarvan stal ik in winkels. Tegenover Leon deed ik alsof ik het voor de grap deed; we hielden wedstrijdjes platen stelen en verdeelden de buit in ons 'clubhuis' in de bossen achter de school. Ik bleek er onverwacht goed in te zijn, maar Leon was een natuurtalent. Hij was totaal niet bang en had een lange jas speciaal voor het doel ingericht: hij liet platen en cd's in de grote zakken in de voering glijden totdat hij door het gewicht nauwelijks meer kon lopen. Een keer werden we bijna gesnapt: we waren net bij de deur, toen Leons jas openscheurde en de platen en de hoezen overal op de grond vielen. Het meisje bij de kassa gaapte ons aan, klanten stonden met open mond te kijken en zelfs de winkeldetective leek verlamd van verbazing. Ik wilde het op een lopen zetten, maar Leon glimlachte slechts verontschuldigend, pakte met zorg zijn platen op en ging er toen als een haas vandoor, waarbij de panden van zijn jas wijd achter hem aan fladderden. Het duurde lang voordat ik weer die winkel in durfde – uiteindelijk deden we het wel, omdat Leon aanhield –, maar zoals hij al zei: we hadden toen het meeste toch al meegenomen.

Het is een kwestie van houding. Dat is wat Leon me leerde, maar als hij van mijn bedrog geweten had, vermoed ik dat zelfs hij had moeten toegeven dat ik in dit spel zijn meerdere was. Dat was echter onmogelijk. Voor Leon waren de meeste mensen 'banaal'. Sunnybankers waren 'uitschot' en de mensen die in de gemeentewoningen woonden (ook die aan Abbey Road, waar mijn ouders en ik ooit hadden gewoond), waren 'buggykoppen', 'sloeries', 'schooiers' en 'proletariërs'.

Natuurlijk deelde ik zijn minachting, maar mijn haat zat zo mogelijk nog dieper. Ik wist dingen die Leon met zijn leuke huis en zijn Latijn en zijn elektrische gitaar onmogelijk kon weten. Onze vriendschap was niet een vriendschap tussen gelijken. De wereld die wij samen hadden gecreëerd, was geen welkome plaats voor kinderen van John en Sharon Snyde.

Het enige wat ik betreurde was dat het spel niet eeuwig kon duren. Maar wanneer je twaalf bent, denk je niet zo vaak aan de toekomst, en als er al donkere wolken aan mijn horizon waren, was ik nog te zeer verblind door mijn nieuwe vriendschap om ze op te merken.

5

Jongensgymnasium St. Oswald
Woensdag 15 september

ER WAS EEN TEKENING OP MIJN KLASSENMEDEDELINGENBORD GE-
prikt toen ik gisteren na de lunch binnenkwam: een ruwe karikatuur van mij met een Hitler-snorretje en een tekstballon waarin
stond: 'Juden 'raus!'

Iedereen kan die daar opgehangen hebben – een lid van Devines
club, die na de middagpauze hier was, of een van Meeks computermensen, zelfs een dienstdoende prefect met een krom gevoel voor
humor –, maar ik wist dat het Knight was. Ik zag het aan de zelfvoldane, neutrale blik op zijn gezicht, aan de manier waarop hij mijn
blik meed, aan de kleine pauze tussen zijn 'ja' en zijn 'meneer' – een
bruraliteit die alleen ik opmerkte.

Ik haalde het plaatje natuurlijk weg en gooide de prop in de prul-
lenmand zonder het ook maar een blik waardig te keuren, maar ik
kon de opstandigheid ruiken. Verder is alles kalm, maar ik ben hier
al te lang om me te laten bedotten: dit is alleen maar de schijnbare
stilte in het oog van de storm: de crisis moet nog komen.

Ik ben er nooit achter gekomen wie me in de kluisjesruimte
gezien heeft. Het zou iedereen geweest kunnen zijn die nog een
appeltje met me te schillen had. Geoff en Penny Nation zijn hier
beiden het type voor: ze maken altijd melding van 'procedurele on-
geregeldheden' op een vrome manier die hun ware boosaardigheid
verhult. Ik geef hun zoon toevallig dit jaar les – een piencere, kleurloze eersteklasser – en sinds de groepslijsten zijn geprint, hebben
ze ongezond veel aandacht voor mijn lesmethoden aan den dag

gelegd. Of misschien was het Isabelle Tapi, die me nooit heeft gemogen, of Meek, die zo zijn eigen redenen heeft, of misschien zelfs een van de jongens.

Niet dat het ertoe doet, natuurlijk. Maar sinds ik weer op school ben, heb ik het gevoel dat iemand me in de gaten houdt, heel nauwlettend en niet bepaald vriendelijk. Zo moet Caesar zich gevoeld hebben toen de ides van maart aanbraken.

In de klas loopt alles als vanouds. Een groep eersteklassers, die nog steeds het fatale idee heeft dat een werkwoord een woord is dat 'doen' uitdrukt, een groep zesdeklassers met niet meer dan gemiddelde leerlingen, die zich goedbedoeld een weg baant door de *Aeneis,* zang ix, en mijn eigen 3S, die (voor de derde keer) met het gerundium worstelt, waarbij Sutcliff en Allen-Jones (onverantwoordelijk als altijd) bijdehante opmerkingen maken en Anderton-Pullitt meer zwaarwichtige observaties plaatst – hij vindt Latijn verspilling van tijd, tijd die beter besteed zou kunnen worden aan het bestuderen van vliegtuigen uit de Eerste Wereldoorlog.

Niemand keek naar Knight, die zonder iets te zeggen doorwerkte, en de kleine test die ik hun aan het eind van de les gaf, overtuigde me ervan dat de meesten van hen nu zo goed overweg kunnen met het gerundium als je van een derdeklasser redelijkerwijs kunt verwachten. Als bonus voegde Sutcliff een aantal brutale tekeningetjes toe, die een afbeelding waren van 'de soort gerundium in zijn natuurlijke habitat' en 'wat er gebeurt wanneer een gerundium een gerundivum ontmoet'. Ik moet toch eens met Sutcliff praten. Ondertussen zitten de tekeningen op de klep van mijn bureau geplakt als een kleine, opwekkende dosis tegengif tegen de mysterieuze spotprent van vanmorgen.

Op de afdeling zijn er goede en slechte zaken. Dianne Dare schijnt het aardig te doen, wat maar goed is ook, omdat Pearman nog nooit zo inefficiënt is geweest. Het is niet helemaal zijn schuld – ik heb een zwak voor Pearman, ondanks zijn ongeordendheid: de man heeft hersens –, maar nu er een nieuw iemand is aangesteld, begint Scoones echt vervelend te worden: hij is zo om zich heen aan het slaan dat de rustige Pearman voortdurend op het punt staat zijn zelfbeheersing te verliezen en zelfs Kitty een beetje minder sprankelend is geworden. Alleen Tapi lijkt onaangedaan; misschien komt dat door de groeiende intimiteit tussen haar en die weerzinwekkende Light, met wie ze al talloze malen in de Thirsty Scholar is gesignaleerd en met wie ze ook weleens samen brood eet in de refter.

De Duitsers kennen daarentegen een periode van oppermacht. Mogen ze er veel lol aan beleven. De muizen zijn weg – het slachtoffer geworden van dr. Devines voorschriften betreffende gezondheid en veiligheid –, maar mijn geest leeft voort en rammelt met zijn ketenen naar de bewoners en zorgt af en toe voor de nodige opschudding.

Voor de prijs van een drankje bij de Scholar heb ik een sleutel van het nieuwe kantoor Duits bemachtigd, waarin ik me nu terugtrek telkens wanneer Devine een schoolafdelingsvergadering heeft. Het is maar voor tien minuutjes, dat weet ik wel, maar in die tijd kan ik meestal genoeg 'onopzettelijke' rommel maken – koffiekopjes op het bureau, de telefoon verplaatst, ingevulde kruiswoordpuzzels in Zuurpruims eigen *Times* – om hen aan mijn voortdurende aanwezigheid te herinneren.

Mijn dossierkasten zijn naar de boekenkamer ernaast verhuisd. Dit zit dr. Devine ook dwars, want tot nu toe wist hij niet van het bestaan van de deur die de twee vertrekken scheidt en die ik nu opnieuw in gebruik heb genomen. Hij kan mijn sigarettenrook achter zijn bureau ruiken, zegt hij, en hij spreekt met een vroom en zelfvoldaan gezicht over gezondheid en veiligheid; zoveel boeken moeten wel brandgevaar opleveren, protesteert hij, en hij heeft het over de installatie van een rookmelder.

Gelukkig heeft Bob Strange, die in zijn hoedanigheid als derde meester toezicht houdt op alle afdelingsuitgaven, duidelijk gemaakt dat er geen onnodige uitgaven meer gedaan worden totdat de inspectie is geweest, en is Zuurpruim gedwongen mijn aanwezigheid nog even te verdragen, terwijl hij ongetwijfeld al nadenkt over de volgende zet.

Ondertussen gaat het hoofd door met zijn sokkenoffensief. De schoolbijeenkomst van maandag was volledig aan het onderwerp gewijd, met het gevolg dat sindsdien vrijwel alle jongens in mijn klas hun meest controversiële sokken naar school zijn gaan dragen, met in sommige gevallen de bijkomende buitenissigheid van een paar felgekleurde sokophouders.

Tot dusverre heb ik de volgende gesignaleerd: eenmaal Bugs Bunny, driemaal Bart Simpson, eenmaal *Southpark*, viermaal Beavis en Butthead, en bij Allen-Jones een felroze paar met de Powerpuff Girls er in lovertjes op geborduurd. Het is maar goed dat mijn ogen niet meer zo goed zijn en dat ik dat soort dingen nooit opmerk.

Natuurlijk laat niemand zich door de plotselinge interesse van het hoofd voor voetbekleding op een dwaalspoor brengen. De datum voor de schoolinspectie komt gestaag dichterbij en na de teleurstellende examenresultaten van de vorige zomer (dankzij een overbelast lesschema en de nieuwste regeringsplannen) weet hij dat hij zich geen matig oordeel kan veroorloven.

Dientengevolge vormen sokken, overhemden, dassen en wat dies meer zij dit trimester het belangrijkste doelwit, evenals graffiti, gezondheid en veiligheid, muizen, computervaardigheid en altijd links lopen in de gang. Ter voorbereiding zullen alle leerkrachten binnen de school beoordeeld worden, is er een nieuwe brochure gedrukt, is er een subcommissie gevormd om mogelijkheden te bespreken voor het verbeteren van het schoolimago en is er een extra rij parkeerplaatsen voor invaliden op het parkeerterrein voor bezoekers aangebracht.

In het spoor van deze ongewone activiteit is de portier, Fallow, op zijn afstotendst. Gezegend als hij is met het vermogen heel druk bezig te lijken, terwijl hij in werkelijkheid alle werk schuwt, hangt hij sinds kort in hoeken en voor klaslokalen rond, met het klembord in de hand, toezicht houdend op de reparaties en vernieuwingen die Jimmy uitvoert. Op die manier krijgt hij heel wat gesprekken van het personeel te horen, waarvan hij het grootste deel naar ik vermoed doorgeeft aan dr. Devine. Voor iemand die lijkt neer te kijken op de roddel van de docentenkamer is Zuurpruim wel erg goed geïnformeerd.

Juffrouw Dare was vanmiddag in mijn lokaal, waar ze inviel voor Meek, die ziek is. Buikgriep – althans, dat vertelt Bob Strange me –, maar ik heb zo mijn vermoedens. Bij sommige mensen zit het lesgeven in het bloed en bij andere niet, en hoewel Meek niet het record aller tijden zal breken – dat staat op naam van een wiskundeleraar die Jerome Fentimann heet en die op zijn eerste dag tijdens de middagpauze verdween en nooit meer is teruggekomen – zou het me niets verbazen als hij ons midden in het trimester in de steek liet ten gevolge van de een of andere vage aandoening.

Gelukkig is juffrouw Dare uit steviger hout gesneden. Ik kan haar in de stiltekamer horen praten met de computermensen van Meek. Die kalme manier van doen van haar is misleidend: daaronder schuilt een intelligente en capabele vrouw. Haar afstandelijkheid heeft niets met verlegenheid te maken, besef ik. Ze houdt er gewoon van op zichzelf te zijn en heeft weinig op met de andere nieuwkomers. Ik zie haar vrij vaak – we delen tenslotte een kaslokaal – en ik ben getroffen door de snelheid waarmee ze zich heeft aangepast aan de onoverzichtelijke topografie van St. Oswald, aan de veelheid van lokalen, aan de tradities en taboes en aan de infrastructuur. Ze doet vriendelijk tegen de jongens zonder in de val van te grote intimiteit te trappen, ze weet hoe je moet straffen zonder wrok op te roepen en ze verstaat haar vak.

Vandaag zat ze toen ik in mijn lokaal kwam werk na te kijken en kon ik haar even observeren voordat ze zich van mijn aanwezigheid bewust werd. Slank, zakelijk gekleed in een smetteloos witte blouse en een keurige grijze broek, kort donker haar, dat eenvoudig en goed geknipt is. Ik stapte naar voren; ze zag me en stond meteen op om mijn plaats vrij te maken.

'Goeiemorgen, meneer. Ik had u niet zo vroeg verwacht.'

Het was kwart voor acht. Light arriveert iedere ochtend, zoals te verwachten viel, om vijf voor negen; Bishop komt vroeg, maar alleen maar om zijn eeuwige rondjes te rennen; en zelfs Gerry Grachvogel is nooit voor achten in zijn lokaal. Maar dat gemeneer – ik had gehoopt dat de vrouw niet zou slijmen. Aan de andere kant houd ik ook niet van nieuwkomers die mijn voornaam zomaar gebruiken, alsof ik de loodgieter ben, of iemand die ze in de kroeg hebben ontmoet. 'Wat is er met de stiltekamer aan de hand?' vroeg ik.

'Meneer Pearman en meneer Scoones waren de recente aanstellingen aan het bespreken. Het leek me tactvoller me terug te trekken.'

'Juist, ja.' Ik ging zitten en stak mijn eerste Gauloise op.

'Sorry, meneer. Ik had het u moeten vragen.' Ze klonk beleefd, maar haar ogen glansden. Ik constateerde dat ze een bijdehandje was en mocht haar er te meer om.

'Sigaret?'
'Nee, dank u. Ik rook niet.'
'Helemaal geen gebreken?' Goden, ik smeek jullie, niet nóg een Zuurpruim.
'Geloof me, ik heb er meer dan genoeg.'
'Hmm...'
'Een van uw jongens heeft me verteld dat u al meer dan twintig jaar in dit lokaal zit.'
'Langer, als je de jaren als leerling meetelt.' In die tijd was er een heel klassiek imperium geweest, was Frans één enkel Tweedjasje dat grootgebracht was met de *Méthode Assimil*, en getuigde Duits van gebrek aan vaderlandsliefde.
O tempora! O mores! Ik zuchtte diep. Horatius op de brug die in zijn eentje de barbaarse troepen tegenhoudt.
Juffrouw Dare grijnsde. 'Ach, het is weer eens wat anders dan die plastic tafels en witte borden. Ik vind dat u gelijk hebt dat u vernieuwing tegenhoudt. Bovendien mag ik die leerlingen die Latijn hebben wel. Ik hoef ze geen grammatica te leren. En ze kunnen ook spellen.'
Duidelijk een intelligente meid, dacht ik. Ik vroeg me af waar ze heen wilde met mij. Er zijn veel snellere manieren om de glibberige ladder te bestijgen dan via de klokkentoren en als dat haar ambitie was, zou haar vleierij beter besteed zijn aan Bob Strange of Pearman of Devine. 'Pas maar op met dat rondhangen in dit lokaal,' zei ik tegen haar. 'Voor u het weet, bent u vijfenzestig en te zwaar en zit u onder het krijt.'
Juffrouw Dare glimlachte en pakte haar correctiewerk op. 'U hebt vast werk te doen,' zei ze, terwijl ze naar de deur liep. Toen stond ze stil. 'Neem me niet kwalijk dat ik het vraag, meneer,' zei ze, 'maar bent u soms van plan met pensioen te gaan dit jaar?'
'Met pensioen? U maakt toch zeker een grapje? Ik houd het vol tot ik aan mijn eeuw ben.' Ik nam haar aandachtig op. 'Waarom vraagt u dat? Heeft iemand iets gezegd?'
Juffrouw Dare leek verlegen met de situatie. 'Nou...' Ze aarzelde. 'Omdat ik nieuw ben op deze school, heeft meneer Strange me gevraagd het schooltijdschrift te redigeren. En toen ik de lijst met leerkrachten en afdelingen doornam, zag ik toevallig...'

'Ja, wat?' Haar beleefdheid begon me op de zenuwen te werken.
'Bij de goden, voor de draad ermee!'

'U, eh... U lijkt er dit jaar niet in te staan,' zei juffrouw Dare. 'Het is net of de afdeling Klassieke Talen is...' Ze zweeg weer en zocht naar het juiste woord, en ik merkte dat ik de grens van mijn geduld bereikte.

'Ja, wat – wat? Gemarginaliseerd? Gefuseerd? Vergeet die termen nou maar en vertel me wat u denkt! Wat is er met de afdeling Klassieke Talen gebeurd?'

'Een goeie vraag, meneer,' zei juffrouw Dare onverstoorbaar. 'Voor zover ik in de schoolpublicaties zoals brochures, afdelingslijsten en het schooltijdschrift kan zien... bestaat hij gewoon niet.' Ze zweeg weer even. 'Enne... volgens de personeelslijsten bestaat u ook niet.'

6

Maandag 20 september

AAN HET EIND VAN DE WEEK WIST DE HELE SCHOOL HET. GEZIEN DE omstandigheden had je kunnen verwachten dat Straitley het een poosje voor zich had gehouden, om te bekijken wat zijn mogelijkheden waren en zijn nek niet te veel uit te steken, maar dat ligt niet in zijn aard, zelfs niet wanneer het het enige verstandige is wat hij kan doen. Maar omdat hij nu eenmaal Straitley is, stevende hij recht op het kantoor van Strange af zodra hij de feiten bevestigd had en dwong hij een confrontatie af.

Strange ontkende natuurlijk dat hij iets had gedaan dat niet in de haak was. De nieuwe afdeling zou volgens hem gewoon bekendstaan als 'Vreemde Talen', wat de klassieke talen én de moderne talen behelsde, evenals twee nieuwe vakken, namelijk 'taaltheorie' en 'kunsttalen', die eenmaal per week gegeven zouden worden in de computerlaboratoria zodra de relevante software binnen was (het zou, had men hem verzekerd, allemaal goed draaien wanneer op 6 december de schoolinspectie plaatsvond).

Klassieke Talen was noch gedegradeerd, noch gemarginaliseerd, aldus Strange; in plaats daarvan was het hele vreemde talenprofiel opgewaardeerd, zodat het voldeed aan de richtlijnen voor het onderwijsprogramma. St. Henry, zo had hij begrepen, had dat al vier jaar eerder gedaan, en met al die concurrentie op de markt...

Wat Roy Straitley ervan vond staat niet te boek. Gelukkig schold hij, zo heb ik gehoord, voornamelijk in het Latijn, maar toch is er een beleefde en nauwgezette koelte tussen hen gebleven.

'Bob' is 'meneer Strange' geworden. Voor het eerst in zijn carrière houdt Straitley een stiptheidsactie: hij staat erop niet later dan halfnegen 's morgens geïnformeerd te worden als hij een vrij lesuur kwijtraakt, wat, hoewel het volgens de voorschriften correct is, Strange dwingt ruim twintig minuten vroeger op zijn werk te komen dan hij anders zou doen. Dientengevolge krijgt Straitley een meer dan eerlijke portie toezichtdienst op regenachtige dagen en invallessen op vrijdagmiddag toebedeeld, wat niet bevorderlijk is voor het verminderen van de spanning tussen hen.

Toch blijft het een kleine afleiding, hoe amusant het ook moge zijn. St. Oswald heeft al duizend kleine drama's van dit soort doorstaan. Mijn tweede week is voorbij, ik zit lekker in mijn rol en hoewel ik in de verleiding ben om nog wat te genieten van mijn nieuwe baan, weet ik dat er geen beter moment is om toe te slaan dan nu. Maar waar?

Bishop niet, het hoofd niet. Straitley? Het is verleidelijk en hij zal vroeg of laat weg moeten, maar ik geniet te veel van het spel om hem nu al te laten gaan. Nee. Er is eigenlijk maar één plek waar ik kan beginnen: bij de portier.

Het was een slechte zomer geweest voor John Snyde. Hij had meer gedronken dan ooit tevoren en eindelijk begon het merkbaar te worden. Hij was altijd fors geweest en was in de loop der jaren geleidelijk en bijna onopvallend uitgedijd en nu – heel plotseling leek het – was hij dik.

Voor het eerst was ik me ervan bewust, me bewust van de jongens van St. Oswald die door het hek liepen, me bewust van mijn vaders traagheid, van zijn bloeddoorlopen ogen, van zijn beerachtige, norse humeur. Hoewel het onder werktijd zelden naar boven kwam, wist ik dat het er was, als een ondergronds wespennest dat alleen maar door iemand verstoord hoefde te worden.

Dr. Tidy, de thesaurier, had er iets van gezegd, hoewel mijn vader tot dusverre ontkomen was aan een officiële reprimande. De jongens wisten het ook, vooral de kleintjes; die zomer pestten ze hem genadeloos. Ze riepen met hun meisjesachtige stemmen: 'John! Hé, John!', en liepen in groepen achter hem aan wanneer hij zijn taken uitvoerde en renden achter de maaimachine aan wanneer hij er methodisch mee over de cricket- en voetbalvelden reed, waarbij zijn zware berenromp aan weerszijden over de smalle zitting puilde.

Hij had een heleboel bijnamen: Dikke Johnny, Kale John (hij was heel gevoelig geworden wat betreft zijn kalende kruintje, dat hij probeerde te camoufleren door een lange strook haar over zijn kruin te plakken), Bolle Joe en Vette Jan de Patatman. De maaimachine was een voortdurende bron van pret; de jongens noemden hem de 'maainietmachine' of 'Johns Goggemobiel'; hij ging om de haverklap kapot en het gerucht ging dat hij liep op het frituurvet dat John gebruikte om zijn haar mee in te vetten, dat hij ermee reed omdat hij sneller was dan zijn eigen auto. Een paar maal hadden jongens 's morgens gemerkt dat mijn vaders adem naar bier rook en sindsdien circuleerden er talloze grappen over slechte adem en deden jongens alsof ze dronken werden van de dampen die de conciërge uitademde. Jongens vroegen hoe ver hij boven zijn theewater was en of het wettelijk wel was toegestaan dat hij op de maainietmachine reed.

Het hoeft geen betoog dat ik meestal bij die jongens uit de buurt bleef wanneer ik door de school dwaalde, want hoewel ik zeker wist dat mijn vader nooit zag wie er in een St. Oswald-uniform stak, maakte zijn nabijheid me nerveus en beschaamd. Op die momenten leek het alsof ik mijn vader nog nooit echt gezien had, en wanneer hij naar hen uithaalde, omdat hij eindelijk tot een onwaardige reactie geprikkeld was, eerst met zijn stem en toen met zijn vuisten, wist ik niet waar ik blijven moest van schaamte en zelfverachting.

Een groot deel hiervan was het rechtstreekse gevolg van mijn vriendschap met Leon. Hij mocht dan een rebel zijn, met zijn lange haar en zijn winkeldiefstallen, maar ondanks dat alles bleef Leon heel erg een product van zijn achtergrond en sprak hij met minachting over wat hij 'de proletariërs' en 'het klootjesvolk' noemde, mijn leeftijdgenoten van Sunnybank Park met kwaadaardige en meedogenloze precisie bespottend.

Ikzelf deed zonder enige reserve mee aan de spotternij. Ik had altijd een afkeer van Sunnybank Park gevoeld. Ik voelde me niet loyaal jegens de leerlingen en sloot me zonder aarzeling aan bij de zaak die St. Oswald voorstond. Dáár hoorde ik thuis en ik zorgde er dan ook voor dat alles aan me – haar, stem en manier van doen – een afspiegeling was van die loyaliteit. Ik wilde op dat moment liever dan wat ook dat mijn fantasie waar was; ik verlangde naar de fantasievader die politie-inspecteur was en haatte meer dan woorden konden uitdrukken de dikke conciërge met zijn grove taal en dikke bierbuik. Hij was jegens mij steeds prikkelbaarder geworden; het fiasco van de karatelessen had zijn teleurstelling vergroot en bij diverse gelegenheden zag ik hem met onverhulde afkeer naar me kijken.

Toch deed hij nog weleens een zwakke, halfslachtige poging. Dan vroeg hij me mee te gaan naar een voetbalwedstrijd of gaf hij me geld voor de bioscoop. Meestal deed hij dat echter niet. Ik zag hem dagelijks dieper wegzakken in zijn routine van televisie, bier, afhaaleten en onhandige, lawaaiige (en steeds minder succesvolle) seks. Na een poosje kwam ook daar een eind aan en werden Pepsi's bezoekjes steeds minder frequent. Ik zag haar een paar keer in de stad en eenmaal in het park met een jonge man. Hij droeg een leren jasje en had een van zijn handen in Pepsi's roze angorawollen trui gestoken. Daarna kwam ze haast nooit meer bij ons.

Het was ironisch dat het enige wat mijn vader in die weken behoedde datgene was dat hij begon te haten. St. Oswald was zijn leven geweest, zijn hoop, zijn trots; nu leek het hem te confronteren met zijn eigen onvolkomenheid. Toch verdroeg hij het; hij voerde zijn werk plichtsgetrouw, zij het liefdeloos, uit en keerde de jongens die hem tartten en grove liedjes over hem zongen op het speelterrein gewoon zijn koppige rug toe. Hij verdroeg het voor mij; voor mij hield hij het bijna tot het laatst toe vol. Ik weet dat, nu het te laat is, maar wanneer je twaalf bent, is er nog veel voor je verborgen, moet je nog veel ontdekken.

'Hé, Pinchbeck!' We zaten onder de beukenbomen op het vierkante binnenplein. De zon scheen warm en John Snyde was het gras aan het maaien. Ik herinner me nog die geur, de geur van schooldagen, van gemaaid gras, stof en dingen die te snel en onbeheerst groeien. 'Vette Jan heeft een probleempje, geloof ik.'

Ik keek. Dat was zo: aan de rand van het cricketveld had de maainietmachine er weer de brui aan gegeven en mijn vader probeerde hem vloekend en zwetend aan de praat te krijgen, ondertussen aan de afzakkende band van zijn spijkerbroek trekkend. De kleine jongens waren hem al aan het insluiten – een kordon, als pygmeeën die een gewonde neushoorn omsingelen.

'John! Hé, John!' Ik kon hen over het cricketveld heen horen – parkietenstemmen in de wazige hitte. Ze renden op hem af en renden weer weg, elkaar uitdagend steeds een beetje dichterbij te komen.

'Maak dat je wegkomt!' Hij zwaaide met zijn armen als een man die kraaien verjaagt. Zijn biergebral bereikte ons een seconde later, gevolgd door hoog gelach. Gillend stoven ze uiteen; even later slopen ze alweer naderbij, giechelend als meisjes.

Leon grijnsde. 'Kom op,' zei hij. 'Laten we een geintje uithalen.'

Ik volgde hem schoorvoetend en bleef een beetje achter, de bril afzettend die me had kunnen tekenen. Ik had geen moeite hoeven doen: mijn vader was dronken. Dronken en woedend, geprikkeld door de hitte en de jonge jongens die hem niet met rust wilden laten.

'Pardon, meneer Snyde,' zei Leon achter hem.

Hij keerde zich om en keek Leon met open mond aan, verrast door dat 'meneer'.

Leon stond beleefd en glimlachend naar hem toe gekeerd. 'Dr. Tidy wil u graag spreken in zijn kantoor,' zei hij. 'Hij zegt dat het belangrijk is.'

Mijn vader had een hekel aan de thesaurier, die een slimme man met een scherpe tong was en de schoolfinanciën vanuit een onberispelijk kantoortje naast de portiersloge regelde. De vijandigheid tussen hen kon anderen nauwelijks ontgaan. Tidy was netjes, obsessief en nauwgezet. Hij ging elke ochtend naar de kerk, dronk kamillethee om zijn zenuwen te kalmeren en kweekte orchideeën in de schoolkas die prijzen wonnen. Alles aan John Snyde leek erop berekend hem van streek te maken: zijn sloffende gang, zijn boersheid, zijn broek die zo ver afzakte dat de bovenkant van zijn vergelende onderbroek te zien was.

'Dr. Tidy?' zei mijn vader, zijn ogen vernauwend.

'Ja, meneer,' zei Leon.

'Shit.' Hij ging sloffend op weg naar het kantoor.

Leon grijnsde naar me. 'Ik vraag me af wat Tidy zal zeggen wanneer hij zijn adem ruikt,' zei hij, met zijn vingers over de gedeukte zijkant van de maainietmachine gaand. Toen keerde hij zich om en keek hij me aan met ogen die glommen van boosaardigheid. 'Hé, Pinchbeck, zin in een ritje?'

Ik schudde hevig verschrikt, maar ook opgewonden, mijn hoofd.

'Kom op, Pinchbeck. Het is zo'n mooie kans. Die mag je niet missen.' En met één lichte stap zat hij al op de machine. Hij drukte op de startknop en gaf gas.

'Laatste kans, Pinchbeck.'

Ik kon de uitdaging niet weerstaan. Ik sprong op het spatbord en hield me in evenwicht terwijl de maainietmachine zich met een schok in beweging zette. De kleintjes verspreidden zich gillend. Leon lachte wild; het gras spoot in een triomfantelijke groene boog onder de wielen vandaan en over het grasveld kwam John Snyde aangerend, te langzaam om iets te kunnen uithalen, maar wel boos, helemaal door het dolle heen van woede: 'Hé, wat moet dat daar! Stelletje klerelijers!'

Leon keek me aan. We naderden nu het eind van het gazon. De maainietmachine maakte een vreselijk lawaai en achter ons zagen we John Snyde, hulpeloos nietig, en achter hem dr. Tidy, wiens gezicht een woedende vlek was.

Even sloeg er een grote vreugde door me heen. We waren magisch, we waren Butch en Sundance die van de rand van de rots sprongen, toen we in een waas van gras en glorie van de maaimachine afsprongen en het op een lopen zetten. We renden zo hard we konden terwijl de maainietmachine in een majestueuze, onstuitbare slow motion op de bomen afstevende.

We werden niet gesnapt. De kleintjes wisten niet wie we waren en de thesaurier was zo vertoornd over mijn vaders gedrag – over zijn grove taalgebruik op het schoolterrein zelfs nog meer dan over zijn dronkenschap of het verzaken van zijn plicht – dat hij de weinige aanknopingspunten die hij had niet onderzocht. Meneer Roach, die wacht had gehad, kreeg een uitbrander van het hoofd en mijn vader kreeg een officiële waarschuwing en een rekening voor de reparatie.

Niets van dit alles had echter enig effect op mij. Er was een nieuwe grens overschreden en ik was opgetogen. Zelfs die klootzaak Bray erin luizen had niet zo goed gevoeld als dit, en dagenlang liep

ik in een roze wolk, waarin ik niets anders zag, voelde of hoorde dan Leon.
Ik was verliefd.

Destijds durfde ik dat niet in zoveel woorden te denken. Leon was mijn vriend. Meer kon hij nooit zijn. En toch was het verliefdheid – een vurige, kortzichtige, driedubbele, tot slapeloze nachten leidende en zichzelf wegcijferende verliefdheid. Alles in mijn leven werd door die hoopgevende lens gefilterd; hij was 's morgens het eerste waar ik aan dacht en 's avonds het laatste. Ik was niet zo hoteldebotel dat ik geloofde dat dit ook maar enigszins wederzijds was: voor hem was ik gewoon een eersteklasser, wel amusant, maar beslist inferieur aan hem. Op sommige dagen bracht hij zijn lunchpauze met mij door en op andere liet hij me het hele uur wachten, niet wetend dat ik dagelijks risico's liep om bij hem te kunnen zijn.

Niettemin was ik gelukkig. Ik had Leon niet constant nodig om mijn geluk te laten voortduren: voorlopig was het gewoon voldoende dat hij in de buurt was. Ik bedacht dat ik slim moest zijn en geduld moest hebben. Bovenal voelde ik dat ik hem niet moest gaan vervelen, en ik verborg mijn gevoelens achter een façade van scherts, terwijl ik inwendig steeds ingenieuzere manieren bedacht om hem te aanbidden.

Ik ruilde met hem van schooltrui en een week lang droeg ik die om mijn nek. 's Avonds opende ik zijn kluisje met mijn vaders loper en doorzocht ik Leons spullen; ik las zijn lesaantekeningen, zijn boeken, ik keek naar de striptekeningetjes die hij tekende wanneer hij zich verveelde, en ik oefende me in het namaken van zijn handtekening. Behalve dat ik de rol vervulde van leerling van St. Oswald, sloeg ik hem ook uit de verte gade en soms liep ik langs zijn huis in de hoop een glimp van hem op te vangen, of misschien van zijn zus, die ik nu natuurlijk ook aanbad. Ik leerde het nummerbord van zijn moeders auto uit mijn hoofd. Ik voerde heimelijk de hond. Ik kamde mijn sluike bruine haar zo dat ik dacht dat het op het zijne leek en cultiveerde zijn gezichtsuitdrukkingen en zijn voorkeuren. Ik kende hem ruim zes weken.

Ik keek naar de naderende zomervakantie uit als een opluchting, maar vreesde hem tegelijkertijd als een bron van onrust. Opluchting omdat naar twee scholen gaan, al was het dan niet continu, zijn tol begon te eisen. Juffrouw McCauleigh had erover geklaagd dat ik huiswerk niet maakte en over mijn frequente absenties, en hoewel ik inmiddels heel goed mijn vaders handtekening kon vervalsen, was er altijd het gevaar dat iemand hem toevallig zou ontmoeten en mijn dekmantel zou doorzien. Onrust omdat ik, hoewel ik binnenkort de tijd zou hebben om Leon zo vaak te ontmoeten als ik wilde, nog meer risico's zou lopen, aangezien ik mijn bedrog in mijn burgerbestaan ging voortzetten.

Gelukkig had ik het voorwerk al op de school zelf gedaan. De rest was een kwestie van timing, locatie en een paar goedgekozen rekwisieten, voornamelijk op kledinggebied, die van mij de bemiddelde middenklassepersoon zouden maken voor wie ik me uitgaf.

Ik stal een paar dure sportschoenen uit een sportwinkel in de stad en een nieuwe racefiets (mijn eigen fiets zou echt niet gekund hebben) bij een aardig huis een flink eind uit de buurt. Ik verfde hem opnieuw, voor de zekerheid, en verkocht mijn eigen fiets op de zaterdagmarkt. Als mijn vader het had gemerkt, zou ik hem verteld hebben dat ik mijn oude fiets geruild had voor een tweedehands omdat hij te klein voor me werd. Het was een goed verhaal en zou waarschijnlijk gewerkt hebben, maar aan het eind van dat trimester begon mijn vader al de greep op alles te verliezen en merkte hij nooit meer iets.

Fallow heeft nu zijn baan. De dikke, loslippige Fallow met zijn oude duffelse jas. Hij heeft ook mijn vaders sloffende gang, van het jarenlang rijden op de grasmaaimachine, en net als bij mijn vader hangt zijn buik onfatsoenlijk over zijn smalle, glanzende riem heen. Het is de traditie dat alle schoolportiers John heten en dat geldt ook voor Fallow, hoewel de jongens hem niet naroepen en sarren zoals ze bij mijn vader deden. Ik ben er blij om: ik had misschien moeten ingrijpen als ze dat wel hadden gedaan en ik wil mezelf in dit stadium nog niet te veel in de schijnwerpers zetten.

Maar Fallow stoot me af. Hij heeft haar in zijn oren en leest in zijn kleine loge de *News of the World*; hij heeft oude sloffen aan zijn blote voeten, drinkt thee met veel melk en schenkt geen aandacht aan wat er om hem heen gebeurt. Die onnozele Jimmy doet het echte werk: het gebouw, het houtwerk, de bedrading, het loodgieterswerk. Fallow neemt de telefoontjes aan. Hij houdt ervan degenen die bellen – ongeruste moeders die informeren naar hun zieke zoon, rijke vaders die op het laatst nog een vergadering met de directie hebben – te laten wachten, soms minutenlang, terwijl hij zijn thee opdrinkt en de boodschap op een geel papiertje noteert. Hij houdt van reizen en maakt soms dagtochtjes naar Frankrijk, die georganiseerd worden door zijn plaatselijke arbeidersvereniging. Hij gaat dan naar de supermarkt, eet patat bij de touringcar en klaagt over de plaatselijke bevolking.

Op zijn werk is hij nu eens onbeleefd, dan weer onderdanig, afhankelijk van de status van de bezoeker, hij laat de jongens een pond betalen om met zijn loper hun kluisje te openen, en hij kijkt wellustig naar de benen van de leraressen wanneer ze de trap op lopen. Tegen minder belangrijke personeelsleden doet hij gewichtig en eigenzinnig, en zegt hij dingen als: 'Je weet zeker wel wat ik bedoel?', en: 'Ik zal je eens wat vertellen, maat.'

Tegen de hogergeplaatsten doet hij kruiperig, tegen oudgedienden misselijkmakend klef en tegen beginnelingen als ik bruusk en drukdoenerig, alsof hij geen tijd heeft om te kletsen. Hij gaat vrijdags na schooltijd naar boven, naar de computerafdeling, zogenaamd om de machines uit te zetten, maar in werkelijkheid om pornosites te bekijken, terwijl Jimmy buiten op de gang met de vloerboenmachine in de weer is en er langzaam mee over de planken gaat, waardoor het oude hout warm gaat glanzen.

In minder dan een minuut zal dit werk, dat een uur in beslag neemt, teniet worden gedaan. Maandagmorgen om halfnegen zullen de vloeren even stoffig en kaal zijn alsof Jimmy er nooit was geweest. Fallow weet dat en hoewel hij deze schoonmaakwerkzaamheden niet zelf verricht, voelt hij niettemin een duistere wrok, alsof het personeel en de jongens een soepel verloop der dingen in de weg staan.

Dientengevolge bestaat zijn leven uit kleine en hatelijke wraaknemingen. Niemand let echt op hem – een portier heeft een zodanig lage status dat hij zich vrijheden kan veroorloven die onopgemerkt blijven. Het personeel is zich hiervan meestal niet bewust, maar ik heb opgelet. Vanuit de klokkentoren kan ik zijn kleine loge zien en kan ik het komen en gaan gadeslaan zonder zelf gezien te worden.

Er staat voor de schoolingang een bus geparkeerd die ijs verkoopt. Mijn vader zou dat nooit goed hebben gevonden, maar Fallow laat het toe, en er staat na school of tijdens de middagpauze vaak een rij jongens. Sommigen kopen er ijs, anderen keren terug met uitpuilende zakken en de steelse grijns van iemand die het systeem te slim af is geweest. Officieel mogen de jongens van de onderbouw het schoolterrein niet af, maar de bus staat op slechts een paar meter afstand en Pat Bishop accepteert het zolang niemand de drukke weg oversteekt. Bovendien houdt hij van ijs, en ik heb hem op het plein al een paar maal met een hoorntje in zijn hand gezien terwijl hij toezicht op de jongens houdt.

Ook Fallow gaat naar de ijskar. Hij doet dat 's morgens, wanneer de lessen al begonnen zijn, en hij loopt dan zorgvuldig rechts om het gebouw heen, zodat hij niet onder het raam van de docentenkamer door hoeft te lopen. Soms heeft hij een plastic zak bij zich – hij is niet zwaar, maar wel heel vol – en die zet hij onder de balie neer. Soms komt hij terug met een ijsje, soms niet.

In vijftien jaar tijd zijn veel lopers van de school veranderd. Dat was te verwachten – St. Oswald is altijd een doelwit geweest en de veiligheid moet gehandhaafd worden –, maar de portiersloge is een van de uitzonderingen. Want waarom zou iemand willen inbreken in een portiersloge? Er is daar niets dan een oude leunstoel, een gaskachel, een waterkoker, een telefoon en een paar seksblaadjes onder de balie. Er is ook nog een andere bergplaats, een iets verfijndere, achter het holle paneel dat het ventilatiesysteem verbergt, hoewel dit een geheim is dat angstvallig van portier op portier wordt doorgegeven. Hij is niet zo groot, maar kan gemakkelijk een paar sixpacks bier bevatten, zoals mijn vader ontdekte, en zoals hij me toen vertelde: de bazen hoeven niet altijd alles te weten.

Ik voelde me goed vandaag toen ik naar huis reed. De zomer is bijna voorbij en het licht heeft iets geels en grofkorreligs dat me doet denken aan de televisieprogramma's uit mijn puberteit. De nachten worden koud; in mijn huurwoning, zo'n tien kilometer van het centrum, zal ik binnenkort de kachel aan moeten doen. De woning is niet erg aantrekkelijk – één kamer, een keukentje en een kleine badkamer –, maar het is het goedkoopste wat ik kon vinden en ik ben natuurlijk niet van plan lang te blijven.

Hij is vrijwel ongemeubileerd. Ik heb een slaapbank, een bureau, een lamp, een computer en een modem. Ik zal ze wanneer ik vertrek waarschijnlijk allemaal achterlaten. De computer is schoon, of zal dat zijn, wanneer ik de belastende gegevens van de harde schijf heb gehaald. De auto is een huurauto en zal tegen de tijd dat de politie hem met mij in verband brengt grondig schoongemaakt zijn door het verhuurbedrijf.

Mijn bejaarde hospita is een roddelaarster. Ze vraagt zich af waarom een aardig, net persoon met een vak als ik in een flat met een lage huur wil wonen waar het barst van de drugsverslaafden en ex-gevangenen en steuntrekkers. Ik heb tegen haar gezegd dat ik verkoopcoördinator ben bij een groot internationaal softwarebedrijf, dat mijn bedrijf me een huis zal leveren, maar dat de aannemers ons in de steek hebben gelaten. Hierop schudt ze haar hoofd en klaagt ze over de onbekwaamheid van aannemers over de hele wereld, en ze hoopt dat ik tegen de kerst in mijn nieuwe huis zal zitten.

'Want het is vast heel ongezellig, hè, om geen eigen stekje te hebben. En vooral met de kerst...' Haar zwakke ogen raken omfloerst van het sentiment. Ik vraag me af of ik haar zal vertellen dat de meeste oude mensen sterven tijdens de wintermaanden, dat driekwart van de zelfmoordenaars tijdens de feestdagen de sprong in het diepe waagt. Ik moet echter de schijn nog even ophouden, dus antwoord ik zo goed ik kan op haar vragen; ik luister naar haar herinneringen en gedraag me onberispelijk. Uit dankbaarheid heeft mijn hospita mijn kamertje opgefleurd met bloemetjesgordijnen en een vaas met stoffige papieren bloemen. 'Zie het maar als uw tweede huis,' zegt ze tegen me. 'En als u iets nodig hebt, sta ik altijd voor u klaar.'

7

Jongensgymnasium St. Oswald
Donderdag 23 september

DE ELLENDE BEGON OP MAANDAG, EN IK WIST DAT ER IETS WAS GE-
beurd toen ik de auto's zag staan. Pat Bishops Volvo stond er zoals
gewoonlijk – hij komt altijd als eerste, en als het druk is slaapt hij
zelfs weleens in zijn kantoor –, maar het was hoogst ongewoon de
auto van Bob Strange daar voor acht uur te zien staan. De Audi
van het hoofd stond er ook en de Jaguar van de kapelaan en nog
een handjevol andere, inclusief een zwart-witte politieauto, allemaal geparkeerd op het parkeerterrein van het personeel bij de
portiersloge.

Ikzelf ga liever met de bus. Bij slecht weer is het sneller en ik hoef
toch nooit meer dan een paar kilometer af te leggen naar mijn werk
of naar de winkels. Bovendien heb ik nu mijn seniorenbuspas, en
hoewel ik maar steeds denk dat er iets niet klopt (vierenzestig, hoe
kan ik in naam der goden *vierenzestig* zijn?), scheelt het wel geld.

Ik liep de lange oprijlaan naar St. Oswald op. De lindebomen
zijn aan het verkleuren, goudgeel door de naderende herfst, en van
het bedauwde gras sloeg hier en daar witte damp af. Ik keek de
portiersloge in toen ik erlangs liep. Fallow was er niet.

Niemand in de docentenkamer leek precies te weten wat er aan
de hand was. Strange en Bishop zaten in het kantoor van het hoofd
met dr. Tidy en brigadier Ellis, de contactpersoon. Nog steeds geen
Fallow te bekennen.

Ik vroeg me af of er was ingebroken. Dat gebeurt weleens, hoewel Fallow meestal goed op alles let. Hij slijmt wel tegen de leiding

en natuurlijk drukt hij al jaren van alles achterover. Kleine dingen, een zak kolen of een pakje koekjes uit de keuken, en dan dat gedoe met een pond voor het openen van kluisjes, maar hij is wel loyaal en wanneer je bedenkt dat hij ongeveer eentiende verdient van wat een beginnende leraar hier verdient, leer je wel iets door de vingers zien. Ik hoopte dat er met Fallow niets aan de hand was.

Zoals altijd wisten de jongens het het eerst. De hele ochtend hadden er wilde geruchten gecirculeerd: Fallow had een hartaanval gehad, Fallow had het hoofd bedreigd, Fallow was geschorst. Maar het waren Sutcliff, McNair en Allen-Jones die me tijdens de pauze opzochten en me met die vrolijke, gekunstelde houding die ze aannemen wanneer ze weten dat er iemand in de problemen zit, vroegen of het waar was dat Fallow was gearresteerd.

'Wie heeft jullie dat verteld?' zei ik, opzettelijk dubbelzinnig lachend.

'O, ik heb iemand iets horen zeggen.' Geheimen zijn in iedere school van grote waarde en ik had niet verwacht dat McNair zijn informant zou onthullen, maar kennelijk zijn sommige bronnen betrouwbaarder dan andere. Ik zag aan het gezicht van de jongen dat deze zich ergens aan de top bevond.

'Ze hebben in de portiersloge een paar panelen losgerukt,' zei Sutcliff. 'Ze hebben er een hele hoop spullen uit gehaald.'

'Zoals?'

Allen-Jones haalde zijn schouders op. 'Wie zal het zeggen?'

'Sigaretten misschien?'

De jongens keken elkaar aan. Sutcliff bloosde licht. Op het gezicht van Allen-Jones verscheen een lachje. 'Misschien.'

Later werd het verhaal bekend: Fallow had zijn goedkope dagtochtjes naar Frankrijk gebruikt om illegale, belastingvrije sigaretten mee te nemen, die hij via de ijsverkoper, die een vriend van hem was, verkocht had aan de jongens.

De winst was uitstekend: één sigaret kon wel een pond opbrengen, afhankelijk van de leeftijd van de jongen, maar de jongens van St. Oswald hadden geld zat, en bovendien was de kick van onder de neus van de tweede meester de regels overtreden té onweerstaanbaar. Dit was al maanden gaande, mogelijk zelfs jaren; de politie had ongeveer vier dozijn sloffen achter een geheim paneel in de loge gevonden en nog vele honderden meer in de garage van Fallow, opgestapeld van vloer tot plafond achter een stel oude boekenkasten.

Zowel Fallow als de ijsverkoper bevestigde het sigarettenverhaal. Van de andere spullen die in de loge werden gevonden beweerde Fallow niets te weten, hoewel hij niet kon verklaren hoe ze daar kwamen. Knight herkende zijn bar mitswa-pen; later, en met enige tegenzin, eiste ik mijn oude groene Parker op als mijn bezit. Ik was in zekere zin opgelucht dat hij niet was weggenomen door een jongen uit mijn klas; aan de andere kant wist ik dat dit weer een nieuw nageltje aan de doodskist van John Fallow was, die in één klap zijn huis, zijn baan en mogelijk zijn vrijheid kwijt was.

Ik ben er nooit achter gekomen wie de autoriteiten heeft ingelicht. Een anonieme brief, heb ik gehoord: er heeft zich in ieder geval niemand gemeld. Het moet iemand van de school geweest zijn, zegt Robbie Roach (een roker, en ooit goed bevriend met Fallow), een kleine verrader die graag opschudding veroorzaakt. Hij heeft waarschijnlijk gelijk, hoewel ik de gedachte dat een collega verantwoordelijk zou zijn afschuwelijk vind.

Een jongen dan? Op de een of andere manier lijkt dat nog erger: de gedachte dat een van onze jongens op eigen houtje zoveel schade aan kan richten.

Een jongen als Knight misschien? Het was maar een gedachte, maar Knight heeft iets zelfvoldaans, iets *wetends*, dat me nog minder bevalt dan zijn normale stugheid. Knight? Er was geen aanleiding om dat te denken. Toch dacht ik het, diep vanbinnen, waar het ertoe doet. Noem het maar vooringenomenheid, noem het instinct. De jongen wist iets.

Ondertussen neemt het schandaaltje zijn eigen loop. Er zal een onderzoek komen door de douane, en hoewel het niet erg waarschijnlijk is dat de school een aanklacht zal indienen – de gedachte aan negatieve publiciteit alleen al bezorgt het hoofd stuiptrekkingen –, heeft mevrouw Knight tot nu toe geweigerd haar klacht in te trekken. De leden van het schoolbestuur zullen geïnformeerd moeten worden, er zullen vragen gesteld worden ten aanzien van de rol van de portier, de aanstelling van de portier (dr. Tidy is al in de verdediging en eist bewijzen van goed gedrag van al het dienstverlenend personeel) en de mogelijke vervanging. Kortom, het Fallow-incident heeft rimpelingen in de hele school veroorzaakt, van het kantoor van de thesaurier tot de stiltekamer.

De jongens voelen het: ze stoken meer onrust dan anders en tasten de grenzen van het toelaatbare af. Een personeelslid van de school wordt te schande gemaakt, al is het maar een portier, en meteen ontstaat er een stemming van rebellie. Dinsdag kwam Meek met een bleek gezicht en ontdaan uit de computerles van de vijfde klas, liet McDonaugh een aantal leerlingen lang nablijven en werd Robbie Roach op geheimzinnige wijze ziek, waar de hele afdeling kwaad om was, omdat men voor hem moest invallen. Bob Strange liet al zijn lessen overnemen om redenen dat hij het te druk had met Andere Dingen, en vandaag hield het hoofd een rampzalige schoolbijeenkomst, waarin hij aankondigde (tot algemeen, zij het ongeuit amusement) dat er geen enkele waarheid school in de boosaardige geruchten over meneer Fallow en dat iedere jongen die zich aan dergelijke geruchten bezondigde Zeer Streng Gestraft Zou Worden.

Maar Pat Bishop, de tweede meester, wordt het zwaarst getroffen door Fallowgate, zoals Allen-Jones de ongelukkige geschiedenis heeft genoemd. Deels, denk ik, omdat iets dergelijks zijn begripsvermogen volledig te boven gaat; Pats trouw aan St. Oswald gaat al zeker dertig jaar terug en wat zijn andere fouten ook mogen zijn, hij is goudeerlijk. Zijn hele levensfilosofie (voor zover het er een is, want Pat is geen filosoof) stoelt op de aanname dat mensen fundamenteel goed zijn en in hun hart het goede willen doen, zelfs wanneer ze van het rechte pad afdwalen. Dit vermogen in iedereen iets goeds te zien vormt de kern van de manier waarop hij met de jongens omgaat, en het werkt heel goed: zwakkelingen en schurken schamen zich wanneer ze geconfronteerd worden met zijn vriendelijke, strenge manier van doen, en zelfs leerkrachten hebben ontzag voor hem.

Maar Fallow heeft een soort crisis veroorzaakt. Ten eerste omdat Pat erin is gelopen – hij maakt zichzelf het verwijt dat hij niet gemerkt heeft wat er gaande was – en ten tweede door de minachting die in dit bedrog schuilt. Dat Fallow, die Pat altijd beleefd en respectvol bejegend heeft, daar zulk laag gedrag tegenover stelt, ontzet hem en maakt hem beschaamd. Hij herinnert zich de affaire-Snyde en vraagt zich af of hij in dit geval op de een of andere manier iets verkeerd heeft gedaan. Hij zegt dat soort dingen niet, maar ik heb gemerkt dat hij minder glimlacht dan anders en dat hij overdag in zijn kantoor zit, 's morgens zelfs meer rondjes rent en vaak tot laat in de avond werkt.

Wat de talenafdeling betreft: die heeft minder geleden dan de meeste andere. Dat is deels te danken aan Pearman, wiens natuurlijke cynisme een welkome afwisseling vormt met de afstandelijkheid van Strange of het angstige gebral van het hoofd. Gerry Grachvogels lessen zijn wat lawaaiiger dan anders, maar niet genoeg om ingrijpen van mijn kant noodzakelijk te maken. Geoff en Penny Nation zijn triest, maar niet verbaasd, en schudden het hoofd bij zoveel beestachtigheid in de menselijke aard. Dr. Devine gebruikt de Fallow-affaire om die arme Jimmy te terroriseren. Eric Scoones is slechtgehumeurd, maar niet meer dan anders. Dianne Dare volgt het hele gebeuren geboeid, evenals de creatieve Keane.

'Het is hier net een ingewikkelde televisiesoap,' zei ze vanmorgen tegen me in de docentenkamer. 'Je weet nooit wat er nu weer gaat gebeuren.'

Ik gaf toe dat onze goeie ouwe school af en toe enige amusementswaarde had.

'Hebt u daarom volgehouden? Ik bedoel...' Ze deed er het zwijgen toe, misschien omdat ze zich bewust werd van de niet-vleiende implicatie.

'Ik heb vólgehouden, zoals u dat zo vriendelijk stelt, omdat ik zo ouderwets ben te geloven dat onze jongens enig profijt van mijn lessen hebben, maar bovenal omdat het meneer Strange irriteert.'

'Sorry,' zei ze.

'Zeg dat niet. Het past niet bij u.'

Het is moeilijk om St. Oswald uit te leggen, maar nog moeilijker dat te doen over een kloof van veertig jaar heen. Ze is jong, aantrekkelijk en pienter, en op een dag zal ze verliefd worden en misschien kinderen krijgen. Ze zal een huis hebben dat eerder een thuis zal zijn dan een tweede bijkamer van de boekenkamer, en ze zal op vakantie gaan naar verafgelegen plekken. Althans, dat hoop ik; het alternatief is dat ze zich voegt bij de andere galeislaven en geketend blijft aan het schip totdat iemand haar overboord gooit.

'Ik wilde u niet beledigen, meneer,' zei juffrouw Dare.
'Dat hebt u ook niet gedaan.' Misschien word ik soft op mijn ouwe dag, of misschien heeft dat gedoe met Fallow me meer aangepakt dan ik wist. 'Ik voel me vanmorgen alleen maar een beetje Kafkaësk. Ik geef dr. Devine de schuld.'
Daar moest ze om lachen, zoals ik wel had verwacht. En toch zei haar gezichtsuitdrukking nog iets meer. Ze heeft zich vrij goed aangepast aan het leven op St. Oswald: ik zie haar met haar koffertje en een armvol boeken naar de lessen gaan, ik hoor haar met de jongens praten op die ferme, opgewekte toon van de stafverpleegster. Net als Keane heeft ze een zelfbeheersing die haar goed van pas komt in een school als deze, waar iedereen voor zichzelf moet opkomen en hulp vragen een teken van zwakte is. Ze kan woede veinzen of die verbergen wanneer dat moet, in de wetenschap dat een leraar vooral een toneelspeler is, die zijn publiek altijd naar zijn hand zet en heer en meester is op het toneel. Het is niet ongewoon die eigenschap bij zo'n jonge leerkracht te zien; ik vermoed dat zowel juffrouw Dare als meneer Keane een natuurtalent is, evenzeer als die arme Meek dat niet is.
'U bent wel in een interessante tijd hier gekomen,' zei ik. 'Inspecties, reorganisaties, verraad en intrige. Datgene wat de kern van St. Oswald uitmaakt. Als u hierdoorheen weet te komen...'
'Mijn ouders waren leraar. Ik weet wat ik verwachten kan.'
Dat verklaarde het. Je kunt het altijd zien. Ik pakte een mok (niet de mijne, die is nog steeds zoek) van het rek naast de gootsteen. 'Thee?'
Ze glimlachte. 'De cocaïne van de leraar.'
Ik inspecteerde de inhoud van de theekan en schonk voor ons beiden in. In de loop der jaren ben ik eraan gewend geraakt thee in zijn meest elementaire vorm te drinken. Toch zag de bruine smurrie die in mijn beker neersloeg er duidelijk giftig uit. Ik haalde mijn schouders op en voegde er melk en suiker aan toe. *Wat me niet doodt, maakt me sterker.* Misschien een toepasselijk motto voor een instelling als St. Oswald, die voortdurend op de rand van de tragedie of de klucht balanceert.
Ik keek om me heen naar mijn collega's, die in groepjes in de oude docentenkamer zaten, en voelde een diepe en onverwachte

golf van genegenheid. Daar zat McDonaugh in zijn hoek de *Mirror* te lezen en naast hem Monument de *Telegraph*; Pearman zat negentiende-eeuwse pornografie te bespreken met Kitty Teague en Isabelle Tapi keek of haar lippenstift nog goed zat. De Volkenbond at samen kuis een banaan. Oude vrienden, prettige collaborateurs.

Zoals ik al zei, is het moeilijk St. Oswald uit te leggen: de geluiden in de ochtend, de vlakke echo van de jongensvoeten op de stenen treden, de geur van geroosterd brood uit de refter, het eigenaardige glijgeluid van overvolle sporttassen die over de pasgeboende vloer worden gesleept. De erelijsten met hun in goud geverfde namen die teruggaan tot de tijd van vóór mijn over-overgrootvader, het oorlogsmonument, de teamfoto's, de vrijpostige jonge gezichten die sepiakleurig zijn geworden door de tijd. Een metafoor voor de eeuwigheid.

Goden, ik word sentimenteel. Dat komt door de ouderdom: zojuist betreurde ik nog mijn lot en nu zit ik hier zo ongeveer met vochtige ogen. Het zal wel door het weer komen. En toch, zo zegt Camus, moeten we ons voorstellen dat Sisyfus gelukkig was. Ben ik ongelukkig? Het enige wat ik weet, is dat iets ons heeft geschokt, geschokt tot in het fundament. Het hangt in de lucht, de wind van opstandigheid, en op de een of andere manier weet ik dat het dieper gaat dan die affaire rond Fallow. Wat het ook moge zijn, het is nog niet voorbij. En het is nog maar pas september.

EN PASSANT*

* En passant: schaakterm. Een pion mag vanuit de uitgangsstelling twee velden vooruit. Als het veld dat hij daarbij passeert door een pion van de tegenstander bedreigd wordt (de pion 'eindigt' dan derhalve naast de vijandelijke pion), mag die pion hem slaan (en passant = 'in het voorbijgaan'), alsof hij slechts één veld vooruit was gezet. En passant slaan is alleen toegestaan bij de zet direct volgend op de opmars van de pion.

1

Maandag 27 september

ONDANKS DE GROTE INSPANNING VAN HET HOOFD KWAM FALLOW toch in de krant. Niet in *News of the World*, dat kun je ook niet verwachten, maar in onze eigen *Examiner*, wat bijna even goed is. De traditionele kloof tussen School en Stad is zodanig dat slecht nieuws over St. Oswald zich snel verspreidt en voor het merendeel met een felle en goddeloze vreugde wordt ontvangen. Het stukje dat erop volgde was zowel triomfantelijk als giftig en schilderde Fallow af als iemand met een lange staat van dienst, die op staande voet en zonder de aanwezigheid van een vakbondsvertegenwoordiger ontslagen was voor een nog niet bewezen vergrijp, en tegelijkertijd als een beminnelijke schavuit die jarenlang op zijn manier wraak had genomen op een systeem vol kouwekakfiguren, onpersoonlijke bureaucraten en wereldvreemde academici.

Het is een David-en-Goliathsituatie geworden, waarbij Fallow een symbool voor de arbeidersklasse is en vecht tegen de monsterlijke machinerie van rijkdom en privilege. De schrijver van het stuk, die eenvoudig met 'Mol' ondertekent, weet ook de indruk te wekken dat het op St. Oswald wemelt van dat soort zwendel en kleine corruptie, dat het onderwijs er hopeloos verouderd is, dat roken, en mogelijk ook drugsgebruik, er heel gewoon is en dat de gebouwen zelfs zo erg aan een opknapbeurt toe zijn dat een ernstig ongeluk bijna onvermijdelijk is. Een redactioneel stuk, getiteld 'Particuliere scholen: moeten ze worden afgeschaft?', flankeert het artikel en men nodigt de lezers uit om hun eigen gedachten over en grieven tegen St. Oswald en het netwerk van oudgedienden dat de school beschermt naar het krantje op te sturen.

Ik ben er nogal mee in mijn nopjes. Ze hebben het bijna ongewijzigd overgenomen en ik heb beloofd hen van eventuele verdere ontwikkelingen op de hoogte te houden. In mijn e-mail heb ik erop gezinspeeld dat ik een bron dicht bij de school ben – een oudgediende, een leerling, een lid van het schoolbestuur, misschien zelfs een staflid – en ik heb de bijzonderheden vaag gehouden (ik moet ze misschien later weer veranderen).

Ik heb een van mijn extra e-mailadressen gebruikt – Mole@hotmail.com – om iedere poging om mijn identiteit te achterhalen te verijdelen. Niet dat ze bij de *Examiner* geneigd zullen zijn dat te proberen – ze zijn meer gewend aan hondententoonstellingen en plaatselijke politiek dan aan onderzoeksjournalistiek –, maar je weet maar nooit waar een verhaal als dit heen gaat. Ik weet het zelf ook niet helemaal en dat maakt het nu juist zo leuk, geloof ik.

Het regende toen ik die ochtend op school kwam. Het verkeer was langzamer dan ooit en ik moest moeite doen mijn ergernis te beteugelen terwijl ik door de stad kroop. Een van de dingen die de plaatselijke bevolking tegen St. Oswald heeft, is het verkeer dat rond het spitsuur ontstaat, de honderden schone, glanzende Jaguars en degelijke Volvo's en terreinwagens en vervoermiddelen die met hun lading schone, glanzende jongens met blazers aan en petten op elke ochtend de wegen vullen.

Sommigen nemen zelfs de auto terwijl ze maar een kilometer ver weg wonen. God verhoede dat de schone, glanzende jongen over plassen moet springen of vervuilde lucht moet inademen of, erger nog: bezoedeld wordt door de saaie, groezelige leerlingen van het nabijgelegen Sunnybank Park – de luidruchtige, wilde jongens met hun nylons jacks en kaalgetrapte sportschoenen, de krijsende meisjes met hun korte rokken en geverfde haar. Toen ik zo oud was als zij, liep ik naar school; ik droeg goedkope schoenen en groezelige sokken en soms, wanneer ik in mijn huurauto naar mijn werk rijd, kan ik nog de woede in me voelen opwellen, die verschrikkelijke woede om wie ik was en wie ik wilde zijn.

Ik herinner me een tijd, aan het eind van die zomer, dat Leon zich verveelde; er was geen school meer en we hingen rond op het openbare speelterrein (ik herinner me de draaimolen: de verf was door generaties jonge handen tot op het metaal afgesleten) en rookten een Camel (Leon rookte, dus rookte ik ook) en sloegen de Sunnybankers gade die langsliepen.

'Barbaren. Uitvaagsel. Proletariërs.' Zijn vingers waren lang en slank, en verkleurd door de inkt en nicotine. Op het pad naderde een stelletje Sunnybankers; met stoffige voeten van de hete middag liepen ze met hun schooltassen te slepen en te schreeuwen. Ze vormden geen bedreiging voor ons, hoewel er momenten waren geweest waarop we hadden moeten maken dat we wegkwamen omdat we achterna werden gezeten door een bende Sunnybankers.

Eén keer hadden ze, toen ik er niet bij was, Leon in een hoek gedreven bij de afvalbakken achter de school, en hem geschopt. Ik haatte hen er des te meer om, zelfs meer nog dan Leon: het waren nu eenmaal míjn mensen. Maar dit waren alleen maar meisjes – een groepje van vier en een meisje uit mijn eigen klas dat achterbleef. Het waren rauwe, kauwgom kauwende meisjes, met opgehesen rokken die vlekkerige benen vrijlieten, en ze renden giechelend en schreeuwend over het pad.

De achterblijver was Peggy Johnsen, zag ik, het dikke meisje uit de sportklas van meneer Bray, en ik wendde me instinctief af, maar toen had Leon mijn blik al opgevangen, en hij knipoogde.

'Zullen we?'

Ik kende die blik. Ik herkende hem van tochten naar de stad, van onze diefstal in platenwinkels, onze kleine daden van rebellie. Leons ogen schitterden van ondeugd; zijn vrolijke blik volgde Peggy, die half rende om de anderen bij te houden.

'Zullen we wat?'

De andere vier waren ver vooruit. Peggy, met haar zweterige gezicht en angstige blik, was plotseling alleen. 'Ach, nee,' zei ik. De waarheid was dat ik niets tegen Peggy had. Het was een traag, onschuldig meisje dat zo ongeveer geestelijk onvolwaardig was. Ik had zelfs een beetje medelijden met haar.

Leon keek me smalend aan. 'Is dat je vriendinnetje of zo, Pinchbeck?' zei hij. 'Kom op!' En weg was hij. Uitbundig schreeuwend rende hij met een boog over het speelterrein. Ik liep achter hem aan; ik hield mezelf voor dat ik niets anders had kunnen doen.

We pikten haar tassen – Leon nam haar sportspullen in de plastic tas en ik greep haar canvas schooltas met de met Tipp-ex getekende hartjes erop. Toen renden we, zo snel dat Peggy ons niet kon bijhouden, weg, haar gillend in ons stof achterlatend. Ik had alleen maar weg willen komen voordat ze me herkende, maar door mijn vaart was ik tegen haar opgebotst en had ik haar op de grond geslagen.

Leon had erom moeten lachen en ik lachte ook, gemeen, wetende dat in een ander leven ik degene geweest had kunnen zijn die daar op het pad zat, dat ik had kunnen zitten gillen: 'Kunnen jullie wel, rotzakken, stelletje klootzakken!', door mijn tranen heen, terwijl mijn gymschoenen met aan elkaar geknoopte veters in de hoogste takken van een oude boom werden gegooid en mijn boeken met fladderende bladzijden als confetti door de warme zomerlucht dwarrelden.

Sorry, Peggy. Ik meende het nog bijna ook. Zij was zo erg nog niet, bij lange na niet. Maar daar zat ze nu, en ze was afstotend – met haar vette haar en rode, boze gezicht had ze bijna een kind van mijn vader kunnen zijn. En dus danste ik op haar boeken, keerde ik haar tassen om, en strooide ik haar gymspullen in het gele stof (ik zie nog die marineblauwe sportbroek voor me, even wijd als mijn beruchte 'schetenbroek').

'Vuile Ozzies!'

De sterksten overleven, herhaalde ik inwendig; ik was boos op haar, boos op mezelf, maar ook fel opgetogen, alsof ik geslaagd was voor een test, alsof ik door dit te doen de kloof tussen mezelf en St. Oswald, tussen wie ik was en wie ik had moeten zijn, nog verder dichtte.

'Vuilakken.'

De lichten stonden op groen, maar de file voor me was te lang om te kunnen doorrijden. Een paar jongens zagen hun kans schoon en staken over – ik herkende McNair, een van Straitleys favorieten, Jackson, de kleine pestkop uit dezelfde klas en de zijwaartse, krabachtige gang van Anderton-Pullitt – en precies op dat moment begon het verkeer vóór me te rijden.

Jackson stak op een holletje over. McNair ook. Er was een ruimte van vijftig meter voor me, waarin ik, als ik snel was, kon doorrijden. Anders zou het licht weer op rood springen en zou ik weer vijf minuten bij het knooppunt moeten staan wachten terwijl de eindeloze rij auto's langskroop. Maar Anderton-Pullitt rende niet. Hij was een zwaarlijvige jongen, op zijn dertiende al een middelbare man, en hij stak op zijn gemak over; hij keek niet eens naar me toen ik toeterde, alsof hij me kon laten verdwijnen door me te negeren. Met zijn tas in zijn ene hand en zijn lunchtrommel in zijn andere liep hij kieskeurig om de plas midden op de weg heen, zodat de lichten weer op rood stonden en ik moest wachten toen hij eindelijk uit de weg was.

Onbenullig, ik weet het, maar het heeft iets arrogants, een luie minachting die puur Oswaldiaans is. Ik vraag me af wat hij gedaan zou hebben als ik gewoon op hem af was gereden, of hem had aangereden. Zou hij weggerend zijn? Of zou hij niet zijn geweken, vol zelfvertrouwen, stom, tot het laatste moment mimend: 'Je gaat toch niet... Je kunt toch niet...'

Helaas was er geen sprake van dat ik Anderton-Pullitt aanreed. Om te beginnen heb ik de auto nodig en het verhuurbedrijf wordt misschien achterdochtig als ik hem met een verkreukelde voorkant inlever. Maar ach, er zijn nog genoeg andere middelen, bedacht ik, en ik voelde me alweer vrolijk worden. Ik glimlachte terwijl ik voor de eeuwigdurende stoplichten stond te wachten en zette de radio aan.

Het eerste halfuur van mijn lunchpauze zat ik in lokaal 59. Dankzij Bob Strange was Straitley niet aanwezig; hij hield zich schuil in zijn boekenkamer, of hij patrouilleerde op de gangen. Het lokaal was gevuld met jongens. Sommigen deden hun huiswerk, anderen zaten te schaken of te praten, af en toe aan blikjes frisdrank lurkend of chips etend.

Alle leraren hebben een hekel aan regenachtige dagen: de leerlingen kunnen nergens heen, maar moeten binnen blijven en er moet toezicht op hen gehouden worden; het is modderig en er gebeuren ongelukken, het is druk en lawaaiig, en gekibbel ontaardt in ruzie. Ik kwam zelf tussenbeide in een ruzie tussen Jackson en Brasenose (een softe, dikke jongen, die nog niet heeft geleerd dat hij zijn omvang in zijn voordeel kan gebruiken), hield toezicht tijdens het opruimen van het lokaal, wees op een spelfout in Taylers huiswerk, nam een pepermuntje van Pink aan en een pinda van Knight, babbelde een paar minuutjes met de jongens die op de achterste rij hun lunch zaten op te eten, en toen mijn taak erop zat, ging ik weer op weg naar de stiltekamer, waar ik met een kop troebele thee de ontwikkelingen afwachtte.

Ik heb natuurlijk geen lokaal. Dat heeft geen enkele nieuwe leerkracht. Het geeft ons vrije tijd en een breder perspectief: ik kan vanachter de linies toekijken en ik ken de momenten van zwakte, de tijden van gevaar, de delen van de school waar geen toezicht wordt gehouden, de vitale minuten – seconden – tijdens welke, als er een ramp toeslaat, de onderbuik van de reus het kwetsbaarst is.

De bel die het einde van de lunchpauze aankondigt is zo'n moment. Het doornemen van de presentielijst is nog niet begonnen, hoewel de lunchpauze op dit moment officieel voorbij is. Het is een waarschuwing die je vijf minuten de tijd geeft voor een wissel en die het personeel dat nog in de docentenkamer zit de tijd geeft zich naar hun klaslokaal te begeven. Het zijn ook de momenten waarop leerkrachten met lunchpauzedienst een paar minuten de tijd hebben om hun spullen bij elkaar te zoeken (en misschien even een krant in te kijken) voordat ze aan de presentielijsten beginnen.

In feite zijn het echter ook vijf minuten van kwetsbaarheid in een verder soepel verlopende operatie. Niemand heeft dienst en veel leerkrachten, en soms ook leerlingen, zijn nog op weg van de ene plek naar de andere. Het wekt dan ook weinig verbazing dat de meeste ongelukjes op die momenten gebeuren – gebakkelei, diefstal, klein vandalisme, diverse vormen van wangedrag die in het voorbijgaan en onder dekking van alle activiteit die voorafgaat aan de terugkeer naar de middaglessen gepleegd worden. Daarom duurde het vijf minuten voordat er iemand echt merkte dat Anderton-Pullitt in elkaar was gezakt.

Het had minder kunnen zijn als hij populairder was geweest. Maar dat was hij niet. Hij zat een eindje bij de anderen vandaan en at zijn brood (Marmite en smeerkaas op glutenvrij brood, altijd hetzelfde) met trage, moeizame happen, en hij leek meer op een schildpad dan op een jongen van dertien. In elk jaar is er wel zo'n jongen: vroegrijp, met bril, hypochondrisch, gemeden, zelfs door de pestkoppen, en geen enkele belediging of afwijzing lijkt tot hem door te dringen. Hij cultiveert de pedante spraak van een oude man, wat hem de reputatie geeft intelligent te zijn; hij doet beleefd tegen de docenten, wat van hem een lievelingsleerling maakt.

Straitley vindt hem amusant, maar ja, dat is niet zo gek: als jongen was hij waarschijnlijk net zo. Ik vind hem irritant: wanneer Straitley er niet is, loopt hij, als ik buitenwacht heb, overal achter me aan en overlaadt hij me met gewichtige lezingen over zijn diverse hobby's (sciencefiction, computers, vliegtuigen uit de Eerste Wereldoorlog) en over zijn vermeende of echte ziekten (astma, voedselintolerantie, pleinvrees, allergieën, angsten en wratten).

Terwijl ik daar in de stiltekamer zat, amuseerde ik me met pogingen om aan de hand van de geluiden boven mijn hoofd na te gaan of Anderton-Pullitt aan een echte kwaal leed.

Verder merkte niemand het, luisterde niemand. Robbie Roach, die het volgende uur vrij had en ook geen klaslokaal heeft (te veel buitenschoolse verplichtingen), rommelde in zijn kastje. Ik zag er een pakje Franse sigaretten in (cadeautje van Fallow), dat hij snel verstopte achter een stapel boeken. Isabelle Tapi, die parttime lesgeeft en daarom ook geen klas heeft, dronk uit een fles Frans mineraalwater en las een pocket.

Ik hoorde de vijfminutenbel gevolgd door rumoer, de onbelemmerde melodie van jongens op wie geen toezicht wordt gehouden en het geluid van iets (een stoel?) wat omviel. Toen luide stemmen – Jackson en Brasenose hervatten hun ruzie – en nog een stoel die omviel en toen stilte. Ik nam aan dat Straitley was binnengekomen. En ja hoor, daar was zijn stemgeluid: een kalm gemompel van de jongens, toen de welbekende cadans van de presentielijst, even vertrouwd als die van de voetbaluitslagen op zaterdagmiddag.

'Adamczyk?'
'Ja, meneer.'
'Almond?'
'Ja, meneer.'

'Allen-Jones?'
'Ja, meneer.'
'Anderton-Pullitt?'
Stilte.
'Anderton-Pullitt?'

2

Jongensgymnasium St. Oswald
Woensdag 29 september

NOG STEEDS GEEN NIEUWS VAN DE FAMILIE ANDERTON-PULLITT. Ik vat dit op als een goed teken. Men heeft me verteld dat in extreme gevallen de reactie na een paar seconden al fataal kan blijken. Maar toch: de gedachte dat een van mijn jongens dood had kunnen gaan, echt gestorven had kunnen zijn, in mijn lokaal, onder mijn toezicht, doet mijn hart een slag overslaan en mijn handpalmen zweten.

In alle jaren dat ik nu lesgeef zijn er drie van mijn jongens doodgegaan. Hun gezichten kijken me nog elke dag aan vanaf de foto's in de middengang: Hewitt, die stierf aan hersenvliesontsteking in de kerstvakantie van 1972; Constable, die in 1986 werd overreden door een auto in zijn eigen straat toen hij achter een voetbal aan rende; en natuurlijk Mitchell in 1989 – het geval van Mitchell is me altijd dwars blijven zitten. Allemaal buiten schooltijd, en toch voel ik me in al die gevallen (maar vooral in het zijne) verantwoordelijk, alsof ik voor hen had moeten opletten.

Dan zijn er nog de oud-leerlingen. Jamestone: kanker op zijn tweeëndertigste. Deakin: hersentumor. Stanley: auto-ongeluk. Poulson: zelfmoord, niemand weet waarom, twee jaar geleden; laat een vrouw en een achtjarig dochtertje met het Down-syndroom na. Toch zijn het allemaal mijn jongens en voel ik leegte en verdriet wanneer ik aan hen denk, een verdriet dat is vermengd met dat vreemde, pijnlijke, onverklaarbare gevoel dat ik er had moeten zijn.

Eerst dacht ik dat hij maar deed alsof. De jongens waren uitbundig: Jackson vocht met iemand in een hoek en ik had haast.

Misschien was hij al bewusteloos toen ik binnenkwam; er gingen kostbare seconden voorbij toen ik de klas tot bedaren bracht en ik mijn pen zocht en vond. Anafylactische shock noemen ze het – ik had er iets over gehoord van de jongen zelf, maar ik had altijd aangenomen dat zijn kwalen meer van doen hadden met zijn overbeschermende moeder dan met zijn werkelijke lichamelijke toestand.

Het stond allemaal in zijn dossier, zoals ik te laat ontdekte; samen met de vele aanbevelingen die ze ons gestuurd had aangaande zijn dieet, lichaamsbeweging en uniformeisen (van niet-natuurlijke stoffen kreeg hij huiduitslag), fobieën, antibiotica, godsdienstonderwijs en sociale integratie. Bij 'allergieën' stonden 'gluten' (lichte intolerantie) en met hoofdletters met een sterretje erbij en diverse uitroeptekens 'NOTEN!!'

Natuurlijk eet Anderton-Pullitt geen noten. Hij neemt alleen voedsel tot zich dat risicovrij is verklaard door zijn moeder en dat bovendien aansluit bij zijn eigen nogal beperkte idee van wat acceptabel is. Elke dag bevat zijn lunchtrommeltje precies dezelfde dingen: twee sandwiches met smeerkaas en twee met Marmite op glutenvrij brood, in vier stukken gesneden, een tomaat, een banaan, een pakje wijngums (waarvan hij alleen de rode en zwarte opeet) en een blikje sinas. Hij heeft de hele lunchpauze nodig om dit maal op te eten; hij gaat nooit naar de snoepwinkel en hij neemt nooit eten van een andere jongen aan.

Vraag me niet hoe ik hem naar beneden heb gekregen. Het was inspannend; de jongens draaiden opgewonden en verward om me heen zonder van nut te zijn; ik heb om hulp geroepen, maar er kwam niemand, op Gerry Grachvogel naast me na, die zelf bijna flauwviel en naar adem happend 'O, jee, o, jee' zei en zijn konijnenpootjes over elkaar wreef en nerveus van links naar rechts keek.

'Gerry, ga hulp halen,' beval ik, Anderton-Pullitt over mijn schouder leggend. 'Bel een ambulance. *Modo fac.*'

Grachvogel staarde me alleen maar aan. Allen-Jones was degene die reageerde en de trap met twee treden tegelijk afrende, waarbij hij bijna Isabelle Tapi ondersteboven liep, die de trap op kwam. McNair rende naar het kantoor van Pat Bishop en Pink en Tayler hielpen me door de bewusteloze jongen te ondersteunen. Toen we op de benedengang aankwamen, had ik het gevoel dat mijn longen met heet lood gevuld waren en gaf ik zeer dankbaar mijn last over aan Pat Bishop, die blij leek dat hij iets fysieks te doen kreeg en die Anderton-Pullitt oppakte alsof hij een baby was.

Ik was me er vaag van bewust dat achter me Sutcliff de presentielijst afmaakte en dat Allen-Jones met het ziekenhuis aan het bellen was – 'Ze zeggen dat het sneller is als u hem zelf naar de Eerste Hulp brengt, meneer!' Grachvogel probeerde zijn klas terug te vinden, die en masse achter ons aan gelopen was om te zien wat er aan de hand was, en nu kwam ook het nieuwe hoofd uit zijn kantoor tevoorschijn. Hij zag er ontzet uit; Pat Bishop stond naast hem en Marlene gluurde angstig over zijn schouder.

'Meneer Straitley!' Zelfs in een noodgeval als dit behoudt hij een eigenaardige stijfheid, alsof hij van iets anders gemaakt is dan van vlees – gips, of misschien balein. 'Zou u me misschien kunnen uitleggen...' Maar de wereld was gevuld met geluiden en mijn hartslag was daarvan wel het opdringerigst. Ik werd herinnerd aan de oude jungleverhalen uit mijn jeugd, waarin avonturiers vulkanen beklommen met op de achtergrond de sinistere kakofonie van negertrommels.

Ik leunde tegen de muur van de benedengang, omdat mijn benen ineens van bot, bloedvat en zenuw overgingen in iets wat meer op gelei leek. Mijn longen deden pijn en er was een plek, ergens in de buurt van mijn bovenste vestknoopje, die voelde alsof een heel groot iemand daar herhaaldelijk met een uitgestoken wijsvinger in porde, alsof hij een argument kracht wilde bijzetten. Ik keek om me heen of er een stoel was waar ik op kon zitten, maar het was al te laat: de wereld begon scheef te hangen en ik gleed langs de muur naar beneden.

'Meneer Straitley!' Nu ik hem ondersteboven zag, leek het hoofd snoder dan ooit. Een gekrompen hoofd, dacht ik vaag. Echt iets om de vulkaangod mee tevreden te stellen, en ondanks de pijn in mijn borst kon ik niet helemaal voorkomen dat ik moest lachen. 'Meneer Straitley! Meneer Bishop! Kan íemand me nu eindelijk eens vertellen wat er hier aan de hand is?'

De onzichtbare vinger porde weer in me en ik ging op de grond zitten. Marlene, efficiënt als altijd, knielde zonder te aarzelen naast me en trok mijn jasje open om aan mijn hart te voelen. De trommels pulseerden; ik kon de beweging om me heen nu eerder onbewust oppikken dan echt voelen.

'Meneer Straitley, volhouden!' Ze rook naar iets bloemigs en vrouwelijks; ik had het gevoel dat ik iets gevats moest zeggen, maar ik kon niets bedenken. Ik had pijn in mijn borstkas en mijn trommelvliezen bulderden; ik probeerde op te staan, maar kon het niet. Ik zakte nog wat verder onderuit, ving een glimp op van de Powerpuff Girls op de sokken van Allen-Jones en begon te lachen.

Het laatste wat ik me herinner is het gezicht van het nieuwe hoofd dat opdoemde in mijn gezichtsveld en mijn woorden: '*Bwana*, de inboorlingen zullen de Verboden Stad niet binnengaan.' Daarna verloor ik het bewustzijn.

Ik werd in het ziekenhuis wakker. Ik had geluk gehad, zei de dokter tegen me: er was zoals hij dat noemde sprake geweest van een licht hartfalen, dat door ongerustheid en te grote inspanning veroorzaakt was. Ik wilde meteen overeind komen, maar hij stond dat niet toe en zei dat ik minstens drie of vier dagen onder toezicht moest blijven.

Een verpleegster van middelbare leeftijd met roze haar en de houding van een kleuterjuf stelde me vervolgens vragen. De antwoorden schreef ze met een licht afkeurend gezicht op, alsof ik een kind was dat steeds in bed plaste. 'Goed, meneer Straitley. Hoeveel sigaretten roken we per week?'

'Dat zou ik u niet kunnen zeggen, mevrouw. Ik ben niet voldoende op de hoogte van uw rookgewoonten.' De verpleegster maakte een verhitte indruk. 'O, had u het tegen *míj*?' zei ik. 'Sorry, ik dacht dat u misschien lid van de koninklijke familie was.'

Haar ogen vernauwden zich. 'Meneer Straitley, ik heb nog wel meer te doen.'

'Ik ook,' zei ik. 'Derde klas Latijn, groep 2, vijfde lesuur.'

'Die kunnen vast wel even zonder u,' zei de verpleegster. 'Niemand is onmisbaar.'

Een melancholieke gedachte. 'Ik dacht dat het uw taak was mij beter te helpen maken.'

'Dat zal ik ook doen,' zei ze, 'zodra we deze papierwinkel afgehandeld hebben.'

Enfin, binnen een halfuur was Roy Hubert Straitley (BA) samengevat in iets wat sterk op een klassenboek leek – cryptische afkortingen en aangevinkte hokjes – en keek de verpleegster gepast tevreden. Ik moet zeggen: het zag er niet best uit. Leeftijd: vierenzestig; zittend werk; gematigde roker; eenheden alcohol per week: gemiddeld tot aan de ruime kant; gewicht: ergens tussen matig *embonpoint* en werkelijk *avoirdupois*.

De dokter las het allemaal met een uitdrukking van barse voldoening op zijn gezicht. Het was een waarschuwing, was zijn conclusie: een teken van de goden. 'U bent geen eenentwintig meer, hoor,' zei hij tegen me. 'Een aantal dingen kunt u gewoon niet meer doen.'

Het is een oude deun en ik had hem al vaker gehoord. 'Ik weet het, ik weet het. Niet roken, niet drinken, geen patat met gebakken vis, geen honderd meter hardlopen, geen leuke vrouwen, geen...'

Hij onderbrak me. 'Ik heb met uw huisarts gesproken. Een zekere dokter Bevans?'

'Bevans. Ik ken hem goed. 1975 tot 1979. Pientere knaap. Had een tien voor Latijn. Heeft medicijnen gestudeerd in Durham.'

'Juist.' Er spraken boekdelen afkeuring uit dat ene woord. 'Hij heeft me verteld dat hij zich al een tijdje zorgen over u maakt.'

'O, ja?'

'Ja.'

Potverdikkie. Dat heb je er nou van als je jongens een klassieke opleiding geeft: dan keren ze zich tegen je, de kleine zwijnen; dan keren ze zich tegen je en voor je weet wat er gebeurt, zit je vast aan een vetarm dieet, draag je een joggingbroek en kijk je welke bejaardentehuizen geschikt voor je zijn.

'Oké, vertel me het slechte nieuws maar. Wat heeft die kleine snotneus nu weer voor advies? Warm bier? Magnetisme? Bloedzuigers? Ik weet nog dat hij bij me in de klas zat. Een kleine, bolronde jongen, altijd in de problemen. En nu vertelt híj míj wat ik moet doen?'

'Hij mag u heel graag, meneer Straitley.'

O jee, nu komt het, dacht ik.

'Maar u bent vijfenzestig...'

'Vierenzestig. Ik ben op 5 november jarig. De dag van de vreugdevuren.'

Hij deed deze informatie over mijn verjaardag af met een hoofdknik. 'En u schijnt te denken dat u eeuwig op de oude voet door kunt gaan...'

'Wat is het alternatief? In weer en wind op een rotspunt gaan staan?'

De arts zuchtte. 'Ik weet zeker dat een ontwikkelde man als u pensionering zowel prettig als stimulerend zou kunnen vinden. U zou een hobby kunnen nemen...'

Welja, een hobby! 'Ik ga niet met pensioen.'

'Wees nu toch redelijk, meneer Straitley...'

St. Oswald is al dertig jaar mijn wereld. Wat is er daarbuiten? Ik ging op het verrijdbare bed zitten en zwaaide mijn benen over de rand. 'Ik voel me prima.'

3

Donderdag 30 september

DIE ARME OUWE STRAITLEY. IK GING HEM NAMELIJK OPZOEKEN zodra de school uit was en toen kwam ik tot de ontdekking dat hij zichzelf al uit de hartafdeling had ontslagen, tot ongenoegen van het personeel. Maar zijn adres stond in de schoolgids van St. Oswald, dus ging ik daarheen, met een kleine plant die ik in de ziekenhuiswinkel had gekocht.

Ik had hem nog nooit zo gezien. Een oude man, besefte ik, met witte oudemannenstoppels onder zijn kin en knokige witte oudemannenvoeten in leren pantoffels die betere tijden hadden gekend. Hij leek bijna aandoenlijk blij me te zien. 'Maar u had niet hoeven komen,' verklaarde hij. 'Morgenochtend ben ik er weer.'

'Echt? Zo gauw al?' Hij was me er des te sympathieker om, maar ik was ook bezorgd. Ik vind ons spelletje te leuk om hem me vanwege een dom principe nu al te laten ontglippen. 'Moet u niet rusten? In ieder geval een paar dagen?'

'Begint u nu ook al?' zei hij. 'Ik heb daar in het ziekenhuis al genoeg over gehoord. Een hobby nemen, zegt-ie, iets rustigs als dieren opzetten of macrameeën. Goden, waarom reikt hij me niet gewoon de beker met dollekervel aan? Dan hebben we het meteen maar gehad.'

Ik vond dat hij de zaak te veel dramatiseerde en zei dat ook.

'Nou ja,' zei Straitley, terwijl hij een gezicht trok. 'Daar ben ik nu eenmaal goed in.'

Hij woont in een klein huis in het midden van een rijtje van vijf op ongeveer tien minuten lopen van St. Oswald. De gang is gevuld met boeken: sommige op planken, andere niet, zodat de oorspronkelijke kleur van het behang niet te onderscheiden is. Het tapijt is tot op de draad versleten, behalve in de zitkamer, waar zich de resten van een bruin Axminster-kleed bevinden. Het ruikt er naar stof en boenwas en de hond die vijf jaar geleden overleden is. In de gang geeft een grote schoolradiator een ondraaglijke hitte af. Er is een keuken met een vloer van mozaïektegels en op ieder vrij stukje muur hangen een heleboel klassenfoto's.

Hij bood me thee aan in een St. Oswald-mok en een paar twijfelachtig uitziende chocoladebiscuitjes uit een trommel op de schoorsteen. Ik vond dat hij thuis kleiner leek.

'Hoe is het met Anderton-Pullitt?' Kennelijk had hij in het ziekenhuis om de tien minuten dezelfde vraag gesteld, ook toen de jongen al buiten levensgevaar was. 'Zijn ze er al achter wat er gebeurd is?'

Ik schudde mijn hoofd. 'Ik weet zeker dat niemand u de schuld geeft, meneer Straitley.'

'Daar gaat het niet om.'

Daar ging het ook niet om: de foto's aan de muur maakten dat wel duidelijk, met hun dubbele rijen jonge gezichten. Ik vroeg me af of Leon er ook ergens tussen zat. Wat zou ik doen als ik zijn gezicht nu zag, hier in Straitleys huis? En wat zou ik doen als ik mezelf naast hem zag, met mijn pet ver over mijn ogen getrokken en mijn blazer stevig dichtgeknoopt over mijn tweedehands overhemd?

'Een ongeluk komt nooit alleen,' zei Straitley, naar zijn koekje reikend, maar toen veranderde hij van gedachten. 'Eerst Fallow en nu Anderton-Pullitt. Ik vraag me af wat er hierna komt.'

Ik glimlachte. 'Ik had geen idee dat u zo bijgelovig was, meneer.'

'Bijgelovig? Dat hoort bij mijn vak.' Hij nam toch maar het biscuitje en doopte het in zijn thee. 'Je kunt niet zo lang op St. Oswald werken als ik zonder in tekenen te geloven en in onheilsbodes en in...'

'Geesten?' opperde ik plagerig.

Hij lachte niet terug. 'Uiteraard,' zei hij. 'Het barst ervan op die rotschool.' Ik vroeg me even af of hij aan mijn vader dacht. Of aan Leon. Even vroeg ik me af of ik er niet zelf een was.

4

TIJDENS DIE ZOMER RAAKTE JOHN SNYDE, LANGZAAM EN ONOPvallend, de weg kwijt. Het begon met kleine dingen, die op het grotere geheel van mijn leven nauwelijks merkbaar waren, want Leon was er levensgroot in aanwezig en alle andere dingen werden gereduceerd tot een reeks vage bouwsels aan een verre, wazige horizon. Maar naarmate de maand juli vorderde en het eind van het schooljaar dichterbij kwam, werd zijn slechte humeur, dat altijd al een rol speelde, een constante.

Maar wat ik me vooral herinner is zijn woede. Die zomer leek mijn vader altijd kwaad te zijn: op mij, op de school, op de geheimzinnige graffitikunstenaars die de zijkant van het sportpaviljoen volspoten. Op de jongens van de onderbouw die naar hem riepen wanneer hij op de grote maaimachine reed. Op de twee oudere jongens die er destijds mee gereden hadden en die ervoor gezorgd hadden dat hij een officiële berisping had gehad. Op de honden van de buren, die kleine, ongewenste presentjes achterlieten op het gras van het cricketveld, die hij moest opruimen met een opgerolde plastic tas en een papieren zakdoekje. Op de regering, op de kroegbaas, op de mensen die aan de andere kant van de stoep gingen lopen om hem te mijden wanneer hij in zichzelf mompelend thuiskwam van de supermarkt.

Op een maandagochtend, een paar dagen voor het eind van het trimester, betrapte hij een eersteklasser die onder de balie in de portiersloge aan het zoeken was. Zogenaamd naar een kwijtgeraakte tas, maar John Snyde trapte daar niet in. De bedoelingen van de jongen waren van zijn gezicht af te lezen: diefstal, vandalisme of een andere methode om John Snyde te schande te maken. De jongen had al het flesje Ierse whisky gevonden dat onder een stapel oude kranten lag en zijn oogjes glommen van boosaardigheid en voldoening. Althans, dat dacht mijn vader, en toen hij een van zijn jonge kwelgeesten herkende – een jongen met een apengezicht en een brutale houding – wilde hij hem een lesje leren.

O, ik geloof niet dat hij hem echt pijn heeft gedaan. Zijn trouw aan St. Oswald was bitter, maar waarachtig, en hoewel hij inmiddels van veel mensen een afkeer had, zoals van de thesaurier, het hoofd en vooral de jongens, dwong het instituut zelf nog zijn respect af. Maar de jongen probeerde te snoeven, zei tegen mijn vader dat hij hem niks kon maken en eiste dat hij uit de loge gelaten werd. Ten slotte gilde hij met een stem die zich in mijn vaders hoofd boorde (zondagavond was het laat geworden en dat was nu te merken): 'Laat me eruit, laat me eruit, laat me eruit!', totdat zijn geschreeuw dr. Tidy in het naastgelegen kantoor alarmeerde en deze naar buiten kwam gerend.

Inmiddels was de jongen met het apengezicht – Matthews heette hij – aan het huilen geslagen. John Snyde was een forse man, zelfs wanneer hij niet kwaad was al behoorlijk intimiderend, en die dag was hij heel erg kwaad geweest. Tidy zag mijn vaders bloeddoorlopen ogen en verkreukelde kleren; hij zag het betraande gezicht van de jongen en de natte plek die zich over zijn grijze uniformbroek verspreidde, en hij trok de onvermijdelijke conclusie. Het was de druppel; John Snyde werd die ochtend nog in het kantoor van het hoofd ontboden, waar Pat Bishop ook aanwezig was om een eerlijke afhandeling te garanderen, en hij kreeg een tweede, laatste waarschuwing.

Het oude hoofd zou het niet gedaan hebben. Daar was mijn vader van overtuigd. Shakeshafte wist onder welke druk men werkte in een school; hij zou geweten hebben hoe hij de situatie kon sussen zonder opschudding te veroorzaken. Maar de nieuwe man was afkomstig uit de staatssector en bedreven in politiek correctheid en onschuldig activisme. Daarnaast ging er achter zijn strenge uiterlijk een zwakkeling schuil en was deze gelegenheid om zichzelf als een strenge, besluitvaardige leider te profileren (en dat zonder professioneel risico) een te mooie kans om onbenut te laten.

Er zou een onderzoek komen, zo zei hij. Voorlopig kon Snyde zijn werk voortzetten; hij moest zich elke dag melden bij de thesaurier voor instructies, maar mocht geen enkel contact met de jongens hebben. Ieder nieuw incident – het woord werd met de nuffige zelfvoldaanheid van de kerkgaande geheelonthouder uitgesproken – zou zijn onmiddellijke ontslag tot gevolg hebben.

Mijn vader bleef zeker van Bishops steun. Die goeie ouwe Bishop, zei hij. Hij was totaal niet op zijn plaats in die kantoorbaan, hij had hoofd moeten wezen. Uiteraard mocht mijn vader hem – die forse, rondborstige man met zijn rugbyspelersneus en zijn proletarische voorkeuren. Maar Bishops loyaliteit lag bij St. Oswald: hoezeer hij ook met mijn vaders grieven mee kon voelen, ik wist dat hij, wanneer hij moest kiezen, de school zijn volledige steun gaf.

Maar de vakantie zou mijn vader volgens hem tijd geven om orde op zaken te stellen. Hij had te veel gedronken, dat wist hij, hij had zich laten gaan. Maar hij was in wezen een goed mens, hij had de school bijna vijf jaar trouw gediend; hij kon hierdoorheen komen.

Een typische Bishop-uitdrukking: *Je kunt hierdoorheen komen.* Hij praat op dezelfde soldateske wijze met de jongens, als een rugbycoach die het team oppept. Zijn manier van praten was, net als die van mijn vader, doorspekt met clichés: *Je kunt hierdoorheen komen. Draag het als een man. Hoe groter ze zijn, hoe harder ze vallen.*

Het was een taal waarvan mijn vader hield en die hij begreep, en een tijdlang gaf die hem moed. Omwille van Bishop ging hij minder drinken. Hij liet zijn haar knippen en kleedde zich met meer zorg. Zich bewust van de beschuldiging dat hij zich had laten gaan, zoals Bishop dat stelde, begon hij 's avonds zelfs oefeningen te doen; hij drukte zich op voor de tv terwijl ik een boek las en ervan droomde dat hij niet mijn vader was.

Toen kwam de vakantie en nam de druk op hem af. Zijn taken namen evenzeer af: er waren geen jongens die hem het leven zuur maakten; hij maaide de gazons zonder gehinderd te worden en controleerde in zijn eentje de velden, waarbij hij scherp op spuitbuskunstenaars en loslopende honden lette.

Op die momenten kon ik geloven dat mijn vader bijna gelukkig was; met zijn sleutels in de ene hand en een blikje bier in de andere zwierf hij door zijn koninkrijkje, in de zekere wetenschap dat hij er een plek in had: die van een klein, maar noodzakelijk radertje in een roemrijke machine. Bishop had iets van dien aard gezegd en daarom moest het wel waar zijn.

Wat mezelf aangaat: ik had andere bezigheden. Ik gaf Leon na het eind van het trimester drie dagen de tijd en toen belde ik hem om iets af te spreken. Hij was vriendelijk, maar had geen haast en zei tegen me dat er een paar mensen bij hem en zijn moeder kwamen logeren, en dat van hem werd verwacht dat hij hen bezighield. Dat was een klap, na alles wat ik zo zorgvuldig gepland had, maar ik accepteerde het zonder klagen, wetende dat de beste manier om met Leons dwarsheid om te gaan was er geen aandacht aan te schenken en hem zijn gang te laten gaan.

'Zijn die mensen vrienden van je moeder?' informeerde ik, meer om hem aan de praat te houden dan vanwege de informatie.

'Ja. De Tynans en hun kind. Het is een beetje vervelend, maar Charlie en ik moeten bijspringen. Je weet wel: rondgaan met de sandwiches, sherry inschenken, dat soort dingen.' Hij klonk alsof hij het jammer vond, maar ik kon niet het idee van me af zetten dat hij stond te glimlachen.

'Kind?' zei ik, met visioenen van een knappe, opgewekte schooljongen die me in Leons ogen volkomen in de schaduw zou stellen.

'Mm-mm. Francesca. Een klein dik meisje, gek op pony's. Maar goed dat Charlie er is, anders zou ik waarschijnlijk ook nog op háár moeten passen.'

'O.' Ik klonk een beetje treurig, of ik wilde of niet.

'Wees maar niet bang,' zei Leon. 'Het duurt niet zo lang. Ik bel je wel, goed?'

Daar werd ik doodzenuwachtig van. Ik kon natuurlijk niet weigeren Leon mijn telefoonnummer te geven, maar de gedachte dat mijn vader de telefoon zou kunnen aannemen vervulde me met angst. 'Ach, ik zie je wel weer,' zei ik. 'Het geeft niks.'

Dus wachtte ik. Ik was bang, maar verveelde me tegelijkertijd dood: ik werd heen en weer geslingerd tussen het verlangen bij de telefoon te wachten tot Leon belde en de even sterke drang met mijn fiets langs zijn huis te rijden in de hoop hem 'toevallig' te zien. Ik had geen andere vrienden, lezen maakte me ongeduldig en ik kon niet eens naar mijn platen luisteren, omdat ze me aan Leon deden denken. Het was een prachtige zomer, zo'n zomer die alleen in je herinnering bestaat, en in sommige boeken: heet en blauw-groen en vol bijen en gezoem, maar voor mij had het net zo goed elke dag kunnen regenen. Zonder Leon had ik er geen plezier in; ik hing maar wat rond en stal uit pure nijd spullen uit winkels.

Na een poosje merkte mijn vader het. Zijn goede bedoelingen hadden een nieuwe, tijdelijke opmerkzaamheid losgemaakt en hij begon commentaar te leveren op mijn lusteloosheid en opvliegendheid. 'Groeipijn' noemde hij het, en hij raadde me aan meer te bewegen en naar buiten te gaan.

Ik groeide inderdaad. In augustus werd ik dertien en ik zat in een groeispurt. Ik bleef zoals altijd mager en zo licht als een vogel, maar ik was me ervan bewust dat desondanks het schooluniform van St. Oswald tamelijk krap was geworden, vooral de blazer (ik moest binnenkort een andere bemachtigen) en dat mijn broek zo'n vijf centimeter enkel vrijliet.

Er ging een week voorbij en toen nog bijna een week. Ik voelde de vakantie door mijn handen glippen en kon er niets tegen beginnen. Was Leon vertrokken? Wanneer ik op mijn nieuwe fiets langs zijn huis reed, had ik een open hordeur gezien die naar de patio leidde; ik had in de warme lucht gelach en stemmen gehoord, hoewel ik niet kon uitmaken van hoeveel mensen en ook niet of de stem van mijn vriend daarbij was.

Ik vroeg me af wat voor mensen de bezoekers waren. Een bankier, had hij gezegd, en een hooggeplaatste secretaresse, zoiets als Leons moeder. Mensen met een chic beroep, die op de veranda komkommersandwiches aten en een drankje dronken. Het soort mensen dat John en Sharon Snyde nooit zouden zijn, hoeveel geld ze ook zouden hebben. Het soort ouders dat ik zelf had willen hebben.

Die gedachte obsedeerde me. Ik begon me de familie Tynan voor te stellen; hij met een licht linnen jasje aan, zij gekleed in een witte zomerjurk. Ik zag mevrouw Mitchell klaarstaan met een kan Pimm's en een blad vol hoge glazen, en Leon en zijn zus Charlie op het gras zitten, allemaal verguld door een gouden licht en door nog iets anders, het iets wat hen anders maakte dan ik, het iets waarvan ik voor het eerst een glimp had opgevangen toen ik op het terrein van St. Oswald stond op de dag waarop ik de grens overstak.

Die grens. Hij doemde weer voor me op, tartte me weer met zijn nabijheid. Ik kon hem bijna zien: de gouden grenslijn die mij van alles scheidde wat ik wenste. Wat kon ik verder nog doen? Ik had de afgelopen drie maanden op de speelhelft van mijn vijanden doorgebracht, als een zwervende wolf die zich bij de jachthonden voegt om stiekem hun eten te stelen. Waarom voelde ik me dan zo geïsoleerd? Waaróm had Leon niet gebeld?

Kwam het doordat hij ergens voelde dat ik anders was en zich ervoor schaamde in mijn gezelschap gezien te worden? Terwijl ik me schuilhield in het poorthuis, bang om gezien te worden als ik het verliet, was ik daar half-en-half van overtuigd. Ik had iets goedkoops – misschien was het een geur of een polyesterglans – en dat had hem gealarmeerd.

Ik was niet goed genoeg geweest: hij had me doorgekregen. Ik werd er gek van; ik moest het weten, en die zondag kleedde ik me zorgvuldig en fietste ik naar Leons huis.

Het was een gewaagde zet. Ik was nog nooit bij Leon thuis geweest – erlangs rijden telde niet – en ik merkte dat mijn handen een beetje trilden toen ik het hek openduwde en over de lange oprit naar de portiek liep. Het was een groot Edwardiaans huis met dubbele gevel en gazons voor en opzij, en aan de achterkant een lommerrijke tuin met een zomerhuis en een ommuurde boomgaard.

Oud geld, zou mijn vader vol afgunst en minachting gezegd hebben, maar voor mij was het de wereld waarover ik gelezen had in boeken: de wereld van *Swallows and Amazons* en de boeken over 'de vijf', van limonade op het gras, van kostscholen, van picknicken aan zee en een vrolijke kokkin die scones bakte, en van een elegante moeder die languit op een bank zat en een pijprokende vader die altijd gelijk had, altijd welwillend was, maar wel bijna nooit thuis. Ik was nog geen dertien en voelde me al verschrikkelijk oud, alsof mij op de een of andere manier een jeugd ontzegd was – in ieder geval díé jeugd, de jeugd waarop ik recht had.

Ik klopte op de deur. Ik hoorde stemmen achter het huis. Leons moeder, die iets zei over mevrouw Thatcher en de vakbonden en een mannenstem – 'Je kunt dit alleen maar oplossen door...' – en het gedempte getinkel van iemand die iets schonk uit een kan die gevuld was met ijsblokjes. Toen hoorde ik heel dichtbij de stem van Leon zeggen: '*Vae*, geen politiek alsjeblieft. Wil er nog iemand wodka-lime met ijs?'

'Ja!' Dat was Charlie, Leons zus.

Toen een andere stem, die van een meisje, zacht en zangerig: 'Ja, best.'

Dat was zeker Francesca. Toen Leon me door de telefoon had verteld hoe ze heette, had ik het nogal een stomme naam gevonden, maar plotseling was ik daar niet meer zo zeker van. Ik liep van de deur voorzichtig naar de zijkant van het huis – als iemand me zag, zou ik zeggen dat ik geklopt had, maar dat er niets gebeurd was – en gluurde om de hoek van het huis.

Het leek erg op wat ik me had voorgesteld. Er was een veranda achter het huis, die overschaduwd werd door een grote boom die een mozaïek van licht en schaduw wierp op de tafels en stoelen die eronder waren gezet. Mevrouw Mitchell was er, blond en mooi in een spijkerbroek en een schone witte blouse, die haar heel jong deed lijken; dan mevrouw Tynan, met sandalen en een koele linnen jurk aan; verder Charlotte, die op een zelfgemaakte schommel zat; en naar me toe gekeerd, met zijn spijkerbroek, afgetrapte sportschoenen en een uitgebleekt Stranglers-T-shirt aan, zat Leon.

Hij was gegroeid, vond ik. In die drie weken was zijn gezicht scherper geworden en zijn lichaam langer, en zijn haar, dat wat de voorschriften van St. Oswald betreft al een grensgeval was geweest, hing nu voor zijn ogen. Zonder uniform had hij iedereen geweest kunnen zijn; hij zag eruit als een willekeurige jongen van mijn eigen school, op die glans na, dat patina dat voortkomt uit een leven van in een huis als dit wonen, van Latijn leren bij Quasi in de klokkentoren, van blini's met gerookte zalm eten en wodka-lime drinken in plaats van een pilsje en patat met vis, van nooit op zaterdagavond je kamerdeur hoeven afsluiten.

Een golf van liefde en verlangen overspoelde me, niet alleen naar Leon, maar naar alles wat hij vertegenwoordigde. Het was zo'n krachtig gevoel, zo mystiek volwassen in zijn intensiteit, dat ik even nauwelijks het meisje opmerkte dat naast hem zat: Francesca, het dikke ponymeisje over wie hij aan de telefoon zo smalend had gedaan. Toen zag ik haar en even stond ik te kijken en vergat ik zelfs mijn verbazing en schrik te verbergen.

Misschien was ze ooit een dik ponymeisje geweest, maar nu... Er waren geen woorden om haar te beschrijven. Iedere vergelijking ging mank. Mijn eigen ervaring van wat begeerlijkheid was, was beperkt tot voorbeelden als Pepsi, de vrouwen in de tijdschriften van mijn vader en types als Tracey Delacey. Zelf kon ik die niet herkennen – maar ja, dat was ook logisch.

Ik moest denken aan Pepsi en haar valse nagels en constante haarlakgeur, aan de kauwgom kauwende Tracey, met haar vlekkerige benen en stugge gezicht, en aan de vrouwen uit de tijdschriften van mijn vader, die ingetogen leken, maar op de een of andere manier vleesetend, zich blootgevend alsof ze op de tafel van een patholoog lagen. Ik moest aan mijn moeder denken, en aan Cinnabar.

Dit meisje was van een totaal ander genre. Ze was veertien, misschien vijftien, slank en licht gebruind. Ze was de verpersoonlijking van de glans: haar haar was losjes in een paardenstaart gebonden en haar lange, glad-glanzende benen staken in een kaki short. In het kuiltje van haar keel lag een gouden kruisje. Dansvoeten die zijwaarts schopten – een zongevlekt gezicht in het zomerse groen. Dáárom had Leon niet gebeld: het kwam door dit meisje, dit mooie meisje.

'Hé! Hé, Pinchbeck!'

Verdorie, hij had me gezien. Ik overwoog het op een lopen te zetten, maar Leon kwam al naar me toe, verbaasd maar niet geërgerd, met het meisje een paar passen achter hem. Mijn borstkas voelde strak, mijn hart kromp tot het zo klein was als een noot. Ik probeerde te glimlachen; het voelde als een masker. 'Dag, Leon,' zei ik. 'Dag, mevrouw Mitchell. Ik kwam toevallig langs.'

Stel je die vreselijke middag voor, als je dat kunt. Ik wilde naar huis, maar Leon wilde me niet laten gaan. Ik moest twee uren van pure ellende doorstaan op het achtergazon en limonade drinken waar ik brandend maagzuur van kreeg, terwijl Leons moeder me vragen stelde over mijn familie en meneer Tynan me herhaaldelijk een klap op de schouder gaf en speculeerde welk kattenkwaad Leon en ik op school uithaalden.

Het was een kwelling. Mijn hoofd deed pijn, mijn maag draaide rond en de hele tijd moest ik blijven glimlachen, beleefd zijn en vragen beantwoorden, terwijl Leon en zijn meisje – het leed geen twijfel meer dat ze zíjn meisje was – in de schaduw lummelden en tegen elkaar fluisterden, waarbij Leons bruine hand bijna nonchalant op Francesca's lichtbruine lag en zijn grijze ogen vol waren van de zomer en van haar.

Ik weet niet wat voor antwoorden ik op hun vragen gaf. Ik weet nog dat Leons moeder bijzonder, pijnlijk vriendelijk was: ze deed haar uiterste best me in de kring op te nemen en vroeg me naar mijn hobby's, mijn vakanties en mijn gedachten. Ik antwoordde bijna lukraak, met een dierlijk instinct om me schuil te houden, en ik moet de test hebben doorstaan, hoewel Charlotte me gadesloeg met een zwijgzaamheid die ik verdacht zou hebben gevonden als mijn geest niet helemaal in beslag werd genomen door mijn eigen leed.

Mevrouw Mitchell moet eindelijk iets gemerkt hebben, want ze bekeek me aandachtig en merkte toen op dat ik nogal bleek zag.

'Hoofdpijn,' zei ik. Ik probeerde te glimlachen, terwijl achter haar Leon met een lange sliert van Francesca's bruin-blonde haar speelde. 'Ik heb daar zo nu en dan last van,' improviseerde ik wanhopig. 'Ik kan maar beter naar huis gaan en even op bed gaan liggen.'

Leons moeder liet me niet graag gaan. Ze stelde voor dat ik in Leons kamer op bed zou gaan liggen, bood me aan aspirine te halen en overstelpte me met vriendelijkheid, zodat ik bijna in tranen uitbarstte. Op dat moment moet ze iets aan mijn gezicht hebben gezien, want ze glimlachte en klopte me op de schouder. 'Goed dan, Julian,' zei ze. 'Ga maar naar huis en rust wat. Misschien is dat toch het beste.'

'Dank u, mevrouw Mitchell.' Ik knikte dankbaar – ik voelde me echt ziek. 'Ik vond het heel leuk, echt waar.' Leon zwaaide naar me en mevrouw Mitchell stond erop me een grote en kleverige plak cake te geven die ik mee naar huis moest nemen, verpakt in een papieren servetje. Toen ik over de oprit terugliep, hoorde ik haar stem zacht vanachter het huis komen: 'Wat een grappig kereltje, Leon. Zo beleefd en gereserveerd. Is hij een goede vriend van je?'

5

Jongensgymnasium St. Oswald
Dinsdag 5 oktober

HET OFFICIËLE VERSLAG VAN HET ZIEKENHUIS MELDDE DAT HET anafylactische shock was, veroorzaakt door de consumptie van pinda's of met pinda besmet voedsel, mogelijk bij toeval. Natuurlijk was er heel wat om te doen. Het was een schande, zei mevrouw Anderton-Pullitt tegen Pat Bishop, die erbij was: de school diende een veilige omgeving voor haar zoon te zijn. Waarom was er toen hij in elkaar was gezakt geen toezicht geweest? Hoe was het mogelijk dat zijn docent niet had gemerkt dat de arme James bewusteloos was geraakt?

Pat ging zo goed mogelijk met de verontruste moeder om. Hij is in dit soort situaties op zijn best: hij weet hoe je een vijandige houding moet afzwakken, hij heeft een schouder met troostrijke afmetingen en hij straalt een overtuigend gezag uit. Hij beloofde dat het voorval grondig onderzocht zou worden, maar verzekerde mevrouw Anderton-Pullitt dat meneer Straitley een uiterst consciëntieuze leraar was en dat alles in het werk werd gesteld om de veiligheid van haar zoon te waarborgen.

De betreffende persoon zat inmiddels in zijn bed *Toegepaste aeronautiek* te lezen en zag er intens tevreden uit.

Tegelijkertijd stelde meneer Anderton-Pullitt, die in het schoolbestuur van de school zat en voormalig cricketspeler van nationaal niveau was, alles in het werk om het ziekenhuisbestuur zover te krijgen dat men de resten van het brood van zijn zoon liet analyseren op notenresten. Als er ook maar een spoortje gevonden werd, zo zei hij, zou een zekere fabrikant van natuurvoedingsartikelen tot de laatste cent gerechtelijk vervolgd worden, om het over een zekere winkelketen nog maar niet eens te hebben. Maar het kwam er niet van, omdat de pinda voordat ze begonnen gevonden werd op de bodem van James' blikje sinas.

Eerst waren meneer en mevrouw Anderton-Pullitt stomverbaasd. Hoe kon er nu een pinda terecht zijn gekomen in het drankje van hun zoon? Aanvankelijk wilden ze contact opnemen met de fabrikant (en hem aanklagen), maar algauw werd duidelijk dat het op z'n best niet te bewijzen was dat die te kwader trouw had gehandeld. Het blikje was al geopend: er kon van alles in gevallen zijn.

Gevallen, of gestopt.

Niemand kon eronderuit: als er met het drankje van James was geknoeid, moest de schuldige iemand uit zijn klas zijn geweest. Erger nog: moest de dader geweten hebben dat deze daad gevaarlijke, zo niet dodelijke gevolgen kon hebben. Meneer en mevrouw Anderton-Pullitt gingen meteen met de zaak naar het hoofd. In hun woede en verontwaardiging sloegen ze zelfs Bishop over en kondigden ze hun voornemen aan dat ze rechtstreeks naar de politie zouden gaan als hij de zaak niet uitzocht.

Ik had er moeten zijn. Het was onvergeeflijk dat ik er niet was. En toch, toen ik vanmorgen na mijn korte verblijf in het ziekenhuis wakker werd, voelde ik me zo uitgeput, zo afschuwelijk oud, dat ik de school opbelde en tegen Bob Strange zei dat ik niet kwam.

'Maar dat had ik ook niet verwacht,' zei Strange verbaasd. 'Ik nam aan dat ze je minstens het weekend in het ziekenhuis zouden houden.' Zijn nuffige, officiële toon vermocht niet zijn echte afkeuring te verhelen dat ze dat niet hadden gedaan. 'Ik kan je zonder problemen de komende zes weken laten vervangen.'

'Dat hoeft niet. Ik ben er maandag weer.'

Maar maandag was het nieuws al bekend: er was een onderzoek in mijn klas geweest, er waren getuigen opgeroepen en ondervraagd, er waren kluisjes doorzocht en er was heen en weer gebeld. Dr. Devine was geraadpleegd omdat hij verantwoordelijk was voor de sector Gezondheid en Veiligheid, en hij, Bishop, Strange, het hoofd en dr. Pooley, de voorzitter van het schoolbestuur, hadden lange tijd in het kantoor van het hoofd met meneer en mevrouw Anderton-Pullitt doorgebracht.

Het resultaat: toen ik maandagochtend terugkeerde, was de klas in rep en roer. Het voorval met Knight had zelfs het recente – en uiterst onwelkome – artikel in de *Examiner* op de achtergrond gedrongen, dat de sinistere implicatie inhield dat er een geheime informant binnen de school was. De bevindingen van het onderzoek van het hoofd waren onweerlegbaar: op de dag van het incident had Knight een pakje pinda's gekocht in de schoolsnoepwinkel en die had hij voor de lunch meegenomen naar het klaslokaal. Hij ontkende het eerst, maar diverse getuigen herinnerden zich het, inclusief een leerkracht. Ten slotte had Knight bekend dat hij inderdaad de pinda's had gekocht, maar hij ontkende dat hij met iemands drank had geknoeid. Bovendien, zei hij in tranen, mócht hij Anderton-Pullitt en zou hij hem nooit iets hebben aangedaan.

Er werd een verslag tevoorschijn gehaald over Knight vanaf de dag waarop hij geschorst werd, waarop de getuigenverklaringen over het gevecht tussen hem en Jackson stonden. En ja, hoor: die van Anderton-Pullitt was er ook bij. Er was nu duidelijk een motief vastgesteld.

Tja, in het gerechtshof was er niets van overgebleven, maar een school is geen rechtbank. Een school heeft zijn eigen regels en zijn eigen methoden om die toe te passen, zijn eigen systeem en zijn eigen waarborgen. Net als de Kerk, net als het leger dopt een school zijn eigen boontjes. Toen ik terugkwam, was Knight al beoordeeld, schuldig bevonden en geschorst tot na de herfstvakantie.

Mijn probleem was dat ik niet kon geloven dat hij het gedaan had.

'Ik denk wel dat Knight tot zoiets in staat is,' zei ik tijdens de lunchpauze in de docentenkamer tegen Dianne Dare. 'Het is een gladde jongen en hij zal veel eerder iets stiekem uithalen dan openlijk, maar...' Ik zuchtte. 'Het bevalt me niets. Ik mag hem niet, maar ik kan niet geloven dat zelfs hij zó dom zou kunnen zijn.'

'Onderschat domheid nooit,' merkte Pearman op, die in de buurt stond.

'Nee, maar dit is kwaadaardig,' zei Dianne. 'Als de jongen wist wat hij deed...'

'Als hij wist wat hij deed,' onderbrak Light, die op zijn plekje onder de klok zat, haar, 'dan zou hij mooi opgesloten moeten worden. Je leest weleens over dat soort kinderen, die verkrachten en beroven en moorden en God mag weten wat – maar je kunt ze niet eens de bak in laten draaien omdat dat niet mag van die weekhartige linkse types.'

'In mijn tijd,' zei McDonaugh fronsend, 'kregen we met de roede.'

'Ach, welnee,' zei Light, 'de dienstplicht moet weer worden ingevoerd. Er moet hun discipline worden bijgebracht.'

Goden, dacht ik, wat een sukkel. Hij ging nog een paar minuten in deze hersenloze spierballentaal door, wat hem een zwoele blik van Isabelle Tapi opleverde, die vanuit de yoghurthoek toekeek.

De jonge Keane, die ook had zitten luisteren, voerde een snelle, grappige mime uit net buiten het gezichtsveld van de sportleraar, waarbij hij zijn scherpe, intelligente gezicht in een exacte parodie op Lights gezichtsuitdrukking plooide. Ik deed alsof ik het niet merkte en verborg mijn glimlach achter mijn hand.

'We kunnen het nu wel de hele tijd over discipline hebben,' zei Roach vanachter de *Mirror*, 'maar wat voor sancties hebben we? Als je iets verkeerds doet, moet je nablijven; als je iets nog ergers doet, word je geschorst, wat het tegenovergestelde is. Waar slaat dat nou op?'

'Dat slaat nergens op,' zei Light. 'Maar de mensen moeten zien dat we iets doen. Of Knight het nu gedaan heeft of niet...'

'En als hij het nu niet gedaan heeft?' zei Roach.

McDonaugh maakte een wegwuifgebaar. 'Geeft niet. Orde, daar gaat het om. Wie de problemen ook veroorzaakt, je kunt er wat om verwedden dat hij wel twee keer nadenkt voor hij weer iets doet als hij weet dat hij dan meteen de roede krijgt.'

Light knikte. Keane trok weer een gezicht. Dianne haalde haar schouders op en Pearman glimlachte met vage en ironische superioriteit.

'Het was Knight,' zei Roach met nadruk. 'Echt het soort stommiteit dat hij altijd uithaalt.'

'Toch bevalt het me nog steeds niet. Het voelt verkeerd.'

De jongens waren ongewoon terughoudend over het onderwerp. Onder normale omstandigheden zou een voorval van dit soort een welkome afwisseling zijn in de schoolroutine; het zou weer eens iets anders zijn dan de schandaaltjes en kleine tegenslagen, de geheimen, de ruzies en de stiekeme puberdingen. Maar dit was blijkbaar anders. Er was een grens overschreden en zelfs de jongens die nooit een goed woord over hadden gehad voor Anderton-Pullitt bezagen het incident met een ongemakkelijk gevoel en afkeuring.

'Helemaal normaal is hij niet, hoor, meneer,' zei Jackson. 'Hij is geen mongool of zo, maar echt sporen doet hij toch niet.'

'Wordt hij weer helemaal beter, meneer?' vroeg Tayler, die zelf ook allergieën heeft.

'Gelukkig wel, ja.' De jongen werd nog thuisgehouden, maar voor zover we wisten was hij volledig hersteld. 'Maar het had helemaal verkeerd kunnen aflopen.'

Er viel een ongemakkelijke stilte terwijl de jongens elkaar aankeken. Tot nu tot zijn nog maar weinigen met de dood geconfronteerd geweest, op een hond, kat of grootouder na; de gedachte dat een van hen echt dood had kunnen gaan, vlak voor hun ogen, in hun eigen klas, was plotseling tamelijk beangstigend.

'Het moet een ongeluk geweest zijn,' zei Tayler ten slotte.

'Dat denk ik ook.' Ik hoopte dat het waar was.

'Dr. Devine zegt dat we psychologische hulp kunnen krijgen als we daar behoefte aan hebben,' zei McNair.

'En, heb je die nodig?'

'Mogen we dan lessen overslaan, meneer?'

Ik keek hem aan en zag hem grijnzen. 'Over mijn lijk.'

In de loop van de dag werd het gevoel van onrust sterker. Allen-Jones was hyperactief, Sutcliff gedeprimeerd, Jackson ruziezoekerig en Pink angstig. Het waaide ook en, zoals iedere leraar weet, maakt de wind klassen onhandelbaar en leerlingen rusteloos. Er werd met deuren geslagen, de ramen rammelden. Oktober was onstuimig begonnen en plotseling was het herfst.

Ik houd van de herfst, van de dramatiek: de goudgele leeuw die door de achterdeur van het jaar naar binnen brult en zijn bladermanen schudt. Een gevaarlijke tijd, een tijd van heftige razernij en bedrieglijke kalmte, van vuurwerk in de zakken en kastanjes in de knuist. Het is het seizoen waarin ik me het meest verwant voel met de jongen die ik ooit was en tegelijkertijd het dichtst bij de dood. Het is St. Oswald op z'n mooist: goud tussen de lindebomen en de toren huilend als een wild dier.

Maar dit jaar is er meer. Negenennegentig trimesters, drieëndertig herfsten, de helft van mijn leven. Dit jaar wegen die trimesters onverwacht zwaar en ik vraag me af of de jonge Bevans misschien toch gelijk had. Pensionering hoeft geen doodvonnis te zijn. Nog één trimester en ik heb mijn eeuw gehaald; als je je op dat punt terugtrekt is dat geen schande. Bovendien verandert er van alles, en dat is maar goed ook. Alleen ben ik te oud om te veranderen.

Toen ik maandagavond op weg was naar huis, keek ik de portiersloge in. Er was nog geen vervanger voor Fallow gevonden en ondertussen heeft Jimmy Watt het gedeelte van de portiersfuncties dat hij aankan overgenomen. Een van die taken is het aannemen van de telefoon in de loge, maar hij kan dat niet goed en heeft de neiging per ongeluk de verbinding te verbreken wanneer hij wil doorverbinden. Daardoor was iedereen de hele dag telefoontjes misgelopen en de frustraties liepen hoog op.

Het was de schuld van de thesaurier: Jimmy doet wat je hem opdraagt, maar weet niet hoe hij zelfstandig moet werken. Hij kan een stop vervangen of een slot, hij kan bladeren opvegen, hij kan zelfs in een telegraafpaal klimmen om er een paar schoenen uit te halen die door een pestkop met samengebonden veters over de draden zijn gegooid. Light noemt hem Jimmy Veertig Watt en drijft de spot met zijn ronde gezicht en zijn trage manier van praten. Natuurlijk was Light nog maar een paar jaar geleden zelf een pestkop; je kunt het aan zijn rode gezicht en agressieve, vreemd zorgvuldige manier van lopen zien – steroïden of hemorroïden, daar wil ik vanaf zijn. Enfin, Jimmy had nooit het beheer over de loge moeten krijgen en dr. Tidy wist dat. Het was gewoon gemakkelijker (en natuurlijk goedkoper) om hem als stoplap te gebruiken totdat er een nieuwe aanstelling was. Bovendien was Fallow al ruim vijftien jaar bij de school, en je kunt een mens niet zomaar op straat zetten, wat de reden ook is. Ik liep hierover na te denken toen ik de loge passeerde. Niet dat ik Fallow nu zo graag had gemogen, maar hij was een onderdeel van de school geweest – een klein maar noodzakelijk onderdeel –, en zijn vertrek deed zich voelen.

Er was toen ik langsliep een vrouw in de loge. Ik vond het niet raar dat ze daar was; ik nam aan dat ze een secretaresse was die via het uitzendbureau van de school was aangetrokken om telefoontjes te plegen en voor Jimmy in te vallen wanneer hij een van zijn vele klussen moest doen. Een grijzende vrouw met een mantelpakje aan, iets ouder dan het gemiddelde uitzendtype, en haar gezicht kwam me vaag bekend voor. Ik had moeten vragen wie ze was. Dr. Devine heeft het altijd over indringers, over schietpartijen in Amerikaanse scholen en over het gemak waarmee een gek de gebouwen binnen kan komen en als een dolle tekeer kan gaan – maar ja, dan heb je het wel over dr. Devine. Die gaat over gezondheid en veiligheid, en moet zijn salaris waarmaken.

Maar ik had haast en ik sprak de grijzende vrouw niet aan. Pas toen ik haar naam en foto in de *Examiner* zag staan, herkende ik haar, maar toen was het al te laat. De geheimzinnige informant had weer toegeslagen en deze keer was ik het doelwit.

6

Maandag 11 oktober

MEVROUW KNIGHT VATTE DE SCHORSING VAN HAAR ENIGE ZOON niet goed op, zoals te verwachten was. Je kent dat type wel: chic, arrogant, enigszins neurotisch en lijdend aan die wonderlijke blindheid die alleen de moeders van tienerzoons lijkt te treffen. Ze zette de ochtend na de beslissing van het hoofd meteen koers naar St. Oswald. Hij was natuurlijk niet aanwezig; in plaats daarvan werd er een noodvergadering belegd, waarop Bishop (nerveus en niet helemaal in orde), dr. Devine (Gezondheid en Veiligheid) en, bij afwezigheid van Roy Straitley, ik aanwezig waren.

Mevrouw Knight zag er in haar Chanel moordzuchtig uit. Ze zat in het kantoor van Bishop heel recht op een harde stoel en keek ons drieën met ogen als zirkonen dreigend aan.

'Mevrouw Knight,' zei Devine, 'de jongen had ook dood kunnen zijn.'

Mevrouw Knight was niet onder de indruk. 'Ik kan uw zorgen begrijpen,' zei ze. 'Gezien het feit dat er ten tijde van het incident geen toezicht schijnt te zijn geweest. Maar wat de betrokkenheid van mijn zoon betreft...'

Bishop viel haar in de rede. 'Nou, dat is niet helemaal waar,' begon hij. 'Er waren tijdens de lunchpauze op diverse momenten personeelsleden aanwezig, maar...'

'En is er iemand die mijn zoon een pinda in de drank van de andere jongen heeft zien doen?'

'Mevrouw Knight, het gaat niet om...'

'Nou? Is er iemand geweest?'

Bishop leek niet op zijn gemak. Het was immers de beslissing van het hoofd geweest om Knight te schorsen, en ik had het gevoel dat hij misschien anders met de zaak omgesprongen zou zijn. 'Het bewijs lijkt uit te wijzen dat hij dat heeft gedaan, mevrouw Knight. Ik wil niet zeggen dat hij het met boze opzet deed...'

Vlak: 'Mijn zoon liegt niet.'

'Alle jongens liegen.' Dat was Devine. Het was wel waar, maar het had niet echt het effect dat het mevrouw Knight tot bedaren bracht. Ze keek hem aan.

'O, ja?' zei ze. 'In dat geval zou u misschien het verslag van Anderton-Pullitt over die zogenaamde ruzie tussen Jackson en mijn zoon nog eens moeten doorlezen.'

Devine was overdonderd. 'Mevrouw Knight, ik zie echt niet in wat dat met...'

'O, nee? Ik anders wel.' Ze wendde zich tot Bishop. 'Wat ik zie is een goed georganiseerde campagne om mijn zoon tot slachtoffer te maken. Iedereen weet dat meneer Straitley zo zijn favorieten heeft – zijn Brodie-jongens, noemt hij hen –, maar ik had niet verwacht dat ú in dezen partij voor hem zou kiezen. Mijn zoon is gepest, beschuldigd, vernederd en nu geschorst – iets wat in zijn dossier komt en misschien zelfs zijn vooruitzichten voor de universiteit beïnvloedt – en u geeft hem niet eens de kans zijn naam te zuiveren. En weet u waarom, meneer Bishop? Hebt u enig idee waarom?'

Dit was een aanval waartegen Bishop niets wist in te brengen. Zijn charme, hoe echt ook, is zijn enige wapen, en mevrouw Knight was er volledig tegen gewapend. De glimlach die mijn vader getemd had, deed haar ijs niet smelten. Sterker nog: hij leek haar juist kwader te maken.

'Zal ik het u maar vertellen?' zei ze. 'Mijn zoon is beschuldigd van diefstal, geweldpleging en nu, voor zover ik kan begrijpen, van poging tot moord' – Bishop probeerde haar nu in de rede te vallen, maar ze wuifde zijn protest weg – 'en weet u waaróm de keuze op hem viel? Hebt u het aan meneer Straitley gevraagd? Hebt u het aan de andere jongens gevraagd?' Ze zweeg even vanwege het effect en toen ze mij aankeek, knikte ik haar bemoedigend toe. Toen gooide ze er triomfantelijk uit, precies zoals haar zoon in Straitleys klas had gedaan: 'Omdat hij Joods is! Mijn zoon is het slachtoffer van discriminatie! Ik wil dat dit grondig onderzocht wordt' – ze keek Bishop dreigend aan – 'en als dat niet gebeurt, kunt u een brief van mijn advocaat verwachten.'

Er viel een luide stilte. Daarop beende mevrouw Knight onder een fusillade van hogehakkengetik het vertrek uit; dr. Devine leek van streek, Pat Bishop ging met zijn hand voor zijn ogen zitten en ik veroorloofde me een allerflauwst lachje.

Natuurlijk was het vanzelfsprekend dat de zaak niet buiten de vergadering besproken zou worden. Devine maakte dat bij aanvang al duidelijk en ik stemde er gepast ernstig en respectvol mee in. Ik had er eigenlijk niet bij moeten zijn, zei Devine; ik was er alleen maar als getuige bij gevraagd omdat de klassenleraar van de jongen niet aanwezig was. Niet dat iemand de afwezigheid van Straitley betreurde: Bishop en Devine waren het er roerend over eens dat de oude man, hoe innemend hij ook was, de zaak er alleen maar beroerder op zou hebben gemaakt.

'Natuurlijk is er niets van waar,' zei Bishop, die zat bij te komen met een kop thee. 'Er is in St. Oswald nooit enige sprake geweest van antisemitisme. Nooit.'

Devine leek minder overtuigd. 'Ik mag Roy Straitley even graag als ieder ander,' zei hij, 'maar je kunt niet ontkennen dat hij nogal vreemd kan doen. Omdat hij hier langer is dan alle anderen, denkt hij weleens dat hij hier de baas is.'

'Ik weet zeker dat hij het niet kwaad bedoelt,' zei ik. 'Het is een zware baan voor een man van zijn leeftijd en iedereen kan een beoordelingsfout maken.'

Bishop keek me aan. 'Wat bedoelt u? Hebt u iets opgevangen?'

'Nee, meneer.'

'Weet u het zeker?' Dat kwam van Devine, die bijna over zijn voeten viel van de gretigheid.

'Absoluut, meneer. Ik bedoelde alleen maar...' Ik aarzelde.

'Wat? Vertel op!'

'Ik weet zeker dat het niets voorstelt, meneer. Voor zijn leeftijd vind ik hem opmerkelijk alert. Ik heb alleen laatst gemerkt...' En met bescheiden tegenzin vertelde ik over het zoekgeraakte klassenboek, de niet-geopende e-mails, de belachelijke drukte die hij had gemaakt over die oude groene pen, en niet te vergeten die paar cruciale, klassenboekloze momenten waarop hij de bewusteloze jongen die op de grond van het klaslokaal naar adem lag te happen niet had opgemerkt.

Nadrukkelijk ontkennen is verreweg de beste tactiek wanneer je een vijand zwart wilt maken. Dus lukte het me mijn uiterste respect en bewondering voor Roy Straitley over te brengen en ondertussen onschuldig de rest te impliceren. Zo lijk ik een loyale leerkracht – zij het een tikje naïef – en zorg ik er ook voor dat in de geest van Bishop en Devine de twijfel als een splinter blijft hangen en hen op de volgende krantenkop voorbereidt, die toevallig juist deze week in de *Examiner* te vinden zou zijn.

ALS DE NOOT AAN DE MAN KOMT

Colin Knight is een ijverige, verlegen jongeman die de sociale en academische druk van St. Oswald steeds moeilijker te hanteren vindt. 'Er wordt daar heel wat afgepest,' vertelde hij de *Examiner*, 'maar de meesten durven het niet te melden. Sommige jongens kunnen op St. Oswald dat soort dingen allemaal doen, omdat een aantal docenten aan hun kant staat, en als je klaagt, krijg je moeilijkheden.'

Colin Knight komt in ieder geval niet over als iemand die moeilijkheden maakt. En toch heeft hij zich, als we de klachten die dit trimester door zijn klassenleraar (de 65-jarige Roy Straitley) tegen hem zijn ingediend, moeten geloven, in drie luttele weken schuldig gemaakt aan diverse diefstallen en aan liegen en pesten; dit leidde tot zijn schorsing na een bizarre beschuldiging van het toebrengen van lichamelijk letsel aan een medeleerling (de dertienjarige James Anderton-Pullitt), die bijna stikte in een pinda.

We hebben met John Fallow gesproken, die twee weken eerder door St. Oswald na vijftien jaar trouwe dienst werd ontslagen. 'Ik ben blij dat de jonge Knight voor zichzelf opkomt,' zei Fallow tegen de *Examiner*, 'maar meneer en mevrouw Anderton-Pullitt zitten in het schoolbestuur en de familie Knight is maar een gewoon gezin.'

De 54-jarige Pat Bishop, die tweede meester en woordvoerder voor St. Oswald is, zei tegen ons: 'Dit is een zaak die om interne maatregelen vraagt en die grondig uitgezocht zal worden voordat er verdere stappen worden genomen.'

Ondertussen zal Colin Knight zijn opleiding voortzetten vanuit zijn slaapkamer, omdat hij geen gebruik kan maken van het recht de lessen te volgen waarvoor zijn familie 7000 pond per jaar betaalt. En hoewel dit voor de gemiddelde leerling van St. Oswald misschien niet veel lijkt, is het voor gewone mensen als de familie Knight helemaal geen *peanuts*.

Ik ben wel trots op dat stukje: een mengelmoesje van feiten, gissingen en platte humor die aan het arrogante hart van St. Oswald zou moeten knagen. Wat ik wel jammer vond, was dat ik niet met mijn eigen naam kon ondertekenen, zelfs niet met mijn valse naam, maar Mol had in ieder geval bijgedragen aan de totstandkoming.

In plaats daarvan gebruikte ik een journaliste als dekmantel. Ik mailde mijn kopij naar haar, net als voorheen, en voegde een paar details toe om haar onderzoek te vergemakkelijken. Het stukje werd vergezeld door een foto van de jonge Knight – schoon en welvarend in zijn schooluniform – en een korrelig klassenportret uit 1997, waarop een vlekkerige en verlopen Straitley staat, omringd door jongens.

Natuurlijk is alle kritiek op St. Oswald koren op de molen van de *Examiner*. Toen het weekend werd, was het al tweemaal in de nationale pers opgedoken: eenmaal als een kort stukje op pagina 10 van de *News of the World* en eenmaal als onderdeel van een contemplatief hoofdartikel in de *Guardian*, getiteld 'Standrecht in onze onafhankelijke scholen'.

Al met al een dag werk. Ik had ervoor gezorgd dat er – nog – geen verwijzingen naar antisemitisme in voorkwamen. In plaats daarvan had ik mijn best gedaan de familie Knight af te schilderen als eerlijke, maar arme mensen. Dat willen de lezers: een verhaal over mensen als zijzelf (althans, dat denken ze), die sappelen en sparen om hun kinderen naar de best mogelijke school te sturen, hoewel ik nog moet zien of er gewone mensen zijn die zeven ruggen van hun drinkgeld opzijleggen voor een school als de regering gratis onderwijs verschaft.

Mijn vader las ook de *News of the World* en hij zat vol met dezelfde gewichtige clichés: *De school is je beste investering*, en: *Leren doe je voor de rest van je leven*, maar voor zover ik toen kon zien, hield het daarmee op, en als hij de ironie van zijn woorden al zag, liet hij daar nooit iets van merken.

7

Jongensgymnasium St. Oswald
Woensdag 13 oktober

KNIGHT WAS MAANDAGOCHTEND WEER TERUG. HIJ HAD DE UIT-
drukking van een dappere martelaar op zijn gezicht, alsof hij het slachtoffer van geweld was geweest, en een heel klein grijnslachje. De andere jongens gingen behoedzaam met hem om, maar waren niet onvriendelijk; in feite merkte ik dat Brasenose, die hem meestal mijdt, zijn uiterste best deed om vriendelijk te zijn en tijdens de lunch naast hem ging zitten en hem zelfs de helft van zijn chocoladereep aanbood. Het leek wel alsof Brasenose, die zelf het eeuwige slachtoffer was, een potentiële verdediger in de pasgerectificeerde Knight had gevonden en nu pogingen deed om vriendschap met hem te kweken.

Anderton-Pullitt was ook terug; zijn bijna-doodervaring leek hem geen kwaad gedaan te hebben en hij had een nieuw boek over vliegtuigen uit de Eerste Wereldoorlog waarmee hij ons kon plagen. Wat mijzelf betreft: het kon slechter. Ik zei iets van dien aard tegen Dianne Dare toen ze zich afvroeg of het wel verstandig was dat ik zo snel weer aan het werk was gegaan, en ook later tegen Pat Bishop, die me ervan beschuldigde dat ik er moe uitzag.

Ik moet zeggen dat hij er zelf momenteel ook niet al te best uitziet. Eerst dat gedoe met Fallow, toen die scène met Anderton-Pullitt en ten slotte deze kwestie met Knight... Ik had van Marlene gehoord dat Pat meer dan eens in zijn kantoor sliep en nu zag ik dat zijn gezicht roder was dan anders en dat zijn ogen bloeddoorlopen waren. Uit de manier waarop hij me benaderde, maakte ik op dat het nieuwe hoofd hem eropuit had gestuurd om me te peilen en ik merkte wel dat Bishop daar niet blij mee was. Als tweede meester ressorteert hij echter onder het hoofd, hoe hij ook over de zaak denkt.

'Je ziet er doodmoe uit, Roy. Weet je zeker dat je wel hier zou moeten zijn?'

'Met mij is niets mis. Althans, niet iets wat een goede strenge verpleegster niet zou kunnen genezen.'

Hij lachte niet. 'Na wat er gebeurd is, dacht ik dat je minstens een week of twee zou nemen.'

Ik begreep waar hij heen wilde. 'Er is niets gebeurd,' zei ik kort.

'Dat is niet waar. Je hebt een licht hart...'

'Zenuwen. Niets dan zenuwen.'

Hij zuchtte. 'Roy, wees nou eens een beetje redelijk.'

'Lees me niet de les, Pat. Ik ben niet een van je jongens.'

'Doe niet zo rot,' zei Pat. 'We dachten alleen maar...'

'Jij, het hoofd en Strange...'

'We dachten alleen maar dat een beetje rust goed voor je was.'

Ik keek hem aan, maar hij wilde me niet recht aankijken. 'Een beetje rust?' zei ik. Ik begon me te ergeren. 'Ja, ik zie wel in dat het heel goed uit zou komen als ik een paar weken vrij zou nemen. Zodat de boel een beetje tot rust kan komen. Zodat jij de kans krijgt een paar plooien glad te strijken. Misschien de weg te plaveien voor een paar van de nieuwe ontwikkelingen van meneer Strange.'

Ik had gelijk en dat maakte hem kwaad. Hij zei niets, maar ik merkte dat hij dat wel wilde, en zijn gezicht, dat al rood was, werd nog dieper rood. 'Je wordt trager, Roy,' zei hij. 'Zie het nu maar onder ogen: je vergeet van alles. En je bent niet de jongste meer.'

'Wie wel?'

Hij fronste zijn voorhoofd. 'Er is sprake van dat je misschien geschorst wordt.'

'O, ja?' Dat kwam van Strange, of misschien van Devine, met het oog op lokaal 59 en de laatste buitenpost van mijn kleine imperium. 'Je hebt hun vast wel verteld wat er zou gebeuren als ze dat probeerden. Schorsen zonder formele waarschuwing?' Ik ben geen vakbondsman, maar Zuurpruim wel, en het hoofd ook. 'Wie zich door de wet laat leven, zal door de wet sterven. En dat weten ze.'

Wederom keek Pat me niet recht aan. 'Ik had gehoopt dat ik het je niet zou hoeven vertellen,' zei hij. 'Maar je laat me geen keus.'
'Me wat vertellen?' zei ik, terwijl ik het antwoord al wist.
'Er is een waarschuwing opgesteld,' zei hij.
'Opgesteld? Door wie?' Alsof ik dat niet wist. Strange natuurlijk: de man die mijn afdeling al had gedevalueerd, mijn rooster had ingekrompen en die nu hoopte dat hij me te ruste zou kunnen leggen terwijl de Pakken en Baarden de wereld overnamen.
Bishop zuchtte. 'Moet je horen, Roy. Je bent niet de enige die problemen heeft.'
'Daar twijfel ik niet aan,' zei ik. 'Maar sommigen van ons...'
Sommigen van ons krijgen meer betaald om ze af te handelen, maar het is wel waar dat we zelden over het privé-leven van onze collega's nadenken. Kinderen, geliefden, thuissituaties. De jongens zijn altijd verbaasd als ze ons in een context buiten St. Oswald zien – terwijl we boodschappen doen bij de supermarkt, bij de kapper, in de kroeg. Verbaasd en licht verrukt, alsof ze een beroemdheid op straat hebben gezien. *Ik heb u zaterdag in de stad gezien, meneer!* Alsof ze dachten dat we tussen vrijdagavond en maandagmorgen als toga's achter de deur van het klaslokaal hingen.

Ik ben daar eerlijk gezegd zelf wel een beetje schuldig aan. Maar toen ik Bishop vandaag zo zag – hem écht zag, met zijn rugbylijf half omgezet in vet, ondanks zijn dagelijkse looptraining, en met zijn betrokken gezicht, het gezicht van een man die nooit echt begrepen heeft hoe snel veertien veranderde in vijftig – kreeg ik onverwachts een gevoel van medeleven.
'Luister, Pat. Ik weet dat je...'
Maar Bishop had zich al omgedraaid en slofte de bovengang door, de handen in de zakken, de brede schouders lichtelijk gebogen. Het was een pose. Ik had hem al vele malen die houding zien aannemen wanneer het schoolrugbyteam had verloren van St. Henry, maar ik kende Bishop te goed om te geloven dat het verdriet dat zijn houding uitdrukte meer dan een pose was. Nee, hij was boos. Misschien op zichzelf – hij is een goed mens, ook al is hij een verlengstuk van het hoofd –, maar bovenal om mijn gebrek aan medewerking, schoolgeest en begrip voor zijn eigen lastige positie.

O, ik had met hem te doen, maar je wordt geen tweede meester in een school als St. Oswald zonder af en toe op een probleempje te stuiten.

Hij weet dat het hoofd maar al te graag een zondebok van me zou willen maken – ik heb tenslotte geen carrière meer voor me en bovendien ben ik duur en nader ik de pensioengerechtigde leeftijd. Het zou voor velen een opluchting zijn als ik vervangen werd, door een jonge vent, een Zakenpak, opgeleid in de IT, iemand die vele cursussen gedaan heeft en geknipt is om snel promotie te maken. Eindelijk een excuus om zonder al te veel gedoe van die ouwe Straitley af te komen. Een waardige pensionering wegens een slechte gezondheid, een zilveren plaquette, een gesloten envelop en een vleiende toespraak in de docentenkamer.

Wat de kwestie-Knight en de rest aangaat: ach, wat is er nu gemakkelijker dan – heel stilletjes – de schuld te geven aan een voormalige collega? Iemand van vóór jouw tijd, iemand van de oude stempel, een ontzettend goeie vent, hoor, maar een beetje vastgeroest, niet iemand die goed samenwerkt. Niet een van ons.

Nou, dat is dan pech, meneer de directeur. Ik ben niet van plan zonder slag of stoot met pensioen te gaan. En wat je schriftelijke waarschuwing betreft: *Pone ubi sol non lucet*. Ik haal mijn eeuw, of sneef op weg ernaartoe. Op naar de erelijst.

Ik was nog steeds in een strijdlustige stemming toen ik vanavond naar huis ging, en de onzichtbare vinger was terug en porde zachtjes maar aanhoudend in mijn borstbeen. Ik nam twee van de pillen die Bevans had voorgeschreven en spoelde ze weg met een kleine hoeveelheid medicinale sherry, alvorens het werk van een vijfde klas te gaan nakijken. Toen ik klaar was, was het al donker. Om zeven uur stond ik op om de gordijnen dicht te doen, toen een beweging in de tuin mijn aandacht trok. Ik boog me naar het raam.

Ik heb een lange, smalle tuin, kennelijk een overblijfsel uit de tijd waarin het land nog in stroken werd bewerkt, met aan de ene kant een heg en aan de andere een muur; er staat een aantal verschillende struiken in en daartussenin groeien min of meer lukraak groenten. Helemaal achterin staat een grote, oude wilde kastanje die deels over Dog Lane heen steekt, die van de achtertuin gescheiden is door een schutting. Onder de boom bevinden zich een stukje mosachtig gras waarop ik 's zomers graag zit (of zat, voordat overeind komen zo lastig werd) en een kleine, vervallen schuur waarin ik het een en ander bewaar.

Er is nog nooit bij me ingebroken. Ik veronderstel dat ik niets heb wat echt de moeite van het stelen waard is, tenzij je de boeken meetelt, die door de criminele broederschap doorgaans als waardeloos worden beschouwd. Maar Dog Lane heeft een naam: er is op de hoek een kroeg, die herrie geeft, aan het eind een snackbar, die rommel geeft, en natuurlijk dichtbij de Sunnybank Park-scholengemeenschap, die bijna alles geeft wat je je maar voor kunt stellen, inclusief herrie, rommel en tweemaal daags een gestamp langs mijn huis waar zelfs de meest ongedisciplineerde Ozzie nog bij verbleekt. Ik laat dit meestal maar gebeuren. Ik doe zelfs alsof ik niet zie dat er tijdens het kastanjeseizoen af en toe een indringer over de schutting springt. Een wilde kastanje in oktober is van iedereen, ook van de Sunnybankers.

Maar dit was anders. Om te beginnen was de school allang uit. Het was donker en tamelijk koud, en de beweging die ik had opgevangen had iets onaangenaam stiekems.

Ik drukte mijn gezicht tegen het raam en zag drie of vier gedaanten achter in de tuin, niet groot genoeg voor volwassenen. Jongens dus. Ik kon hun stemmen nu heel vaag door het glas horen.

Dat verbaasde me. Meestal zijn kastanjedieven snel en onopvallend. De meeste mensen in het laantje kennen mijn beroep en respecteren het, en de Sunnybankers die ik heb aangesproken op hun gedrag, hebben zelden of nooit opnieuw afval weggegooid.

Ik tikte snel op het raam. Nu zouden ze wel wegrennen, dacht ik, maar in plaats daarvan bleven ze bewegingsloos staan en een paar seconden later hoorde ik – onmiskenbaar – onder de kastanjeboom jouwende geluiden.

'Nu is het welletjes geweest.' In vier grote stappen was ik bij de deur. 'Hé daar!' riep ik met mijn beste schoolmeestersstem. 'Wat zijn jullie daar aan het uitspoken?'

Ik hoorde nog meer gelach uit de tuin komen. Er renden er twee weg, denk ik – ik zag even hun contouren tegen het neonlicht afgetekend staan toen ze over de schutting klommen. De andere twee bleven staan; ze voelden zich veilig in het donker en gerustgesteld door de lengte van het smalle pad.

'Ik zei: "Wat doen jullie daar?"' Het was voor het eerst sinds jaren dat een jongen, zelfs een Sunnybanker, me uitdaagde. Ik voelde een golf van adrenaline door me heen slaan en de onzichtbare vinger porde weer in me. 'Kom onmiddellijk hier!'

'Want anders?' De stem was brutaal en jong. 'Dacht je dat je me kon pakken, dikke klootzak?'

'Vergeet dat maar, hij is te oud!'

De woede maakte me snel: ik rende over het pad als een buffel, maar het was donker, het pad was glibberig en mijn voet, die in een pantoffel met leren zool gestoken was, gleed naar opzij, waardoor ik mijn evenwicht verloor.

Ik viel niet, maar het scheelde niet veel. Ik verstuikte mijn knie en toen ik omkeek naar de twee jongens die waren achtergebleven, klommen ze al, molenwiekend en lachend, als lelijke vogels die opstijgen, over de schutting.

8

Jongensgymnasium St. Oswald
Donderdag 14 oktober

HET WAS EEN ONBEDUIDEND VOORVAL, EEN KLEINE IRRITATIE, MEER niet. Er werd geen schade aangericht. En toch – er was een tijd waarin ik die jongens zou hebben gepakt, wat ik er ook voor moest doen, en ze bij de oren zou hebben teruggesleept. Nu niet, natuurlijk. Sunnybankers kennen hun rechten. En toch was het lang geleden dat mijn gezag zo opzettelijk aan het wankelen was gebracht. Jongens kunnen zwakte ruiken. Dat kunnen ze allemaal. Het was ook fout geweest om zo te rennen, in het donker, vooral na wat Bevans tegen me had gezegd. Het had iets overhaasts en onwaardigs. Een beginnende-leraarsfout. Ik had Dog Lane in moeten sluipen en hen moeten pakken toen ze over de schutting klommen. Het waren maar jongens – dertien of veertien, aan hun stemmen te horen. Sinds wanneer laat Roy Straitley zich ringeloren door een paar jongens?

Ik tobde daar langer over dan zinvol was. Misschien sliep ik daarom zo slecht, misschien kwam het door de sherry, of misschien zat het gesprek met Bishop me nog steeds dwars. Hoe dan ook: ik werd niet verkwikt wakker; ik waste me, kleedde me aan, maakte toast, dronk een kop thee en wachtte ondertussen op de postbode. En ja hoor, om halfacht klepperde de brievenbus en daar was inderdaad het betype briefpapier van St. Oswald, ondertekend door E. Gray, schoolhoofd, BA *(Hons)*, en dr. B.D. Pooley, voorzitter van de raad van bestuur. Het duplicaat, zo werd vermeld, zou een jaar lang in mijn persoonlijke dossier bewaard worden, waarna het verwijderd zou worden op voorwaarde dat er geen nieuwe klacht(en) waren ingediend en het het schoolbestuur goeddunkte, blablabla-het-zal-wel-bla.

Op een doodgewone dag zou het me niets gedaan hebben. De vermoeidheid maakte me echter kwetsbaar en zonder enig enthousiasme en met een knie die nog pijn deed van de tegenspoed van de vorige avond ging ik te voet op weg naar St. Oswald. Zonder te weten waarom nam ik een kortere weg via Dog Lane, misschien om te kijken of de indringers sporen hadden nagelaten.

Toen zag ik het. Ik had het niet over het hoofd kunnen zien: een swastika, met dikke rode viltstift op de zijkant van de schutting aangebracht, en daaronder in uitbundige letters de naam HITLER. Dat was dus recent en bijna zeker het werk van de Sunnybankers van de avond ervoor, als het inderdaad Sunnybankers waren. Maar ik was de karikatuur die op het schoolprikbord was gehangen, die striptekening van mij als een dikke nazi met universiteitsbaret, niet vergeten, evenals het feit dat ik er toen van overtuigd was dat Knight erachter zat.

Kon Knight erachter zijn gekomen waar ik woonde? Dat was niet zo moeilijk: mijn adres staat in de schoolgids en tientallen jongens moesten me weleens naar huis hebben zien lopen. Desondanks kon ik niet geloven dat Knight, uitgerekend Knight, iets dergelijks zou durven doen.

Lesgeven is natuurlijk een spelletje bluf, maar er zou een betere speler dan Knight aan te pas moeten komen om me tegen te houden. Nee, het moest toeval zijn, bedacht ik, een kliedergrage Sunnybank Parker die, toen hij naar huis slofte om zijn patat met vis te eten, mijn aardige schone schutting zag en het onbezoedelde oppervlak maar niks vond.

In het weekend zal ik het schuren en overschilderen met glansverf. Dat moest toch al en zoals elke leraar weet, lokt de ene graffito de andere uit. Maar toch had ik toen ik naar St. Oswald liep, onwillekeurig het gevoel dat alle onaangenaamheden van de afgelopen weken – Fallowgate, de campagne van de *Examiner*, het voorval van de vorige avond, de belachelijke pinda van Anderton-Pullitt en zelfs de vormelijke brief van het hoofd van vanmorgen – op de een of andere obscure, irrationele manier met elkaar in verband stonden, en dat niet toevallig.

Op scholen wemelt het van het bijgeloof, net als op schepen, en op St. Oswald is dat nog erger. De geesten misschien, of de rituelen en tradities die de oude wielen krakend houden. Maar dit trimester heeft vanaf het begin niets dan pech gebracht. Er is een Jonas aan boord. Wist ik maar wie.

Toen ik vanmorgen de docentenkamer binnenkwam, was het er verdacht stil. Men moest voor mijn komst gewaarschuwd zijn, want de hele dag vielen de gesprekken stil telkens wanneer ik binnenkwam en er was een zekere glans in Zuurpruims oog te bespeuren die voor een zeker iemand niet veel goeds voorspelde.

De Volkenbond meed me, Grachvogel maakte een steelse indruk, Scoones was afstandelijker dan ooit en zelfs Pearman leek niet erg vrolijk. Ook Kitty leek het heel druk te hebben – ze groette me nauwelijks terug toen ik binnenkwam, en dat zat me nogal dwars: Kitty en ik zijn altijd goede maatjes geweest en ik had gehoopt dat daar geen verandering in was gekomen. Volgens mij was er niets veranderd, want per slot van rekening hebben de kleine tegenslagen van de afgelopen week niets met haar te maken gehad, maar op haar gezicht was beslist iets te lezen toen ze opkeek en me zag. Ik ging met mijn thee naast haar zitten (de verdwenen jubileummok was vervangen door een effen bruine van thuis), maar ze leek verdiept in haar stapel boeken en zei haast geen woord.

De lunch was een triest geheel van groenten, dankzij de wraakzuchtige Bevans, gevolgd door een suikerloze kop thee. Ik nam de kop mee naar lokaal 59, hoewel de meeste jongens buiten waren, behalve Anderton-Pullitt, die blij verdiept was in zijn boek over aeronautiek, en Waters, Pink en Lemon, die rustig in een hoek zaten te kaarten.

Ik was ongeveer tien minuten aan het nakijken, toen ik opkeek en Konijn Meek naast mijn bureau zag staan met een roze papiertje in zijn hand en een blik van haat en onderdanigheid op zijn bleke, bebaarde gezicht.

'Vanmorgen kreeg ik dit papiertje, meneer,' zei hij, mij het papier toestekend. Hij heeft me mijn tussenkomst in zijn les nooit vergeven, evenals het feit dat ik hem in bijzijn van de jongens verne-

derd zag worden. Dientengevolge spreekt hij me aan met 'meneer', net als een leerling, en is zijn stem vlak en kleurloos, als die van Knight.
'Wat is het?'
'Een beoordelingsformulier, meneer.'
'O, goden. Dat was ik vergeten.' Natuurlijk, het is de tijd van de personeelsbeoordelingen; de hemel verhoede dat we de hele papierwinkel niet vóór de officiële inspectie in december doorgewerkt hebben. Het nieuwe hoofd is altijd een groot voorstander van interne beoordelingen geweest, zoals ingevoerd door Bob Strange, die ook meer bijscholing, jaarlijkse managementcursussen en prestatieloon wil. Ik zie er niets in: je resultaten zijn nu eenmaal zo goed als de jongens die je lesgeeft, maar het houdt Bob uit de klas, en daar gaat het maar om.

Het algemene principe van een beoordeling is simpel: elk aankomend personeelslid wordt individueel in de klas geobserveerd en beoordeeld door een leraar met een langere staat van dienst, en elk sectiehoofd wordt beoordeeld door een jaarhoofd en elk jaarhoofd door een onderhoofd, dat wil zeggen: door Pat Bishop of Bob Strange. De tweede en derde meester worden beoordeeld door het hoofd zelf (hoewel Strange zo weinig tijd in de klas doorbrengt dat je je afvraagt waarom men de moeite neemt). Het hoofd, dat aardrijkskundige is, geeft nauwelijks les, maar besteedt veel tijd aan cursussen en lezingen geven over rassendiscriminatie en drugs aan leerlingen van de pedagogische academie.

'Er staat hier dat u vanmiddag bij mij observeert,' zei Meek. Hij leek er niet zo blij mee. 'Derde klas computerkunde.'

'Bedankt, meneer Meek.' Ik vroeg me af welke grapjas besloten had me op te laten letten bij computerkunde. Maar ach, ik wist wel wie. En dan ook nog bij Meek. Enfin, daar gaat mijn vrije lesuur, dacht ik.

Er zijn van die dagen in een leraarsloopbaan waarop alles misgaat. Ik kan het weten, ik heb er aardig wat meegemaakt – dagen waarop je het best maar naar huis kunt gaan en in bed kunt gaan liggen. Vandaag was zo'n dag: een absurde opeenstapeling van tegenslagen en ergernissen, van rommel en zoekgeraakte boeken, gekibbel, onwelkome administratieve taken, extra verplichtingen en louche opmerkingen in gangen.

Een aanvaring met Eric Scoones over wangedrag van Sutcliff, mijn klassenboek (nog steeds weg, wat problemen geeft met Marlene), wind (nooit welkom), een lek in het jongenstoilet, waardoor een deel van de middengang overstroomde, Knight die onverklaarbaar in zijn nopjes was, dr. Devine idem dito, door het lek een aantal irritante lokaalwisselingen die (o, goden!) per e-mail doorgegeven waren aan alle personeelscomputers, waardoor ik te laat was voor mijn invalles van die ochtend – geschiedenis, ter vervanging van de afwezige Roach.

Als je een lange staat van dienst hebt, heeft dat zo zijn voordelen. Een daarvan is dat je een gevestigde reputatie hebt streng te zijn en dat het zelden moeilijk is de orde te handhaven. Dit nieuws verspreidt zich – met Straitley valt niet te spotten – en dat bezorgt allen een rustig bestaan. Vandaag ging het anders. Ach, het gebeurt weleens, en als het op een andere dag gebeurd was, zou ik misschien heel anders gereageerd hebben. Maar het was een grote groep, een laagniveaugroep derdeklassers – vijfendertig jongens en daarbij geen enkele leerling die Latijn had. Ze kenden me alleen van mijn reputatie, en die zal er niet beter op zijn geworden na het recente artikel in ons lokale blad.

Ik kwam tien minuten te laat en de klas was al rumoerig. Er was geen werk opgedragen en toen ik binnenkwam, verwachtend dat de jongens zwijgend zouden gaan staan, keken ze alleen maar in mijn richting en gingen ze gewoon door met datgene waarmee ze bezig waren. Er werd gekaart, er werd gepraat en er was achterin een felle discussie, waarbij stoelen omgegooid werden, en er hing een sterke kauwgomgeur.

Ik had niet kwaad moeten worden. Een goede leraar weet dat je geveinsde boosheid en echte boosheid hebt – de geveinsde is *fair play* en hoort bij het blufarsenaal van de goede leraar, maar de echte moet te allen tijde verborgen worden, opdat de jongens, die zo goed zijn in het manipuleren van hun leraren, niet doorhebben dat ze een punt hebben gescoord.

Maar ik was moe. De dag was slecht begonnen, de jongens kenden me niet en ik was nog steeds boos over het incident van de vorige avond in mijn achtertuin. Die hoge, jonge stemmen – 'Vergeet dat maar, hij is te oud!' – hadden maar al te bekend, al te plausibel geklonken om zomaar even af te doen. Een jongen keek naar me op en wendde zich tot zijn bankgenoot. Ik dacht dat ik onder akelig gelach iets opving als: 'Nog een nootje, meneer?'

En dus trapte ik, als een beginneling, als een stagiair, in de oudste truc die er is: ik raakte mijn zelfbeheersing kwijt.

'Heren, stilte.' Meestal werkt dat. Deze keer niet. Ik zag een groep jongens achterin openlijk lachen om de haveloze toga die ik na mijn pauzedienst van die ochtend vergeten was uit te trekken.

'Nog een nootje, meneer?' hoorde ik (of meende ik te horen), en het scheen me toe dat het nu nog harder klonk.

'Ik heb "Stilte!" gezegd,' brulde ik – onder gewone omstandigheden een imposant geluid, maar ik was Bevans en zijn advies om het rustig aan te doen even vergeten, en de onzichtbare vinger porde me onder het brullen in het borstbeen. De jongens achterin grinnikten en irrationeel genoeg vroeg ik me af of er jongens bij waren die ik gisteravond had gezien – *Dacht je dat je me kon pakken, dikke klootzak?*

Tja, in zo'n situatie vallen er onvermijdelijk slachtoffers. In dit geval moesten er acht tijdens de lunchpauze nablijven, wat misschien inderdaad een tikje overdreven was, maar een leraar mag zelf zijn strafmaatregelen bepalen en er was geen reden waarom Strange had hoeven ingrijpen. Maar dat deed hij wel: hij liep op het verkeerde moment langs het lokaal; hij hoorde toevallig mijn stem en keek door het glas, precies op het moment waarop ik een van de grinnikende jongens aan de mouw van zijn blazer omkeerde.

'Meneer Straitley!' Natuurlijk raakt tegenwoordig niemand een leerling aan.

Het werd stil. De mouw van de jongen was gescheurd bij de oksel. 'U hebt hem gezien, meneer. Hij sloeg me.'

Ze wisten dat hij dat niet had gedaan. Zelfs Strange wist het, maar zijn gezicht bleef onbewogen. De onzichtbare vinger duwde weer. De jongen, Pooley heette hij, hield zijn gescheurde blazer omhoog. 'Die was gloednieuw!'

Dat was hij niet, dat kon iedereen zien. De stof was glanzend van ouderdom, de mouw zelf was een beetje kort. Een blazer van vorig jaar, aan vervanging toe. Maar ik was te ver gegaan, dat zag ik wel. 'Misschien kun je meneer Strange daar alles over vertellen,' opperde ik, en ik keerde terug naar de nu stille klas.

De derde meester wierp me een reptielachtige blik toe.

'O ja, wanneer u klaar bent met meneer Pooley, wilt u hem dan terugsturen?' vroeg ik. 'Ik moet nog regelen dat hij nablijft.'

Er zat voor Strange nu niets anders meer op dan weggaan, met medeneming van Pooley. Ik denk dat hij het niet erg leuk vond door een collega weggestuurd te worden, maar ja, hij had ook niet tussenbeide moeten komen. Toch had ik het gevoel dat hij het er niet bij zou laten zitten. Het was een te mooie kans, en voor zover ik me herinnerde (hoewel te laat), was de jonge Pooley de oudste zoon van dr. B.D. Pooley, voorzitter van het schoolbestuur, wiens naam ik onlangs nog was tegengekomen op een formele schriftelijke waarschuwing.

Enfin, daarna was ik zo van slag dat ik naar het verkeerde lokaal ging voor de beoordeling van Meek en binnenkwam toen de les al twintig minuten bezig was. Iedereen keerde zich om om naar me te kijken, behalve Meek. Zijn bleke gezicht stond strak van de afkeuring.

Ik ging achterin zitten; iemand had een stoel voor me klaargezet met het roze beoordelingsformulier erop. Ik nam het door. Het was het gebruikelijke hokjeswerk: planning, beheersing lesstof, stimulans, enthousiasme, overwicht. Cijfers van een tot en met vijf, plus ruimte voor commentaar, als een hotelvragenlijst.

Ik vroeg me af wat voor mening ik diende te hebben, maar het was rustig in de klas, op een paar elleboogporders achterin na. Meeks stem was iel en schel, de computerschermen gedroegen zich naar behoren en creëerden de hoofdpijnopwekkende patronen die kennelijk het onderwerp van de oefening vormden. Al met al ging het best goed, leek me; ik glimlachte bemoedigend naar de arme Meek en vertrok vroeg in de hoop nog even een kop thee te kunnen nemen voordat de volgende les begon, en ik stopte het roze papiertje in het postvakje van de derde meester.

Toen ik dat deed, merkte ik dat er bij mijn voeten iets op de grond lag. Het was een rood notitieboekje in zakformaat met harde kaft. Ik sloeg het even open en zag dat het half volgeschreven was in een kriebelig handschrift. Op het schutblad las ik de naam C. KEANE.

Aha, Keane. Ik keek om me heen in de docentenkamer, maar de nieuwe leraar Engels was er niet. Ik stak het boekje dus maar in mijn zak, met de bedoeling het later aan Keane terug te geven. Niet echt slim, zoals later bleek. Maar ja, je weet wat ze zeggen: wie aan deuren luistert, hoort niets goeds over zichzelf.

Elke leraar doet het: aantekeningen over jongens maken, over lijsten en taken, over kleine en grote grieven. Je kunt bijna evenveel over een collega vertellen aan de hand van zijn notitieboek als aan de hand van zijn mok – dat van Grachvogel is netjes en is een kleurgecodeerde reclame voor orde, dat van Kitty is een doodgewone zakagenda, en dat van Devine een indrukwekkend zwart boek waar weinig in staat. Scoones gebruikt nog dezelfde groene rekeningenboeken die hij al sinds 1961 gebruikt, de Volkenbond heeft planners van een christelijke liefdadigheidsinstelling en Pearman een stapel losse papieren, plakbriefjes en gebruikte enveloppen.

Toen ik het ding eenmaal geopend had, kon ik de verleiding niet weerstaan om ook even in het notitieboekje van de jonge Keane te kijken, en tegen de tijd dat ik me realiseerde dat ik er niet in zou moeten lezen, was ik al verkocht.

Natuurlijk wist ik al dat de man schreef. En hij heeft ook iets van een schrijver: dat enigszins zelfgenoegzame van de toevallige observant die zich tevredenstelt met toezien, omdat hij weet dat hij toch niet lang blijft. Wat ik niet had vermoed, was hoeveel hij al had gezien: de kibbelarijtjes, de rivaliteit, de geheimpjes van de dynamiek in de docentenkamer. Er stonden bladzijden vol mee, dichtbeschreven in een handschrift dat zo klein was dat het nauwelijks leesbaar was: karakterstudies, schetsen, opgevangen opmerkingen, roddel, geschiedenis, nieuws.

Ik keek de bladzijden door, mijn ogen inspannend om het minuscule schrift te ontcijferen. Fallowgate stond erin, en het pindaincident, en ook het kopje 'Favorieten'. Er stond een beetje schoolgeschiedenis in: ik zag de namen Snyde, Pinchbeck en Mitchell naast een opgevouwen krantenartikel over dat trieste verhaal van toen. Daarbij een stukje van een kleurenfotokopie van een foto van een schoolsportdag – jongens en meisjes die in kleermakerszit op het gras zitten – en een slechte foto van John Snyde, waarop hij eruitzag als een crimineel, zoals de meeste mannen wanneer je hen op de voorpagina van een krant ziet.

Verder waren er een paar pagina's gewijd aan striptekeningetjes, voornamelijk karikaturen. Ik zag het hoofd, stram en ijzig, de Don Quichot bij Bishops Sancho. Ik zag Bob Strange, een hybride halfmens die met draden aan zijn computer gekoppeld was. Mijn eigen Anderton-Pullitt stond erin, met vliegbril en vlieghelm. Knights schooljongensverliefdheid op een nieuwe leerkracht werd genadeloos aan de kaak gesteld. Juffrouw Dare was afgebeeld als een schooljuf met bril en kousen, met Scoones als haar grommende rottweiler. Ook ik stond erin, met bochel en zwart gewaad, uit de klokkentoren slingerend met Kitty, als een mollige Esmeralda, onder mijn arm.

Dat ontlokte me een glimlach, maar het gaf me ook een ongemakkelijk gevoel. Ik geloof dat ik altijd een zwak voor Kitty Teague heb gehad. Niets onfatsoenlijks, hoor, maar ik had me nooit gerealiseerd dat het zo verdomde duidelijk was. Ik vroeg me ook af of Kitty het had gezien.

Ik vervloekte de man. Had ik niet van meet af aan geweten dat hij een bijdehante nieuwkomer was? En toch had ik hem gemogen. Mocht ik hem eerlijk gezegd nog steeds.

R. Straitley: Latijn. Oudgediende. St. Oswald toegewijd. In de zestig, rookt, te zwaar, knipt zijn eigen haar. Draagt elke dag hetzelfde bruine tweedjasje met elleboogstukken (dát is niet waar, wijsneus: ik draag op de laatste schooldag en op begrafenissen een blauw pak), *hobby's onder meer de leiding pesten en met de lerares Frans flirten. Jongens toch erg op hem gesteld.* (Je vergeet Colin Knight.) *Albatros om nek van B. Strange. Steekt geen kwaad in.*

Dat bevalt me. *Steekt geen kwaad in* – nee maar!

Toch kon het erger. Bij Penny Nation las ik: *giftige wereldverbeteraar* en bij Isabelle Tapi: *Franse del.* Je kunt niet ontkennen dat de man zich weet uit te drukken. Ik had door willen lezen, maar op dat moment ging de bel voor de presentielijst, en ik stopte het boekje met enige tegenzin in de la van mijn bureau, in de hoop het op mijn gemak uit te kunnen lezen.

Het is er nooit van gekomen. Toen ik aan het eind van de schooldag weer aan mijn bureau ging zitten, was de la leeg en het notitieboekje verdwenen. Destijds nam ik aan dat Keane, die net als Dianne af en toe mijn lokaal gebruikt, het gevonden had en had teruggenomen. Ik heb het hem om voor de hand liggende redenen nooit gevraagd. Pas later, toen de schandalen een voor een losbarstten, begon ik een verband te leggen tussen het rode notitieboekje en de alomtegenwoordige Mol, die de school zo goed kende en zoveel inzicht in onze onschuldige kleine gewoonten had.

9

Vrijdag 15 oktober

WEER EEN GESLAAGDE WEEK, VIND IK. NIET IN HET MINST VANWEGE de ontdekking van dat notitieboekje, met zijn belastende inhoud. Ik veronderstel dat Straitley er het een en ander van gelezen zal hebben, maar waarschijnlijk niet alles. Het handschrift is te kriebelig voor zijn oude ogen, en bovendien zou ik, als hij enige achterdochtige conclusies had getrokken, het al aan zijn manier van doen gemerkt hebben. Toch zou het onverstandig zijn het boekje te houden, dat zie ik wel; ik verbrandde het gewraakte voorwerp dus, niet zonder pijn, voordat het aan vijandige ogen blootgesteld kon worden. Ik moet het probleem misschien nog eens bekijken, maar niet vandaag. Vandaag heb ik andere dingen aan mijn hoofd.

Het is alweer half oktober en ik ben van plan in de herfstvakantie druk bezig te zijn, en dan heb ik het niet alleen maar over werk nakijken. Nee, de volgende week zal ik bijna dagelijks op school zijn. Ik heb de goedkeuring van Pat Bishop, die het ook moeilijk vindt om weg te blijven, en van meneer Beard, het hoofd van de IT-afdeling, met wie ik een niet-officiële regeling heb getroffen.

Allemaal volkomen onschuldig: per slot van rekening is mijn belangstelling voor technologie niet nieuw en ik weet uit ervaring dat ik het best gedekt ben wanneer ik openlijk te werk ga. Bishop keurt het uiteraard goed: hij weet niet echt veel van computers af, maar houdt op zijn vaderlijke manier toezicht op me en wipt af en toe zijn kantoor uit om te kijken of ik hulp nodig heb.

Ik ben geen briljante leerling. Een paar elementaire faux pas geven me het aanzien van iemand die bereidwillig, maar niet echt kundig is, wat Bishop de kans geeft zich superieur te voelen en wat mij extra dekking biedt, mocht ik die nodig hebben. Ik betwijfel het: als er later ooit vragen bij mijn aanwezigheid worden gesteld, weet ik dat ik erop kan vertrouwen dat Pat zal zeggen dat ik gewoon niet over de nodige deskundigheid beschik.

Iedere leerkracht van St. Oswald heeft een e-mailadres. Dit bestaat uit de eerste twee of drie initialen, gevolgd door het adres van de schoolwebsite. In theorie moet elke leerkracht zijn of haar e-mail tweemaal per dag bekijken, voor het geval er een urgente memo van Bob Strange is, maar in de praktijk zijn er mensen die dat nooit doen. Roy Straitley en Eric Scoones horen daarbij; nog vele anderen gebruiken het systeem, maar hebben niet de moeite genomen hun mailbox te personaliseren en hebben het standaardwachtwoord (PASSWORD) dat hun toegang tot hun e-mail verschaft gehouden. Zelfs mensen als Bishop, die zich inbeelden dat ze minder digibetisch zijn dan de rest, zijn aardig voorspelbaar: Bishop gebruikt een rugbykreet en zelfs Strange, die beter zou moeten weten, heeft een reeks gemakkelijk te raden codes (de meisjesnaam van zijn vrouw, zijn geboortedatum enzovoort.)

Niet dat ik veel heb hoeven raden. Fallow, die de faciliteiten elke nacht gebruikte, had in de portiersloge een notitieboekje met gebruikerscodes, evenals een doos met diskettes (materiaal dat hij van internet gedownload had), die door niemand aan een onderzoek was onderworpen. Door zijn spoor terug te volgen (onder een andere gebruikersnaam), lukte het me een heel overtuigend nieuw spoor te leggen. Beter nog: door de firewall van het schoolcomputernetwerk een paar minuten lam te leggen en dan vanaf een van mijn hotmailadressen een zorgvuldig voorbereide bestandsbijlage naar admin@saintoswald.com te sturen, kon ik een eenvoudig virus invoeren, dat eerst in het systeem sluimerde en dan na een paar weken ineens dramatisch in actie zou komen.

Niet het meest opwindende werk, ik weet het. Toch genoot ik ervan. Die avond vond ik dat ik het wel een beetje mocht vieren: een avond vrij, een paar drankjes in de Thirsty Scholar. Dat bleek een vergissing te zijn: ik had me niet gerealiseerd hoeveel collega's, en leerlingen, daar regelmatig komen. Ik was nog maar halverwege mijn eerste drankje toen ik een groepje in de gaten kreeg: ik herkende Jeff Light, Gerry Grachvogel en Robbie Roach, de langharige geschiedkundige, met een paar zeventien- of achttienjarigen, die zesdeklassers van St. Oswald zouden kunnen zijn.

Ik had niet verbaasd moeten zijn – het is geen geheim dat Roach graag met de jongens omgaat. Light ook. Grachvogel maakte daarentegen een steelse indruk, maar dat doet hij altijd, en hij is in ieder geval zo verstandig te beseffen (zoals Straitley dat zegt) dat er nooit veel goeds van komt als je op te goede voet met de troepen staat.

Ik was in de verleiding te blijven. Er was geen reden om verlegen te zijn, maar de gedachte met hen te moeten meedoen, 'me eens even lekker te laten gaan', zoals die vreselijke Light dat zou zeggen, 'en een paar pintjes te pakken' was beslist onaangenaam. Gelukkig zat ik bij de deur en kon ik snel en ongezien wegkomen.

Ik herkende Lights auto, een zwarte Probe, in het steegje naast het café, en ik speelde met de gedachte het zijraampje stuk te slaan, maar er konden beveiligingscamera's op straat zijn, dacht ik, en het zou zinloos zijn ontmaskering te riskeren voor een domme opwelling. In plaats daarvan legde ik de lange weg naar huis lopend af. Het was zacht weer en bovendien had ik me voorgenomen nog eens naar de schutting van Roy Straitley te kijken.

Hij had de graffiti al verwijderd. Ik was niet verbaasd, ook al kon hij het vanuit zijn huis in feite niet zien. Het simpele feit dat ze er waren moet hem al dwarsgezeten hebben, net als het hem dwarszat dat de jongens zouden kunnen terugkomen. Misschien regel ik het wel, gewoon om zijn gezicht te zien, maar niet vanavond. Vanavond had ik recht op iets beters.

Dus ging ik naar huis, naar mijn bebloemde kamer, waar ik mijn tweede fles champagne opende (ik heb een krat van zes en het is de bedoeling dat ze met de kerst allemaal leeg zijn), wat noodzakelijke correspondentie afwerkte, daarna naar de telefooncel buiten ging en kort belde naar de plaatselijke politie om melding te maken van een zwarte Probe (kenteken LIT 3) die niet helemaal in een rechte lijn in de buurt van de Thirsty Scholar rondreed.

Het is het soort gedrag dat mijn therapeute tegenwoordig ontmoedigt. Ik ben te impulsief, zegt ze, te veroordelend. Ik houd niet altijd zoveel rekening met de gevoelens van anderen als zou moeten. Maar ik liep geen risico: ik gaf mijn naam niet op, en hoe dan ook: je weet dat hij het verdiende. Net als meneer Bray is Light een opschepper, een treiteraar, een natuurlijke regelovertreder en een man die werkelijk gelooft dat je met een paar pilsjes op beter rijdt. Voorspelbaar. Ze zijn allemaal zó voorspelbaar...

Dat is hun zwakte. Die van de Oswaldianen. Light is natuurlijk een zelfgenoegzame kwast, maar zelfs Straitley, die dat niet is, lijdt aan dezelfde domme zelfgenoegzaamheid. *Wie zou mij durven aanvallen? Wie zou St. Oswald durven aanvallen?*

Ik dus, heren. Ik.

SCHAAK

1

DE ZOMER WAARIN MIJN VADER HET NIET MEER REDDE, WAS DE heetste sinds mensenheugenis. Eerst werd hij er vrolijk van, alsof dit een terugkeer naar de legendarische zomers uit zijn jeugd was, toen hij, als ik hem mocht geloven, de gelukkigste tijd van zijn leven had. Maar toen de zon onbarmhartig bleef schijnen en het gras van St. Oswald van geel in bruin veranderde, sloeg hij om en begon hij te tobben.

De gazons vielen natuurlijk onder zijn verantwoordelijkheid en het was een van zijn taken ze te onderhouden. Hij zette sproeiers neer om het gras vochtig te maken, maar het gebied dat hij moest beslaan was te groot om op die manier te behandelen, en hij moest zijn aandacht beperken tot het cricketveld, terwijl de rest van de grasvelden onder het hete en lidloze oog van de zon kaal werd. Maar dat was slechts één van mijn vaders zorgen. De graffitikunstenaar had weer toegeslagen, deze keer in Technicolor: een muurschildering van bijna twee meter in het vierkant op de zijkant van het sportpaviljoen.

Mijn vader was twee dagen bezig met schoonboenen en toen nog eens een week met overschilderen, en hij bezwoer dat hij de kleine klootzak de volgende keer een flink pak slaag zou geven. Toch ontglipte de schuldige hem: nog tweemaal verschenen er spuitbuskunstwerken in en rond St. Oswald, vulgair gekleurd, op hun eigen manier artistiek en beide karikaturen van leraren. Mijn vader begon de school 's nachts in de gaten te houden. Hij lag op de loer achter het paviljoen met een voorraad bier, maar nog steeds was er geen teken van de schuldige. Hoe hij onopgemerkt wist te blijven, was John Snyde een raadsel.

Dan had je nog de muizen. Elk groot gebouw heeft ongedierte, St. Oswald meer dan de meeste andere, maar sinds het eind van het zomertrimester hadden de muizen de gangen in ongewoon groten getale gekoloniseerd. Zelfs ik zag ze af en toe, vooral rond de klokkentoren, en ik wist dat er paal en perk aan hun voortplanting gesteld zou moeten worden. Er werd vergif neergelegd en de dode muizen werden weggehaald voordat het nieuwe trimester begon en de ouders de kans hadden te klagen.

Het maakte mijn vader woedend. Hij was ervan overtuigd dat jongens voedsel in hun kastjes hadden achtergelaten; hij gaf de zorgeloosheid van de schoonmakers de schuld; hij was dagen met stijgende woede bezig alle kastjes op school te openen en te controleren, maar zonder succes.

Toen kwamen de honden. Ze hadden evenveel last van het warme weer als mijn vader: overdag waren ze lethargisch en 's avonds agressief. 's Avonds lieten de eigenaars, die meestal verzuimd hadden hen overdag in de drukkende hitte uit te laten, hen los op het braakliggende terrein achter St. Oswald, waar ze in troepen rondrenden, blaffend en het gras loswoelend. Ze hadden geen respect voor grenzen: ondanks mijn vaders pogingen hen weg te houden, wrongen ze zich door het hek en renden ze de sportterreinen op, waar ze op het pasbesproeide cricketveld poepten. Ze schenen precies te weten welke plek mijn vader het meest zou ergeren en in de ochtend moest hij weer rond de velden sjouwen met zijn poepschepje, woedend in zichzelf redenerend en lurkend aan een blikje verschaald bier.

Omdat ik verliefd was op Leon, duurde het even voordat ik begreep – en nog langer voordat het me iets kon schelen – dat John Snyde gek aan het worden was. Ik had nooit een goede band met mijn vader gehad en ook had ik hem nooit gemakkelijk te doorgronden gevonden. Nu was zijn gezicht steevast als uit steen gehouwen; de uitdrukking die het meest voorkwam was die van verbijsterde woede. Ooit had ik misschien meer verwacht, maar dit was de man die mijn sociale problemen met karatelessen had willen oplossen. Nu ik voor deze veel delicatere kwestie stond, had ik dus helemaal weinig te verwachten.

Pap, ik ben verliefd op een jongen die Leon heet.

Nee, laat maar zitten.

Desondanks probeerde ik het. Hij was ooit ook jong geweest, hield ik mezelf voor. Hij was verliefd geweest, had iemand begeerd – zoiets. Ik haalde bier voor hem uit de ijskast, ik zette thee, ik zat urenlang naar zijn favoriete tv-programma's te kijken *(Knight Rider, Dukes of Hazzard)*, in de hoop iets anders dan wezenloosheid terug te krijgen. Maar John Snyde zakte snel af. De depressiviteit omhulde hem als een dikke deken, zijn ogen weerspiegelden slechts de kleuren van het scherm. Net als al die anderen zag hij me nauwelijks; thuis was ik, net als op St. Oswald, onzichtbaar geworden.

Toen die hete zomervakantie twee weken oud was, sloeg er een dubbele ramp toe. De eerste ontstond door mijn eigen schuld: toen ik het raam opendeed om het dak van de school op te gaan, raakte ik per ongeluk het inbraakalarm en ging het af. Mijn vader reageerde met onverwachte snelheid en ik werd bijna op heterdaad betrapt. Ik wist echter thuis te komen en stond net op het punt de lopers terug te hangen, toen mijn vader eraan kwam en me met de sleutels in mijn hand zag.

Ik probeerde me eruit te bluffen. Ik had het alarm gehoord, zei ik, en toen ik had gemerkt dat hij de sleutels vergeten was, had ik ze aan hem willen geven. Hij geloofde me niet. Hij was die dag nerveus geweest en hij had al vermoed dat de sleutels weg waren. Ik wist zeker dat ik er nu van langs zou krijgen. Ik kon alleen het huis uit komen door mijn vader te passeren en aan zijn gezicht kon ik zien dat ik geen schijn van kans had.

Het was natuurlijk niet de eerste keer dat hij me sloeg. John Snyde was een kampioen in de zwaaistoot, een slag die misschien drie van de tien keer raak was en die voelde alsof je een klap met een versteend houtblok kreeg. Meestal ontweek ik hem, en tegen de tijd dat hij me weer zag, was hij dan nuchter, of vergeten waarom ik hem ook alweer zo boos had gemaakt.

Deze keer was het echter anders. Ten eerste was hij niet dronken. Ten tweede had ik de onvergeeflijke fout gemaakt de geboden van St. Oswald te overtreden en de hoofdportier openlijk uit te dagen. Even zag ik het in zijn ogen; ik zag zijn opgekropte woede, zijn frustratie, om de honden, de graffiti, de kale plekken op zijn gazons, om de kinderen die hem nawezen en hem uitscholden, om de jongen met het apengezicht, om de onuitgesproken minachting van mensen als de thesaurier en het nieuwe hoofd. Ik weet niet hoeveel keer hij me raakte, maar toen hij klaar was, had ik een bloedneus en een gezicht vol blauwe plekken. Ik zat in elkaar gedoken in een hoek met mijn armen boven mijn hoofd en hij stond voor me met een verdwaasde uitdrukking op zijn dikke gezicht; zijn handen waren gespreid als die van iemand die op het toneel staat en een moordenaar speelt.

'God, o, God. O, God.'

Hij praatte in zichzelf en ik had het te druk met mijn kapotte neus om me erom te bekommeren, maar ten slotte durfde ik mijn armen te laten zakken. Mijn maag deed pijn en ik had het gevoel dat ik moest overgeven, maar ik wist het gevoel te onderdrukken.

Mijn vader was weggelopen en zat nu met zijn hoofd in zijn handen aan de tafel. 'O God, het spijt me. Het spijt me,' herhaalde hij, maar of hij het nu tegen mij of tegen de Almachtige had, wist ik niet. Hij keek niet naar me toen ik langzaam overeind kwam. Hij sprak in zijn handen, en hoewel ik op een afstand bleef, wetend hoe opvliegend hij kon zijn, voelde ik dat er iets in hem geknapt was.

'Het spijt me,' zei hij, nu schokkend van het snikken. 'Ik kan er niet tegen, kind. Ik kan er ge-woon niet te-gen.' En toen kwam het er eindelijk uit, de laatste en verschrikkelijkste klap van die ellendige middag, en terwijl ik luisterde, eerst stomverbaasd, toen met toenemend afgrijzen, drong het tot me door dat ik tóch moest overgeven en rende ik het zonlicht in, waar St. Oswald zich oneindig uitstrekte naar de blauwe horizon en de zon mijn voorhoofd doorboorde en het verdorde gras naar Cinnabar rook en die stomme vogels maar doorzongen en nooit meer ophielden.

2

IK DENK DAT IK HET WEL HAD KUNNEN RADEN. HET WAS MIJN MOEder. Drie maanden geleden was ze hem weer gaan schrijven, eerst in vage bewoordingen, daarna steeds gedetailleerder. Mijn vader had me niet over haar brieven verteld, maar achteraf bezien moet de komst ervan min of meer samengevallen zijn met mijn eerste ontmoeting met Leon en het begin van mijn vaders achteruitgang.

'Ik had het je niet willen vertellen, kind. Ik wilde dat je er niet over nadacht. Ik dacht dat het, als ik het gewoon negeerde, vanzelf weg zou gaan. Ons met rust zou laten.'

'Als je me wat niet vertelde?'

'Het spijt me.'

'Als je me wát niet vertelde?'

Toen vertelde hij het me, nog steeds snikkend, terwijl ik mijn mond afveegde en naar de idiote vogels luisterde. Drie maanden lang had hij geprobeerd het voor me te verbergen. In één klap begreep ik zijn woedeaanvallen, zijn hernieuwde drinken, zijn norsheid, zijn irrationele, moordzuchtige stemmingswisselingen. Nu vertelde hij me alles; hij hield nog steeds zijn hoofd in zijn handen, alsof het door de inspanning open zou kunnen barsten, en ik luisterde met stijgende ontzetting terwijl hij hakkelend zijn verhaal deed.

Het leven was Sharon Snyde vriendelijker gezind geweest dan de rest van het gezin, zo scheen het. Ze was jong getrouwd en had mij slechts een paar weken voor haar zeventiende verjaardag ter wereld gebracht, en ze was net vijfentwintig toen ze ons voorgoed verliet. Net als mijn vader was Sharon dol op clichés en ik begreep dat er in haar brieven heel wat handenwringende psychopraat stond; kennelijk had ze 'erachter moeten komen wie ze was', had ze toegegeven dat er 'aan beide kanten fouten waren gemaakt' en dat ze 'er emotioneel slecht aan toe was geweest' en kwam ze met een aantal gelijksoortige excuses voor haar desertie.

Maar ze was veranderd, zei ze: ze was eindelijk volwassen geworden. Als je haar zo hoorde, waren wij een speelgoedje waarvoor ze te groot geworden was, een driewieler of zo, iets waarop ze ooit dol was geweest, maar dat ze nu nogal belachelijk vond. Ik vroeg me af of ze nog Cinnabar gebruikte. Of zou ze daar ook te oud voor geworden zijn?

Enfin, ze was hertrouwd met een buitenlandse student die ze in een bar in Londen had ontmoet, en ze was naar Parijs verhuisd om bij hem te zijn. Xavier was een fantastische man en wij zouden hem allebei echt graag mogen. Ze zou het eigenlijk enig vinden als we hem leerden kennen: hij was leraar Engels in een *lycée* in Marne-la-Vallée, dol op sport en gek op kinderen.

Dat bracht haar bij het volgende punt: hoewel Xavier en zij het vaak hadden geprobeerd, hadden ze nooit een kind kunnen krijgen. En hoewel Sharon niet de moed had gehad mij zelf te schrijven, was ze haar 'Troetelbeertje', haar kleine schat, nooit vergeten, en was er geen dag voorbijgegaan waarop ze niet aan me dacht.

Uiteindelijk had ze Xavier weten te overtuigen. Er was in hun huis genoeg ruimte voor drie, ik was een pienter kind en ik zou de taal moeiteloos oppikken, maar het mooiste was dat ik weer in een gezin zou wonen, een gezin dat om me gaf en geld zou hebben om alles wat ik in die jaren gemist had goed te maken.

Ik was ontzet. Vier jaren waren voorbijgegaan en in die tijd was het wanhopige verlangen naar mijn moeder dat ik ooit had gevoeld veranderd in onverschilligheid en nog erger. De gedachte dat ik haar weer zou zien, de verzoening waarvan zij kennelijk droomde, vervulde me nu met een doffe en hevige schaamte. Ik kon haar vanuit mijn veranderde perspectief voor me zien: Sharon Snyde, nu met een nieuwe, goedkope laklaag van verfijning, die me een nieuw, goedkoop, kant-en-klaarleven bood in ruil voor mijn jaren van lijden. Er was echter één probleem: ik wilde het niet meer.

'Maar je wilt het wel, kind,' zei mijn vader. Zijn gewelddadigheid had plaatsgemaakt voor een walgelijk zelfmedelijden dat ik bijna even afstotend vond. Ik liet me niet om de tuin leiden. Het was de

banale sentimentaliteit van de hooligan op wiens bloedende knokkels MAMA en PAPA getatoeëerd staat, de verontwaardiging van de boef over een kinderverkrachter in het nieuws, de tranen van de tiran om een overreden hond. 'Ach, kind, dat wil je wel. Het is een kans, hoor, een tweede kans. Weet je, ik zou haar morgen terugnemen als dat kon. Ik zou haar vandaag terugnemen.'
'Nou, maar ik niet,' zei ik. 'Ik ben hier gelukkig.'
'Gelukkig, ja. Terwijl je alles zou kunnen hebben wat...'
'Wat bijvoorbeeld?'
'Parijs en zo. Geld. Een leven.'
'Ik heb een leven,' zei ik.
'En geld.'
'Ze mag haar geld houden. We hebben genoeg.'
'Ja, oké.'
'Ik meen het, pap. Laat haar niet winnen. Ik wil hier blijven. Je kunt me niet dwingen...'
'Ik zei: "Oké."'
'Beloof je het?'
'Ja.'
'Echt?'
'Ja.'

Maar ik merkte dat hij me niet aan wilde kijken en toen ik die avond de vuilnis buitenzette, zat de keukenafvalbak vol met krasloten – wel twintig, misschien meer: Lotto en Striker en Winner Takes All! – die tussen de theebladeren en lege blikjes lagen te glanzen als kerstversiering.

3

HET PROBLEEM MET SHARON SNYDE WAS WEL DE ERGSTE KLAP DIE ik die zomer te verduren had gekregen. Uit haar brieven, die mijn vader bij me vandaan had gehouden, maar die ik nu met toenemend afgrijzen las, bleek dat haar plannen in een vergevorderd stadium waren. In principe had Xavier in adoptie toegestemd; Sharon had wat informatie over scholen ingewonnen en ze had zelfs contact opgenomen met de plaatselijke sociale dienst, die alle informatie die nodig was om haar zaak tegenover mijn vader te versterken had toegestuurd: of ik regelmatig naar school ging, hoe mijn schoolprestaties waren en hoe mijn levenshouding was.

Niet dat ze haar zaak had hoeven versterken: na jaren van strijd had John Snyde het eindelijk opgegeven. Hij waste zich zelden en ging zelden weg, behalve naar de snackbar of de Chinees; hij besteedde veel geld aan krasloten en drank, en in de daaropvolgende weken raakte hij steeds meer in zichzelf gekeerd.

Op ieder ander moment zou ik de vrijheid die zijn depressiviteit me schonk verwelkomd hebben. Plotseling kon ik zo lang wegblijven als ik wilde en vroeg niemand me waar ik geweest was. Ik kon naar de bioscoop gaan of naar de kroeg. Ik kon mijn sleutels pakken (ik had eindelijk een stel sleutels laten namaken na die laatste rampzalige gebeurtenis) en door St. Oswald zwerven wanneer ik maar wilde. Niet dat ik dat veel deed. Zonder mijn vriend hadden de gebruikelijke vormen van tijdverdrijf hun glans verloren en ik verruilde ze algauw voor de omgang met (als je het zo kon noemen) Leon en Francesca.

Elk liefdespaar heeft een aangever nodig. Iemand die de wacht kan houden, een handige derde partij, een gemakkelijke chaperonne. Ik werd er misselijk van, maar ik was nodig en ik koesterde mijn gebroken hart in de wetenschap dat dit nu eens een gelegenheid was, hoe kort die ook mocht duren, dat Leon míj nodig had.

Thuis speelde Leon een slim spelletje. Elke ochtend kwam ik op mijn fiets langs om hen op te halen; mevrouw Mitchell pakte een picknickmand in en we zetten koers naar het bos. Het zag er heel onschuldig uit – door mijn aanwezigheid – en niemand had een vermoeden van die lome uren onder het bladerdak, het gedempte gelach dat in de hut te horen was, de glimpen die ik van hen beiden opving, van zijn naakte roggebruine rug en billen met schattige kuiltjes erin in de schaduw.

Dat waren de goede dagen; op de slechte dagen glipten Leon en Francesca gewoon lachend het bos in, mij dom en nutteloos achterlatend terwijl ze wegrenden. We vormden nooit een drie-eenheid. Je had Leon-en-Francesca, een exotische hybride, onderhevig aan heftige stemmingswisselingen, vurig enthousiasme en ontstellende wreedheid, en je had mij, de stomme, de aanbiddende, de eeuwig afhankelijke aangever.

Francesca was nooit helemaal blij met mijn aanwezigheid. Ze was ouder dan ik – vijftien, misschien. Geen maagd voor zover ik wist – leve de katholieke scholen – en al helemaal in de ban van Leon. Hij speelde daarop in: hij sprak zacht en maakte haar aan het lachen. Het was allemaal een pose: ze wist niets van hem af. Ze had hem nooit Peggy Johnsens sportschoenen over de telegraafdraden zien gooien of platen zien stelen uit de winkel in de stad, of inktbommen over de muur van het sportterrein zien gooien op de schone blouse van een Sunnybanker. Maar hij vertelde haar dingen die hij nooit aan mij had verteld, praatte over muziek en Nietzsche en zijn passie voor astronomie, terwijl ik ongezien achter hen aan liep met de picknickmand, hen beiden hatend, maar niet in staat te vertrekken.

Nou ja, ik haatte natuurlijk háár. Er was geen reden voor. Ze was best beleefd tegen me – het echte nare kwam altijd van Leon. Maar ik haatte hun gefluister, dat lachen met de hoofden bij elkaar dat mij buitensloot en hen ving in een krans van intimiteit.

Dan was er het aanraken. Ze raakten elkaar voortdurend aan. Er werd niet alleen gekust, niet alleen gevrijd, maar er waren ook duizend kleine aanrakingen: een hand op de schouder, een knie die langs een knie wreef, haar haar op zijn wang als zijde dat in klittenband bleef hangen. Ik kon die voelen, stuk voor stuk; het hing als statische elektriciteit in de lucht, het stak me, maakte me elektrisch, brandbaar.

Het was een genot dat erger was dan welke kwelling ook. Na een week de chaperonne voor Leon en Francesca te hebben uitgehangen, kon ik wel gillen van verveling en toch bonkte mijn hart tegelijkertijd in een wanhopig ritme. Ik vreesde onze uitjes, maar lag elke nacht wakker omdat ik ieder klein detail pijnlijk nauwgezet doornam. Het leek wel een ziekte. Ik rookte meer dan ik wilde en ik beet op mijn nagels tot ze bloedden. Ik at niet meer, op mijn gezicht kreeg ik een lelijke uitslag en iedere stap die ik zette, voelde alsof ik op glas liep.

Het ergste was dat Leon het wist. Hij moest het wel zien; hij speelde met me als een kat die een gevangen muis komt laten zien, met dezelfde zorgeloze wreedheid.

Kijk! Kijk eens wat ik hier heb! Let op!

'En wat vind jij?' Een kort ogenblik waarop we buiten gehoorsafstand waren – Francesca liep achter ons bloemen te plukken, of ze was aan het plassen, ik weet het niet meer.

'Waarvan?'

'Van Frankie, sufferd. Wat dacht je dan?'

Het was nog vroeg dag. Ik was nog verdoofd door de ontwikkelingen. Ik werd rood. 'Ze is aardig.'

'Aardig.' Leon grijnsde.

'Ja.'

'Jij zou toch ook willen? Jij zou toch ook willen als je ook maar enigszins de kans kreeg?' Zijn ogen glommen boosaardig.

Ik schudde mijn hoofd. 'Kweenie,' zei ik, zijn blik ontwijkend.

'Kwéénie? Wat ben je voor iemand, Pinchbeck, een mietje of zo?'

'Krijg wat, Leon.' De blos werd dieper. Ik wendde mijn blik af.

Leon sloeg me gade, nog steeds met een grijns op zijn gezicht. 'Kom op. Ik heb je wel gezien. Ik heb je zien kijken wanneer we in het clubhuis zaten. Je praat nooit met haar. Zegt nooit een woord. Maar je kijkt wel. Kijken en leren, hè?'

Hij dacht dat ik haar begeerde, besefte ik met een schok; hij dacht dat ik haar voor mezelf wilde. Ik moest bijna lachen. Hij had het zo fout, zo kosmisch, hilarisch fout! 'Weet je, ze is wel oké,' zei ik. 'Ze is gewoon... niet mijn type, dat is alles.'

'Je type?' Maar de scherpte was nu uit zijn stem verdwenen. Zijn lach was aanstekelijk. Hij gilde: 'Hé, Frankie! Pinchbeck zegt dat je niet zijn type bent!' Toen keerde hij zich naar mij en hij raakte, bijna intiem, met zijn vingertoppen mijn gezicht aan. 'Geef het nog vijf jaar, knul,' zei hij met bijna spottende openhartigheid. 'Als ze er dan nog niet spontaan af zijn gevallen, moet je nog maar eens langskomen.'

En weg was hij. Met wapperende haren rende hij door het bos; het gras sloeg wild tegen zijn blote enkels. Deze keer niet om aan mij te ontsnappen: hij rende gewoon uit pure uitbundigheid omdat hij leefde en veertien was en zo geil als boter. Hij leek me bijna onstoffelijk, bijna gedesintegreerd in het licht-en-schaduwspel van het bladerdak, een jongen van lucht en zonneschijn, een onsterfelijke, mooie jongen. Ik kon hem niet bijhouden; ik volgde op een afstand, met Francesca protesterend achteraan en Leon ver voor ons uit. Schreeuwend rende hij met grote, onmogelijke sprongen door de witte mist van dollekervel het duister in.

Ik herinner me dat moment nog heel duidelijk. Een stukje pure vreugde, als een flard van een droom, niet beroerd door logica of gebeurtenissen. Op dat moment kon ik geloven dat we eeuwig zouden leven. Niets deed ertoe. Niet mijn moeder, niet mijn vader, zelfs Francesca niet. Ik had daar in het bos een glimp van iets opgevangen en hoewel ik het van geen kanten bij kon houden, wist ik dat het me de rest van mijn leven zou bijblijven.

'Ik hou van je, Leon,' fluisterde ik terwijl ik me door het onkruid heen worstelde. En dat was op dat ogenblik meer dan voldoende.

4

IK WIST DAT HET HOPELOOS WAS. LEON ZOU ME NOOIT ZIEN ZOALS ik hem zag of iets anders voor me voelen dan vriendelijke minachting. En toch was ik op mijn manier gelukkig met de kruimels van zijn genegenheid: een klap op de arm, een grijns, een paar woorden – 'Alles goed, Pinchbeck?' – waren voldoende om me op te beuren, soms urenlang. Ik was geen Francesca, maar ik wist dat Francesca binnenkort naar haar kloosterschool zou terugkeren en ik... ik...

Tja, dat was de grote vraag. In de twee weken na mijn vaders onthulling had Sharon Snyde elke avond gebeld. Ik had geweigerd met haar te praten, me opgesloten in mijn kamer. Ook haar brieven bleven onbeantwoord en haar cadeautjes ongeopend.

Maar je kunt je niet eeuwig afsluiten voor de wereld van de volwassenen. Hoe hard ik mijn radio ook zette, hoeveel uren ik ook van huis was, ontsnappen aan Sharons geïntrigeer kon ik niet.

Mijn vader, die me misschien had kunnen redden, had geen fut meer: hij zat voor de televisie bier te drinken en pizza naar binnen te werken, terwijl zijn taken onuitgevoerd bleven en mijn tijd, mijn kostbare tijd, opraakte.

Mijn lieve troetelbeertje,

Vond je de kleren die ik je gestuurd heb leuk? Ik wist niet goed welke maat ik moest kopen, maar je vader zegt dat je klein bent voor je leeftijd. Ik hoop dat ik het goed heb gedaan. Ik wil dat alles prima in orde is wanneer we elkaar weer zien. Ik kan niet geloven dat je al dertien wordt. Het duurt nu niet lang meer, hè, schat? Je vliegticket zou over een paar dagen moeten komen. Verheug je je net zo op je bezoek als ik? Xavier vindt het enig je eindelijk te leren kennen, maar hij is ook wel een beetje zenuwachtig. Hij is denk ik bang dat hij buitengesloten wordt wanneer we de laatste vijf jaar inhalen!

*Je liefhebbende moeder,
Sharon*

Het was onmogelijk. Ze geloofde er namelijk in: ze geloofde echt dat er niets veranderd was, dat ze ons leven kon oppakken waar het was opgehouden, dat ik haar troetelbeertje kon zijn, haar schat, haar kleine paspop. Maar het ergste was dat mijn vader erin geloofde. Hij wílde erin geloven, hij moedigde het gek genoeg aan, alsof hij door me te laten gaan op de een of andere manier zijn eigen koers zou kunnen veranderen, als ballast die je uit een zinkend schip gooit.

'Geef het een kans.' Verzoenend nu, als een toegeeflijke ouder die tegen een recalcitrant kind praat. Hij had zijn stem niet tegen me verheven sinds de dag waarop hij me had geslagen. 'Geef het een kans, kind. Misschien vind je het nog leuk ook.'

'Ik ga niet. Ik wil haar niet zien.'
'Ik zeg je: je vindt Parijs vast leuk.'
'Niet waar.'
'Je went er wel aan.'
'Dat zal ik niet, verdomme. Trouwens, het is maar een bezoek. Ik ga er niet wonen of zo.'
Stilte.
'Ik zei: "Het is maar een bezoek." '
Stilte.
'Pap?'
O, ik probeerde hem te stimuleren, maar er was iets in hem geknakt. Agressiviteit en gewelddadigheid hadden plaatsgemaakt voor onverschilligheid. Hij werd nog zwaarder, hij ging slordig met de sleutels om, de gazons werden ongelijk door de verwaarlozing en het cricketveld, dat zijn dagelijkse sproeibeurt moest missen, werd bruin en kaal. Zijn lethargie en zijn mislukking leken iedere

keus die ik nog mocht hebben tussen in Engeland blijven of het nieuwe leven aanvaarden dat Sharon en Xavier zo zorgvuldig voor me hadden gepland teniet te zullen doen.

En zo werd ik verscheurd door mijn trouw aan Leon en de toenemende noodzaak taken van mijn vader over te nemen. Ik begon elke avond het cricketveld water te geven; ik probeerde zelfs de gazons te maaien. Maar de maainietmachine had zo zijn eigen ideeën en het lukte me slechts het grasveld te scalperen, wat het er alleen maar erger op maakte, en ondanks al mijn moeite wilde het cricketveld niet gedijen.

Het was onvermijdelijk dat iemand het vroeg of laat zou merken. Toen ik op een zondag uit het bos kwam, zat Pat Bishop in onze huiskamer op een van de goede stoelen en mijn vader tegenover hem op de bank. Ik kon de statische elektriciteit bijna in de lucht voelen knisteren. Toen ik binnenkwam, draaide hij zich om: ik wilde me al verontschuldigen en weggaan, maar de uitdrukking op Bishops gezicht hield me tegen. Het was een uitdrukking van schuldbesef, van medelijden en woede, maar wat ik vooral zag, was een intense opluchting. Het was het gezicht van een man die iedere afleiding aangrijpt om aan een onaangename scène te ontkomen, en hoewel hij toen hij me begroette, nog even breed glimlachte als altijd en zijn wangen nog even roze waren, liet ik me geen moment om de tuin leiden.

Ik vroeg me af wie de klacht had ingediend. Een buur, een voorbijganger, een personeelslid? Misschien een ouder die waar voor zijn geld wilde. Er was zeker heel wat om over te klagen. De school heeft altijd al aandacht getrokken. Er moet niets op aan te merken zijn. Ook op het dienstverlenende personeel mag niets aan te merken zijn: er heerst al genoeg wrok jegens St. Oswald bij de rest van de stad en er is geen behoefte aan nog meer koren op de geruchtenmolen. Een portier weet dat en daarom heeft St. Oswald portiers.

Ik keerde me naar mijn vader. Hij wilde me niet aankijken; hij hield zijn ogen op Bishop gericht, die al op weg was naar de deur. 'Het was mijn schuld niet,' zei hij. 'Ik... We hebben een wat moeilijke tijd gehad, het kind en ik. Vertelt u dat aan hen, meneer. Naar u luisteren ze wel.'

Bishops lach, waarin geen enkele humor school, was kamerbreed. 'Ik weet het niet, John. Dit is je laatste waarschuwing. Na die andere kwestie, dat slaan van een jongen, John...'

Mijn vader probeerde te gaan staan. Het kostte moeite. Ik zag zijn gezicht, zacht van ellende, en voelde mijn ingewanden kronkelen van schaamte. 'Toe, meneer...'

Bishop zag het ook. Zijn grote lijf vulde de deuropening. Even bleven zijn ogen op mij rusten en ik zag er medelijden in, maar geen enkel teken van herkenning, hoewel hij me op St. Oswald al meer dan tien keer gezien moest hebben. Op de een of andere manier was dat – het feit dat hij me niet zag – nog erger dan al het andere. Ik had me wel willen uitspreken, willen zeggen: 'Meneer, herkent u me niet? Ik ben het, Pinchbeck. U hebt me ooit twee afdelingspunten gegeven, weet u nog, en tegen me gezegd dat ik me voor het cross-countryteam moest melden!'

Maar het was onmogelijk. Ik had hem te goed bedot. Ik had hen zo superieur geacht, de leraren van St. Oswald, maar daar stond Bishop nu met een rood gezicht schaapachtig te kijken, net als meneer Bray destijds op de dag waarop ik hem ten val bracht. Wat voor hulp kon hij ons geven? We stonden alleen en ik was de enige die het wist.

'Blijf kalm, John. Ik zal doen wat ik kan.'

'Dank u, meneer.' Hij beefde nu. 'U bent een vriend.'

Bishop legde een grote hand op mijn vaders schouder. Hij was goed, zijn stem was warm en hartelijk, en hij glimlachte nog steeds. 'Kop op, man. Je kunt het best. Met een beetje geluk heb je het in september allemaal weer op orde en hoeft niemand het te weten. Maar dan moet je er geen rommeltje meer van maken, hè? Enne, John' – hij klopte mijn vader vriendelijk op de arm, alsof hij een te dikke labrador liefkoosde – 'blijf van de drank af, oké? Als het nog één keer raak is, kan zelfs ik je niet meer helpen.'

Tot op zekere hoogte hield Bishop zich aan zijn woord. De klacht werd ingetrokken, of er werd in ieder geval voorlopig geen werk van gemaakt. Bishop kwam om de paar dagen even langs om te vragen hoe het met hem ging en mijn vader leek als reactie daarop een beetje bij te komen. Maar wat belangrijker was: de thesaurier had een soort klusjesman ingehuurd: een probleemgeval dat Jimmy Watt heette. Het was de bedoeling dat hij een deel van de meer lastige karweitjes van de portier overnam, zodat John Snyde de handen vrij had voor het echte werk.

Het was onze laatste hoop. Zonder zijn portiersbaan had hij tegen Sharon en Xavier geen enkele kans, wist ik. Maar hij moest me wíllen houden, dacht ik, en daarvoor moest ik zijn zoals hij wilde dat ik was. Dus bewerkte ik op mijn beurt mijn vader. Ik keek naar voetbal op de televisie, at patat met gebakken vis uit een krant, gooide mijn boeken aan de kant en bood me aan voor alle huishoudelijke klussen. Eerst bekeek hij me met de nodige achterdocht, vervolgens met enige verwarring en ten slotte met een stug soort goedkeuring. Het fatalisme dat hem te pakken had gekregen toen hij mijn moeders situatie vernam, leek een beetje te slijten; hij sprak met bitter sarcasme over haar Parijse levensstijl, haar dure, geleerde echtgenoot en haar veronderstelling dat ze ons leven opnieuw kon binnenstappen hoe en wanneer ze dat wilde.

Omdat dit me weer wat moed gaf, voerde ik hem de gedachte dat we haar plannen moesten dwarsbomen, dat we haar moesten laten zien wie er de baas was, dat hij met haar zielige ambities mee moest gaan en haar dan moest frustreren met zijn laatste, beslissende meesterzet. Het sprak hem wel aan, het gaf hem richting; hij was altijd een mannenman geweest, die een zuur wantrouwen had jegens het geïntrigeer van vrouwen.

'Ze zijn allemaal hetzelfde,' zei hij een keer tegen me, vergetend wie ik was toen hij aan een van zijn frequente tirades begon. 'De krengen. Zó staan ze naar je te lachen en zó pakken ze het keukenmes om je in de rug te steken. En ze krijgen niet eens straf ook – je leest het elke dag in de krant. En wat kun je ertegen doen? Grote sterke vent, arm klein meisje – dan moet hij haar natuurlijk wel íéts hebben aangedaan. Echtelijk misbruik of weet ik veel – en voor je het weet staat ze voor de rechter met haar wimpers te knipperen en krijgt ze de voogdij over de kinderen en geld en weet ik wat nog meer allemaal...'

'Niet over dit kind,' zei ik.

'Kom nou,' zei John Snyde. 'Dat meen je niet. Parijs, een goeie school, een nieuw leven...'

'Ik zei je toch al dat ik hier wil blijven?' zei ik.

'Maar waarom dan?' Hij staarde me verdwaasd aan, als een hond die geen ommetje mag maken. 'Je zou kunnen krijgen wat je maar wou. Kleren, platen...'
Ik schudde mijn hoofd. 'Ik wil ze niet,' zei ik. 'Ze kan niet zomaar na vijf jaar terugkomen om me om te kopen met dat geld van die Franse kerel.' Hij sloeg me nu met een rimpel tussen zijn blauwe ogen gade. 'Jij hebt de hele tijd voor me klaargestaan,' zei ik. 'Jij hebt op me gepast. Je best gedaan.' Daarop knikte hij, een kleine beweging, maar ik zag dat hij oplette. 'We hebben het toch goed gehad, pap? Waar hebben we hen dan voor nodig?'
Er viel een stilte. Ik merkte dat mijn woorden een snaar hadden geraakt. 'Je hebt het goed gehad,' zei hij. Ik wist niet of hij dat als een vraag bedoelde of niet.
'We redden ons wel,' zei ik. 'We hebben ons al die tijd gered. Als eerste slaan en hard slaan. Nooit opgeven, toch, pap? De klootzakken niet de kans geven je klein te krijgen?'
Weer een stilte, lang genoeg om in te verdrinken. Toen begon hij te lachen – een zonnige, jonge lach die me verraste. 'Goed, kind,' zei hij. 'We zullen het proberen.'

En zo begonnen we vol hoop aan de maand augustus. Ik was over drie weken jarig; over vier weken begon het nieuwe trimester. Voor mijn vader ruim de tijd om het terrein weer in zijn vroegere volmaakte staat te brengen, om de onderhoudswerkzaamheden af te maken, om vallen voor de muizen te zetten en het sportpaviljoen voor september over te schilderen. Mijn optimisme keerde terug. Er was ook enige reden voor: mijn vader was ons gesprek in de zitkamer niet vergeten en deze keer leek hij echt zijn best te doen.

Het stemde me hoopvol; ik schaamde me zelfs een beetje voor de manier waarop ik hem voorheen behandeld had. Ik had zo mijn problemen met John Snyde gehad, dacht ik, maar hij was in ieder geval eerlijk. Hij had zijn best gedaan. Hij had me niet in de steek gelaten en daarna geprobeerd me weer terug te winnen met geld. Vergeleken bij wat mijn moeder deed, kwamen zelfs de voetbalwedstrijden en de karatelessen me nu minder belachelijk voor, leken ze me meer onhandige, maar oprechte pogingen mijn vriendschap te winnen.

Dus hielp ik hem zo goed ik kon: ik maakte het huis schoon, ik waste zijn kleren, ik dwong hem zelfs zich te scheren. Ik was gehoorzaam, toonde bijna genegenheid. Het was voor mij noodzakelijk dat hij zijn baan behield; het was het enige wapen dat ik tegen Sharon had, het enige wat mij toegang verschafte tot St. Oswald en tot Leon.

Leon. Vreemd, hoe de ene obsessie uit de andere voort kan komen. Eerst was het St. Oswald, de uitdaging, de vreugde van het uitvluchten verzinnen, de behoefte ergens bij te horen, meer te zijn dan het kind van John en Sharon Snyde. Nu was het alleen maar Leon, bij Leon zijn, hem kennen, hem bezitten op manieren die ik nog niet kon begrijpen. Er was geen enkele reden voor mijn keus. Goed, hij was aantrekkelijk. Hij was ook vriendelijk geweest, op zijn nonchalante manier, hij had me niet buitengesloten, hij had me de middelen aangereikt om wraak te nemen op Bray, mijn kwelgeest. En ik was eenzaam geweest, kwetsbaar, wanhopig, zwak.

Maar daar wist ik niets van. Zodra ik hem zag staan op de middengang met dat haar dat in zijn ogen hing en die afgeknipte das die als een onbeschaamde tong uit zijn trui stak, wist ik het. Er was een filter voor de wereld weggehaald. De tijd was verdeeld geraakt in 'voor Leon' en 'na Leon', en nu zou er nooit meer iets hetzelfde zijn.

De meeste volwassenen gaan ervan uit dat de gevoelens van de puberteit op de een of andere manier niet tellen en dat die schrijnende hartstochten van woede, haat, schaamte, afgrijzen en hopeloze, verwerpelijke liefde iets zijn waar je overheen groeit, iets hormonaals, een oefenronde voor het Grote Werk. Maar deze liefde was dat niet. Als je dertien bent telt álles, heeft alles scherpe randen die je kunnen verwonden. Sommige drugs kunnen die gevoelsintensiteit herscheppen, maar de volwassenheid maakt de randen stomp, dempt de kleuren en bezoedelt alles met verstand, rationalisatie en angst. Ik had met mijn dertien jaren aan al die dingen geen boodschap. Ik wist wat ik wilde en ik was, met die doelgerichtheid die de puber eigen is, bereid ervoor te vechten op leven en dood. Ik zou niet naar Parijs gaan. Wat ik er ook voor zou moeten doen, ik zou niet weggaan.

5

Jongensgymnasium St. Oswald
Maandag 25 oktober

OVER HET GEHEEL GENOMEN MAKEN WE NA DE HERFSTVAKANTIE niet zo'n goede start. Oktober is dreigend geworden en rukt de bladeren van de goudgele bomen en bezaait het vierkante binnenplein met kastanjes. Winderig weer maakt de jongens onrustig; wind en regen betekenen dat de jongens tijdens de pauze onrustig zijn in het klaslokaal, en na wat er de vorige keer gebeurde toen ik hen aan hun lot overliet, durf ik hen geen moment meer zonder toezicht te laten. Geen pauze voor Straitley dus, nog niet eens een kop thee, en mijn humeur was dan ook zo slecht dat ik tegen iedereen snauwde, ook tegen mijn Brodie-jongens, die me meestal ook in slechte tijden aan het lachen kunnen maken.

Het gevolg was dat de jongens het hoofd lieten hangen, ondanks het winderige weer. Ik liet een aantal vierdeklassers nablijven omdat ze geen huiswerk hadden ingeleverd, maar verder hoefde ik nauwelijks mijn stem te verheffen. Misschien voelden ze iets in de lucht hangen, iets wat hun zei dat het lot zou toeslaan, iets wat hen ervoor waarschuwde dat het nu niet het juiste moment was om uitgelaten te zijn.

De docentenkamer is, naar ik begrijp, het toneel van een aantal kleine, wrange schermutselingen geweest. Gedoe over beoordelingen, een vastgelopen computer op kantoor en gekibbel tussen Pearman en Scoones over de nieuwe leerstof Frans. Voor de herfstvakantie was Roach zijn creditcard kwijtgeraakt en nu geeft hij Jimmy de schuld omdat hij de stiltekamer na schooltijd niet had afgesloten. Dr. Tidy heeft afgekondigd dat met ingang van dit trimester voor thee en koffie (tot nu toe gratis) 3,75 pond neergeteld moet worden, en dr. Devine, zijnde verantwoordelijk voor Gezondheid en Veiligheid, heeft officieel om een rookdetector in de middengang gevraagd (in de hoop me uit mijn rookhol in de vroegere boekenkamer te verdrijven).

Positief is dat Strange niet meer op Pooley en zijn gescheurde blazer is teruggekomen. Ik moet zeggen dat dat me wel een beetje verbaast: ik had inmiddels wel een tweede waarschuwing in mijn postvakje verwacht en ik kan alleen maar aannemen dat Bob óf het incident helemaal vergeten is, óf het heeft afgedaan als een van die dwaasheden die bij een aflopend trimester horen, en heeft besloten het erbij te laten.

Daarnaast zijn er andere, belangrijkere dingen dan de gescheurde voering van een jasje. De weerzinwekkende Light is zijn rijbewijs kwijtgeraakt – althans, dat zegt Kitty – na het een of andere voorval in de stad. Er zit natuurlijk meer aan vast, maar omdat ik genoodzaakt was in de klokkentoren te blijven, bevond ik me bijna de hele dag buiten het roddelcircuit van de docentenkamer en moest ik me dus op de jongens verlaten.

Zoals gewoonlijk is de geruchtenstroom echter goed op gang. Eén bron vermeldde dat Light gearresteerd was na een tip aan de politie. Een andere vermeldde dat Light tienmaal te veel op had en weer een andere dat hij, toen men hem aanhield, jongens van St. Oswald in zijn auto had en dat een van hen zelfs achter het stuur had gezeten.

Ik moet wel zeggen dat al die dingen me eerst niet zoveel deden. Om de zoveel tijd heb je een leraar als Light: een arrogante kwast die het systeem heeft weten te bedotten en aan zijn schoolcarrière begint in de verwachting dat hij een gemakkelijk baantje en lange vakanties heeft. In de regel houden die het niet lang uit. Als de jongens geen korte metten met hen maken, doet iets anders dat wel, en gaat het leven vrijwel ongehinderd door.

Naarmate de dag vorderde, begon ik echter te beseffen dat er iets meer aan de hand was dan de verkeersovertredingen van Light. Gerry Grachvogels klas naast de mijne was ongewoon rumoerig; tijdens mijn vrije lesuur keek ik even naar binnen en toen zag ik bijna geheel 3S, inclusief Knight, Jackson, Anderton-Pullitt en de gebruikelijke verdachten, met elkaar praten, terwijl Grachvogel uit het raam zat te staren met zo'n afwezige uitdrukking van ellende op zijn gezicht dat ik mijn oorspronkelijke impuls om me ermee te bemoeien bedwong en gewoon naar mijn lokaal terugkeerde zonder iets te zeggen.

Toen ik terugkwam, zat Chris Keane op me te wachten. 'Heb ik hier soms een notitieboekje achtergelaten voor de herfstvakantie?' vroeg hij toen ik binnenkwam. 'Het is klein en rood. Ik schrijf er al mijn ideeën in op.'

Ik vond hem nu eens niet zo kalm lijken; toen ik me een aantal van de meer subversieve opmerkingen herinnerde, meende ik te kunnen begrijpen waarom.

'Ik heb voor de herfstvakantie in de docentenkamer een notitieboekje gevonden,' zei ik tegen hem. 'Ik dacht dat u het teruggepakt had.'

Keane schudde zijn hoofd. Ik vroeg me af of ik hem moest vertellen dat ik erin gekeken had, maar toen ik zag hoe steels hij deed, besloot ik het niet te doen.

'Lesplanning?' vroeg ik onschuldig.

'Niet echt, nee,' zei Keane.

'Vraag het aan juffrouw Dare. Zij gebruikt mijn lokaal ook. Misschien heeft zij het gezien en weggestopt.'

Ik had de indruk dat Keane hierop enigszins bezorgd keek. En dat was wel te begrijpen, als je weet hoe belastend de inhoud van dat kleine boekje is. Toch scheen hij zich er niet al te druk om te maken en hij zei alleen maar: 'Het geeft niet. Ik weet zeker dat het vroeg of laat wel weer opduikt.'

Nu ik erover nadenk: er verdwijnen de laatste weken vrij veel dingen, zoals de pennen, Keanes notitieboekje en de creditcard van Roach. Dat gebeurt weleens: een portemonnee kon ik nog begrijpen, maar ik zag niet in waarom iemand een oude St. Oswald-mok zou willen stelen, of mijn klassenboek, dat nog steeds niet boven water is, tenzij het alleen maar bedoeld is om me te ergeren, want in dat geval is men daar zeker in geslaagd. Ik vroeg me af welke andere onbelangrijke voorwerpen de afgelopen dagen waren verdwenen en of de verdwijningen op de een of andere manier verband met elkaar hielden.

Ik zei iets van die strekking tegen Keane.
'Tja, het is een school,' zei hij. 'Op scholen verdwijnen er nu eenmaal dingen.'
Misschien, dacht ik, maar niet op St. Oswald.
Ik zag Keane ironisch lachen toen hij het vertrek verliet, bijna alsof ik hardop had gesproken.

Na de lessen ging ik weer naar het lokaal van Grachvogel, in de hoop erachter te komen waar hij over inzat. Gerry is op zijn manier best een goeie vent, niet een geboren leraar, maar een echte academicus met waarachtig enthousiasme voor zijn vak, en ik vond het vervelend dat hij zo in zak en as zat. Toen ik om vier uur echter mijn hoofd naar binnen stak, was hij er niet. Ook dat was ongewoon: Gerry blijft meestal nog wat na om met computers te rommelen of zijn eeuwige visuele hulpmiddelen voor te bereiden, en het was beslist de eerste keer dat ik meemaakte dat hij zijn lokaal niet had afgesloten.
Een paar van mijn jongens zaten nog in hun bank aantekeningen van het bord over te nemen. Het verbaasde me niet dat ik Anderton-Pullitt zag, die altijd hard werkt, en Knight, die nadrukkelijk niet opkeek, maar die dat zelfingenomen lachje op zijn gezicht had dat me vertelde dat hij mijn aanwezigheid had opgemerkt.
'Dag, Knight,' zei ik. 'Heeft meneer Grachvogel gezegd of hij terug zou komen?'
'Nee, meneer.' Zijn stem was vlak.
'Ik denk dat hij vertrokken is, meneer,' zei Anderton-Pullitt.
'Juist, ja. Nou, pak maar in, jongens, zo snel jullie kunnen. Ik wil niet dat jullie de bus missen.'
'Ik ga niet met de bus, meneer.' Dat was Knight weer. 'Mijn moeder komt me ophalen. Er lopen tegenwoordig te veel engerds rond.'
Ik probeer altijd fair te zijn. Echt waar. Ik laat me er zelfs op voorstaan dat ik fair ben, dat ik evenwichtig oordeel. Ik mag dan niet verfijnd zijn, maar fair ben ik altijd wel: ik uit nooit dreigementen die ik niet waarmaak en ik doe geen beloften waaraan ik me niet wil houden. De jongens weten het en de meesten respecteren het: met die ouwe Quasi weet je waar je aan toe bent en hij laat zijn

werk niet door zijn gevoelens beïnvloeden. Althans, dat hoop ik; op mijn oude dag word ik nog sentimenteel, maar ik geloof dat die sentimentaliteit mijn plicht nog nooit in de weg heeft gestaan.

Er zijn in de loopbaan van iedere leraar echter momenten waarop de objectiviteit hem in de steek laat. Toen ik naar Knight keek, was zijn hoofd nog steeds gebogen, maar schoten zijn ogen zenuwachtig heen en weer, en dat herinnerde me opnieuw aan mijn falen. Ik vertrouw Knight niet; hij heeft gewoon iets wat ik altijd afstotend heb gevonden. Ik weet dat dat niet zou moeten, maar ook leraren zijn mensen. We hebben zo onze voorkeuren. Uiteraard hebben we die, maar unfair mogen we nooit zijn. En dat probeer ik ook niet te zijn, maar ik ben me ervan bewust dat in mijn groepje Knight de buitenstaander is, de Judas, de Jonas, degene die per definitie te ver doordraaft, die humor verwart met brutaliteit en kattenkwaad met boosaardigheid. Een stug, verwend, papkind dat iedereen behalve zichzelf de schuld geeft van zijn tekortkomingen. Desondanks behandel ik hem precies hetzelfde als de rest; ik ben zelfs geneigd milder tegen hem op te treden omdat ik mijn zwakte ken.

Maar vandaag had hij iets in zijn houding dat me een onprettig gevoel gaf. Alsof hij iets wist, een ongezond geheim dat hem zowel verrukte als ziek maakte. Hij ziet er zeker ziek uit, ondanks zijn zelfvoldaanheid; op zijn bleke gezicht is de acne opnieuw opgelaaid en zijn platte bruine haar heeft een vettige glans. Zeer waarschijnlijk testosteron. Toch kan ik me niet aan de gedachte onttrekken dat de jongen iets wéét. Bij Sutcliff of Allen-Jones had ik alleen maar om de informatie (of wat het dan ook was) hoeven vragen. Maar bij Knight...

'Is er vandaag iets gebeurd tijdens de les van meneer Grachvogel?'

'Hoe bedoelt u, meneer?' Knight hield zijn gezicht zorgvuldig in de plooi.

'Ik hoorde geschreeuw,' zei ik.

'Dat was ik niet, meneer,' zei Knight.

'Nee, natuurlijk niet.'

Het was zinloos. Knight vertelde het toch niet. Ik haalde mijn schouders op en verliet de klokkentoren. Ik ging op weg naar het kantoor van de talenafdeling voor onze eerste afdelingsvergadering na de herfstvakantie. Grachvogel zou daar zijn; misschien kon ik met hem praten voordat hij vertrok. Knight kon wachten, bedacht ik. In ieder geval tot morgen.

Gerry schitterde door afwezigheid. Verder was iedereen er, wat me er meer dan ooit van overtuigde dat mijn collega ziek was. Gerry slaat nooit een vergadering over, is dol op bijscholing, zingt tijdens schoolbijeenkomsten energiek mee en bereidt altijd zijn lessen voor. Vandaag was hij er niet en toen ik tegen dr. Devine iets over zijn afwezigheid zei, was de respons zo kil dat ik wenste dat ik niets gezegd had. Nog steeds op zijn teentjes getrapt vanwege het oude kantoor, neem ik aan, maar toch drukte zijn houding meer dan de gebruikelijke afkeuring uit. Ik was tijdens de vergadering dan ook kalmer dan anders, omdat ik alles doornam wat ik onbewust gedaan zou kunnen hebben om die ouwe zot te provoceren. Je zou het niet zeggen, maar ik mag hem eigenlijk best graag, met pakken en al: hij is een van de weinige constanten in een veranderende wereld, en daar zijn er toch al te weinig van.

En zo sukkelde de vergadering voort; Pearman en Scoones kibbelden over de verdiensten van diverse examenraden, dr. Devine was ijzig en waardig, Kitty was ongewoon mat, Isabelle vijlde haar nagels, Geoff en Penny Nation waren zo alert als de Bobbsey-tweelingen en Dianne Dare zat alles gade te slaan alsof afdelingsvergaderingen het fascinerendste schouwspel ter wereld zijn.

Het was donker toen de vergadering afgelopen was en de school was verlaten. Zelfs de schoonmakers waren naar huis. Alleen Jimmy was er nog: hij ging langzaam en consciëntieus met de boenmachine over de parketvloer van de benedengang. ''Navond, meneer,' zei hij tegen me toen ik langsliep. 'Dat zit er weer op, hè?'

'Je hebt je handen wel vol, zeker?' zei ik. Sinds Fallow geschorst is, heeft Jimmy alle taken van de portier op zich genomen en dat is een zware last geweest. 'Wanneer begint de nieuwe man?'

'Over twee weken,' zei Jimmy met een grote grijns op zijn ronde gezicht. 'Shuttleworth heet-ie. Een Everton-supporter. Maar we zullen het wel rooien samen.'

Ik glimlachte. 'Had je zelf geen zin in de baan?'

'Neu, m'neer.' Jimmy schudde zijn hoofd. 'Te veel gedoe.'

Toen ik bij het parkeerterrein van de school kwam, regende het hard. De auto van de Volkenbond reed al weg van hun vaste parkeerplek. Eric heeft geen auto – hij ziet te slecht en bovendien woont hij praktisch naast de school. Pearman en Kitty namen in het kantoor nog wat papieren door – sinds de ziekte van zijn vrouw is Pearman steeds meer op Kitty gaan steunen. Isabelle Tapi was haar make-up aan het bijwerken – God mocht weten hoe lang dát zou kunnen duren – en ik wist dat ik van dr. Devine geen lift kon verwachten.

'Juffrouw Dare, ik vroeg me af of...'

'Natuurlijk. Spring erin.'

Ik bedankte haar en ging naast haar in de kleine Corsa zitten. Ik heb gemerkt dat een auto net als een bureau vaak een afspiegeling van de geest van de eigenaar is. Die van Pearman is bijzonder rommelig. Op die van de Volkenbond zit een bumpersticker met de tekst: VOLG NIET MIJ MAAR JEZUS. Die van Isabelle heeft een speelgoedbeertje op het dashboard.

Diannes auto is daarentegen netjes, schoon en functioneel. Geen knuffelbeesten of amusante kreten. Ik mag dat wel: het duidt op een geordende geest. Als ik een auto had, zou die er waarschijnlijk uitzien als lokaal 59: bekleed met eikenhouten panelen en vol stoffige graslelies.

Ik zei iets dergelijks tegen juffrouw Dare en toen moest ze lachen. 'Daar had ik niet aan gedacht,' zei ze, terwijl ze de hoofdweg op reed. 'Net als hondenbezitters en hun hond.'

'Of leraren en hun koffiemok.'

'O ja?' Dat had juffrouw Dare kennelijk nooit opgemerkt. Zijzelf gebruikt een schoolmok (effen wit met blauwe rand), die door de keukens geleverd wordt. Ze lijkt opmerkelijk weinig speels te zijn voor zo'n jonge vrouw (toegegeven: mijn basis voor vergelijkingen is niet erg groot), maar dat hoort denk ik bij haar charme. Ik bedacht dat ze waarschijnlijk goed met de jonge Keane zou kunnen opschieten, die voor een nieuweling ook heel cool is, maar toen ik haar vroeg hoe ze het met de andere docenten kon vinden, haalde ze alleen maar haar schouders op.

'Te druk?' opperde ik.

'Niet mijn type. Drinken en dan met jongens in een auto rijden. Stom.'

Tja, wat kon ik daarop zeggen? Light had met zijn belachelijke streken in de stad zijn blazoen goed besmet. Easy is gewoon een van de onopvallende Pakken en Meeks ontslagname is alleen nog een kwestie van tijd. 'En Keane?'
'Ik heb nog niet echt met hem gesproken.'
'Dat zou u dan eens moeten doen. Hij komt van hier. Ik heb zo'n idee dat hij misschien uw type is.'

Ik vertelde je al dat ik sentimenteel aan het worden ben. Het zit nu eenmaal niet in me, maar juffrouw Dare heeft iets wat dat op de een of andere manier naar boven haalt. Een typische Draak in opleiding (maar dan wel aardiger om te zien dan de meeste andere Draken die ik gekend heb), en het kost me geen enkele moeite haar voor me te zien zoals ze over dertig of veertig jaar zal zijn: zo'n beetje als Margaret Rutherford in *The Happiest Days of Your Life*, zij het wat slanker, maar met dezelfde humoristische trek.
Je kunt je heel gemakkelijk betrokken gaan voelen: op St. Oswald gelden andere wetten dan in de buitenwereld. Een van die wetten betreft de tijd, die hier veel sneller gaat dan op andere plaatsen. Kijk maar naar mij: ik ben bijna aan mijn eeuw en toch, wanneer ik in de spiegel kijk, zie ik dezelfde jongen die ik altijd geweest ben. Inmiddels een jongen met grijs haar en te veel bagage onder zijn ogen en het onmiskenbare, vaag verlopen uiterlijk van de oude leraarsclown.
Ik probeerde iets hiervan op Dianne Dare over te brengen, maar zonder succes. Maar we naderden mijn huis, het regende niet meer en ik vroeg haar me af te zetten aan het eind van Dog Lane; ik legde uit dat ik even mijn schutting wilde bekijken om me ervan te vergewissen dat het graffiti-incident niet herhaald was.
'Ik ga met u mee,' zei ze, terwijl ze de auto bij de stoeprand parkeerde.
'Dat hoeft niet,' zei ik, maar ze hield aan en ik besefte dat zij zich, gek genoeg, bezorgd maakte om mij – een ontnuchterende gedachte, maar een aardige. Misschien had ze ook wel gelijk, want zodra we het laantje in liepen, zagen we het – het was te groot om over het hoofd te zien. Er was niet zomaar geklad: er was een muurgroot portret van mezelf met snor en swastika's, meer dan levensgroot, in vele spuitbuskleuren.

Een halve minuut lang stonden we er alleen maar naar te staren. De verf leek nauwelijks droog. En toen kreeg de woede me te pakken, het soort transcendente, sprakeloze woede dat ik misschien drie of vier keer in mijn hele loopbaan gevoeld heb. Ik uitte hem bondig; ik vergat de verfijningen van de *Lingua Latina* en viel terug op het zuivere Angelsaksisch. Want ik wist wie de schuldige was, wist het deze keer zonder een greintje twijfel.

Afgezien van het kleine, smalle voorwerp dat ik in de strook schaduw aan de voet van de schutting had zien liggen, herkende ik de stijl. Die was gelijk aan die van de striptekening die ik van het prikbord van 3S had gehaald, de karikatuur waarvan ik reeds lang vermoed had dat die het werk van Colin Knight was.

'Knight?' herhaalde juffrouw Dare. 'Maar dat is zo'n grijze muis.'

Muis of niet, ik wist het. Bovendien koestert de jongen wrok; hij heeft een hekel aan me en de steun van zijn moeder, het hoofd, de kranten en God mag weten van welke andere ontevredenen nog meer heeft hem een geniepig soort moed gegeven. Ik raapte het smalle voorwerp dat bij de schutting lag op. De onzichtbare vinger porde weer in me, ik voelde mijn bloed bonzen en de woede pompte door me heen, als een dodelijke drug, en ontdeed de wereld van zijn kleur.

'Meneer Straitley?' Dianne keek nu bezorgd. 'Gaat het wel?'

'Niets aan de hand.' Ik had me hersteld; ik trilde nog steeds, maar mijn hersens werkten weer en de wildeman in me was bedwongen. 'Kijk eens.'

'Dat is een pen, meneer,' zei Dianne.

'Niet zomaar een pen.'

Ik had het moeten weten: ik had er zo lang naar gezocht, voordat hij gevonden werd in de geheime bergplaats in de portiersloge. Colin Knights bar mitswa-pen, zo waar ik leef; volgens zijn moeder had hij ruim 500 pond gekost en voor de zekerheid was hij verfraaid met zijn initialen: CNK, wat goed uitkwam.

6

Dinsdag 26 oktober

AARDIG ACCENT, DIE PEN. HET IS EEN MONT BLANC, MOET JE WEten, een van de goedkopere, maar dan nog is hij boven mijn stand. Niet dat je het zou zeggen als je me nu zou zien: de polyesterglans is verdwenen en vervangen door een glad, ondoordringbaar fineerlaagje van verfijning – een van de vele dingen die ik van Leon heb overgenomen, evenals mijn Nietzsche en mijn voorkeur voor wodka-lime. Leon heeft mijn muurschilderingen altijd kunnen waarderen: hijzelf kon niet tekenen en het verbaasde hem dat ik in staat was zulke accurate portretten te maken.

Natuurlijk had ik meer gelegenheid gehad om de meesters te bestuderen: ik had notitieboekjes vol met schetsen, en wat nog mooier was: ik kon elke handtekening die Leon me gaf namaken, wat betekende dat we allebei ongestraft ons voordeel konden doen met een aantal excuusbriefjes en briefjes die ons toestemming gaven ons buiten de school te bevinden.

Ik ben blij te zien dat het talent me niet verlaten heeft. Ik sloop tijdens mijn vrije middaguur weg van school om hem af te maken. Dat is niet zo riskant als het klinkt: haast niemand gebruikt Dog Lane, behalve de Sunnybankers. Ik was op tijd terug voor het achtste lesuur. Het verliep vlekkeloos: niemand zag iets behalve die halve gare Jimmy, die het schoolhek aan het schilderen was en die stompzinnig naar me grijnsde toen ik erdoorheen reed.

Ik dacht destijds dat ik misschien iets aan Jimmy zou moeten doen. Niet dat hij me ooit zou herkennen of zo, maar losse eindjes zijn losse eindjes, en aan dit losse eindje is al te lang niets gedaan.

Bovendien vind ik hem afstotend. Fallow was dik en lui, maar Jimmy, met zijn vochtige mond en slijmerige glimlach, is op de een of andere manier erger. Ik vraag me af hoe hij het zo lang heeft kunnen redden; ik vraag me af waarom St. Oswald, dat zich zo laat voorstaan op zijn reputatie, hem in godsnaam tolereert. Een sociaal geval, voor zover ik me herinner, iemand die goedkoop is en even vervangbaar als een lamp van veertig watt. Het sleutelwoord is 'vervangbaar'.

Die lunchpauze pleegde ik drie kleine en onopvallende diefstallen: een flesje ventielolie van een leerling die trombone speelt (een leerling van Straitley, een Japanse jongen die Niu heet), een schroevendraaier uit Jimmy's gereedschapskast en natuurlijk de beruchte pen van Colin Knight. Niemand zag me en niemand zag wat ik met die drie dingen deed toen het zover was.

Timing – *timing* – is de allerbelangrijkste factor. Ik wist dat Straitley en de andere taalmensen gisteravond op de vergadering zouden zijn (behalve Grachvogel, die kreeg een migraineaanval na dat onaangename gesprekje met het hoofd). Wanneer die afliep, zou verder iedereen naar huis zijn, behalve Pat Bishop, die meestal tot acht of negen uur op school blijft. Ik geloofde echter niet dat hij een probleem zou zijn: zijn kantoor ligt aan de benedengang, twee verdiepingen lager: te ver van de talenafdeling om iets te kunnen horen.

Even was ik weer in de snoepwinkel en kon ik niet kiezen. Jimmy was duidelijk mijn belangrijkste doelwit, maar als dit werkte, kon ik iemand van de talenafdeling als bonus krijgen. De vraag was: wie? Natuurlijk niet Straitley, nog niet. Ik heb zo mijn plannen voor Straitley, en die rijpen goed. Scoones? Devine? Teague?

Geografisch gezien moest het iemand zijn die een lokaal in de klokkentoren had. Iemand die alleenstaand was, die niet gemist zou worden, maar vooral iemand die kwetsbaar was, een kreupele gazelle die achter was gebleven, iemand die weerloos was – misschien een vrouw? – en wiens pech een echt schandaal zou uitlokken.

Er kon maar één keuze zijn: Isabelle Tapi, met haar hoge hakken en strakke truien, Isabelle die regelmatig vrij neemt voor PMS en het met vrijwel ieder mannelijk personeelslid onder de vijftig heeft aangelegd (behalve met Gerry Grachvogel, die andere voorkeuren heeft).

Haar lokaal bevindt zich in de klokkentoren, iets verder dan dat van Straitley. Het is een kleine ruimte met een vreemde, grillige vorm. In de zomer is het er warm, in de winter koud; er zijn aan vier zijden ramen en twaalf smalle stenen treden voeren van de deur omhoog het vertrek in. Niet erg praktisch: het was in mijn vaders tijd een opslagruimte en er is maar net genoeg plaats om een hele klas te herbergen. Je hebt er geen bereik met je mobiele telefoon als er iets aan de hand is, Jimmy heeft een hekel aan het lokaal, de schoonmakers mijden het – het is bijna onmogelijk een stofzuiger die treetjes op te slepen – en de meeste personeelsleden beseffen nauwelijks dat het bestaat, tenzij ze zelf les hebben gehad in de klokkentoren.

Voor mijn doel dus ideaal. Ik wachtte tot na schooltijd. Ik wist dat Isabelle pas naar de afdelingsvergadering zou gaan wanneer ze koffie had gehad (en gekletst had met het beest Light) en dat gaf me vijf à tien minuten de tijd. Dat was voldoende.

Eerst ging ik het lokaal binnen, dat leeg was. Daarna nam ik mijn schroevendraaier en ging ik op het trapje zitten met de deurknop op ooghoogte voor me. Het is best een simpel mechanisme, gebaseerd op één enkele vierkante pin die de hendel met de lip verbindt. Als je de hendel indrukt, draait de pin en gaat de lip naar binnen. Zo gemakkelijk als wat. Als je de pin echter weghaalt, kun je aan de hendel duwen en trekken wat je wilt, maar blijft de deur dicht.

Snel schroefde ik de hendel van de deur; ik zette hem op een kier en haalde de pin weg. De deur openhoudend met mijn voet plaatste ik de schroeven en de hendel terug. Ziezo. Vanbuiten zou de deur volkomen normaal opengaan. Wanneer je echter eenmaal binnen was...

Natuurlijk kun je nooit helemaal zeker zijn. Isabelle keert misschien niet terug naar haar lokaal. De schoonmakers kunnen toevallig een keer grondig te werk gaan. Jimmy kan besluiten even in het lokaal te kijken. Ik verwachtte het echter niet. Ik mag graag denken dat ik St. Oswald beter ken dan menig ander, en ik heb ruimschoots de tijd gehad om aan de vaste gewoonten die er heersen te wennen. Toch maakt dat niet-weten het nu juist zo leuk. En ik bedacht dat ik, als het niet werkte, 's morgens altijd opnieuw kon beginnen.

7

Jongensgymnasium St. Oswald
Woensdag 27 oktober

IK HEB DE AFGELOPEN NACHT SLECHT GESLAPEN. MISSCHIEN KWAM het door de wind of door de herinnering aan het perfide gedrag van Knight, of door het plotselinge artillerievuur van regen vlak na middernacht, of door mijn dromen, die levendiger en ontregelender waren dan ze in jaren geweest zijn.

Ik had voor het naar bed gaan natuurlijk een paar glazen rode wijn gedronken – dat zou Bevans vast niet goedgevonden hebben, net zomin als de vleespastei uit blik die ik erbij at – en ik werd om halfvier wakker met een blaffende dorst, hoofdpijn en het vage voorgevoel dat het ergste nog moest komen.

Ik ging vroeg naar school om mijn hoofd helder te maken en mezelf de tijd te geven een strategie te bedenken om met Knight om te gaan. Het hoosde nog steeds en toen ik bij de hoofdingang van de school kwam, waren mijn jas en hoed zwaar van de regen.

Het was nog steeds pas kwart voor acht en er stonden nog maar een paar auto's op de parkeerplaats van het personeel: die van het hoofd, die van Pat Bishop en de kleine hemelsblauwe Mazda van Isabelle Tapi (Isabelle komt zelden voor halfnegen en op de meeste dagen dichter bij negen uur), maar ineens hoorde ik achter me het geluid van een auto die wild aan kwam rijden. Ik keerde me om en zag Pearmans niet al te schone oude Volvo over het halfverlaten terrein zwabberen; hij liet een bibberige streep van verbrand rubber achter op het natte asfalt. Kitty Teague zat naast hem in de auto.

Toen ze dichterbij kwamen, zagen beiden er gespannen uit: Kitty hield een opgevouwen krant boven haar hoofd en Pearman liep heel snel.

Ik bedacht dat er misschien slecht nieuws was over Pearmans vrouw, Sally. Ik had haar sinds ze behandeld werd nog maar eenmaal gezien, maar ze had er ondanks haar grote, dappere glimlach droog en gelig uitgezien, en ik vermoedde dat haar bruine haar een pruik was.

Maar toen Pearman binnenkwam met Kitty op zijn hielen, wist ik dat het iets ergers was. Zijn gezicht zag er afgetobd uit. Hij groette me niet terug; hij zag me nauwelijks toen hij de deur openduwde. Kitty, die achter hem liep, ving mijn blik en begon meteen te huilen; dat verraste me, en toen ik voldoende was bijgekomen om te vragen wat er aan de hand was, was Pearman al in de middengang verdwenen, slechts een spoor van natte voetafdrukken op de glimmende parketvloer achterlatend.

'Wat is er in 's hemelsnaam aan de hand?' vroeg ik.

Ze sloeg haar handen voor haar gezicht. 'Het gaat om Sally,' zei ze. 'Iemand heeft haar een brief gestuurd. Hij kwam vanmorgen. Ze heeft hem aan het ontbijt opengemaakt.'

'Brief?' Sally en Kitty zijn altijd goed bevriend geweest, weet ik, maar dan nog leek deze wanhoop niet in proportie. 'Wat voor brief?'

Even leek ze me niet te kunnen antwoorden. Toen keek ze me door de resten van haar make-up aan en zei: 'Een anonieme brief. Over Chris en mij.'

'O ja?' Het duurde even voordat ik begreep wat ze zei. Kitty en Pearman? Pearman en juffrouw Teague?

Ik word vast oud, dacht ik. Ik had het nooit vermoed. Ik wist dat ze bevriend waren, dat Kitty steun had geboden, vaak ook meer dan de plicht vereiste. Maar nu kwam het er allemaal uit, hoe hard ik ook probeerde het tegen te houden: dat ze het voor Sally geheim hadden gehouden, omdat ze ziek was, dat ze hadden gehoopt ooit te kunnen trouwen, en nu... en nu...

Ik nam Kitty mee naar de docentenkamer, zette thee en stond er tien minuten mee te wachten voor het damestoilet. Eindelijk kwam Kitty naar buiten; ze was net een konijn met roze ogen met die verse laag beige poeder en toen ze de thee zag, begon ze weer hulpeloos te huilen.

Ik had het nooit van Kitty Teague verwacht. Ze is al acht jaar op St. Oswald en ik had haar nooit in zo'n staat meegemaakt. Ik bood mijn zakdoek aan en stak haar de thee toe. Ik voelde me onhandig en wenste (me nogal schuldig voelend) dat iemand die het beter kon, juffrouw Dare misschien, het van me zou overnemen.

'Gaat het weer een beetje?' (De onhandige openingszet van de goedbedoelende man.)

Kitty schudde haar hoofd. Natuurlijk ging het niet, dat wist ik ook wel, maar het Tweedjasje staat niet bekend om zijn *savoir faire* waar het de andere kunne betreft, en ik moest toch iets zeggen.

'Wilt u dat ik iemand haal?'

Ik dacht, denk ik, aan Pearman; als afdelingshoofd viel de hele zaak eigenlijk onder zijn verantwoordelijkheid. Of Bishop; hij is degene die normaal gesproken de emotionele crises van personeelsleden afhandelt. Of Marlene – ja! Een plotselinge golf van opluchting en genegenheid toen ik aan de secretaresse dacht, die zo efficiënt was geweest op de dag waarop ik zelf instortte en die voor de jongens zo benaderbaar was. Capabele Marlene, die scheiding en dood had doorstaan zonder eraan onderdoor te gaan. Zij zou weten wat er gedaan moest worden, en zelfs als ze dat niet wist, zou ze in ieder geval de code kennen, want zonder die code kan geen enkele man hopen contact te kunnen maken met een huilende vrouw.

Ze kwam net uit Bishops kantoor toen ik bij haar bureau arriveerde. Ik denk dat ik haar als vanzelfsprekend beschouw, net als de rest van het personeel. 'Marlene, ik vroeg me af of...' begon ik.

Ze nam me met goedgeveinsde strengheid op. 'Meneer Straitley.' Ze noemt me altijd 'meneer Straitley', ook al is ze voor alle leerkrachten al jaren 'Marlene'. 'U hebt dat klassenboek zeker nog niet gevonden?'

'Helaas niet, nee.'

'Hmm. Dat dacht ik al. Wat is er nu dan?'

Ik legde uit wat er met Kitty aan de hand was zonder te veel in details te treden.

Marlene keek bezorgd. 'Een ongeluk komt nooit alleen,' zei ze vermoeid. 'Ik vraag me weleens af waarom ik me nog druk maak om deze school. Pat werkt zich een ongeluk, iedereen windt zich op over de schoolinspectie en nu dit weer...'

Even leek ze zo gekweld dat ik me schuldig voelde omdat ik het haar gevraagd had.

'Nee, het geeft niet,' zei Marlene toen ze mijn gezicht zag. 'Laat het maar aan mij over. Ik denk dat de afdeling al genoeg op zijn bordje heeft.'

Daar had ze gelijk in. De afdeling bestond het grootste deel van de dag uit niet meer dan mijzelf, juffrouw Dare en de Volkenbond. Dr. Devine was niet ingeroosterd vanwege administratieve aangelegenheden, Grachvogel was (weer eens) weg en tijdens mijn vrije uren van deze ochtend nam ik Tapi's Franse les aan een eerste klas en Pearmans les aan een derde klas over, plus een routinebeoordeling van een van de beginnelingen – deze keer van de onberispelijke Easy.

Knight was afwezig, dus kon ik hem niet uitvragen over de graffiti op mijn schutting, of over de pen die ik ter plekke had gevonden. In plaats daarvan schreef ik een volledig verslag van het incident en bezorgde ik één exemplaar bij Pat Bishop en een tweede bij meneer Beard, die als hoofd Computerkunde ook hoofd van de derdeklassers is. Ik kan wachten: ik heb nu bewijs van Knights activiteiten en ik verheug me erop wanneer de tijd daar is met hem te kunnen afrekenen. Een uitgesteld genoegen, zogezegd.

Tijdens de lunchpauze nam ik de gangwacht van Pearman over en na de lunch hield ik toezicht op zijn groep, die van Tapi en die van Grachvogel en mij in de aula, terwijl het buiten continu goot en aan de overkant van de gang die hele, lange middag een gestage stroom mensen het kantoor van het hoofd in- en uitliep.

Vijf minuten voor de school uitging, kwam Marlene langs met een oproep van Pat. Ik trof hem in zijn kantoor, met Pearman, en ze keken ontdaan. Juffrouw Dare zat aan het bureau; toen ik binnenkwam, wierp ze me een meelevende blik toe en ik wist dat er problemen in de lucht hingen.

'Ik neem aan dat dit over de jongen Knight gaat?' In feite had het me verbaasd dat hij niet voor Pats kantoor stond te wachten; misschien had Pat al met hem gesproken, dacht ik, hoewel eigenlijk geen enkele jongen ondervraagd zou moeten worden voordat ik de gelegenheid had gehad met de tweede meester te praten.

Pats gezicht was even uitdrukkingsloos. Toen schudde hij zijn hoofd. 'Nee, nee. Tony Beard kan dat wel afhandelen. Hij is hoofd van het jaar. Nee, dit gaat over een incident dat gisteravond heeft plaatsgevonden. Na de vergadering.' Pat keek naar zijn handen, altijd een teken dat iets hem boven de pet gaat. Zijn nagels waren er slecht aan toe, zag ik: bijna tot op de nagelriem afgebeten.

'Welk incident?' zei ik.

Even meed hij mijn ogen. 'De vergadering was even na zessen beëindigd,' zei hij.

'Dat klopt,' zei ik tegen hem. 'Juffrouw Dare heeft me een lift naar huis gegeven.'

'Dat weet ik,' zei Pat. 'Iedereen vertrok rond dezelfde tijd, behalve juffrouw Teague en meneer Pearman, die nog twintig minuten bleven.'

Ik haalde mijn schouders op. Ik vroeg me af waar hij heen wilde en waarom hij zo formeel deed. Ik keek naar Pearman, maar ik zag aan zijn gezicht niets waar ik wijzer van werd.

'Juffrouw Dare zegt dat je Jimmy Watt op de benedengang hebt gezien toen je wegging,' zei Pat. 'Hij boende de vloer en wachtte tot hij kon afsluiten.'

'Dat klopt,' zei ik. 'Hoezo? Wat is er gebeurd?'

Dat kon Pats manier van doen verklaren, dacht ik. Jimmy was, net als Fallow, een van de mensen die Pat had aangenomen en hij had destijds een zekere hoeveelheid kritiek te verduren gekregen. Toch had Jimmy zijn werk altijd redelijk goed gedaan. Niet bepaald slim, dat niet, maar hij was wel trouw, en daar gaat het bij St. Oswald eigenlijk om.

'Jimmy Watt is ontslagen na het incident van gisteravond.'

Ik kon mijn oren niet geloven. 'Welk incident?'

Juffrouw Dare keek me aan. 'Hij heeft kennelijk niet alle lokalen nagekeken voordat hij afsloot. Isabelle is op de een of andere manier ingesloten geraakt, in paniek geraakt, van de trap gegleden en heeft toen haar enkel gebroken. Ze kon er vanmorgen om zes uur pas uit.'

'En, maakt ze het goed?'

'Maakt ze het ooit goed?'

Ik moest lachen. Het was een typisch St. Oswald-grapje en de treurige uitdrukking op het gezicht van de tweede meester maakte

het nog belachelijker. 'Ja, lach jij maar,' zei Pat scherp, 'maar er is een officiële klacht ingediend. Waarbij Gezondheid en Veiligheid zijn betrokken.' Devine dus. 'Kennelijk heeft iemand iets gemorst op de trap – olie, zegt ze.'
'O.' Dat was minder amusant. 'Maar kun je niet met haar praten?'
'Geloof me, dat heb ik geprobeerd.' Pat zuchtte. 'Juffrouw Tapi schijnt te denken dat er van Jimmy's kant sprake was van meer dan een fout. Ze schijnt te denken dat het om boze opzet gaat. En geloof me: ze kent haar rechten.'
Tja, dat zat er dik in. Dat is bij haar type altijd zo. Dr. Devine was haar vakbondsvertegenwoordiger. Hij had haar vast al voorgelicht welk bedrag ze precies aan compensatie kon verwachten. Er zou een schadeclaim komen voor lichamelijk letsel, voor derving van inkomsten (met een gebroken enkel kon je niet van haar verwachten dat ze weer aan het werk ging), alsmede voor nalatigheid en voor geestelijke spanningen. Voor alles wat een mens kon bedenken, zou ze een claim indienen: trauma, rugpijn, chronisch vermoeid, noem maar op. Waarna ik een jaar voor haar zou moeten invallen.
En wat de publiciteit betreft: de *Examiner* zou zijn vingers hierbij aflikken. Knight was niet belangrijk meer. Tapi, met haar lange benen en dappere-martelaarsgezicht, was van een heel andere orde.
'Alsof we nog niet genoeg te doen hebben, vlak voor een inspectie,' zei Pat bitter. 'Zeg het maar, Roy: zijn er misschien nog meer schandalen waar ik van weten moet?'

8

Vrijdag 29 oktober

DIE GOEIE OUWE BISHOP. GEK DAT HIJ DAT VROEG. IK WIST ER NAME-lijk zo al twee: een dat met de langzame onvermijdelijkheid van een vloedgolf op gang aan het komen was en een tweede dat al aardig vorm begon te krijgen.

De literatuur staat bol van het troostgevende gewauwel over stervenden, heb ik gemerkt. Over hun geduld en hun begrip. Mijn ervaring is dat de stervenden, áls ze al iets zijn, even haatdragend en niet-vergevingsgezind kunnen zijn als degenen die ze met zoveel moeite achterlaten.

Sally Pearman is zo iemand. Op basis van die ene brief (een van mijn beste pogingen, moet ik zeggen), heeft ze alle gebruikelijke clichés in werking gesteld: nieuwe sloten, advocaat bellen, kinderen naar oma, kleren echtgenoot op het grasveld gooien. Pearman kan natuurlijk niet liegen. Het lijkt wel of hij betrapt wílde worden. Moet je zien hoe zielig en opgelucht hij kijkt. Zeer katholiek. Maar het troost hem.

Kitty Teague is een andere zaak. Er is nu niemand om haar te troosten. Pearman, die half verpletterd wordt door masochistische schuldgevoelens, praat nauwelijks met haar; hij mijdt haar blik. Diep vanbinnen stelt hij haar verantwoordelijk – ze is tenslotte een vrouw – en terwijl Sally, verfraaid door berouw, in een waas van nostalgie verdwijnt, weet Kitty dat ze nooit in staat zal zijn met haar te concurreren.

Pearman werkt zijn lessen af, maar ziet er afwezig uit, en zonder Kitty die hem helpt is hij vreselijk wanordelijk. Dientengevolge maakt hij talloze fouten: hij komt niet opdraven voor de beoordeling van Easy, vergeet zijn lunchdienst en is de hele lunchpauze bezig een stapel literatuurproefwerken van de zesde klas te zoeken die hij kwijt is (ze liggen in feite in het kluisje van Kitty in de stiltekamer; ik weet het omdat ik ze erin heb gelegd).

Begrijp me goed: ik heb niet echt iets tegen de man, maar ik moet doorgaan. En het is efficiënter afdelingsgewijs te werk te gaan – in blokken, zo je wilt – dan mijn inspanningen over de hele school te verdelen.

Wat mijn andere projecten aangaat... Tapi's escapade stond vandaag niet in de krant. Een goed teken: het betekent dat de *Examiner* het voor het weekend bewaart, maar via via heb ik gehoord dat ze heel erg ontdaan is en de school over het geheel genomen de schuld geeft van haar beproeving (en Pat Bishop in het bijzonder – het schijnt dat hij niet genoeg medeleven toonde op het cruciale moment) en dat ze de volledige steun van de vakbond en een gulle financiële regeling verwacht, in of buiten de rechtbank.

Grachvogel was er weer niet. Ik hoor dat de arme kerel vaak migraine heeft, maar ik denk dat het meer te maken heeft met de verontrustende telefoontjes die hij de laatste tijd krijgt. Sinds dat avondje uit met Light en de jongens heeft hij er niet bijster opgewekt uitgezien. Dit is natuurlijk de tijd van de gelijkheid – er mag geen discriminatie op grond van ras, godsdienst of geslachtelijke voorkeur zijn –, maar toch weet hij dat je, als je een homoseksueel op een jongensschool bent, wel erg kwetsbaar bent, en hij vraagt zich af hoe hij zichzelf toch verraden kan hebben en tegenover wie.

Onder normale omstandigheden zou hij Pearman hebben kunnen benaderen voor hulp, maar Pearman heeft zo zijn eigen problemen, en dr. Devine, die strikt genomen zijn baas is en afdelingshoofd, zou het nooit begrijpen. Het is eigenlijk zijn eigen schuld. Hij had moeten weten dat hij niet met Jeff Light moest omgaan. Hoe kwam hij daar toch bij? Light loopt veel minder risico. Het testosteron druipt van hem af. Tapi voelde het, hoewel ik me afvraag wat ze zal zeggen wanneer het volledige verhaal uiteindelijk bekend wordt. Tot dusverre heeft hij Tapi in haar ellende erg gesteund; als enthousiaste vakbondsman geniet hij van iedere situatie die een uitdaging voor het systeem betekent. Mooi. Maar wie weet

– misschien krijgt ook dat zijn repercussies. Met een beetje hulp, natuurlijk.

En Jimmy Watt? Jimmy is voorgoed weg; hij wordt vervangen door een vers peloton ingehuurde schoonmakers uit de stad. Het kan niemand echt iets schelen, behalve de thesaurier (contractwerkers zijn duurder en bovendien houden ze zich aan hun werktijden en kennen ze hun rechten) en mogelijk Bishop, die een zwak voor hopeloze gevallen (zoals mijn vader) heeft en Jimmy graag een tweede kans had willen geven. Het hoofd echter niet: hij wist de halve gare met ontstellende (en niet echt legale) snelheid van het terrein te werken (dat kan een interessant stukje voor Mol opleveren, wanneer de zaak-Tapi uitgewerkt is). Hij is de afgelopen twee dagen bijna volkomen opgesloten geweest in zijn kantoor en heeft gecommuniceerd via de intercom en via Bob Strange, de enige van de schoolleiding die volstrekt onverschillig tegenover deze kleine verstoringen staat.

Wat Roy Straitley aangaat: denk niet dat ik hem vergeten ben. Hij is juist nooit lang uit mijn gedachten. Maar zijn extra taken houden hem bezig en dat is wat ik nodig heb, nu ik de volgende fase van mijn sloopplan inga. Maar hij suddert lekker: ik was toevallig na de lunch in het computerlokaal en toen hoorde ik zijn stem in de gang en zo kon ik een interessant gesprek afluisteren tussen Straitley en Beard over a) Colin Knight en b) Adrian Meek, de nieuwe leraar computerkunde.

'Maar ik heb helemaal geen rotrapport over hem geschreven,' zei Straitley protesterend. 'Ik heb zijn les bijgewoond, het formulier ingevuld en een evenwichtig oordeel gegeven. En dat is alles.'

'Overwicht: slecht,' las Beard van het beoordelingsformulier. 'Beheersing lesstof: slecht. Gebrek aan persoonlijkheid? Dat is toch geen evenwichtig oordeel?'

Het was even stil terwijl Straitley het formulier bekeek. 'Dit heb ik niet geschreven,' zei hij ten slotte.

'Nou, het ziet er anders wel uit alsof je het geschreven hebt.'

Het was nu nog langer stil. Ik overwoog of ik uit het computerlokaal zou komen, zodat ik de uitdrukking op Straitleys gezicht kon zien, maar besloot het niet te doen. Ik wilde niet te veel aandacht op mezelf vestigen, vooral niet op de plek die de volgende plaats delict ging worden.

'Ik heb dit niet geschreven,' herhaalde Straitley.
'Wie dan wel?'
'Ik weet het niet. Een grappenmaker.'
'Roy...' Beard begon zich nu onbehaaglijk te voelen. Ik heb die toon wel vaker gehoord: de nerveuze, halfsussende toon van iemand die met een mogelijk gevaarlijke gek te maken heeft. 'Luister, Roy, het gaat om eerlijke kritiek en zo. Ik weet dat de jonge Meek niet de pienterste knaap is die we ooit gehad hebben...'
'Nee,' zei Straitley, 'dat is hij ook niet. Maar ik heb hem geen rotstreek geleverd. Je kunt die beoordeling niet in zijn dossier doen als ik hem niet geschreven heb.'
'Natuurlijk niet, Roy, maar...'
'Maar wat?' Straitleys toon was nu scherp. Hij heeft toch al niet zo graag met Pakken te maken en ik kon horen dat de hele zaak hem irriteerde.
'Tja, als je zeker weet dat je niet gewoon... vergéten bent wat je hebt opgeschreven...'
'Wat bedoel je: vergeten?'
Hij zweeg even. 'Nou ja, misschien had je haast of zo...'
Ik zat stilletjes in mijn vuistje te lachen. Beard is niet het eerste personeelslid dat ter sprake brengt dat Roy Straitley 'trager wordt', om Bishops woorden te gebruiken. Ik heb dat zaadje al in een aantal hoofden geplant en er zijn genoeg voorbeelden van irrationeel gedrag, chronische vergeetachtigheid en kleine dingen die fout lopen om het idee aanvaardbaar te maken. Straitley heeft hier natuurlijk geen moment over nagedacht.
'Meneer Beard, ik mag dan bijna aan de eeuw zijn, maar seniel ben ik nog lang niet. Goed. Misschien kunnen we dan nu overgaan tot iets echt belangrijks?' (Ik vroeg me af wat Meek zou zeggen als ik hem vertelde dat Straitley zijn beoordeling van geen belang achtte.) 'Misschien heb je in je drukke agenda nog tijd weten te vinden om mijn verslag over Colin Knight te lezen?'
Ik zat glimlachend achter mijn computer.
'Ah, Knight,' zei Beard zwakjes.
Ah, Knight.
Zoals ik al zei, kan ik me met een jongen als Knight identificeren. In werkelijkheid leek ik helemaal niet op hem – ik was veel taaier,

veel boosaardiger en veel wereldwijzer –, maar met meer geld en betere ouders zou ik misschien net zo geworden zijn. Knight koestert een diepe wrok die ik goed kan gebruiken en door zijn nurksheid zal hij niet gauw anderen in vertrouwen nemen, en ooit komt er een moment dat hij niet meer terug kan. Als het aan mij lag, had de oude Straitley al jaren geleden het veld geruimd. Maar ja, het ligt nu eenmaal niet aan mij, en nu heb ik (geheel buiten schooltijd) Knight het een en ander geleerd en dáárin is hij in ieder geval een geschikte leerling gebleken.

Er was niet veel voor nodig. Aanvankelijk niets wat naar mij getraceerd kon worden – een woord hier, een duwtje daar. 'Doe maar alsof ík je klassenleraar ben,' zei ik tegen hem, en hij liep als een hondje achter me aan wanneer ik wacht had. 'Als je een probleem hebt en je het gevoel hebt dat je er met meneer Straitley niet over kunt praten, kun je naar mij toe komen.'

En dat had Knight gedaan. Drie weken lang had ik zijn zielige klachten en zijn kleine grieven over me heen laten komen. Niemand mag hem, de leraren hebben de pik op hem, de leerlingen noemen hem een 'engerd' en een 'sukkel'. Hij voelt zich constant ongelukkig, behalve wanneer hij zich over het ongeluk van een andere leerling kan verheugen. In feite is hij door mij gebruikt om een flink aantal kleine geruchten te verspreiden, waaronder een paar over die arme meneer Grachvogel, wiens herhaalde afwezigheid is opgemerkt en gretig besproken. Wanneer hij terugkomt – áls hij terugkomt –, treft hij waarschijnlijk de details van zijn privé-leven, met de nodige verfraaiingen, aan op alle banken en wc-muren in de hele school.

Maar meestal is Knight aan het klagen. Ik bied hem een meelevend oor en hoewel ik inmiddels volkomen kan begrijpen waarom Straitley de pest aan het joch heeft, moet ik zeggen dat ik heel blij ben met de vooruitgang die mijn leerling boekt. Qua sluwheid, nurksheid en louter onuitgesproken boosaardigheid is Knight een natuurtalent.

Eigenlijk wel jammer dat hij weg moet, maar zoals mijn ouwe vader gezegd had kunnen hebben: je kunt geen ei bakken zonder dat er iemand sneuvelt.

9

Jongensgymnasium St. Oswald
Vrijdag 29 oktober

WAT EEN SUKKEL IS DIE BEARD TOCH. WAT EEN EEUWIGE SUKKEL. Wie toch ooit heeft gedacht dat hij een behoorlijk jaarhoofd zou zijn... Eerst zegt hij zo ongeveer dat ik seniel ben met dat idiote beoordelingsformulier van Meek en dan heeft hij de euvele moed mijn beoordelingsvermogen in de kwestie-Colin Knight in twijfel te trekken. Hij wilde meer bewíjs – nou vráág ik je. Hij wilde weten of ik met de jongen gesproken had.

Met hem gesproken had? Natuurlijk had ik met hem gesproken, en als er ooit een jongen loog... Je ziet het aan zijn ogen: die schieten telkens naar opzij, alsof zich daar iets bevindt – wc-papier aan mijn schoen, misschien, of een grote plas die gemeden moet worden. Het zit 'm in de schaapachtige blik, de overdreven reactie, de opeenvolging van 'Echt waar, meneer,' en 'Ik zweer het, meneer', en daarachter steeds die stiekeme zelfingenomenheid van: ik weet iets wat jij niet weet.

Natuurlijk wist ik dat dat allemaal zou ophouden wanneer ik de pen tevoorschijn haalde. Ik liet hem praten en zweren, zweren op zijn moeders graf; toen kwam hij tevoorschijn, Knights pen met Knights initialen erop, ontdekt op de plaats delict.

Hij staarde er met open mond naar. We waren alleen in de klokkentoren. Het was lunchtijd. Het was een frisse, zonnige dag; de jongens zaten op het plein de herfst achterna. Ik hoorde hun geroep in de verte, als meeuwen op de wind. Knight hoorde hen ook en keerde zich verlangend een beetje naar het raam.

'Nou?' Ik probeerde niet al te voldaan te klinken. Hij was per slot van rekening nog maar een jongen. 'Het is toch jouw pen, Knight?'

Stilte. Knight stond met zijn handen in zijn zakken en kromp voor mijn ogen in elkaar. Hij wist dat het een ernstige zaak was waarvoor hij van school gestuurd kon worden. Ik las het op zijn gezicht: de smet op zijn dossier, zijn moeders teleurstelling, zijn vaders woede, de klap die zijn vooruitzichten kregen. 'Hij is toch van jou, Knight?'

Stilletjes knikte hij.

Ik stuurde hem naar het jaarhoofd, maar hij kwam er nooit aan. Brasenose zag hem later die middag bij de bushalte, maar vond dat niets bijzonders. Een afspraak met de tandarts misschien, of een snel, illegaal uitstapje naar de platenwinkel of de koffieshop. Verder herinnert niemand zich hem gezien te hebben: een jongen met sluik haar, gestoken in een uniform van St. Oswald, met een zwarte nylon rugzak op zijn rug en een blik op zijn gezicht alsof de ellende van de hele wereld zojuist op zijn schouders terecht was gekomen.

'O, ik heb zeker met hem gesproken. Hij zei niet veel. Niet toen ik de pen tevoorschijn had gehaald.'

Beard keek bezorgd. 'Juist ja. En wat heb je precies tegen de jongen gezegd?'

'Ik wees hem op zijn dwaalwegen.'

'Was er nog iemand anders bij?'

Nu had ik er genoeg van. Natuurlijk was er niemand anders bij; wie zou erbij geweest moeten zijn? Het was een winderige lunchpauze en er speelden buiten duizend jongens. 'Waar gaat dit over, Beard?' wilde ik weten. 'Hebben de ouders geklaagd? Is dat het? Maak ik de jongen weer tot slachtoffer? Of weten ze verrekte goed dat hun zoon een leugenaar is en dat ik hem alleen maar omwille van St. Oswald niet aangeef bij de politie?'

Beard haalde diep adem. 'Ik denk dat we dit beter op een andere plaats kunnen bespreken,' zei hij zenuwachtig (het was acht uur 's morgens en we zaten aan de benedengang, die nog bijna geheel verlaten was). 'Ik had Pat Bishop erbij willen hebben, maar hij is niet in zijn kantoor en ik kan hem telefonisch niet te pakken krijgen. O, jee' – hij trok aan zijn zwakke snor – 'ik denk echt dat een voortzetting van dit gesprek moet wachten totdat de juiste autoriteiten...'

Ik stond op het punt een stekelige opmerking over jaarhoofden en juiste autoriteiten te maken, toen Meek binnenkwam. Hij wierp me een venijnige blik toe en wendde zich toen tot Beard. 'Probleem in het lab,' zei hij met zijn kleurloze stem. 'Ik denk dat u even moet komen kijken.'

Beard was zichtbaar opgelucht. Computerproblemen waren zijn terrein. Geen onplezierig contact met mensen, geen inconsequenties, geen leugens – niets dan machines die je kunt programmeren en decoderen. Ik wist dat er deze week onophoudelijk computerproblemen waren geweest – een virus, zei men. Dit had, tot mijn grote vreugde, als gevolg dat het e-mailverkeer volledig was gestaakt en dat computerkunde een paar dagen naar de bibliotheek was verbannen.

'Excuseert u mij, meneer Straitley...' Weer die blik, als van een man die eindelijk, op het laatste moment, gratie heeft gekregen. 'De plicht roept.'

Ik vond Bishops (handgeschreven) briefje aan het eind van de lunchpauze in mijn postvakje. Niet eerder, helaas, maar Marlene zegt dat ze het er aan het begin van de schooldag had neergelegd. Maar de ochtend was een en al problemen geweest: Grachvogel afwezig, Kitty gedeprimeerd en Pearman die deed alsof er niets aan de hand was en er verfomfaaid en bleek uitzag, met diepe kringen onder zijn ogen. Ik heb van Marlene, die altijd alles weet, gehoord dat hij vannacht op school heeft geslapen. Hij is kennelijk sinds dinsdag, de dag waarop in de anonieme brief zijn langdurige echtelijke bedrog aan de kaak was gesteld, niet meer thuis geweest. Kitty geeft zichzelf de schuld, zegt Marlene. Ze heeft het gevoel dat ze Pearman in de steek laat en vraagt zich af of het haar schuld was dat de geheimzinnige informant de waarheid achterhaalde.

Pearman zegt van niet, maar bewaart afstand. Echt iets voor een man, zegt Marlene: hij heeft het te druk met zijn eigen problemen om te merken dat die arme Kitty radeloos is.

Ik weet beter en houd mijn mond. Ik kies geen partij. Ik hoop alleen maar dat Pearman en Kitty hierna zullen kunnen blijven samenwerken. Ik zou geen van beiden graag verliezen, vooral niet dit jaar, waarin al zoveel andere dingen slecht zijn gelopen.

Er is echter één kleine troost. Eric Scoones is een verbazingwekkende bron van kracht in een wereld die ineens zwak geworden is. Hij is in goede tijden een moeilijk mens, maar komt helemaal tot bloei nu het slecht gaat, en neemt Pearmans taken over zonder te klagen (zelfs een beetje vergenoegd). Natuurlijk zou hij graag afdelingshoofd geweest zijn. Hij zou er misschien zelfs goed in geweest zijn: hoewel hij de charme van Pearman ontbeert, is hij nauwgezet in alle vormen van administratie. Maar hij is in de loop der jaren verzuurd en pas op deze crisismomenten zie ik de ware Eric Scoones, de jongeman die ik dertig jaar geleden kende, de gewetensvolle, energieke jongeman, de onderwijsduivel, de onvermoeibare organisator, de hoopvolle jonge hond.

St. Oswald heeft de neiging ze uit te hollen: de energie, de ambitie, de dromen. Daar zat ik aan te denken toen ik vijf minuten voor het eind van de lunchpauze in de docentenkamer zat met een oude bruine mok in mijn ene hand en een oud biscuitje in de andere (docentenkamerfonds: ik heb ergens het gevoel dat ik waar voor mijn geld zou moeten krijgen). Het is rond deze tijd altijd druk, als een spoorstation dat passagiers uitspuugt die allerlei kanten op gaan. De gebruikelijke verdachten op hun diverse stoelen: Roach, Light (ongewoon rustig) en Easy, die alle drie de extra vijf minuten met de *Mirror* pakten voordat de middaglessen begonnen. Monument die zat te slapen, Penny Nation die met Kitty in de meidenhoek zat, juffrouw Dare die een boek las, en de jonge Keane die even binnenwipte om op adem te komen na zijn lunchwacht.

'O, meneer,' zei hij. 'Meneer Bishop zoekt u. Hij had u geloof ik een berichtje gestuurd.'

Een berichtje? Waarschijnlijk een e-mail. Die kerel leert het ook nooit.

Ik trof Bishop in zijn kantoor, turend naar het computerscherm met zijn leesbril op. Hij zette hem meteen af (hij let erg op zijn uiterlijk en die dikke brillenglazen lijken meer iets voor een oudere academicus dan voor een ex-rugbyspeler).

'Daar hebt u wel verdomde lang over gedaan, zeg.'

'Het spijt me zeer,' zei ik mild. 'Ik moet uw briefje over het hoofd hebben gezien.'

'Onzin,' zei Bishop. 'U kijkt nooit uw post na. Ik ben het zat, Straitley, ik ben het zat u steeds naar het kantoor te moeten roepen alsof u een vijfdeklasser bent die nooit zijn huiswerk inlevert.'

Dat ontlokte me een glimlach. Ik mag hem wel, moet je weten. Hij is geen Pak, hoewel hij het vreselijk hard probeert, en wanneer hij boos is, legt hij een eerlijkheid aan den dag die je bij iemand als het hoofd nooit zult zien. *'Vere dicis?'* zei ik beleefd.

'Houd om te beginnen daar eens mee op,' zei Bishop. 'We zitten nu echt in de problemen en dat is uw stomme schuld.'

Ik keek hem aan. Hij maakte geen grapjes. 'Wat is er dan? Weer een klacht?' Ik ging er, denk ik, van uit dat het weer over Pooleys blazer ging, hoewel Bob Strange dat zelf had willen afhandelen.

'Het is veel erger,' zei Pat. 'Het gaat om Colin Knight. Hij is 'm gesmeerd.'

'Hè?'

Pat keek me kwaad aan. 'Gisteren, na zijn kleine aanvaring met u tijdens de lunchpauze. Hij heeft zijn tas gepakt en is ervandoor gegaan en niemand – en dan bedoel ik ook niemand, zijn ouders niet, zijn vrienden niet, echt helemaal niemand – schijnt hem daarna nog te hebben gezien.'

BISHOP*

---

* Bishop: dit is ook de Engelse benaming voor het schaakstuk de loper.

1

Zondag 31 oktober

ALLERHEILIGEN. IK HEB ER ALTIJD VAN GEHOUDEN. VOORAL VAN DE avond, meer dan van de avond van Guy Fawkes met zijn vreugdevuren en zijn ordinaire feestelijkheden (bovendien heb ik het altijd nogal smakeloos gevonden dat kinderen de gruwelijke dood van een man vieren die alleen maar schuldig was aan ideeën koesteren die boven zijn stand waren).

Ik heb wel altijd een zwak voor de persoon Guy Fawkes gehad. Misschien omdat ik zo'n beetje in dezelfde situatie zit: een eenzame intrigant die alleen zijn geestkracht heeft om zich te verdedigen tegen de monsterlijke tegenstander. Maar Fawkes werd verraden. Ik heb geen bondgenoten, niemand met wie ik mijn eigen explosieve plannetjes kan bespreken, en als ik verraden word, zal dat door mijn eigen onachtzaamheid of domheid zijn en niet door die van iemand anders.

Die wetenschap vrolijkt me op, want dit is eenzaam werk en ik verlang vaak naar iemand met wie ik mijn triomfen kan delen, evenals de spanningen van mijn dagelijkse rebellie. Maar deze week markeert het einde van een nieuwe fase in mijn campagne. De picadorrol is voorbij: nu moet de matador op het toneel verschijnen.

Ik begon bij Knight.

In zekere zin jammer: hij heeft me dit trimester erg geholpen; natuurlijk heb ik persoonlijk niets tegen de jongen, maar hij zou toch op een bepaald moment weg moeten en hij wist te veel (of hij zich daar nu van bewust was of niet) om te kunnen blijven doorgaan.

Ik had natuurlijk een crisis verwacht. Zoals alle kunstenaars mag ik graag provoceren en Straitleys reactie op mijn kleine daad van zelfexpressie op zijn schutting had mijn verwachtingen zeker overtroffen. Ik wist dat hij ook de pen zou vinden en meteen de voor de hand liggende conclusie zou trekken.

Zoals ik al zei: ze zijn uitermate voorspelbaar, die leraren van St. Oswald. Als je op de juiste knoppen drukt en de hendel overhaalt, gaan ze. Knight was zover, Straitley was in voorbereiding. Voor een paar pakjes Camel waren de Sunnybankers bereid geweest de paranoia van een oude man te voeden. Ik had hetzelfde met Colin Knight gedaan. Alles was op zijn plek: de beide hoofdrolspelers waren klaar voor de strijd. Het enige wat ons nog restte was de uiteindelijke ontknoping.

Natuurlijk wist ik dat hij bij mij zou komen. 'Doe maar alsof ik je klassenleraar ben,' had ik gezegd, en dat had hij gedaan. Op donderdag, na de lunch, rende hij huilend op me af, de arme jongen, en vertelde hij me het hele verhaal.

'Rustig nu maar, Colin,' zei ik, terwijl ik hem een weinig gebruikt kantoor aan de middengang binnenloodste. 'Waar heeft meneer Straitley je nu precies van beschuldigd?'

Hij vertelde het snotterend en vol zelfmedelijden.

'Ja, ja.'

Mijn hart begon sneller te kloppen. Het was begonnen. Het was nu niet meer te stuiten. Mijn lokzet had iets opgeleverd en nu hoefde ik nog alleen maar toe te zien hoe St. Oswald zichzelf stukje bij beetje kapot begon te maken.

'Wat moet ik doen?' Hij was nu bijna hysterisch; zijn bleke gezicht was samengetrokken van angst. 'Hij vertelt het aan mijn moeder, hij belt de politie, ik kan zelfs van school worden gestuurd...' Ah, van school gestuurd worden. De ultieme schande. In de rangorde van vreselijke gevolgen staat het zelfs hoger dan ouders en de politie.

'Je wordt niet van school gestuurd,' zei ik ferm.

'Dat weet u niet!'

'Colin, kijk me aan.' Een korte stilte, waarin Knight hysterisch zijn hoofd schudde. 'Kijk me áán.'

Nog bevend deed hij het, en langzaam ebde de opkomende hysterie weg.

'Moet je horen, Colin,' zei ik. Korte zinnen, oogcontact en een overtuigende houding. Leraren leren deze methode, evenals artsen, priesters en andere illusionisten. 'Luister goed. Je wordt niet van school gestuurd. Doe wat ik zeg, ga met mij mee en dan komt alles goed.'

Hij stond, zoals hem opgedragen was, bij de bushalte naast het parkeerterrein voor het personeel op me te wachten. Het was tien voor vier en het werd al donker. Ik had voor deze ene keer de les tien minuten vroeger beëindigd en de straat was verlaten. Ik zette de auto tegenover de halte neer. Knight stapte in en ging met een gezicht dat bleek was van angst en hoop naast me zitten. 'Het komt goed, Colin,' zei ik vriendelijk tegen hem. 'Ik breng je naar huis.'

Ik had het niet helemaal zo gepland. Echt niet. Noem het maar roekeloos, maar toen ik die middag bij St. Oswald wegreed door een straat die al wazig was van de oktoberregen, had ik nog niet goed besloten wat ik met Colin Knight zou doen. Op het persoonlijke vlak ben ik natuurlijk een perfectionist. Ik houd graag met alle mogelijkheden rekening. Soms is het echter beter om puur op instinct te vertrouwen. Leon heeft me dat geleerd en ik moet toegeven dat een aantal van de beste zetten die ik ooit gedaan heb niet gepland waren – geniale invallen.

Zo ging het ook met Colin Knight: ik kreeg plotseling inspiratie toen ik langs het gemeentepark reed.

Zoals ik al zei, heb ik altijd een zwak voor *Halloween* gehad. Als kind vond ik het al veel leuker dan de algemene feestvreugde van de avond van Guy Fawkes, die ik altijd vaag gewantrouwd heb, met zijn suikerspincommercie en zijn platte lol rond de grote fik. Bovenal wantrouwde ik het grote vreugdevuur, een jaarlijks evenement dat op de avond van Guy Fawkes gehouden werd, in het plaatselijke park, waarbij het publiek en masse samenkomt bij een brand van schrikbarende omvang en een middelmatig vuurwerk. Er is vaak een kermis, bemand door cynische 'zigeuners' die heel goed weten waar iets te halen valt, een hotdogkraampje, een Kop van Jut *(Altijd prijs!)*, een schiettent waar mottige teddyberen als jachttrofeeën aan hun nek bungelen, een karamelappelverkoper (de appels onder de brosse helderrode suikerlaag zijn zacht en bruin) en een aantal zakkenrollers die zich gladjes een weg banen door de feestvierende menigte.

Ik heb altijd een hekel gehad aan dit nodeloze vertoon. Het lawaai, het zweet, het gepeupel, de hitte en het gevoel dat er geweld gaat losbarsten – dit alles heeft me altijd afgestoten. Geloof het of niet: ik veracht geweld. Het meest nog omdat het zo onelegant is, denk ik. Omdat het zo bot en lomp – dom is. Mijn vader was dol op het grote vuur om dezelfde redenen als waarom ik het verafschuwde; hij was bij zulke gelegenheden gelukkiger dan ooit, met een fles bier in zijn hand, een gezicht dat paars was van de hitte van het vuur, een stel buitenaardse antennes op zijn hoofd (het kunnen ook duivelshoorntjes geweest zijn) en een nek die zich strekte om de vuurpijlen te kunnen zien wanneer ze *krek-krek-krek* in de rokerige lucht uit elkaar spatten.

Maar het was wel dankzij die herinnering dat ik mijn idee kreeg, een idee dat zo prachtig elegant was dat er een glimlach op mijn gezicht kwam. Leon zou trots op me geweest zijn, wist ik: mijn dubbele probleem van afhandelen en verwijderen was in één klap opgelost.

Ik zette de richtingwijzer aan en keerde richting park. Het hoge hek stond open – het was zelfs de enige keer in het jaar dat voertuigen het park in mochten – en ik reed langzaam het hoofdpad op.

'Wat doen we hier?' vroeg Knight, die zijn ongerustheid vergat. Hij at een chocoladereep uit de schoolsnoepwinkel en speelde een computerspelletje op zijn supermoderne mobieltje. Aan een van zijn oren bengelde een oortelefoontje.

'Ik moet hier iets afgeven,' zei ik. 'Iets wat verbrand moet worden.'

Voor zover ik kan zien is dit het enige voordeel van het gemeentelijke vreugdevuur: het biedt wie dat wil de gelegenheid van ongewenste rommel af te komen. Hout, pallets, tijdschriften en karton worden altijd op prijs gesteld, maar alles wat brandt, is meer dan welkom. Banden, oude zitbanken, matrassen, stapels kranten – allemaal hebben ze hun plek en men moedigt de burgers aan te brengen wat ze maar kunnen.

Natuurlijk is de brandstapel inmiddels al opgebouwd: wetenschappelijk, en met zorg. Een piramide van twaalf tot dertien meter hoog, prachtig geconstrueerd: lagen meubels, speelgoed, papier, kleren, afvalzakken, kratten en – als eerbetoon aan een eeuwenoude traditie – poppen. Tientallen poppen: sommige met borden om hun nek, andere heel simpel, weer andere griezelig menselijk, in diverse houdingen staand en zittend en liggend op de brandstapel. Tot op vijftig meter van het vuur was het gebied afgezet; wanneer het aangestoken werd, zou de hitte zo intens zijn dat je, als je dichterbij kwam, de kans liep vlam te vatten.

'Indrukwekkend, hè?' zei ik, terwijl ik zo dicht mogelijk bij het afgezette gedeelte parkeerde. Een aantal afvalcontainers vol rommel blokkeerde de toegang, maar het leek me dichtbij genoeg.

'Ja, best wel,' zei Knight. 'Wat hebt u bij u?'

'Kijk zelf maar,' zei ik, en ik stapte uit de auto. 'Je moet me trouwens misschien even helpen. Het is voor mij in mijn eentje een beetje zwaar.'

Knight stapte uit zonder de moeite te nemen zijn oortelefoontje uit te doen. Even dacht ik dat hij zou gaan klagen, maar hij liep achter me aan en keek zonder nieuwsgierigheid naar de brandstapel terwijl ik de achterbak opende.

'Leuke telefoon,' zei ik.

'Ja,' zei Knight.

'Ik houd wel van een lekker vuur, jij niet?'

'Ja.'

'Ik hoop dat het niet regent. Er is niets zo erg als een vuur dat niet wil branden. Maar ze gebruiken vast wel iets, benzine of zo, om het op gang te brengen. Het grijpt altijd zo snel om zich heen...'

Terwijl ik aan het woord was, hield ik mijn lichaam tussen Knight en de auto. Ik had me niet druk hoeven maken, vermoed ik. Hij was niet bijster snugger. Nu ik erover nadenk: ik heb de genenpool waarschijnlijk een dienst bewezen.

'Kom eens, Colin.'

Knight zette een pas naar voren.

'Braaf zo.' Een hand achter in zijn nek, een zachte duw. Even moest ik aan het Kop van Jutkraampje denken *(Altijd prijs!)* op de kermissen uit mijn jeugd; ik zag mezelf de hamer hoog optillen, rook weer het popcorn en de rook en de gekookte hotdogs en gebakken uien; zag mijn vader met zijn belachelijke antennes op, zag Leon met een Camel tussen zijn inktblauwe vingers bemoedigend glimlachen...

Toen liet ik de klep van de kofferbak zo hard ik kon neerkomen en hoorde ik dat verfoeilijke, maar niettemin zo geruststellend vertrouwde krakende geluid dat me vertelde dat ik wederom gewonnen had.

2

ER WAS NOGAL WAT BLOED.
 Dat had ik verwacht, ik had mijn voorzorgsmaatregelen genomen, maar toch moet ik mijn kleding misschien laten stomen.
 Denk niet dat ik het leuk vond. Ik vind in wezen iedere vorm van geweld weerzinwekkend en zou Knight veel liever van grote hoogte dood hebben laten vallen, of in een pinda hebben laten stikken – het geeft niet wat, als het maar niet primitief was of rommel gaf. Toch kan ik niet ontkennen dat het een oplossing was, en ook nog een goeie oplossing. Ooit had Knight zelf verklaard dat men hem niet kon laten leven, en bovendien heb ik Knight nodig voor de volgende fase.
 Als lokaas, zogezegd.
 Ik leende even zijn telefoon, na hem te hebben schoongeveegd met vochtig gras. Daarna zette ik hem uit en stopte ik hem in mijn tas. Vervolgens trok ik een zwarte plastic zak over Knights gezicht (ik heb er altijd een paar in de auto, voor je weet maar nooit), die ik op zijn plaats hield met elastiek. Met Knights handen deed ik hetzelfde. Ik zette hem op een kapotte leunstoel onder aan de stapel en verankerde hem met een pak tijdschriften met touw eromheen. Toen ik klaar was, leek hij precies op de andere poppen die op de brandstapel te wachten stonden, hoewel er exemplaren bij waren die er misschien overtuigender uitzagen.
 Terwijl ik bezig was, kwam er een oude man aan die zijn hond uitliet. Hij groette me, de hond blafte en ze liepen allebei langs. Geen van tweeën had het bloed op het gras opgemerkt; wat het lichaam zelf betreft: ik heb ontdekt dat, zolang je je niet als een moordenaar gedraagt, niemand ervan uitgaat dat je er een bent,

welk bewijs voor het tegendeel er ook is. Als ik ooit besluit me toe te gaan toeleggen op berovingen (wat misschien ooit gebeurt: ik mag graag denken dat ik meer pijlen op mijn boog heb), ga ik een masker en een gestreepte trui dragen en zorg ik dat ik een tas bij me heb waarop BUIT staat. Als men mij ziet, neemt men gewoon aan dat ik op weg ben naar een gemaskerd bal en staat men er verder niet bij stil. De mensen letten meestal erg slecht op, merk ik, vooral op de dingen die vlak onder hun neus gebeuren.

Dat weekend vierde ik het met vuur. Dat is per slot van rekening een traditie.

Ik kwam tot de ontdekking dat de portierswoning tamelijk goed brandt, het oude vochtprobleem in aanmerking genomen. Het enige wat me speet, was dat de nieuwe portier – Shuttleworth heet hij geloof ik – er nog niet ingetrokken was. Toch had ik, nu het huis leegstond en Jimmy geschorst was, geen beter moment kunnen kiezen.

Er is bij St. Oswald wel sprake van videobewaking, maar die is voor het merendeel geconcentreerd op de poort en de imposante ingang. Ik was bereid het risico te nemen dat de portiersloge niet in de gaten wordt gehouden. Desondanks droeg ik een truitje met capuchon, dat net ruim genoeg viel om me te camoufleren. Een camera zou alleen een gestalte met capuchon tonen die twee merkloze blikken bij zich had en een schooltas over de schouder droeg, en die langs het hek in de richting van de portiersloge rende.

Inbreken was gemakkelijk. Minder gemakkelijk waren de herinneringen die de muren leken af te geven: de geur van mijn vader, dat zure, en de spookgeur Cinnabar. Het meeste meubilair was van St. Oswald. Het was er nog steeds: de ladekast, de klok en de zware eettafel met stoelen die we nooit gebruikten. Een bleke rechthoek op het behang van de huiskamer waar mijn vader een schilderij had hangen – een sentimentele plaat van een meisje met een jong hondje – deed me onverwachts veel.

Absurd genoeg moest ik plotseling aan het huis van Roy Straitley denken, met zijn rijen schoolfoto's, lachende jongens in een verbleekt uniform, verwachtingsvolle, nooit veranderende gezichten van de vrijpostige jonge doden. Het was verschrikkelijk.

Erger nog: het was banaal. Ik had gedacht dat ik er de tijd voor zou nemen, dat ik met plezier benzine over de oude kleden en het oude meubilair zou sprenkelen. Maar in plaats daarvan deed ik mijn werk met steelse haast en voelde ik me terwijl ik wegrende een gluiperd, een overtreder, en dat was voor het eerst sinds de dag waarop ik het prachtige gebouw met de in de zon blikkerende ramen voor de eerste keer aanschouwde en het voor mezelf wilde hebben.

Dat was iets wat Leon nooit heeft begrepen. Hij heeft St. Oswald nooit echt gezien – de schoonheid, de geschiedenis, de arrogante zelfingenomenheid. Voor hem was het gewoon een school, banken waar je in kon krassen, muren waarop je kon kladden en leraren die je kon bespotten en uitdagen. Fout, Leon. Kinderlijk, fataal fout.

Dus stak ik het poortgebouw in brand, en in plaats van me uitgelaten te voelen, zoals ik had verwacht, voelde ik toen de vrolijke vlammen dansten en brulden alleen maar een sluipende wroeging, die zwakste en meest nutteloze der emoties.

Toen de politie arriveerde, had ik me alweer hersteld. Ik had mijn ruime sweatshirt verruild voor iets gepasters en ik bleef net lang genoeg om hun te vertellen wat ze wilden horen (een jong iemand, met capuchon, die wegrende van de plek des onheils) en om hen de blikken en schooltas te laten vinden. De brandweer was inmiddels ook al gearriveerd en ik ging opzij om hen hun werk te laten doen. Niet dat er toen nog veel voor hen te doen was.

Een studentengrap, zal de *Examiner* zeggen, een te ver doorgeschoten Halloween-stunt. Mijn champagne smaakte een beetje vlak, maar ik dronk hem toch, terwijl ik ondertussen met de van Knight geleende telefoon een paar routinetelefoontjes pleegde en luisterde naar de klank van vuurwerk en de stemmen van jonge feestvierders – heksen, boze geesten, vampiers – die beneden door de steegjes renden.

Als ik precies op de goede plek voor het raam ga zitten, kan ik Dog Lane net zien. Ik vraag me af of Straitley vanavond met gedimd licht en gesloten gordijnen bij zijn raam zit. Hij verwacht moeilijkheden, dat is een ding dat zeker is. Van Knight, of van iemand anders – Sunnybankers of schimmige geesten. Straitley gelooft in geesten – en dat is maar goed ook – en vanavond zijn die er volop, als herinneringen die zijn losgelaten om de levenden lastig te vallen.

Laat ze maar hun gang gaan. De doden hebben niet zoveel amusement. Ik heb mijn steentje bijgedragen: ik heb mijn kleine spaak in het schoolwiel gestoken. Noem het maar een offer. Een betaling in bloed. Als dat hen niet tevredenstelt, is er niets wat hen tevredenstelt.

3

Jongensgymnasium St. Oswald
Maandag 1 november

WAT EEN PUINHOOP. WAT EEN ONTZETTENDE PUINHOOP. IK HEB gisteravond natuurlijk de brand gezien, maar ik dacht dat het het jaarlijkse vreugdevuur van Guy Fawkes was, een paar dagen te vroeg en een paar graden uit koers. Toen hoorde ik de brandweerauto's en ineens moest ik erheen. Het leek namelijk sterk op die andere keer; ik herinnerde me nog dat geluid van sirenes in het donker en Pat Bishop als een doorgedraaide filmregisseur met die stomme megafoon...

Het was heel koud toen ik buiten kwam. Ik was blij dat ik mijn jas aanhad en mijn geruite das – een kerstpresentje van een jongen, uit de tijd dat leerlingen zulke dingen nog deden – stevig om mijn nek had gewikkeld. Het rook lekker buiten, naar rook, mist en kruitdamp, en hoewel het al laat was, holde er nog een groepje kinderen die Halloween aan het vieren waren, met een tas vol snoep door de steeg. Een van hen, een spookje, liet in het langslopen een snoeppapiertje vallen, ik geloof van een mini-Snickers, en ik bukte me werktuigelijk om het op te rapen.

'Hé!' riep ik met mijn beste klokkentorengeluid.

Het spookje – een jongen van acht of negen – bleef staan.

'Je hebt iets laten vallen,' zei ik, hem het papiertje overhandigend.

'Je hebt wát?' Het spook keek me aan alsof ik mogelijk gek was.

'Je hebt iets laten vallen,' zei ik geduldig. 'Daar staat een papierbak,' zei ik, wijzend op de afvalbak enige tientallen meters verderop. 'Loop erheen en stop het erin.'

'Je hep wát?' Achter hem werd er gegrijnsd en met ellebogen gepord. Iemand grinnikte achter een goedkoop plastic masker. Sunnybankers, dacht ik met een zucht, of jeugdige, toekomstige boeven van Abbey Road. Dat was de enige plek waar men acht- of negenjarige kinderen om halftwaalf nog op straat liet rondzwerven zonder begeleiding van een volwassene.

'In de afvalbak, graag,' zei ik weer. 'Ik weet zeker dat je hebt geleerd dat je geen rommel op straat mag gooien.' Ik glimlachte; even keek een zestal gezichtjes vragend naar me op. Er was een wolf, drie spoken in lakens, een groezelige vampier met een snotneus en een niet nader aan te duiden individu dat een boze geest of een gremlin of een naamloos wezen uit een enge Hollywood-film had kunnen zijn.

Het spookje keek naar mij en toen naar het papiertje.

'Goed zo,' wilde ik zeggen toen hij naar de afvalbak liep.

Toen keerde hij zich om en grijnsde tanden naar me bloot die even bruin waren als die van een verstokte roker. 'Val dood,' zei hij, en hij rende het steegje door, waarbij hij het snoeppapiertje op de grond gooide. De anderen renden papiertjes rondstrooiend de andere kant op en ik hoorde hen jouwen en beledigingen uiten terwijl ze de ijskoude mist in renden.

Ik had het me niet moeten aantrekken. Als leraar zie ik alle soorten, zelfs op St. Oswald, wat nu eenmaal een enigszins bevoorrechte omgeving is. Die Sunnybankers zijn een ander slag: het barst op Abbey Road van de alcoholisten, drugsgebruikers, armen en gewelddadige mensen. Voor hen zijn obscene taal uitslaan en rommel maken even gewoon als gedag zeggen. Er schuilt geen kwaad in, niet echt. Toch zat het me dwars, misschien meer dan nodig was. Ik had die avond al drie schalen snoep aan kinderen gegeven die langs de deuren gingen en daaronder was een aantal mini-Snickers geweest.

Ik raapte het papiertje op en stopte het met een ongewoon somber gevoel in de afvalbak. Ik word oud, dat is het hele eieren eten. Mijn verwachtingen van de jeugd (en van de mensheid in het algemeen, geloof ik) zijn sterk verouderd. Hoewel ik had vermoed, misschien in mijn hart zelfs had geweten, dat de brand die ik had gezien iets met St. Oswald te maken had, had ik het niet verwacht; het absurde optimisme dat altijd het beste en slechtste in mijn karakter is geweest, verhindert dat ik de dingen somber bekijk. Daarom was een deel van mij echt verbaasd toen ik bij de school kwam, de brandweer bij het vuur zag en begreep dat de portierswoning in brand stond.

Het had erger gekund. Het had de bibliotheek kunnen zijn. Er was ooit brand daar – voor mijn tijd, in 1845 – en daarbij gingen ruim duizend boeken in vlammen op, waaronder een aantal zeldzame. Misschien een kaars waarop geen toezicht was gehouden; er is niets in de stukken wat op boze opzet duidt.

Maar dit was dat wel. In het verslag van de brandweercommandant stond dat er benzine was gebruikt; een getuige ter plaatse meldt een jongen met capuchon die wegrende. Maar wat Knight echt verried was zijn schooltas, die hij had laten liggen en die een beetje verbrand, maar goed herkenbaar was; de boeken in de tas hadden allemaal een etiket met zijn naam en klas.

Bishop was er natuurlijk meteen. Hij deed zo energiek met de brandweerlui mee dat ik even dacht dat hij een van hen was. Maar toen doemde hij uit de rook op met rode ogen en piekerig haar en zo rood dat hij leek te zullen bezwijken door de hitte en het drama van het moment.

'Niemand binnen,' hijgde hij, en ik zag nu dat hij een grote klok onder zijn arm had en ermee rende als een rugbyspeler die een doelpunt wil maken. 'Ik wilde kijken of ik een paar dingen kon redden.' Toen ging hij er weer vandoor; zijn forse lijf tegen de achtergrond van vlammen maakte op de een of andere manier een aandoenlijke indruk. Ik riep hem nog na, maar mijn stemgeluid ging verloren; even later zag ik hem weer bezig met een eikenhouten kist die hij door de brandende voordeur probeerde te slepen.

Zoals ik al zei: wat een puinhoop.

Vanmorgen was het gebied afgezet; de resten waren nog steeds felrood en rokend, zodat nu de hele school naar Guy Fawkes ruikt. In de klas wordt over niets anders gesproken; het verslag van Knights verdwijning en nu dit zijn genoeg om geruchten van zo'n wilde inventiviteit te voeden dat het hoofd niets anders heeft kunnen doen dan een spoedvergadering voor het personeel beleggen om de mogelijkheden te bespreken.

Plausibel ontkennen is altijd zijn manier geweest. Kijk maar naar die affaire met John Snyde. Zelfs Fallowgate werd ijverig weerlegd; deze keer meent ZM dat Knightsbridge (zoals Allen-Jones het gedoopt heeft) ontkend moet worden, vooral omdat de *Examiner* de meest impertinente vragen stelt in de hoop op een nieuw schandaal te stuiten.

Natuurlijk weet morgen de hele stad het. Sommige leerlingen zullen praten, zoals ze altijd doen, en het nieuws zal bekend worden. Een leerling verdwijnt. Er volgt een wraakaanval op de school, misschien uitgelokt – wie zal het zeggen? – door pesterijen en rancune. Er is geen briefje achtergelaten. De jongen loopt ergens rond. Waar? Waarom?

Ik nam aan – dat deden we allemaal – dat Knight de reden was waarom de politie hier vanmorgen was. Ze kwamen om halfnegen – vijf agenten, van wie drie in burger; één vrouw en vier mannen. Onze wijkagent (brigadier Ellis, een veteraan, ervaren in public relations en gesprekken van man tot man) was er niet bij en ik had op dat moment al iets moeten vermoeden, hoewel ik het eigenlijk veel te druk had met mijn eigen zaken om er veel aandacht aan te schenken.

Iedereen had het te druk. En met reden: de halve afdeling is er niet, de computers liggen plat vanwege een dodelijk virus, de jongens zijn een en al opstandigheid en speculatie, en de leerkrachten zijn nerveus en niet in staat zich te concentreren. Ik had Bishop niet meer gezien sinds de avond ervoor; Marlene vertelde me dat hij behandeld was voor rookvergiftigingsverschijnselen, maar had geweigerd in het ziekenhuis te blijven; hij had bovendien de rest van de nacht op school doorgebracht, waar hij de schade had opgenomen en aangifte bij de politie had gedaan.

Natuurlijk wordt door iedereen, in ieder geval in de top, aangenomen dat het mijn schuld is. Marlene zei dat met zoveel woorden, nadat ze even had gekeken naar een conceptbrief die door Bob Strange aan zijn secretaresse was gedicteerd en die nu op goedkeuring van Bishop wacht. Ik heb nog niet de kans gehad hem te lezen, maar ik kan wel raden wat de stijl en inhoud zijn. Bob Strange is heel goed in de bloedeloze genadeklap; in de loop van zijn carrière heeft hij er wel een stuk of tien geschreven. *In het licht van de recen-*

te ontwikkelingen... betreurenswaardig, maar onvermijdelijk... kan niet door de vingers worden gezien... betaald verlof nemen tot nader order...

Er zou verwezen worden naar mijn onvoorspelbare gedrag, mijn toenemende vergeetachtigheid en het eigenaardige voorval met Anderton-Pullitt, om nog maar te zwijgen over de fout gelopen beoordeling van Meek, Pooleys blazer en een aantal kleine foutjes die in de loopbaan van iedere leraar voorkomen, allemaal door Strange genoteerd, genummerd en opzijgezet voor mogelijk gebruik in gevallen als dit.

Dan zou de toegestoken hand komen, de schoorvoetende erkenning van drieëndertig jaar trouwe dienst... de schamele, zuinige verzekering van persoonlijk respect. De onderliggende tekst is altijd dezelfde: *Je bent een last voor ons geworden.* Kortom, Strange was de gifbeker aan het klaarmaken.

O, ik kan niet zeggen dat het me erg verraste. Maar ik heb St. Oswald vele jaren lang zoveel gegeven dat ik me, denk ik, verbeeldde dat ik daardoor een soort uitzondering was geworden. Dat is niet zo: de machinerie in het hart van St. Oswald is even harteloos en onverzoenlijk als de computers van Strange. Er is geen boosaardigheid in het spel: het is gewoon een vergelijking. Ik ben oud, duur en inefficiënt, een versleten radertje uit een verouderd mechanisme dat hoe dan ook geen nuttig doel dient. En als er dan toch een schandaal is, kan ik maar beter de schuld krijgen. Strange weet dat ik geen rel zal trappen. Dat is om te beginnen onwaardig, en bovendien zou ik St. Oswald niet nog een schandaal willen aandoen. Een gulle som boven op mijn pensioen, een aardig verwoorde toespraak van Pat Bishop in de docentenkamer, een verwijzing naar mijn slechte gezondheid en de nieuwe kansen die mijn ophanden zijnde pensionering mij biedt – de gifbeker zal slim verborgen zijn achter lauwerkransen en alles wat erbij hoort.

Van mij mocht hij de hik krijgen. Ik ging bijna geloven dat hij dit steeds al van plan was geweest. De inval in mijn kantoor, het verwijderen van mijn naam uit het prospectus, zijn ingrijpen. Hij had de brief alleen maar bij zich gehouden omdat Bishop niet beschikbaar was. Hij moest Bishop aan zijn kant krijgen. Dat zou hem lukken ook. Ik mag Pat graag, maar ik maak me geen illusies over zijn loyaliteit. St. Oswald gaat voor. En het hoofd? Ik wist dat hij de zaak maar al te graag zou willen voorleggen aan het schoolbestuur. Daarna zou dr. Pooley het afmaken. En wie zou het echt wat kunnen schelen? En wat zou er met mijn eeuw gebeuren? Die leek voor mij nog een eeuw ver weg.

In de lunchpauze kreeg ik een memo van dr. Devine, deze keer met de hand geschreven (de computers werkten zeker nog niet) en bezorgd door een jongen uit zijn vijfde klas:

R.S. Kom onmiddellijk in kantoor. M.R.D.

Ik vroeg me af of hij ook in het complot zat. Ik achtte hem ertoe in staat. Ik liet hem dus wachten; ik keek wat werk na, maakte wat gekheid met de jongens en dronk thee. Tien minuten later kwam Devine als een derwisj binnengewerveld en toen ik zijn gezicht zag, stuurde ik de jongens met een handgebaar weg en schonk ik hem mijn volle aandacht.

Je hebt misschien inmiddels de indruk gekregen dat er een soort vete tussen mij en die ouwe Zuurpruim aan de gang is. Niets is minder waar; in feite geniet ik meestal erg van onze schermutselingen, ook al zijn we het niet altijd eens over zaken die met beleid, uniformen, gezondheid en veiligheid, reinheid of gedrag te maken hebben.

Ik weet echter wanneer ik me moet inhouden en iedere gedachte aan de oude idioot nijdassen verdween zodra ik zijn gezicht zag. Devine zag er ziek uit. Niet alleen maar bleek, wat zijn natuurlijke toestand is, maar gelig, afgetobd, oud. Zijn das zat scheef; zijn haar, dat meestal onberispelijk zit, was naar opzij geduwd, zodat hij eruitzag als een man die in een stevige wind gelopen heeft. Zelfs zijn tred, die meestal ferm en kwiek is, haperde: hij wankelde mijn lokaal binnen als een opwindbaar stuk speelgoed en ging moeizaam op de dichtstbijzijnde bank zitten.

'Wat is er gebeurd?'

Uit mijn stem was nu alle scherts verdwenen. Er is iemand doodgegaan, was mijn eerste gedachte. Zijn vrouw, een jongen, een goede collega. Alleen een vreselijke ramp kon dr. Devine zo geraakt hebben.

Het gaf aan hoe erg hij eraan toe was dat hij niet de gelegenheid te baat nam me de mantel uit te vegen omdat ik niet op zijn oproep had gereageerd. Hij bleef even zo in de bank zitten, met zijn smalle borstkas naar zijn knokige knieën gebogen.

Ik pakte een Gauloise, stak hem aan en gaf hem aan Devine.

Devine heeft al jarenlang niet gezondigd, maar hij nam hem zonder iets te zeggen aan.

Ik wachtte. Ik sta niet altijd bekend om mijn *savoir faire*, maar met jongens die problemen hebben kan ik goed omgaan en dat was precies wat Devine me op dat moment leek: een jongen met grijs haar die veel problemen had. Zijn gezicht was rauw van de ongerustheid en zijn knieën waren naar zijn borst getrokken in een wanhopige poging zichzelf te beschermen.

'De politie,' wist hij eindelijk uit te brengen.

'Wat is daarmee?'

'Ze hebben Pat Bishop gearresteerd.'

Het duurde even voordat ik het hele verhaal had gehoord, maar in feite kende Devine niet het hele verhaal. Het had iets te maken met computers, dacht hij, hoewel de details niet duidelijk waren. Knight werd genoemd; jongens uit Bishops klassen werden ondervraagd, maar waar Bishop nu eigenlijk van beschuldigd werd leek niemand te weten.

Ik begreep wel waarom Devine in paniek was. Hij heeft altijd erg zijn best gedaan om zich bij de leiding geliefd te maken en hij is natuurlijk doodsbang dat hij betrokken wordt bij dit nieuwe, nog niet nader aangeduide schandaal. De agenten hadden Zuurpruim kennelijk tamelijk langdurig ondervraagd, waarbij ze meer schenen te willen weten over de keren dat meneer en mevrouw Zuurpruim bij Pat thuis waren geweest, en stonden nu op het punt het kantoor te doorzoeken om nader bewijs te vinden.

'Bewijs!' riep Devine, terwijl hij zijn sigaret uitmaakte. 'Wat denken ze dan te vinden? Ik wou dat ik het wist...'

Een halfuur later vertrokken twee van de agenten met medeneming van Bishops computer. Toen Marlene vroeg waarom, kwam er geen antwoord. De drie overige agenten bleven om 'nader onderzoek te doen', voornamelijk in het computerlokaal dat nu voor alle personeelsleden gesloten is. Een van de agenten (de vrouw) kwam in het achtste lesuur in mijn lokaal om me te vragen wanneer ik daar voor het laatst mijn computer gebruikt had. Ik vertelde haar in korte bewoordingen dat ik de computers nooit gebruikte en dat ik geen enkele belangstelling voor elektronische spelletjes had, en toen vertrok ze met een air van een schoolinspecteur die een onvriendelijk rapport gaat schrijven.

De klas was daarna totaal niet meer in de hand te houden, dus speelden we de laatste tien minuten van de les galgje in het Latijn, terwijl er allerlei gedachten door mijn hoofd spookten en de onzichtbare vinger (die nooit ver weg is) steeds drammeriger in mijn borstbeen prikte.

Na de les ging ik op zoek naar meneer Beard, maar hij deed ontwijkend: hij had het over virussen in het schoolcomputernetwerk, over terminals en wachtwoordbescherming en internetdownloads – allemaal onderwerpen die mij even weinig zeggen als de werken van Tacitus meneer Beard zeggen.

Daardoor weet ik nu nog even weinig over de zaak als tijdens de lunchpauze, en ik was, na vruchteloos een uur gewacht te hebben tot Bob Strange uit zijn kantoor kwam, genoodzaakt naar huis te gaan met een gefrustreerd en vreselijk angstig gevoel. Wat het ook is – dit is nog niet voorbij. Het mag dan november zijn, maar ik heb zo het gevoel dat de ides van maart net begonnen zijn.

4

Dinsdag 2 november

MIJN LEERLING HEEFT WEER IN DE KRANT GESTAAN. DE NATIONALE kranten deze keer, mag ik wel met enige trots zeggen (natuurlijk heeft Mol daar de hand in gehad, maar hij zou er vroeg of laat toch wel in zijn gekomen).

De *Daily Mail* geeft de ouders de schuld, de *Guardian* ziet een slachtoffer en in de *Telegraph* stond een groot artikel over vandalisme en de manieren om er iets aan te doen. Allemaal heel bevredigend; bovendien is Knights moeder huilend op de tv verschenen om zich tot Colin te richten. Ze zei dat hij geen last zal krijgen en of hij alsjeblieft, alsjeblieft thuis wil komen.

Bishop is hangende het onderzoek geschorst, en dat verbaast me niets. Wat ze op zijn computer hebben aangetroffen, zal daar zeker aan bijgedragen hebben. Gerry Grachvogel moet nu ook wel gearresteerd zijn en binnenkort zullen er nog meer volgen. Het nieuws is op school ingeslagen als een bom – toevallig dezelfde bom als degene die ik daar tijdens de herfstvakantie geplaatst heb.

Een virus om de afweer van het systeem plat te leggen. Een zorgvuldig gepland stel internetlinks, een aantal e-mails naar en van Knights pc vanaf een hotmailadres dat vanaf de school toegankelijk is. Een selectie beelden, grotendeels niet-bewegende, maar met een paar interessante webcamopnamen ertussen, verzonden naar een aantal personeelsadressen en gedownload in files die met een wachtwoord beschermd zijn.

Natuurlijk zou dit alles nooit aan het licht gekomen zijn als de politie niet Colin Knights e-mailcorrespondentie had onderzocht.

Maar in deze tijd van babbelboxen en virtuele kinderlokkers loont het de moeite om met alles rekening te houden.

Knight paste in het slachtofferprofiel: een eenzame jongere, impopulair op school. Ik wist dat ze vroeg of laat op dat idee zouden komen. Gelukkig was het vroeg. Meneer Beard hielp een handje door na de crash het systeem na te lopen, en daarna was het nog slechts een kwestie van de aanwijzingen opvolgen.

De rest is eenvoudig. Het is een les die ze nog steeds moeten leren, de mensen op St. Oswald, een les die ik ruim tien jaar geleden geleerd heb. Ze zijn zo zelfgenoegzaam, deze mensen, zo arrogant en naïef. Ze moeten gaan begrijpen wat ik begrepen heb toen ik voor het grote bord met de tekst VERBODEN TOEGANG stond: dat de regels en wetten van deze wereld allemaal door hetzelfde hachelijke systeem van bluf en zelfgenoegzaamheid in stand worden gehouden, dat iedere regel overtreden kan worden, dat overtreding, net als misdaad, ongestraft blijft als er niemand is die het ziet. Het is een belangrijke les die ieder kind moet leren, en zoals mijn vader altijd zei: je opvoeding is je kostbaarste bezit.

'Maar waaróm?' hoor ik je vragen. Soms stel ik mezelf die vraag ook. Waarom doe ik het? Waarom zo hardnekkig, na al die jaren?

Gewoon wraak? Ik wou dat het zo gemakkelijk was, maar jij en ik weten allebei dat het dieper zit. Wraak maakt er wel deel van uit, moet ik toegeven. Om Julian Pinchbeck, misschien, om het bange, kwetsbare kind dat ik was, dat zich verborg in de schaduw en wanhopig iets anders wilde zijn.

Maar om mezelf? Tegenwoordig ben ik blij met wie ik ben. Ik ben een degelijke burger. Ik heb een baan, een baan waarin ik onverwacht veel talent aan den dag heb gelegd. Ik mag dan voor St. Oswald nog steeds de onzichtbare zijn, maar ik heb mijn rol zodanig verfijnd dat hij die van louter een bedrieger ver overstijgt. Voor het eerst vraag ik me af of ik hier langer zou kunnen blijven.

Het is zeker verleidelijk. Ik had al een veelbelovend begin gemaakt en in tijden van revolutie maken officieren snel promotie. Ik zou een van die officieren kunnen zijn. Ik zou het allemaal kunnen hebben, alles wat St. Oswald te bieden heeft: reputatie, roem en eer.

Moet ik het doen? Ik vraag het me af.

Pinchbeck zou de kans met beide handen aangegrepen hebben. Pinchbeck was natuurlijk al tevreden, zo niet blij, als hij onopgemerkt kon blijven. Maar ik ben hem niet.

Wat wil ik dan?

Wat heb ik altijd al gewild?

Als het alleen maar om wraak ging, zou ik gewoon het hoofdgebouw in brand hebben kunnen steken in plaats van alleen maar de portierswoning, en het hele wespennest in vlammen hebben kunnen laten opgaan. Ik had arsenicum in de theeketel voor het personeel kunnen doen of cocaïne in de limonade van het eerste cricketteam. Maar dat zou niet zo leuk geweest zijn, toch? Dat kan iedereen. Maar niemand kan wat ik kan, niemand heeft óóit gedaan wat ik doe. Toch ontbreekt er één ding aan het overwinningstableau: mijn eigen gezicht, het gezicht van de kunstenaar tussen de menigte figuranten. En met het verstrijken van de tijd krijgt dat kleine manco steeds meer gewicht.

Gezien worden, dat is het enige wat ik ooit heb gewild, meer zijn dan een vluchtige glimp, een twaalfde man in dit spel van amateurs en profs. Zelfs een onzichtbare kan nog een schaduw werpen, maar mijn schaduw, die in de loop der jaren lang is geworden, is in de donkere gangen van St. Oswald teloorgegaan.

Maar daar komt nu een eind aan. De naam 'Snyde' is al gevallen. Ook de naam 'Pinchbeck'. En voordat dit voorbij is, nu St. Oswald op zijn onontkoombare lot afstevent, zal ik gezien worden, dat zweer ik je.

Tot dan ben ik tijdelijk tevreden met de rol van onderwijzer. In mijn vak kun je echter geen examen afleggen. De enige test is die van het overleven. Daarin heb ik een zekere ervaring – Sunnybank Park moet me toch íets geleerd hebben –, maar ik mag graag denken dat de rest voortspruit uit een natuurtalent. Als leerling van St. Oswald zou die vaardigheid gesleten zijn, vervangen zijn door Latijn, Shakespeare en al de comfortabele zekerheden van die zeer bevoorrechte wereld. Want wat St. Oswald vooral onderwijst is conformisme, teamgeest, het spel meespelen. Een spel waarin Pat Bishop uitblinkt, en dat maakt het des te toepasselijker dat hij het eerste echte slachtoffer is.

Zoals ik al eerder zei: de manier waarop je St. Oswald ten val kunt brengen is door het hart te raken, niet het hoofd. Bishop is het hart van de school, goedbedoelend, eerlijk, gerespecteerd en geliefd bij jongens en personeel. Een vriend voor degenen die moeilijkheden hebben, een sterke arm voor de zwakken, een geweten, een coach, een bron van inspiratie. Een echte man, een sportman, een heer, een man die geen enkele taak delegeert, maar zich onvermoeibaar en met vreugde voor St. Oswald inzet. Hij is nooit getrouwd – hoe had hij dat ook gekund? Net als bij Straitley staat zijn gehechtheid aan de school ieder normaal gezinsleven in de weg. Lage lieden kunnen hem ervan verdenken dat hij andere voorkeuren heeft. Vooral in het huidige klimaat, waarin alleen al de wens met kinderen te werken als een legitieme basis voor achterdocht wordt beschouwd. Maar Bishop? Bíshop?

Niemand gelooft het, en toch is er in de leraarkamer al een scheuring waar te nemen. Sommigen (onder wie Straitley) laten zich luidkeels verontwaardigd uit over de ondenkbare aanklacht. Anderen (Bob Strange, de Volkenbond, Jeff Light, Paddy McDonaugh) converseren op gedempte toon. Flarden van clichés en gissingen – *waar vuur is, is rook; altijd gedacht dat hij te goed was om waar te zijn; een beetje te vriendelijk tegen de jongens, je weet wel wat ik bedoel* – hangen als rooksignalen in de docentenkamer.

Het is verbazingwekkend hoe gemakkelijk je vrienden je de rug toekeren, wanneer angst en eigenbelang het laagje kameraadschap wegknagen. Ik zou het kunnen weten, en inmiddels zou het ook bij hen moeten gaan dagen.

Er zijn drie stadia waarin mensen op zo'n beschuldiging reageren. Het eerste is dat van de ontkenning. Het tweede dat van de woede. Het derde dat van de berusting. Mijn vader handelde natuurlijk van meet af aan als iemand die schuldig is. Hij kwam slecht uit zijn woorden en was boos en verward. Pat Bishop zal het wel wat beter gedaan hebben. De tweede meester van St. Oswald is niet iemand die zich zomaar laat intimideren. Maar de bewijzen waren er, onmiskenbaar. Logs van chatgesprekken die na schooltijd waren gevoerd vanaf zijn met een wachtwoord beschermde terminal in St. Oswald. Een tekstbericht, verstuurd vanaf Knights telefoon naar Bishops mobieltje op de avond van de brand. Plaatjes die zijn opgeslagen in het geheugen van zijn computer. Veel plaatjes, allemaal van jongens; op sommige zie je praktijken waarvan Pat in zijn onschuld zelfs nog nooit had gehoord.

Natuurlijk ontkende hij. Eerst met een soort grimmige geamuseerdheid. Toen geschokt, verontwaardigd, woedend en ten slotte huilend en verward, wat méér aan zijn veroordeling bijdroeg dan alles wat de politie tot dan toe gevonden had.

Ze doorzochten zijn huis. Een aantal foto's werd als bewijs weggehaald. Schoolfoto's, rugbyteams, Bishops jongens door de jaren heen; ze lachten je toe vanaf de muur, zich er totaal niet van bewust dat ze ooit gebruikt zouden worden als bewijs. Dan waren er nog de albums. Tientallen, gevuld met jongens: schoolreisjes, uitwedstrijden, de laatste schooldag, jongens die pootjebaden in een beekje in Wales, jongens met ontbloot bovenlijf op een dagje aan zee, naast elkaar, met glanzende ledematen, ongekamd haar en jonge gezichten naar de camera grijnzend.

Wat veel jongens, zei men. Was het niet een beetje... ongewoon?

Natuurlijk had hij geprotesteerd. Hij was leraar: alle leraren bewaren zulke dingen. Straitley had hun dat ook kunnen vertellen dat je na jaren nog iedereen kent, dat bepaalde gezichten je onverwacht lang bijblijven. Zoveel jongens, die komen en gaan als de seizoenen. Het was logisch dat je een zekere nostalgie voelde, nog logischer als je bedacht dat er geen gezin was, dat je genegenheid voor de jongens ontwikkelde die je lesgaf, genegenheid en...

Wat voor soort genegenheid? Daar zat 'm de gemene clou. Ze voelden het, ondanks zijn protesten, sloten hem in als hyena's. Vol walging ontkende hij. Maar ze waren vriendelijk, spraken over spanningen, over instorten, boden hulp aan.

Zijn computer was met een wachtwoord beschermd geweest. Natuurlijk hád iemand anders het wachtwoord kunnen leren. Hád iemand anders zijn computer kunnen gebruiken. Hád iemand anders misschien zelfs de plaatjes aangebracht. Maar de creditcard die gebruikt was om ervoor te betalen was van hem. De bank bevestigde het en Bishop kon maar niet verklaren hoe zijn eigen creditcard gebruikt kon zijn om honderden plaatjes op de harde schijf van zijn kantoorcomputer te zetten.

Laat ons u helpen, meneer Bishop.

Ja, ik ken dat type. En nu hadden ze zijn zwakke plek gevonden: niet, zoals verwacht, lust, maar iets veel gevaarlijkers: zijn hang naar goedkeuring. Zijn fatale zucht het anderen naar de zin te maken.

Vertel ons maar over de jongens, Pat.

De meeste mensen zien dit eerst niet in hem. Ze zien zijn omvang, zijn kracht, zijn enorme toewijding. Onder dat alles is hij een zielig mens, angstig, onzeker, iemand die zijn eeuwige rondjes rent in een eindeloze poging vooruit te komen. Maar St. Oswald is een veeleisende meester en heeft een goed geheugen. Niets wordt vergeten, niets wordt losgelaten. Zelfs in een loopbaan als die van Bishop is er sprake van mislukkingen, beoordelingsfouten. Hij weet het, net als ik, maar de jongens zijn zijn zekerheid. Hun blije gezichten herinneren hem eraan dat hij een succes is. Hun jeugd stimuleert hem...

Gemeen gelach in de coulissen.

Nee, zo had hij dat niet bedoeld.

Maar wat had hij dan wel bedoeld? Ze sloten hem nu in, als honden een beer. Net als de jongetjes om mijn vader, terwijl hij, zittend op de maainietmachine, met zijn grote berenromp naar opzij overhellend, zat te vloeken en te schelden, en zij gilden en dansten.

Vertel ons maar over de jongens, Pat.
Vertel ons maar over Knight.

'Over niet goed bij je hoofd gesproken,' zei Roach vandaag in de docentenkamer. 'Stommer kan het toch niet? Wie gebruikt er nu zijn eigen naam en creditcard?'

Hoewel hij het niet weet, loopt Roach zelf gevaar tegen de lamp te lopen. Diverse sporen leiden al naar hem en zijn intieme omgang met Jeff Light en Gerry Grachvogel is een welbekend feit. De arme Gerry wordt, zo heb ik gehoord, al aan een onderzoek onderworpen, hoewel zijn bijzonder grote nervositeit hem tot een minder betrouwbare getuige maakt. Er is ook op zijn terminal internetpornografie aangetroffen, betaald met zijn creditcard.

'Ik heb altijd geweten dat het een vreemde vogel was,' zei Light. 'Een beetje té goeie maatjes met de jongens, als je snapt wat ik bedoel.'

Roach knikte. 'Zo zie je maar,' zei hij. 'Je kunt in deze tijd nergens meer van op aan.'

Dat was maar al te waar. Ik volgde het gesprek uit de verte, met een zekere ironische geamuseerdheid. De heren van St. Oswald zijn goed van vertrouwen: sleutels in zakken van over stoelen gehangen jasjes, portefeuilles in laden van bureaus, kantoren die niet op slot zitten. Een creditcardnummer stelen is zo gepiept, je hoeft er niets voor te kunnen en de kaart kan meestal teruggestopt worden voordat de eigenaar ook maar vermoedt dat hij weg is.

De kaart van Roach was de enige die ik niet had teruggedaan – hij gaf de vermissing aan voordat ik iets kon doen –, maar Bishop, Light en Grachvogel hebben zo'n excuus niet. Het enige wat me spijt is dat ik Roy Straitley niet heb kunnen vangen – het zou elegant geweest zijn als ik ze allemaal met één klap naar de andere wereld had geholpen –, maar de sluwe oude vos heeft niet eens een creditcard, en bovendien denk ik dat niemand zou geloven dat hij genoeg van computers weet om er een aan te kunnen zetten.

Maar daar kan verandering in komen. We zijn nog maar net begonnen, hij en ik, en ik ben zo lang met de planning van dit spelletje bezig geweest dat ik echt niet wil dat het te snel afgelopen is. Hij staat al op het punt ontslagen te worden; hij blijft alleen nog aan omdat de tweede meester afwezig is en omdat er een hopeloos tekort aan personeel is op zijn afdeling, waardoor hij onmisbaar is, maar dan wel zolang deze crisis duurt.

Vrijdag is hij jarig. Guy Fawkes. Ik denk dat hij de dag met angst en beven tegemoetziet; dat doen oude mensen vaak. Ik moet hem eigenlijk een cadeautje sturen, iets aardigs, zodat hij even niet aan de onaangenaamheden van deze week denkt. Tot dusverre heb ik nog geen ideeën gekregen, maar ja, ik heb de laatste tijd ook heel wat aan mijn hoofd.

Gun me de tijd.

5

IK HEB SINDSDIEN VERJAARDAGEN NOOIT LEUK GEVONDEN. SPEELgoed, taart, papieren hoedjes en vriendjes en vriendinnetjes op de thee. Ik verlangde naar die dingen zonder ze ooit te krijgen, net als ik verlangde naar St. Oswald en zijn benijdenswaardige patina van rijkdom en eerbiedwaardigheid. Leon ging op zijn verjaardag naar een restaurant, waar hij wijn mocht en een das moest dragen. Tot mijn dertiende was ik nog nooit naar een restaurant geweest. 'Geldverspilling,' bromde John Snyde. Zelfs vóór mijn moeders vertrek was mijn verjaardag al een snel gebeuren geweest: in de winkel gekochte taart en kaarsjes die zorgvuldig in een oude tabaksdoos werden bewaard (de glazuurkruimels van het jaar daarvoor kleefden nog aan de pastelkleurige stompjes), zodat ze nog een keer gebruikt konden worden. Mijn cadeautjes zaten in plastic tassen van Woolworth en de prijsjes zaten er nog op. Soms zongen we 'Er is er een jarig', maar dan wel met de hardnekkige ingetogen verlegenheid van de arbeidersklasse.

Toen ze vertrok hield zelfs dat natuurlijk op. Als hij er al aan dacht, gaf mijn vader me geld voor mijn verjaardag met de opdracht 'er iets voor te kopen dat je graag wilt hebben', maar er kwam niemand op bezoek, er waren geen kaarten en er was geen feestje. Eenmaal probeerde Pepsi er wat van te maken: pizza met van die kleine kaarsjes erop en een chocoladetaart die aan één kant was ingezakt.

Ik probeerde dankbaar te zijn, maar ik wist dat mij tekort werd gedaan; in zekere zin was Pepsi's eenvoudige poging nog erger dan helemaal niets. Wanneer er niets was, kon ik tenminste vergeten wat voor dag het was.

Maar dat jaar was anders. Die augustusmaand – het staat me nog bij met de bovennatuurlijke helderheid van bepaalde dromen – was warm en zoet, en geurde naar peper, kruitdamp, hars en gras. Een tijd vol vervoering, een verschrikkelijke tijd, een tijd vol luister; ik zou over twee weken dertien worden en mijn vader was een verrassing aan het voorbereiden.

Hij had dat niet met zoveel woorden gezegd, maar ik voelde het wel. Hij was opgewonden, nerveus, stiekem. Nu eens was hij uiterst geïrriteerd om alles wat ik deed, dan weer had hij buien van huilerige nostalgie, waarin hij me vertelde dat ik groot werd en me blikjes bier aanbood; hij hoopte dat ik, wanneer ik op een dag het huis uitging, mijn arme oude vader, die altijd zo zijn best voor me had gedaan, niet zou vergeten.

Maar wat me het meest verbaasde, was dat hij geld uitgaf. John Snyde, die altijd zo krenterig was geweest dat hij zijn peuken had gerecycled door van de herwonnen tabak dunne shagjes te draaien, die hij 'mijn vrijdagsbonussen' noemde, had eindelijk de vreugde van winkeltherapie ontdekt. Een nieuw pak – voor sollicitatiegesprekken, zei hij. Een gouden ketting met een medaillon eraan. Een heel krat Stella Artois – en dat voor een man die beweerde op buitenlands bier neer te kijken – en zes flessen maltwhisky, die hij in de schuur achter ons huis bewaarde, onder een oude chenille sprei. Er waren krasloten, tientallen, een nieuwe bank, kleren voor mij (ik groeide), ondergoed, T-shirts, platen en schoenen.

Dan waren er de telefoontjes. 's Avonds laat, wanneer hij dacht dat ik in bed lag, kon ik hem, naar het leek urenlang, zacht horen praten. Een tijdje nam ik aan dat hij een sekslijn belde, of dat hij Pepsi probeerde terug te krijgen; zijn gefluister had dezelfde steelsheid. Eenmaal ving ik iets op toen ik op de overloop stond. Het waren maar een paar woorden, maar woorden die ongemakkelijk achter in mijn hoofd bleven hangen.

Hoeveel? Stilte. *Goed dan. Het is beter zo. Het kind heeft een moeder nodig.*

Een moeder?

Tot dan toe had mijn moeder dagelijks geschreven. Vijf jaar waarin ik niets had gehoord en nu was ze niet te stuiten; we werden overspoeld met ansichtkaarten, brieven en pakjes. De meeste daarvan bleven ongeopend onder mijn bed liggen. Het vliegticket naar Parijs, geboekt voor september, bleef in de envelop en ik dacht dat mijn vader misschien eindelijk had geaccepteerd dat ik niet langer iets van Sharon Snyde wilde, dat ik niets wilde wat me aan mijn leven van vóór St. Oswald zou kunnen herinneren.

Toen kwamen er ineens geen brieven meer. Het leek wel of ze iets in haar schild voerde, iets wat ze voor me wilde verbergen.

Maar er gingen dagen voorbij en er gebeurde niets. De telefoontjes stopten, of misschien lette mijn vader beter op. Hoe dan ook, ik hoorde verder niets en mijn gedachten keerden als een kompasnaald naar mijn noorden terug.

Leon, Leon, Leon. Hij was nooit lang uit mijn gedachten. Na Francesca's vertrek was hij ver weg en in zichzelf gekeerd. Ik deed erg mijn best hem af te leiden, maar niets scheen hem meer te interesseren. Hij keek neer op al onze gebruikelijke spelletjes. Hij zigzagde continu tussen manisch vrolijk en stug en onwillig. En wat erger was: hij leek het me nu kwalijk te nemen wanneer ik zijn eenzaamheid doorbrak, vroeg me sarcastisch of ik geen andere vrienden had en dreef constant de spot met me omdat ik jonger en minder ervaren was dan hij.

Had hij het maar geweten. Wat dat betreft lag ik lichtjaren op hem voor. Ik had tenslotte meneer Bray overwonnen en binnenkort zouden mijn overwinningen verder strekken. Maar bij Leon had ik me altijd onhandig en jong gevoeld en was ik pijnlijk behaagziek. Hij voelde het en het maakte hem nu wreed. Hij was op die leeftijd waarop alles scherp, nieuw en overduidelijk lijkt, waarop de volwassenen onmeetbaar dom zijn, waarop het zelf belangrijker is dan alle anderen en waarop een dodelijke hormooncocktail iedere emotie tot nachtmerrieachtige proporties opblaast.

Het ergste was nog wel dat hij verliefd was. Hij was tot nagelbijtens toe, ellendig en wreed verliefd op Francesca Tynan, die was teruggekeerd naar haar school in Cheshire en met wie hij bijna dagelijks in het geheim telefoongesprekken voerde, zodat de telefoonrekening heel hoog opliep, hetgeen – te laat – aan het eind van het kwartaal ontdekt zou worden.

'Niets is met haar te vergelijken,' zei hij – niet voor het eerst. Hij was in zijn manische fase; het zou niet lang meer duren voordat hij in sarcasme en openlijke minachting zou vervallen. 'Je kunt er nu wel over praten, net als al die anderen, maar je weet niet hoe het is. Ik, ik heb het gedáán. Ik heb het écht gedaan. Jij zult nooit verder komen dan wat gefriemel achter de kluisjes met je vriendjes van de zesde klas.'

Ik trok een gezicht; ik hield het luchtig en deed alsof het een grap was. Maar dat was het niet. Leon had bij deze gelegenheden iets kwaadaardigs, bijna dierlijks; zijn haar hing voor zijn ogen, zijn gezicht was bleek, zijn lichaam gaf een zure geur af en om zijn mond zaten nieuwe puistjes.

'Dat zou je wel lekker vinden, hè, homojongen, mietje? Dat zou je vast wel lekker vinden.' Hij keek me aan en ik zag een dodelijk soort begrip in zijn grijze ogen. 'Mietje,' herhaalde hij met een akelig gegrinnik, en toen veranderde de wind, kwam de zon tevoorschijn en was hij weer Leon. Hij begon over een concert waar hij heen wilde, over Francesca's haar en hoe dat het licht ving, een plaat die hij had gekocht, Francesca's benen en hoe lang die waren, en de nieuwe Bond-film. Even geloofde ik bijna dat hij echt een grapje had gemaakt, maar toen herinnerde ik me de kille intelligentie in zijn ogen en vroeg ik me onrustig af hoe ik mezelf toch verraden kon hebben.

Ik had er op dat moment een eind aan moeten maken. Ik wist dat het er nooit beter op zou worden. Maar ik was hulpeloos, irrationeel en verscheurd. Iets in mij geloofde nog steeds dat ik weer de oude van hem kon maken, dat alles kon zijn zoals het was. Ik moest dat wel geloven: het was het enige sprankje hoop aan mijn verder zo naargeestige horizon. Bovendien had hij me nodig. Hij zou Francesca op z'n vroegst pas weer met kerst zien. Ik had dus bijna vijf maanden, vijf maanden waarin ik hem van zijn obsessie kon genezen, waarin ik het gif dat onze prettige vriendschap had geïnfecteerd kon verdrijven.

O, ik móést hem wel zijn zin geven. Meer dan goed voor hem was, denk ik. Er is echter niets zo gemeen als een minnaar, tenzij je de terminaal zieken meerekent, met wie dezen vele onplezierige kenmerken delen. Beiden zijn zelfzuchtig, in zichzelf gekeerd, manipulatief en labiel, en bewaren al hun liefheid voor hun beminde (of voor henzelf) en keren zich als dolle honden tegen hun vrienden. Zo was Leon en toch waardeerde ik hem meer dan ooit, nu hij eindelijk mijn leed deelde.

Aan een korst krabben geeft een perverse voldoening. Minnaars doen niet anders: ze zoeken de meest intense bronnen van pijn op en geven zich eraan over, offeren zich omwille van het beminde object telkens weer op met een hardnekkige domheid die dichters vaak voor onzelfzuchtigheid hebben aangezien. Leon deed het door over Francesca te praten. Ik deed het door naar hem te luisteren. Na een poos werd het ondraaglijk – liefde heeft, net als kanker, de neiging het leven van de lijdende zozeer te gaan beheersen dat deze het vermogen kwijtraakt om over iets anders te praten (wat verlammend saai voor de toehoorders is) – en ik merkte dat ik met groeiende wanhoop naar wegen zocht om door die oervervelende obsessie van Leon heen te breken.

'Ik daag je uit.' Dat zei ik, staande voor de platenwinkel. 'Toe dan. Ik daag je uit. Dat wil zeggen, als je het lef nog hebt.'

Hij keek verbaasd naar mij en toen naar de winkel achter me. Er gleed iets over zijn gezicht – misschien een schaduw van vroegere genoegens. Toen grijnsde hij en ik meende een vage weerspiegeling van de oude, zorgeloze, liefdeloze Leon in zijn grijze ogen te zien.

'Heb je het tegen míj?'

En zo speelden we het enige spel dat deze nieuwe Leon nog wilde spelen. En met het spel begon de 'behandeling': onaangenaam, bruut zelfs, maar noodzakelijk, net zoals agressieve chemotherapie wordt ingezet in de strijd tegen de kanker. En agressie zat er meer dan voldoende in ons beiden: het was gewoon een kwestie van die naar buiten richten in plaats van naar binnen.

We begonnen met diefstal. Eerst kleine dingen: platen, boeken en kleren, die we in onze kleine schuilplaats in de bossen achter St. Oswald dumpten. De behandeling stapte over op steviger kost. We bekladden muren en sloegen bushokjes stuk. We gooiden stenen naar passerende auto's, duwden grafzerken omver op het oude kerkhof en riepen smerige dingen naar bejaarden die hun hond uitlieten wanneer ze op ons terrein kwamen. Gedurende die twee weken werd ik heen en weer geslingerd tussen doffe ellende en overweldigende vreugde. We waren weer samen, Butch en Sundance, en Francesca werd minutenlang vergeten; de opwinding die zij verschaft had, werd overtroffen door een sterkere, gevaarlijkere bedwelming.

Maar het ging altijd weer voorbij. Mijn behandeling was goed voor de symptomen, niet voor de oorzaak, en ik ontdekte tot mijn leedwezen dat mijn patiënt een steeds sterkere dosis opwinding nodig had, als hij al reageerde. Steeds vaker moest ik nieuwe dingen bedenken die we konden doen, en ik merkte dat het me moeite kostte steeds buitenissigere heldendaden voor ons te verzinnen.

'Platenwinkel?'
'Neu...'
'Kerkhof?'
'Banaal.'
'Muziektent?'

'Al gedaan.' Dat was waar. De avond ervoor waren we het gemeentepark binnengedrongen en hadden we alle stoelen van de gemeentelijke muziektent en alle hekjes eromheen kapotgemaakt. Ik had me er rot bij gevoeld; ik wist nog dat ik toen ik heel klein was met mijn moeder naar het park ging, herinnerde me nog de zomergeuren van gemaaid gras, hotdogs en suikerspin en de klanken van de mijnwerkersband. Ik wist nog dat Sharon Snyde op een van die blauwe plastic stoelen een sigaret had zitten roken, terwijl ik op en neer marcheerde en op een onzichtbare trommel sloeg, en even voelde ik me vreselijk verloren. Ik was toen zes en ik had toen nog een moeder gehad die naar sigaretten en Cinnabar rook, en er was niets geweldiger en schitterender dan een muziektent in de zomer, en alleen slechte mensen maakten dingen kapot.

'Wat is er, Pinchbeck?' Het was al laat; bij het licht van de maan was Leons gezicht glanzend, donker en wetend. 'Heb je er al genoeg van?'

Dat had ik, ja. Meer dan genoeg. Maar dat kon ik niet tegen Leon zeggen; hij was per slot van rekening bij mij in behandeling.

'Kom op,' drong hij aan. 'Zie het maar als een les in goede smaak.'

Dat had ik gedaan, en mijn wraak was snel geweest. Leon had me opgedragen de muziektent te vernielen; mijn antwoord hierop was dat ik hem uitdaagde blikjes aan de uitlaatpijp van alle auto's te binden die voor het politiebureau geparkeerd stonden. Onze inzet werd steeds hoger, onze wandaden werden steeds ingewikkelder, op het surrealistische af (een rij dode duiven aan de hekken van het openbare park binden, een reeks kleurige muurschilderingen op de zijkant van de methodistenkerk aanbrengen). We ontsierden muren, braken ramen en maakten in de hele stad kleine kinderen bang. Er was nog maar één plek over.

'St. Oswald.'

'Vergeet het maar.' Tot dusverre hadden we het schoolterrein gemeden, op een beetje artistieke zelfexpressie op de muren van het sportpaviljoen na. Mijn dertiende verjaardag zou over een paar dagen zijn en daarmee naderde ook mijn geheimzinnige en langverwachte verrassing. Mijn vader liet niet veel blijken, maar ik merkte wel dat het hem moeite kostte. Hij stond droog en hij was aan conditietraining begonnen; het huis was smetteloos schoon en op zijn gezicht was een harde, droge grijns gekomen die niets weerspiegelde van wat er in hem omging. Hij leek net Clint Eastwood in *High Plains Drifter*, maar dan wel een dikke Clint, met diezelfde spleetogige houding van concentratie bij een uiteindelijke, apocalyptische confrontatie. Ik vond het goed – het toonde vastberadenheid – en ik wilde het niet allemaal verpesten met een idiote stunt.

'Kom op, Pinchbeck. *Fac ut vivas.* Leef een beetje.'

'Wat heeft het voor zin?' Het was niet goed als ik te veel tegenstand bood. Leon zou denken dat ik bang was om de uitdaging aan te nemen. 'We hebben St. Oswald al tig keer gedaan.'

'Niet dit.' Zijn ogen glansden. 'Ik daag je uit... Ik daag je uit om naar de nok van het kapeldak te klimmen.' Daarop keek hij me glimlachend aan en op dat moment zag ik de man die hij had kunnen zijn: zijn subversieve charme, zijn onweerstaanbare humor. Het trof me als een vuistslag, mijn liefde voor hem – de enige pure emotie in mijn hele complexe, groezelige puberteit. Ik bedacht op dat moment dat ik, als hij me had gevraagd van het kerkdak te spríngen, dat waarschijnlijk ook gedaan had.

'Het dak?'

Hij knikte.

Ik moest bijna lachen. 'Goed, dat doe ik,' zei ik. 'Ik zal een souvenirtje voor je meenemen.'

'Dat hoeft niet,' zei hij. 'Ik ga er zelf ook op. Wat is er?' Hij zag mijn verbazing. 'Je dacht toch niet dat ik jou daar alleen heen liet gaan?'

6

Jongensgymnasium St. Oswald
Woensdag 3 november

HET IS NU VIJF DAGEN GELEDEN EN NOG STEEDS IS ER NIETS VAN Knight vernomen. Ook niets van Bishop, hoewel ik hem onlangs in de supermarkt zag, waar hij verdwaasd achter een karretje liep dat volgeladen was met kattenvoer (volgens mij hééft Pat Bishop niet eens een kat). Ik sprak hem aan, maar hij gaf geen antwoord. Hij zag eruit als een man die zwaar onder de medicijnen zit en ik moet toegeven dat ik niet de moed had nog verder aan te sturen op een gesprek.

Toch weet ik dat Marlene hem elke dag belt om zich ervan te vergewissen dat hij het goed maakt – de vrouw heeft een hart, wat meer is dan van het hoofd gezegd kan worden, die alle personeelsleden, totdat alles opgehelderd is, heeft verboden met Bishop te communiceren.

De politie was weer de hele dag hier; drie agenten werkten het personeel, de jongens en de secretaresses en dergelijke af met de machinale efficiency van schoolinspecteurs. Er is een hulplijn ingesteld, die de jongens aanmoedigt anoniem te bevestigen wat al vastgesteld is. Veel jongens hebben erheen gebeld – de meesten om te benadrukken dat meneer Bishop absoluut niets verkeerds kan hebben gedaan. Anderen worden tijdens en na de les ondervraagd.

Het maakt de jongens onhandelbaar. Mijn klas wil over niets anders praten, maar aangezien men mij heel duidelijk heeft verteld dat het Pats zaak misschien geen goed doet als we het erover hebben, moet ik erop staan dat ze dat niet doen. Velen van hen zijn helemaal van slag; ik trof Brasenose huilend aan in de toiletten op de middengang tijdens het vierde lesuur Latijn en zelfs Allen-Jones en McNair, die van de meeste dingen doorgaans wel het belachelijke zien, waren lusteloos en reageerden niet. Mijn hele klas is dat, zelfs Anderton-Pullitt lijkt vreemder dan anders en is nu, naast al zijn andere eigenaardigheden, ook nog mank gaan lopen.

Het meest recente bericht dat me via het geruchtencircuit bereikt, is dat ook Gerry Grachvogel is ondervraagd en aangeklaagd zou kunnen worden. Er zijn ook andere, meer uitzinnige geruchten in omloop, zodat in het roddelcircuit alle afwezige leerkrachten verdachten zijn geworden.

Devines naam is genoemd en hij is vandaag inderdaad afwezig, hoewel dat op zich nog niets hoeft te betekenen. Het is belachelijk, maar het stond vanmorgen in de *Examiner*, waarbij 'bronnen in de school' werden gemeld (hoogstwaarschijnlijk jongens) en erop werd gezinspeeld dat er een reeds lang bestaand pedofielennetwerk van ongekend belang was blootgelegd binnen de 'gewijde ruimte'(!) van die goeie ouwe school.

Zoals ik al zei: belachelijk. Ik geef al drieëndertig jaar les op St. Oswald en ik weet waar ik het over heb. Zoiets zou hier nooit hebben kunnen plaatsvinden, niet omdat we vinden dat we beter zijn dan de rest (wat de *Examiner* ook moge denken), maar gewoon omdat je in een instelling als St. Oswald een geheim niet lang kunt bewaren. Misschien wel voor Bob Strange: die schiet wortel in zijn kantoor, waar hij roosters zit uit te werken. Of misschien voor de Pakken, die nooit iets zien als het hun niet in een e-mail wordt voorgeschoteld. Maar voor mij? Voor de jongens? Nooit.

O, ik heb de nodige ongewone collega's langs zien komen. Er was eens een dr. Jehu (die in Oxford had gestudeerd), die achteraf gewoon meneer Jehu bleek te zijn van de universiteit van Durham, en die naar het scheen een reputatie had. Dat was jaren geleden, voordat dergelijke dingen in het nieuws kwamen, en hij ging stilletjes en zonder schandaal weg, zoals de meesten doen, zonder schade na te laten. Of meneer Tythe-Weaver, de tekenleraar die het modelzitten *au naturel* introduceerde. Of meneer Groper, die een onfortuinlijke fixatie voor een jonge leerling Engels ontwikkelde die veertig jaar jonger was dan hij. Of zelfs onze eigen meneer Grachvogel, van wie alle jongens weten dat hij homo is, en waar geen kwaad in steekt, maar die verschrikkelijk bang is dat hij zijn baan zal verliezen als de raad van bestuur erachter komt. Daar is het nu helaas een beetje te laat voor, maar hij is niet pervers, zoals de *Examiner* triomfantelijk oppert. Light mag dan een lompe ezel zijn, maar hij is volgens mij net zomin pervers als Grachvogel. Devine? Laat me niet lachen. En wat Bishop betreft: tja, ik ken Bishop. Maar wat nog belangrijker is: de jongens kennen hem en houden van hem, en geloof mij maar: als er met hem ook maar iets niet in de haak zou zijn geweest, dan waren zij de eersten geweest die er lucht van kregen. Jongens hebben voor dit soort dingen een zintuig en in een school als St. Oswald verspreiden geruchten zich met epidemische snelheid. Je moet goed begrijpen: Pat geeft net als ik al drieëndertig jaar les en als er ook maar enige waarheid had gescholen in deze aantijgingen, zou ik het geweten hebben. De jongens zouden het me verteld hebben.

In de docentenkamer zet de polarisatie zich echter voort. Veel collega's spreken helemaal niet over de kwestie, uit angst bij het schandaal betrokken te raken. Sommigen (hoewel dat er niet veel zijn) tonen openlijk hun minachting voor de beschuldigden. Anderen nemen de gelegenheid te baat om hen stilletjes met hun 'correcte denkwijze' te belasteren.

Penny Nation is zo iemand. Ik weet nog hoe Keane haar in zijn notitieboekje omschreef – als een 'giftige wereldverbeteraar' – en ik vraag me af hoe ze zoveel jaar mijn collega kan zijn geweest zonder dat ik heb gemerkt hoe boosaardig ze in wezen is.

'Een tweede meester hoort net als de premier te zijn,' zei ze vandaag tijdens de lunchpauze in de docentenkamer. 'Gelukkig getrouwd, zoals Geoff en ik' – een snelle glimlach naar haar *capitaine*, die vandaag in een marineblauw streepjespak gestoken was dat volmaakt paste bij Penny's rok-en-truicombinatie. Op zijn revers zat een zilveren visje. 'Op die manier kan er gewoon toch geen enkele aanleiding voor achterdocht zijn?' vervolgde Penny. 'Enfin, als je met kinderen gaat werken' – ze spreekt dat woord uit met een suikerzoete Walt Disney-commentaarstem, alsof alleen al de gedachte aan kinderen haar doet smelten – 'zou je eigenlijk zelf een kind moeten hebben.'

Weer die lach. Ik vraag me af of ze haar man al in de nabije toekomst Pats baan ziet overnemen. Hij heeft zeker de ambitie; hij gaat ook braaf naar de kerk, is een goede vader, op en top een heer, en heeft al vele cursussen achter de rug.

Hij is niet de enige die zich iets in het hoofd haalt. Eric Scoones heeft er ook op in zitten hakken, wat me nogal verrast heeft, want ik had Eric altijd als iemand met een eerlijk oordeel gezien, ondanks zijn wrok vanwege het feit dat hij gepasseerd is voor promotie. Ik schijn het mis te hebben gehad: toen ik vanmiddag naar de gesprekken in de docentenkamer luisterde, hoorde ik hem tot mijn schrik de kant kiezen van de Volkenbond en niet die van Hillary Monument, die altijd pro-Pat is geweest en die, nu hij aan het eind van zijn loopbaan is, niets te verliezen heeft door duidelijk voor zijn mening uit te komen.

'Tien tegen één dat we tot de ontdekking zullen komen dat er sprake is van een afschuwelijke vergissing,' zei Monument. 'Die computers, die zijn niet te vertrouwen. Ze gaan altijd kapot. En dan die... hoe noem je dat? Spam, ja. Tien tegen één dat die ouwe Pat spam in zijn computer had en niet wist wat het was. Net als Grachvogel, die is niet eens gearresteerd. Hij is alleen maar ondervraagd. Hij helpt de politie bij het onderzoek.'

Eric maakte een verontwaardigd geluid. 'Je zult het zien,' zei hij (een man die net zomin computers gebruikt als ik). 'De pest met jou is dat je te goed van vertrouwen bent. Dat zeggen ze ook allemaal wanneer een vent op een viaduct gaat staan en tien mensen doodschiet. Dan zeggen ze altijd: "En het was toch zo'n aardige vent." Niet dan? Of een hopman die al jaren aan kleine jongetjes zit – "Ooo... maar de kinderen waren dol op hem, dat had ik nou nooit gedacht." Dat is de pest. Niemand denkt ooit. Niemand bedenkt wat er zou kunnen gebeuren in zijn eigen achtertuin. Bovendien: wat weten we eigenlijk van Pat Bishop? Hij dóét wel normaal, maar ja, dat is nogal logisch. Maar wat weten we nu eigenlijk van hem af? Of van welke collega dan ook?'

Het was een opmerking die me bezighield en die me sindsdien bezig is blijven houden. Eric heeft al jarenlang aanvaringen met Pat, maar ik had altijd gedacht dat dat niets persoonlijks was, net als mijn gekibbel met dr. Devine. Hij is natuurlijk verbitterd. Hij is een goede leraar, zij het een wat ouderwetse, en hij had misschien een goed jaarhoofd kunnen zijn als hij er bij de leiding iets meer werk van had gemaakt. Maar in mijn hart had ik altijd gedacht dat hij loyaal was. Als ik van iemand niet verwacht had dat hij die arme Bishop een mes in de rug zou steken, dan was het Eric wel. Nu ben ik daar niet meer zo zeker van: vandaag in de docentenkamer had hij een uitdrukking op zijn gezicht die me meer zei dan ik ooit over Eric Scoones had willen weten. Hij is natuurlijk altijd wel een roddelaar geweest, maar dat ik nu, na al die jaren, die opgetogen *Schadenfreude* op het gezicht van mijn oude vriend moet zien...

Ik vind het jammer. Maar hij had wel gelijk. Wat weten we nu eigenlijk echt van onze collega's af? Drieëndertig jaar, en wat weten we nu helemaal? Voor mij is de onplezierige onthulling helemaal niet iets aangaande Pat geweest, maar aangaande de rest. Scoones, de Volkenbond, Roach, die doodsbang is dat zijn vriendschap met Light en Grachvogel zijn zaak bij de politie geen goed zal doen. Beard, die de hele kwestie als een persoonlijke belediging voor de afdeling Computerkunde opvat. Meek, die alles wat Beard hem vertelt alleen maar napraat. Easy, die achter de meerderheid aan loopt. McDonaugh, die tijdens de pauze aankondigde dat alleen een pervers iemand zo'n nicht als Grachvogel een leraarsbaan had kunnen geven.

Het ergste is nog wel dat niemand het meer voor hen opneemt: zelfs Kitty, die altijd met Gerry Grachvogel bevriend is geweest en die Bishop diverse malen te eten heeft gevraagd, heeft tijdens de lunchpauze niets gezegd. Ze staarde alleen maar met een vage afkeer in haar koffiemok en keek me niet aan. Ze heeft andere dingen aan haar hoofd, dat weet ik. Toch was het een moment dat ik liever niet had willen meemaken. Je zult wel gemerkt hebben dat ik nogal dol op Kitty Teague ben.

Toch ben ik opgelucht dat er in ieder geval bij één of twee personen gezond verstand nog de boventoon voert. Chris Keane en Dianne Dare behoren tot de zeer weinigen die niet aangestoken zijn. Toen ik mijn thee ging halen, stonden ze bij het raam nog boos te zijn op de collega's die Bishop zonder vorm van proces meteen veroordeeld hadden.

'Ik vind dat iedereen het recht heeft om gehoord te worden,' zei Keane, nadat ik mijn gevoelens nog wat gelucht had. 'Ik ken meneer Bishop natuurlijk niet, maar ik moet zeggen dat hij mij niet echt het type lijkt.'

'Dat vind ik ook,' zei juffrouw Dare. 'Bovendien schijnen de jongens echt dol op hem te zijn.'

'Dat zijn ze ook,' zei ik hardop, met een uitdagende blik richting morele meerderheid. 'Dit is een vergissing.'

'Of opzet,' zei Keane nadenkend.

'Opzet?'

'Waarom niet?' Hij haalde zijn schouders op. 'Iemand die wrok koestert. Een ontevreden personeelslid. Een ex-leerling. Willekeurig wie. Het enige wat je ervoor nodig hebt is toegang tot de school, plus een bepaalde handigheid op computergebied....'

Computers. Ik wist wel dat we beter af waren zonder die dingen. Maar Keanes woorden hadden een zenuw geraakt. Ik vroeg me zelfs af waarom ik daar nou niet zelf op gekomen was. Niets beschadigt een school op wredere wijze dan een seksschandaal. Was er vroeger op Sunnybank Park ook niet zoiets gebeurd? Had ik het zelf ook niet gezien, toen het oude hoofd nog in functie was?

Natuurlijk had Shakeshafte geen voorkeur voor jongens, maar voor secretaresses en jonge vrouwelijke personeelsleden. Dergelijke affaires komen zelden verder dan het stadium van achterklap; ze worden onder volwassenen opgelost en komen nauwelijks buiten de schoolpoort.

Maar dit is anders. De kranten hebben de jacht op het leraarsgilde geopend verklaard. Verhalen over pedofielen beheersen de roddelpers. Er gaat geen week voorbij of er komt een nieuwe beschuldiging. Schoolhoofd, hopman, politieagent, priester. Iedereen kan een doelwit vormen.

'Het is mogelijk.' Dat was Meek, die ons gesprek had gevolgd. Ik had niet verwacht dat híj een mening zou geven; tot nu tot had hij alleen maar energiek geknikt wanneer Beard iets zei. 'Ik stel me zo voor dat er aardig wat mensen zijn die wrok koesteren tegen St. Oswald,' vervolgde Meek met zijn zwakke stem. 'Fallow, bijvoorbeeld, of Knight.'

'Knight?' Het werd stil. Door de terugslag van het grotere schandaal was ik mijn jeugdige wegloper bijna vergeten. 'Knight zou hiervoor verantwoordelijk kunnen zijn.'

'Waarom niet?' zei Keane. 'Het past bij zijn type.'

O ja, het paste bij zijn type. Ik zag het gezicht van Eric Scoones betrekken; hij luisterde en ik zag aan de zogenaamd onbekommerde uitdrukking op het gezicht van mijn collega's dat ook zij het gesprek volgden. 'Het is ook niet zo moeilijk om aan de wachtwoorden van het personeel te komen,' zei Meek. 'Als je toegang hebt tot het bedieningspaneel van de administratie...'

'Dat is belachelijk,' zei meneer Beard. 'Die wachtwoorden zijn strikt geheim.'

'Dat van u is "Amanda",' zei Keane met een lachend gezicht. 'De naam van uw dochter. Dat van meneer Bishop is "Go-Johnny-go". Daar is niet veel fantasie voor nodig, bij zo'n enthousiaste rugbyfan. Dat van Gerry is waarschijnlijk iets als "X-files", misschien, of "Scully".'

Juffrouw Dare moest lachen. 'Vertel eens,' zei ze, 'bent u een beroepsspion of is het alleen maar een hobby?'

'Ik let gewoon op,' zei Keane.

Maar Scoones was nog niet overtuigd. 'Geen van onze jongens zou dat durven,' zei hij. 'En zeker niet dat kleine uilskuiken.'

'Waarom niet?' zei Keane.

'Dat zou hij gewoon niet doen,' zei Scoones minachtend. 'Je hebt lef nodig als je het tegen St. Oswald wilt opnemen.'

'Of hersens,' zei Keane. 'Jullie willen me toch niet vertellen dat zoiets nog nooit gebeurd is?'

7

Donderdag 4 november

KWAM DAT EVEN SLECHT UIT! NET NU IK OP HET PUNT STOND OOK met Bishop af te rekenen. Om mezelf op te vrolijken ging ik naar het internetcafé in de stad, waar ik me toegang verschafte tot Knights hotmailadres (de politie zal dat inmiddels wel in de gaten houden) en een paar e-mailtjes vol gescheld naar een selectie van het schoolpersoneel zond. Dat bood me een uitlaatklep voor een deel van mijn ergernis, en het zal ongetwijfeld de hoop voeden dat Knight nog steeds in leven is.

Vervolgens ging ik op weg naar mijn eigen huis, waar ik een nieuw stuk van Mol naar de *Examiner* stuurde. Ik stuurde met Knights mobiele telefoon een tekstbericht naar die van Devine en daarna belde ik Bishop; ik wendde een accent voor en verdraaide mijn stem. Ik voelde me toen al heel wat beter – gek is dat, maar het afhandelen van saaie zaken kan je in een goede stemming brengen – en na wat gehijg bracht ik mijn giftige boodschap over.

Ik vond dat hij moeizamer praatte dan anders, alsof hij medicijnen gebruikte of zo. Natuurlijk was het inmiddels bijna middernacht en lag hij misschien al te slapen. Ikzelf heb niet veel slaap nodig – drie of vier uur is meestal meer dan genoeg – en ik droom zelden. Ik ben altijd nogal verbaasd dat mensen instorten als ze niet acht of tien uur hebben geslapen en de meesten schijnen de halve nacht te liggen dromen – nutteloze, verwarde dromen die ze altijd naderhand aan anderen willen vertellen. Ik vermoedde dat Bishop iemand is die vast slaapt en kleurrijke dromen heeft, die hij op freudiaanse wijze analyseert. Vannacht echter niet. Vannacht had hij vermoedelijk andere dingen aan zijn hoofd.

Ik belde een uur later weer. Deze keer was Bishops tong even traag als die van mijn vader na een avondje stappen. 'Wat wil je?' Zijn stierengebrul, vertekend door de telefoonlijn.

'Je weet wat we willen.' Dat 'we' helpt altijd wanneer je paranoia verspreidt. 'We willen gerechtigheid. We willen dat er met jou wordt afgerekend, vuile viezerik.'

Hij had de verbinding natuurlijk allang verbroken moeten hebben, maar Bishop is nooit zo'n snelle denker geweest. In plaats daarvan begon hij boos te schreeuwen, wilde hij redetwisten: 'Anonieme telefoontjes plegen? Is dat het enige wat je kunt? Ik zal je eens wat vertellen...'

'Nee, Bishop, ik zal jóú eens wat vertellen.' Mijn telefoonstem is iel en spinnig, en snijdt door de ruis heen. 'We weten wat je hebt uitgevreten. We weten waar je woont. We krijgen je wel te pakken. Het is gewoon een kwestie van tijd.'

Klik.

Niets wilds, zoals je ziet. Maar het heeft al fantastisch gewerkt bij Grachvogel, die nu de hoorn permanent van de haak laat liggen. Vanavond ben ik toevallig nog langs zijn huis geweest, gewoon om even te kijken. Op een gegeven moment was ik er bijna zeker van dat ik iemand tussen de gordijnen van de huiskamer door zag gluren, maar ik had handschoenen aan en een capuchon op, en ik weet dat hij nooit het huis uit zou durven komen.

Naderhand belde ik Bishop voor de derde keer.

'We komen dichterbij,' kondigde ik met mijn spinnenstem aan.

'Wie ben je?' Hij was deze keer alert en in zijn stem hoorde ik een nieuwe schrilheid. 'Wat wil je in godsnaam?'

Klik.

Toen naar huis, naar bed, om een paar uurtjes te slapen.

Deze keer droomde ik wel.

8

'WAT IS ER, PINCHBECK?'

Het was 23 augustus, de dag voordat ik dertien werd. We stonden voor het valhek van de school, een pretentieuze aanbouw uit de negentiende eeuw, die de toegang tot de bibliotheek en de kapel markeert. Het was een van mijn favoriete delen van de school, zó uit een Walter Scott-roman, met het schoolwapen in rood en goud boven het schoolmotto (een tamelijk recente toevoeging, maar een paar woorden Latijn spreken boekdelen voor de schoolgeld betalende ouders). *Audere, agere, auferre.*

Leon grijnsde naar me; zijn haar hing schandelijk in zijn ogen. 'Geef toe, mietje,' zei hij op spottende toon, 'dat het er van hieraf heel wat hoger uitziet, hè?'

Ik haalde mijn schouders op. Zijn geplaag was nog onschuldig, maar ik las de tekenen. Als ik verslapte, als ik ook maar een beetje geïrriteerd leek door zijn gebruik van die stomme bijnaam, zou hij met de volle kracht van zijn sarcasme en minachting toeslaan.

'Het is heel hoog, ja,' zei ik nonchalant. 'Maar ik ben er al eens eerder geweest. Wanneer je weet hoe het moet, is er niets aan.'

'O nee?' Ik zag wel dat hij me niet geloofde. 'Laat maar eens zien dan.'

Dat wilde ik niet. Mijn vaders lopers waren een geheim dat ik nooit aan anderen had willen onthullen, zelfs niet – en misschien wel juist niet – aan Leon. Maar ik voelde hoe ze me diep in de zak van mijn spijkerbroek uitdaagden het te zeggen, het met hem te delen, die laatste, verboden grens over te steken.

Leon sloeg me gade als een kat die niet weet of hij met de muis wil spelen of zijn ingewanden uit zijn lijf wil trekken. Er kwam een plotselinge, overweldigende herinnering bij me op aan hem en Francesca in de tuin, zijn hand losjes op de hare, zijn huid geelbruin-groen in de vlekkerige schaduw. Het was logisch dat hij van haar hield. Hoe kon ik ooit aan haar tippen? Ze had iets met hem gedeeld, een geheim, iets wat haar macht gaf en ik zou het haar nooit kunnen nadoen.

Maar misschien kon ik dat nu wel.

'Wau.' Leons ogen werden groot toen hij de sleutels zag. 'Hoe ben je dááraan gekomen?'

'Gepikt,' zei ik. 'Van het bureau van Dikke John, aan het eind van het trimester.' Of ik wilde of niet, ik moest lachen om het gezicht van mijn vriend. 'Ik heb ze in de lunchpauze bij de sleutelmaker laten namaken en ze teruggelegd waar ik ze had gevonden.' Dat was grotendeels waar: ik had het gedaan vlak na die vorige ramp, terwijl mijn vader neerslachtig en stomdronken in zijn slaapkamer lag. 'De slome duikelaar heeft er niks van gemerkt.'

Nu keek Leon naar me met een nieuw licht in zijn ogen. Er lag bewondering in, maar ik werd er ook een beetje onrustig van. 'Zo, zo,' zei hij ten slotte. 'En ik maar denken dat je maar een onbenullige brugpieper bent zonder ideeën en zonder ballen. En dat heb je nooit aan iemand verteld?'

Ik schudde mijn hoofd.

'Nou, dat is dan mooi,' zei Leon zacht, en langzaam lichtte zijn gezicht op door een zeer tedere en uiterst innemende glimlach. 'Dan is het dus ons geheim.'

Geheimen delen heeft iets supermagisch. Ik voelde het op dat moment, toen ik Leon rondleidde in mijn koninkrijkje, ondanks de spijt die ik ook voelde. De gangen en nissen, de verborgen nokken van daken en geheime kelders van St. Oswald waren niet langer van mij. Ze waren nu ook van Leon.

We verlieten het gebouw via een raam aan de bovengang. Ik had het inbrekersalarm in ons deel van de school al uitgezet voordat ik de deur zorgvuldig achter ons dichtdeed. Het was laat: minstens elf uur en mijn vaders rondes waren allang voorbij. Om deze tijd zou er niemand meer komen. Niemand zou vermoeden dat we hier waren.

Het raam kwam uit op het bibliotheekdak. Ik klom met geoefend gemak naar buiten; Leon volgde grijnzend. Er was hier een lichte schuinte bedekt met dikke, bemoste dakleien, die afliep naar een diepe, met lood beklede goot. Rondom deze goot was een loopbrug, die de portier in staat moest stellen er met een bezem langs te lopen zodat hij de opgehoopte bladeren en rommel kon verwijderen, maar doordat mijn vader hoogtevrees had, had hij nog nooit een poging gewaagd. Voor zover ik wist had hij het lood nog nooit nagekeken en dientengevolge waren de goten gevuld met slib en afval.

Ik keek op. Een bijna volle maan stond magisch in een paarsbruine lucht. Van tijd tot tijd gleden er wolkenflarden voorlangs, maar hij was toch nog helder genoeg om iedere schoorsteen, iedere goot en leisteen paarsblauw af te tekenen. Achter me hoorde ik Leon diep en onvast inademen. 'Wau!'

Ik keek naar beneden. Ver onder me zag ik de portierswoning, die helemaal verlicht was, als een kerstlantaarn. Mijn vader zat er misschien tv te kijken, of zich voor de spiegel op te drukken. Hij leek het niet erg te vinden dat ik 's avonds weg was; hij vroeg me al maanden niet meer waar ik was geweest en met wie.

'Wau,' herhaalde Leon.

Ik grijnsde en voelde me absurd trots, alsof ik het allemaal zelf had gebouwd. Ik greep een klimtouw vast dat ik een paar maanden tevoren had aangebracht en hees me op de rand. De schoorstenen torenden als koningen boven me uit; hun zware kronen waren zwart tegen de lucht. Daarboven waren de sterren.

'Kom op!'

Ik hield mezelf met gespreide armen in evenwicht, alsof ik de avondlucht wilde binnenhalen. Even had ik het gevoel dat ik zó de bespikkelde lucht in kon stappen en weg kon vliegen.

'Kom op!'

Langzaam volgde Leon me. Het maanlicht maakte geesten van ons. Zijn gezicht was bleek en blanco – een kindergezicht vol verwondering. 'Wau.'

'Maar dat is nog niet alles.'

Bemoedigd door mijn succes leidde ik hem over de loopbrug – een breed pad met inktachtige schaduwen. Ik hield zijn hand vast;

hij stelde geen vragen maar volgde me gedwee, één arm uitgestrekt boven de koorddansruimte. Tweemaal waarschuwde ik hem voor een losse steen hier, een kapotte ladder daar.

'Hoe lang kom je hier eigenlijk al?'

'Een poosje.'

'Jezus.'

'Vind je het leuk?'

'O, já.'

Na een halfuur klimmen en klauteren stopten we om uit te rusten op de vlakke, brede borstwering boven het kapeldak. De zware dakleien hielden de warmte van de dag vast en waren ook nu nog warm. We lagen op de borstwering met de spuwers aan onze voeten. Leon haalde een pakje sigaretten tevoorschijn en we deelden een sigaret, terwijl we keken hoe de stad zich uitspreidde als een deken van lichtjes.

'Wat schitterend. Ik kan maar niet geloven dat je het nooit verteld hebt.'

'Ik heb het je nu toch verteld?'

'Mm-mm.'

Hij lag naast me met zijn handen onder zijn hoofd. Zijn elleboog raakte de mijne: ik voelde de druk, als een warmtepunt.

'Hoe zou het zijn om hier te seksen?' zei hij. 'Je zou de hele nacht kunnen blijven als je dat wilde, zonder dat iemand er ooit achter kwam.' Ik vond dat hij enigszins verwijtend klonk; hij stelde zich nachten met de lieftallige Francesca voor in de schaduw van de dakkoningen.

'Dat zal best, ja.'

Ik wilde er niet aan denken, aan die twee. Dit weten gleed stil als een sneltrein tussen ons door. Zijn nabijheid was ondraaglijk en jeukte als brandneteluitslag. Ik rook zijn zweet en de sigarettenrook en de enigszins olieachtige, muskusachtige geur van zijn te lange haar. Hij staarde de lucht in met ogen die boordevol sterren waren.

Voorzichtig stak ik mijn hand uit; ik voelde zijn schouder als vijf kleine speldenprikken van hitte op mijn vingertoppen. Leon reageerde niet. Langzaam opende ik mijn hand; hij ging ongevraagd over zijn mouw, zijn arm, zijn borstkas. Ik dacht niet. Mijn hand leek niet bij mijn lichaam te horen.

'Mis je haar? Francesca, bedoel ik.' Mijn stem trilde en de zin eindigde in een onwillekeurig gepiep.

Leon grijnsde. Maanden geleden had hij zelf de baard in de keel gekregen en hij plaagde me maar al te graag met mijn onvolwassenheid. 'O, Pinchbeck, wat ben je toch een kind.'

'Het was maar een vraag.'

'Een klein kind.'

'Houd je mond, Leon.'

'Dacht je nu echt dat dit het echte werk was? Dat gedoe met rozengeur en maneschijn en liefde en romantiek? Jezus, Pinchbeck, wat ben je toch banaal!'

'Houd je mond, Leon.' Mijn gezicht gloeide en ik dacht aan sterrenlicht, winter en ijs.

Hij lachte. 'Het spijt me dat ik je de illusie moet ontnemen, mietje.'

'Waar heb je het over?'

'Liéfde, natuurlijk. We hebben geneukt, meer niet.'

Dat was een schok voor me. 'Voor haar was het meer.' Ik moest aan Francesca denken, aan haar lange haar, haar lome ledematen. Ik moest aan Leon denken en aan alles wat ik had opgeofferd voor hem, voor de romantiek en voor de pijn en opwinding zijn passie te mogen delen. 'Je weet dat het voor haar niet zo was. En noem me geen mietje.'

'Want anders?' Hij ging rechtop zitten; zijn ogen glansden.

'Hè, Leon. Doe niet zo stom.'

'Je dacht dat zij de eerste was, hè?' Hij grijnsde. 'O, Pinchbeck, word toch eens volwassen. Je begint al net als zij te klinken. Moet je jezelf zien: je windt je er helemaal over op en probeert me van mijn gebroken hart te genezen, alsof ik ooit zoveel om een méísje zou kunnen geven...'

'Maar je zei zelf...'

'Ik was je aan het opfokken, stommeling. Wist je dat niet?'

Wezenloos schudde ik mijn hoofd.

Leon stompte, niet zonder genegenheid, tegen mijn arm. 'Mietje. Wat ben je toch een romanticus. Ze was wel lief, hoor, ook al was het maar een meisje. Maar ze was niet de eerste. Zelfs niet de beste, moet ik eerlijk zeggen. En beslist, beslíst niet de laatste.'

'Ik geloof je niet,' zei ik.

'O, nee? Luister eens even, jochie.' Lachend, vol energie was hij nu; de fijne haartjes op zijn armen waren in het maanlicht gebleekt, aangetast zilver. Heb ik je weleens verteld waarom ik van mijn vorige school ben gegooid?'

'Nee, waarom dan?'

'Ik heb gesekst met een leraar, mietje. Meneer Weeks van metaalbewerking. In de werkplaats, na school. Dat werd me een rel...'

'Nee!' Louter en alleen omdat het zo ongehoord was begon ik met hem mee te lachen.

'Hij zei dat hij van me hield. Stomme klootzak. Hij schreef me brieven.'

'Nee.' Met grote ogen: 'Néé!'

'Niemand gaf mij de schuld. Slechte invloed noemden ze het. Gevoelige jongen, gevaarlijke viezerik. Identiteit niet onthuld om de onschuldige te beschermen. Het heeft breeduit in de krant gestaan.'

'Wau.' Ik twijfelde er geen seconde aan dat hij de waarheid sprak. Het verklaarde heel veel: zijn onverschilligheid, zijn seksuele vroegrijpheid, zijn durf. Zeker zijn durf. 'Wat is er gebeurd?'

Leon haalde zijn schouders op. '*Pactum factum*. Die vent ging de bak in. Zeven jaar. Ik had eigenlijk wel met hem te doen.' Hij lachte toegeeflijk. 'Hij was zo beroerd niet, meneer Weeks. Hij nam me mee naar clubs en zo. Maar wel lelijk. Grote dikke buik. En oud! Wel dertig of zo.'

'Tjezus, Leon!'

'Ja, nou. Je hoeft toch niet te kijken? En hij gaf me van alles: geld, cd's, dit horloge. Dat kostte wel vijfhonderd pond.'

'Nee!'

'Maarre, mijn moeder ging helemaal over de rooie. Ik moest in therapie en zo. Volgens mijn moeder had ik wel getraumatiseerd kunnen raken. Zou ik er misschien wel nooit overheen komen.'

'En hoe...' Mijn hoofd tolde door de avondlucht en zijn onthullingen. 'Hoe...'

'Hoe het was?' Hij keerde zich met een grijns op zijn gezicht een kwartslag om en trok me naar zich toe. 'Je bedoelt dat je wilt weten hoe het wás?'

De tijd viel weg. Als fan van avonturenverhalen had ik heel wat gelezen over de tijd die 'stilstond', zoals in: '... even stond de tijd stil toen de kannibalen steeds verder op de hulpeloze jongens toe slopen.' Nu ervoer ik dat echter duidelijk als een heftige beweging, zoals wanneer een goederentrein haastig uit een station vertrekt. Opnieuw stond ik los van alles; mijn handen zwierden en fladderden als vogels, ik voelde Leons mond op de mijne, zijn handen op de mijne, zijn handen die heerlijk doelbewust aan mijn kleren trokken.

Hij lachte nog steeds – een jongen van licht en duisternis, een geest, en onder me voelde ik de ruige jongenswarmte van de dakleien, de heerlijke wrijving van huid tegen stof. Ik voelde me dicht bij de vergetelheid, ik was verrukt en verschrikt, ik was van walging vervuld en verkeerde in een roes van irrationele vreugde. Mijn gevoel voor gevaar was verdampt: ik was slechts huid, elke centimeter was een miljoen punten van hulpeloos gevoel. Allerlei gedachten flitsten als vuurvliegjes door mijn hoofd.

Hij had nooit van haar gehouden.

Liefde was banaal.

Hij kon om een meisje nooit zoveel geven.

O, Leon, Leon.

Hij liet zijn overhemd vallen, worstelde met mijn gulp en de hele tijd lachte ik en huilde ik en praatte en lachte hij, woorden die ik door het seismische bonzen van mijn hart nauwelijks kon verstaan.

Toen hield het op.

Zomaar ineens. Het beeld met onze naakte, halfnaakte lichamen bevroor, ik in de zuil van schaduw langs de hoge schoorsteen, hij in het maanlicht, als een standbeeld van ijs. Yin en yang: mijn gezicht verlicht, het zijne donker wordend van verbazing, schrik en woede.

'Leon...'

'Jezus.'

'Leon, het spijt me, ik had je moeten...'

'Jezus!' Hij deinsde terug; hij hield zijn handen voor zich uit alsof hij me van zich af wilde houden. 'Jezus, Pinchbeck...'

De tijd. De tijd viel weg. Zijn gezicht, getekend door haat en afkeer. Zijn handen die me in het donker wegduwden.

De woorden worstelden in me als kikkervisjes in een te kleine pot. Er kwam niets uit. Ik verloor mijn evenwicht en viel tegen de schoorsteen aan; ik zei niets, ik huilde niet, ik was niet eens boos. Dat kwam later.

'Kleine viezerik dat je bent!' Leons stem, onvast, ongelovig. 'Kleine, stinkende vuilak!'

De minachting, de haat in die stem zei me alles wat ik weten moest. Ik jammerde hardop – een lang, wanhopig gejammer van verbittering en verlies, en toen rende ik weg; mijn gympen bewogen snel en stil over de bemoste leien, over de borstwering en over de loopbrug.

Leon liep achter me aan, vloekend, zwaar van woede. Maar hij kende de daken niet. Ik hoorde hem ver achter me struikelend en zonder op te letten over de leien rennen om me achterna te zitten. Hij liet een spoor van vallende leien na, die als mortiergranaten beneden op het binnenplein stukvielen. Toen hij van de kapelkant overstak, gleed hij uit en viel hij. Een schoorsteen brak zijn val; de klap leek alle goten, iedere baksteen en pijp te doen schudden. Ik greep een vlierstruik beet met spichtige takken die uit een reeds lang verstopt afvoerraster staken en hees me op. Achter me klauterde Leon, verwensingen mompelend, omhoog.

Ik rende instinctief; het had geen zin te proberen met hem te redeneren. Mijn vaders woedeaanvallen waren net zo en in gedachten was ik weer negen en dook ik onder de dodelijke zwaai van zijn vuist door. Later zou ik het misschien aan Leon kunnen uitleggen. Later, wanneer hij de tijd had gehad om na te denken. Voorlopig wilde ik alleen maar wegkomen.

Ik verspilde geen tijd aan pogingen terug te keren naar het bibliotheekraam. De klokkentoren, met zijn balkonnetjes die half verrot waren door het korstmos en de duivenpoep, was dichterbij. De klokkentoren was ook zo'n St. Oswald-rariteit: een kleine gebogen, doosachtige constructie, waarin bij mijn weten nooit een klok had gezeten. Aan de ene kant had je een heel schuine loden goot, die naar een overloop voerde, waaruit het regenwater in een diepe en naar duiven stinkende schacht stroomde. Aan de andere kant was een steile zijde: een smalle richel was het enige wat de overtreder scheidde van het binnenplein aan de noordzijde, zo'n zestig meter dieper.

Voorzichtig keek ik naar beneden.

Ik wist van mijn reizen over het daklandschap dat Straitleys lokaal vlak onder me was en dat het raam dat op het gammele balkon uitkeek niet vergrendeld was. Ik hield me in evenwicht op de loopbrug en probeerde de afstand vanaf het punt waar ik stond te peilen. Toen sprong ik licht op de borstwering, daarna eraf, de beschutting van het kleine balkon in.

Het raam was gemakkelijk open te krijgen, zoals ik al gehoopt had. Ik klom erdoorheen, zonder te letten op het kapotte haakje dat in mijn rug priemde, en meteen ging het inbraakalarm af: een hoog, ondraaglijk gegil dat me doof maakte en desoriënteerde.

In paniek wurmde ik me er weer doorheen. Op het plein beneden ging de beveiligingsverlichting aan en ik dook in elkaar om aan de felle verlichting te ontsnappen. Ik vloekte hulpeloos.

Alles was fout. Ik had het alarm in de bibliotheekvleugel afgezet, maar in mijn paniek en verwarring was ik vergeten dat het alarm van de klokkentoren nog aanstond. En nu was de sirene aan het gillen; hij gilde als de gouden vogel in 'Jaap en de bonenstaak'. Mijn vader móést het wel horen, en Leon was nog steeds ergens daarboven. Leon zat gevangen...

Ik stond op het balkon en sprong op de loopbrug, waarbij ik neerkeek op het verlichte plein. Daar stonden twee gestalten omhoog te kijken; hun reusachtige schaduwen waaierden als een hand met kaarten uit. Ik dook de dekking van de klokkentoren in, kroop naar voren, naar de rand van het dak, en keek nogmaals naar beneden.

Pat Bishop stond me vanaf het binnenplein gade te slaan, met mijn vader aan zijn zijde.

9

'DAAR. DAARBOVEN.' RADIOSTEMMEN OVER EEN LANGE AFSTAND. Ik was natuurlijk weer weggedoken, maar Bishop had de beweging gezien, het ronde donkere hoofd tegen de lichtere lucht. 'Jongens op het dak.'

Jongens. Natuurlijk was dat wat hij veronderstelde.

'Hoeveel jongens?' Dat was Bishop, die toen nog jonger was, strakgespannen, fit en slechts een beetje rood in het gezicht.

'Ik weet het niet, meneer. Ik zou zeggen: minstens twee.'

Weer waagde ik het een kijkje te nemen. Mijn vader stond nog steeds te kijken, zijn witte gezicht opgeheven en nietsziend. Bishop kwam al in actie. Hij was zwaar, één bonk spieren. Mijn vader volgde hem in een trager tempo; zijn reusachtige schaduw werd verdubbeld en verdriedubbeld door de lampen. Ik nam niet de moeite hen nog langer gade te slaan. Ik wist al waar ze heen gingen.

Mijn vader had het inbraakalarm afgezet. De megafoon was Bishops idee; hij gebruikte hem op sportdagen en bij brandoefeningen, en hij maakte zijn stem onmogelijk nasaal en schel.

'Jongens!' begon hij. 'Blijf waar jullie zijn! Probeer niet naar beneden te klimmen! Er komt hulp aan!'

Zo sprak Bishop tijdens een crisis: als een personage uit een Amerikaanse actiefilm. Ik merkte dat hij van zijn rol genoot, deze pasaangestelde tweede meester. Hij was een man van de daad, een probleemoplosser, een universele raadgever.

Hij is in die vijftien jaar nauwelijks veranderd – dat bijzondere type van zichzelf overtuigde arrogantie verandert zelden. Ook toen al dacht hij dat hij de dingen goed kon krijgen met niet veel meer dan een megafoon en een paar gladde woorden.

Het was halftwee; de maan was verdwenen, de lucht, die in die tijd van het jaar nooit helemaal donker was, had een transparante gloed. Boven me, ergens op het kapeldak, zat Leon; koel en beheerst wachtte hij af wat er ging gebeuren. Iemand had de brandweer gebeld; ik hoorde de sirenes in de verte al loeien, dopplerend kwamen ze op ons af. Algauw zouden we ingehaald zijn.

'Geef aan waar jullie zitten!' Dat was Bishop weer, die met een armzwaai de megafoon aan zijn mond zette. 'Ik herhaal: geef aan waar jullie zitten!'

Nog steeds niets van Leon. Ik vroeg me af of hij zelf het bibliotheekraam had weten te vinden, of in de val zat, of stilletjes door de gangen rende, op zoek naar een uitweg.

Ergens boven mijn hoofd kletterde een lei. Ik hoorde een glijgeluid – zijn sportschoenen op de loden goot. Nu kon ik hem ook zien: alleen een glimp van zijn hoofd boven de kapelborstwering. Terwijl ik toekeek, liep hij, zo langzaam dat het bijna niet waarneembaar was, naar de smalle loopbrug die naar de klokkentoren voerde.

Ik vond het een logische gedachte. Hij moest geweten hebben dat het bibliotheekraam nu tot de mogelijkheden behoorde; dat lage, schuine dak liep vlak langs het kapelgebouw en hij zou, als hij het probeerde, goed te zien zijn. De klokkentoren was hoger, maar zekerder: hij zou zich er kunnen verstoppen. Ik bevond me echter aan de andere kant: als ik vanaf het punt waar ik stond naar hem toe zou gaan, zou ik beneden meteen zichtbaar zijn. Ik besloot om te lopen, de omweg te nemen over het dak van het observatorium en me bij hem te voegen in de schaduwen, waar we ons schuil konden houden.

'Jongens! Luister!' Bishops stem werd zo enorm versterkt dat ik mijn handen over mijn oren legde. 'Jullie krijgen geen problemen!' Ik keerde me om om een nerveuze glimlach te verbergen; hij was zo overtuigend dat hij zichzelf bijna overtuigde. 'Blijf gewoon waar je bent! Ik herhaal: blijf waar je bent!'

Leon liet zich natuurlijk niet om de tuin leiden. We wisten dat het systeem van dergelijke gemeenplaatsen aan elkaar hing.

'Jullie krijgen geen problemen!' Ik stelde me Leons grijns voor wanneer hij die eeuwige leugen hoorde, en ik voelde een plotselinge pijn in mijn hart omdat ik niet bij hem was om zijn geamuseerdheid te delen. Het had zo mooi kunnen zijn: Butch en Sundance, gevangen op het dak, twee rebellen die de strijd aanbonden met twee krachten: St. Oswald en de wet.

Maar nu... Ik bedacht dat ik diverse redenen had om niet te willen dat Leon betrapt werd. Mijn eigen positie was verre van zeker: als men ook maar één woord, één glimp van mij opving, was mijn dekmantel voorgoed naar de knoppen. Dan kon ik er niet omheen, dan zou Pinchbeck moeten verdwijnen. Dat kon natuurlijk heel gemakkelijk. Alleen Leon wist dat hij niet veel meer was dan een geest, nep, iets wat bestond uit lapjes en vulling.

Op dat moment voelde ik echter weinig angst om mezelf. Ik kende het dak beter dan wie ook en zolang ik me schuilhield, kon ik nog ongezien wegkomen. Maar als Leon met mijn vader sprak – als een van beiden het verband legde...

Het was niet het bedrog dat verontwaardiging zou wekken. Het was het tarten, het tarten van St. Oswald, het systeem, alles. Ik zag het al voor me: het onderzoek, de avondkranten, het geschimp in de nationale kranten.

Ik had met straf kunnen leven – ik was per slot van rekening pas dertien: wat konden ze me nu helemaal aandoen? –, maar het was de spot waar ik bang voor was.

En ook voor de minachting en de wetenschap dat ondanks alles St. Oswald gewonnen had.

Ik kon nog net mijn vader met gebogen schouders naar het dak zien kijken. Ik voelde zijn ontzetting, niet alleen om de aanval op St. Oswald, maar om de plicht die hem nu wachtte. John Snyde was nooit zo snel, maar hij was op zijn manier wel grondig, en het leed voor hem geen twijfel wat hem te doen stond.

'Ik zal achter hen aan moeten gaan.' Zijn stem, die zwak maar duidelijk verstaanbaar was, steeg van het plein beneden op.

'Hè?' Bishop, die gretig de rol van de man van de daad op zich had genomen, had de eenvoudigste oplossing helemaal over het hoofd gezien. De brandweer was nog niet gearriveerd en de politie, die altijd overbelast was, was nog niet eens langs geweest.

'Ik zal erheen moeten. Dat hoort bij mijn werk.' Zijn stem was sterker – een portier van St. Oswald moet sterk zijn. Ik wist dat nog van de lessen die Bishop hem gaf: 'We rekenen op je, John. St. Oswald rekent erop dat je je plicht doet.'

Bishop keek en mat de afstand. Ik zag hem rekenen, hoeken inschatten. Jongens op het dak, man op de grond, hoofdportier ertussen. Hij wilde zelf wel naar boven gaan, natuurlijk wilde hij dat, maar als hij zijn post verliest, wie moest er dan de megafoon hanteren? Wie moest dan het aanspreekpunt voor de nooddiensten zijn? Wie moest er dan leidinggeven?

'Maak hen niet bang. Kom niet te dichtbij. Wees voorzichtig, goed? Houd de brandtrap in de gaten. Ga het dak op. Ik praat ze wel naar beneden.'

Naar beneden praten. Ook weer zo'n Bishop-uitdrukking, met die man-van-de-daadconnotaties. Hij had niets liever gewild dan zelf het kapeldak op gaan – het liefst ook nog abseilen met een bewusteloze jongen in zijn armen – en hij had er geen flauw idee van hoeveel moeite, hoe ongelooflijk veel moeite, het mijn vader kostte erin toe te stemmen dat te doen.

Ik had de brandtrap in feite nog nooit gebruikt. Ik gaf de voorkeur aan mijn minder conventionele routes, zoals het bibliotheekraam, de klokkentoren of het daklicht in de tekenstudio met zijn glazen wand, dat me toegang verschafte tot een smalle metalen balk die van het atelier naar het observatorium leidde. John Snyde wist hier allemaal niets van, en als hij er wel van geweten had, zou hij ze niet gebruikt hebben. Ik was klein voor mijn leeftijd, maar ik begon al te zwaar te worden om me op glas staande te houden, of via klimop op de smalste richeltjes te klauteren. Ik wist dat hij in al die jaren dat hij portier was het zelfs nog nooit tot de brandtrap van de middengang had gebracht, laat staan dat hij zich op het hachelijke complex van goten en dakbedekking daarboven had gewaagd. Ik was bereid de gok te nemen dat hij dat nu ook niet zou doen, of dat hij, als hij dat wel deed, niet ver zou komen.

Ik keek over de daken in de richting van de middengang. Daar was hij: de brandtrap, een dinosaurusskelet dat zich uitstrekte langs de steile wand. Hij was in slechte conditie – de roestblazen kwamen door de dikke verflaag heen –, maar hij zag er sterk genoeg uit om het gewicht van een man te dragen. Ik vroeg me af of hij het zou durven. En als dat zo was, wat zou ik dan doen?

Ik overwoog terug te klimmen naar het bibliotheekraam, maar dat was te riskant. Vanaf de grond kon je dat te goed zien. In plaats daarvan gebruikte ik een andere route; ik balanceerde op een lange balk tussen twee grote atelierdaklichten, waarna ik over het dak van het observatorium klom en via de hoofdgeul terugkeerde naar de kapel. Ik kende wel tien mogelijke ontsnappingsroutes. Ik had mijn sleutels en ik kende elke kast, elke gang, elke achtertrap. Leon en ik hoefden niet gesnapt te worden. Ik kon er niets aan doen, maar ik was opgewonden: ik zag onze vriendschap al bijna hernieuwd en de domme ruzie vergeten, nu dit grotere avontuur opdoemde...

Inmiddels was de brandtrap veilig buiten schot, maar ik wist dat ik even in het volle zicht van het plein zou zijn. Het risico was echter klein. Ik was slechts een silhouet tegen een maanloze lucht en er was weinig kans dat ik door iemand op het plein beneden herkend zou worden.

Ik nam een spurt en zette mijn gympen stevig neer op de bemoste leien. Beneden hoorde ik Bishop met zijn megafoon – 'Blijf waar je bent! Er is hulp onderweg!' –, maar ik wist dat hij me niet had gezien. Nu was ik bij de ruggengraat van de dinosaurus, de richel die het hoofdgebouw domineerde; ik hield stil en ging er schrijlings op zitten. Er was van Leon geen spoor te bekennen. Ik vermoedde dat hij zich aan de andere kant van de klokkentoren schuilhield, waar de meeste dekking was, en waar hij, als hij zijn hoofd laag hield, vanaf de grond niet zichtbaar zou zijn.

Snel klauterde ik als een aapje op handen en voeten over de richel. Terwijl ik de schaduw van de klokkentoren in kroop, keek ik om, maar mijn vader was nergens te zien, noch op de brandtrap, noch op de loopbrug. Ook Leon was nergens te bekennen. Nu was ik bij de klokkentoren; ik sprong over de beruchte schacht tussen de toren en het kapeldak in en overzag vervolgens vanuit een geruststellend schaduwflard mijn dakimperium. Ik waagde een zachte roep. 'Leon!'

Geen antwoord. Mijn doffe stem slierde de mistige nachtlucht in.

'Leon.'

Hij had me gehoord, dat wist ik zeker, maar hij bewoog niet. Laag blijvend begon ik naar hem toe te klimmen. Het kon nog lukken, ik kon hem het raam laten zien, hem ergens heen brengen waar hij zich kon verstoppen en hem dan, ongezien en onvermoed, tevoorschijn halen wanneer de kust veilig was. Ik wilde hem dat vertellen, maar ik vroeg me ook af of hij zou luisteren.

Ik kroop dichterbij. Onder ons was de oorverdovende galm van de megafoon. Toen werd het dak plotseling opengescheurd door rood en blauw licht; even zag ik Leons schaduw over het dak schieten, toen lag hij, vloekend, weer plat. De brandweer was gearriveerd.

'Leon.'

Nog steeds niets. Leon leek aan de borstwering vastgekit. De stem uit de megafoon was een gigantische brij van klinkers die als keien over ons heen rolden.

'Hé daar! Niet bewegen! Blijf waar je bent!'

Ik stak mijn hoofd even boven de borstwering; ik wist dat ik kort te zien was, maar alleen als een donker uitsteeksel tussen vele andere. Vanuit mijn hoge positie kon ik de gedrongen gestalte van Pat Bishop zien, het langgerekte, neonachtige schijnsel van de brandweerauto, de donkere vlinderschaduwen van de mannen eromheen.

Leons gezicht was uitdrukkingsloos, een paddenstoel in de schaduw. 'Kleine stinkerd.'

'Kom op, man,' zei ik. 'Er is nog tijd.'

'Tijd waarvoor? Een snelle wip?'

'Leon, toe nou. Het zit anders dan je denkt.'

'O ja?' Hij begon te lachen.

'Toe nou, Leon. Ik weet hoe we weg kunnen komen. Maar dan moeten we wel snel zijn. Mijn vader komt eraan...'

Een stilte, zo lang als het graf.

Onder ons waren de stemmen één waas, als rook van een vreugdevuur. Boven ons was nu de klokkentoren met het balkon dat goed zicht op alles bood. Vóór ons was de schacht die de klokkentoren van het kapeldak scheidde, een stinkende sifonvormige diepte, omzoomd door goten en duivennesten, die schuin afliep naar de smalle kloof tussen de gebouwen.

'Je vader?' zei Leon me na.
Toen hoorden we een geluid op het dak achter ons. Ik keerde me om en zag een man op de loopbrug, die onze ontsnappingsroute blokkeerde. Tussen ons lag vijftien meter dak; hoewel de loopbrug breed was, trilde en wankelde de man alsof hij koorddanste. Zijn handen waren tot vuisten gebald en zijn gezicht was stijf van de concentratie, terwijl hij voorwaarts schuifelde om ons te onderscheppen.
'Blijf daar,' zei hij. 'Ik kom jullie halen.'
Het was John Snyde.

Hij kon op dat moment onze gezichten niet gezien hebben. We bevonden ons beiden in de schaduw. Twee geesten op het dak – we konden het nog redden, wist ik. De schacht die de kapel van de klokkentoren scheidde, was diep, maar de kloof was smal, op het breedste punt anderhalve meter breed. Ik was er al vaker overheen gesprongen dan ik me kon heugen en ik wist dat het risico zelfs in het donker klein was. Mijn vader zou ons nooit durven volgen. We konden de schuinte van het dak op klimmen, voorzichtig over de rand van de klokkentoren lopen en op het balkon springen, zoals ik al eerder had gedaan. Als we eenmaal daar waren, wist ik wel honderd plaatsen waar we ons konden verstoppen.

Ik dacht verder niet vooruit. We waren in mijn fantasie weer Butch en Sundance, verstard in dit moment, helden voor altijd. Het enige wat we hoefden te doen was springen.

Ik mag graag denken dat ik aarzelde. Dat mijn handelen op de een of andere manier bepaald werd door mijn denken en niet door het blinde instinct van een dier dat op de vlucht is. Maar alles na dat moment bevindt zich in een soort vacuüm. Misschien was dat wel het moment waarop mijn nachtelijke dromen ophielden, misschien ervoer ik op dat ene ogenblik alle droomtijd die ik ooit nodig zou hebben, kwam er voor de rest van mijn leven een eind aan mijn dromen.

Op het moment zelf voelde het echter alsof ik wakker werd. Alsof ik helemaal wakker werd, na jaren van dromen. De gedachten schoten als meteoren in een zomerhemel door mijn hoofd.

Leon, lachend, zijn mond tegen mijn haar.

Leon en ik op de maaimachine.

Leon en Francesca, van wie hij nooit gehouden had.

St. Oswald en hoe dicht, hoe ontzettend dicht ik de overwinning genaderd was.

De tijd stond stil. Ik hing in de ruimte als een sterrenkruis. Aan de ene kant Leon. Aan de andere kant mijn vader. Zoals ik al zei: ik mag graag denken dat ik aarzelde.

Toen keek ik naar Leon.

Leon keek naar mij.

We sprongen.

KONINGIN

1

Jongensgymnasium St. Oswald

Remember, remember, the Fifth of November,
Gunpowder, treason and plot.*

EN DAAR IS DAN EINDELIJK, IN AL ZIJN MOORDENDE GLORIE, DE anarchie in St. Oswald losgebarsten, als een plaag: er worden jongens vermist en lessen verstoord, en een groot aantal collega's is niet op school. Devine is geschorst hangende het onderzoek (dit betekent dat ik weer in mijn oude kantoor zit, maar zelden heeft een overwinning me zo weinig vreugde gegeven), en ook Grachvogel en Light. Er worden er nog meer ondervraagd, zoals Robbie Roach, die met namen van collega's strooit in de hoop zo de verdenking van zichzelf af te leiden.

Bob Strange heeft duidelijk gemaakt dat mijn aanwezigheid hier nog slechts een noodmaatregel is. Volgens Allen-Jones, wiens moeder in het schoolbestuur zit, werd mijn toekomst uitvoerig besproken op de vorige vergadering van het schoolbestuur, waarbij dr. Pooley, wiens zoon ik had 'aangevallen', mijn onmiddellijke schorsing eiste. In het licht van de recente gebeurtenissen (en vooral bij afwezigheid van Bishop) was er niemand die voor me kon opkomen, en Bob heeft geïmpliceerd dat alleen onze uitzonderlijke

---

* *Gedenk, gedenk de vijfde november, met zijn kruit, verraad en intrige.* Dit is een verwijzing naar de viering van Guy Fawkes op 5 november, de dag waarop herdacht wordt dat het zogenoemde *gunpowder plot*, een complot in 1605 om de protestanten met een buskruitaanslag van de troon te stoten, verijdeld werd.

omstandigheden voor uitstel van deze volkomen legitieme handelwijze hebben gezorgd.

Ik liet Allen-Jones uiteraard beloven dat hij zijn mond over de zaak zou houden, wat betekent dat iedereen in de middenbouw het inmiddels weet.

En dan te bedenken dat we ons nog maar een paar weken geleden zo druk maakten om een schoolinspectie! Inmiddels zijn we een school die in een crisis verkeert. De politiemensen zijn er nog steeds en niets wijst erop dat ze binnenkort gaan vertrekken. We geven les in een isolement. Niemand neemt de telefoon op. Afvalbakken worden niet geleegd, vloeren niet geveegd. Shuttleworth, de nieuwe portier, weigert aan het werk te gaan als de school hem geen vervangend onderdak biedt. Bishop, die dit afgehandeld zou hebben, bevindt zich niet meer in de positie om dit te doen.

Wat de jongens betreft: ook zij voelen dat een ineenstorting nabij is. Toen ik de presentielijst doornam, had Sutcliff een zak vol vuurwerk, wat de chaos veroorzaakte die je zou verwachten. In de buitenwereld heerst weinig vertrouwen in ons vermogen deze crisis te boven te komen. Een school is slechts zo goed als zijn jongste resultaten, en als we dit rampzalige trimester niet ten goede kunnen keren, heb ik weinig hoop voor de eindexamenkandidaten.

Mijn vijfde klas Latijn zou het waarschijnlijk wel kunnen redden, gezien het feit dat ze het programma vorig jaar al hebben afgewerkt. Maar de Duitsers hebben dit trimester verschrikkelijke verliezen geleden en de Fransen, die nu twee leerkrachten missen – Tapi, die weigert terug te komen zolang haar zaak niet is opgelost, en Pearman, die nog steeds buitengewoon verlof heeft –, maken weinig kans het verloren terrein terug te winnen. Andere afdelingen hebben gelijksoortige problemen. In sommige vakken zijn hele modules niet behandeld en is er niemand die het kan overnemen. Het hoofd sluit zich bijna de hele dag op in zijn kantoor. Bob Strange heeft de taken van Bishop overgenomen, maar met beperkt succes.

Gelukkig hebben we nog Marlene, die de boel draaiende houdt. Ze ziet er nu wel minder stralend uit, zakelijker: haar haar is strak naar achteren getrokken en zit in een nuchtere knot, wat haar hoekige gezicht vrijlaat. Ze heeft tegenwoordig geen tijd om te roddelen; ze is een groot deel van de dag doende klachten af te handelen van ouders en vragen van de pers, die willen weten hoe het politieonderzoek ervoor staat.

Marlene weet er, zoals altijd, wel raad mee, maar ze is dan ook taaier dan de meesten van ons. Niets brengt haar uit het lood. Toen haar zoon stierf, wat een scheuring in haar gezin veroorzaakte die zich nooit meer herstelde, gaven we Marlene een baan en een roeping, en sindsdien geeft ze St. Oswald haar volle loyaliteit.

Dat was gedeeltelijk het werk van Bishop. Het verklaart haar genegenheid voor hem en het feit dat ze juist hier wilde werken. Het kan niet gemakkelijk zijn geweest. Maar ze laat het nooit merken. In die vijftien jaar is ze nog geen dag afwezig geweest. Omwille van Pat. Pat, die haar erdoorheen heeft gesleept.

Nu ligt hij in het ziekenhuis, hoor ik van haar: hij heeft gisternacht een soort aanval gehad, waarschijnlijk door de spanningen. Hij heeft zelf naar de EHBO kunnen rijden, maar is daar in de wachtkamer in elkaar gezakt en vervolgens overgebracht naar de hartafdeling voor observatie.

'Maar hij is in ieder geval in goede handen,' had ze gezegd. 'Als je hem gisteravond had gezien...' Ze zweeg even en keek streng voor zich, en ik besefte met enige zorg dat Marlene bijna in tranen was. 'Ik had moeten blijven,' zei ze. 'Maar hij liet het niet toe.'

'Ja. Hmm.' Verlegen wendde ik me af. Natuurlijk is het al jarenlang een publiek geheim dat Pat een meer dan professionele relatie met zijn secretaresse heeft. De meesten van ons maakt dat geen moer uit. Marlene heeft echter altijd de schijn opgehouden, waarschijnlijk omdat ze nog steeds denkt dat een schandaal Pat schade kan berokkenen. Het feit dat ze er nu op zinspeelde, al was het maar zijdelings, toonde meer dan wat dan ook aan hoe slecht de zaak ervoor stond.

In een school als St. Oswald is niets onbeduidend, en ik voelde plotseling een acuut verdriet om diegenen onder ons die nog over zijn, de oude garde, die dapper op zijn post blijft, terwijl de toekomst onverbiddelijk over hen heen dendert.

'Als Pat weggaat, blijf ik ook niet,' zei ze ten slotte, de ring met smaragd om haar middelvinger ronddraaiend. 'Dan neem ik een baan bij een advocatenkantoor of zo. Als hij blijft, houd ik op met werken – ik word volgend jaar toch zestig...' Ook dat was nieuws voor me. Marlene is al ik weet niet hoe lang eenenveertig.

'Ik heb ook overwogen met pensioen te gaan,' zei ik. 'Aan het eind van het jaar heb ik mijn eeuw bij elkaar – dat wil zeggen, als die ouwe Strange zijn zin niet krijgt...'

'Wat? Quasimodo de klokkentoren verlaten?'

'Het was maar een vage gedachte.' In de afgelopen paar weken was het echter meer dan een vage gedachte geweest. 'Ik ben vandaag jarig,' zei ik tegen haar. 'Niet te geloven, hè? Vijfenzestig.' Ze glimlachte een beetje triest. Die lieve Marlene. 'Waar zijn die verjaardagen toch gebleven?'

Nu Pat weg was, leidde Bob Strange de schoolbijeenkomst van de middenbouw. Ik zou het niet hebben aangeraden, maar nu er zoveel mensen van het beleidsteam afwezig of niet beschikbaar zijn, heeft Bob besloten een poging te wagen om ons schip kalmere wateren binnen te leiden. Het leek me op dat moment niet echt een goed idee. Maar ja, met sommige mensen valt niet te redeneren.

Natuurlijk weten we allemaal dat het niet de schuld van Bob is dat Pat geschorst is. Niemand geeft hem daarvan de schuld, maar de jongens staat het moeiteloze gemak waarmee hij Bishops positie heeft ingenomen tegen. Bishops kantoor, dat altijd openstond voor iedereen die hem nodig had, is nu gesloten. En er is net zo'n zoemer aangebracht als op Devines deur. Nablijven en straffen worden vanuit deze administratieve spil bloedeloos en efficiënt afgehandeld, maar de menselijkheid en warmte die Pat Bishop zo acceptabel maakten, ontbreken duidelijk bij Strange.

De jongens voelen dit, koesteren wrok en vinden steeds ingenieuzere manieren om zijn feilen in het openbaar zichtbaar te maken. In tegenstelling tot Pat is onze Bob geen man van de daad. Een handjevol voetzoekers dat tijdens de schoolbijeenkomst onder het podium van de aula werd gegooid, diende om dit aan te tonen, met als gevolg dat de middenbouw de halve ochtend zwijgend in de aula zat, terwijl Bob wachtte tot er iemand bekende.

Bij Pat Bishop zou de schuldige binnen vijf minuten hebben bekend, maar ja, de meeste jongens willen Pat Bishop graag een plezier doen. Bob Strange, met zijn koude benadering en karikaturale nazi-tactiek, is een gemakkelijk doelwit.

'Meneer? Wanneer komt meneer Bishop terug?'

'Ik zei: "In stilte", Sutcliff. Als je dat niet kunt, ga je maar naar het kantoor van het hoofd.'

'Hoezo, meneer? Weet hij het dan?'

Bob Strange, die al tien jaar niet meer lesgeeft aan de middenbouw, heeft geen idee hoe je met zo'n frontale aanval om moet gaan. Hij beseft niet dat zijn energieke optreden zijn onzekerheid verraadt, dat schreeuwen het alleen maar erger maakt. Hij mag dan een goede administrator zijn, maar op het gebied van de pastorale zorg is hij een nul.

'Sutcliff, jij blijft na.'

'Ja, meneer.'

Ik zou de grijns van Sutcliff niet vertrouwd hebben, maar Strange kende hem niet en groef zich gewoon nog wat dieper in. 'Bovendien,' zei hij, 'als de jongen die dat vuurwerk gooide niet metéén opstaat, blijft de hele middenbouw een maand na.'

Een maand? Het was een onmogelijk dreigement. Als een luchtspiegeling daalde het op de aula neer en een zacht, traag geluid verplaatste zich door de rijen.

'Ik tel tot tien,' kondigde Strange aan. 'Een, twee...'

Weer gingen er geluiden door de rijen terwijl Strange zijn wiskundige talenten tentoonspreidde.

Sutcliff en Allen-Jones keken elkaar aan.

'Drie, vier...'

De jongens stonden op.

Het was even stil.

Mijn hele klas volgde hun voorbeeld.

Heel even puilden de ogen van Strange uit. Het was schitterend: 3S stond als één gesloten falanx in de houding; Sutcliff, Tayler, Allen-Jones, Adamczyk, McNair, Brasenose, Pink, Jackson, Almond, Niu en Anderton-Pullitt. Al mijn jongens (behalve Knight, natuurlijk).

Daarop deed 3M (de klas van Monument) hetzelfde.

Nog eens dertig jongens stonden als één man op, als soldaten recht voor zich uit kijkend, zonder een woord te zeggen. Toen stond 3P (de klas van Pearman) op. Vervolgens 3K (Teague). Ten slotte 3R (Roach).

Nu stonden alle jongens van de middenbouw. Er werd niets gezegd. Niemand bewoog. Alle ogen waren op het mannetje op het podium gericht.

Even stond hij daar.

Toen keerde hij zich om en liep hij zonder een woord te zeggen weg.

Daarna had lesgeven niet veel zin meer. De jongens hadden behoefte om te praten, dus liet ik hen hun gang gaan. Af en toe liep ik even weg om de klas van Grachvogel naast me, waar een vervangster die mevrouw Cant heette moeite had met orde houden, tot kalmte te manen. Natuurlijk beheerste Bishop het gesprek. Hier was geen sprake van polarisatie: niemand twijfelde aan de onschuld van Pat. Iedereen was het erover eens dat de aanklacht nergens op sloeg, dat deze niet eens verder dan het kantongerecht zou komen, dat alles op een vreselijke vergissing berustte. Dat vrolijkte me op; ik wenste dat sommige collega's van me even zeker hadden kunnen zijn als deze jongens.

De hele lunchpauze bleef ik in mijn lokaal met mijn brood en wat nakijkwerk, de drukke docentenkamer en het gebruikelijke comfort van thee en de *Times* mijdend. Het is een feit dat alle kranten deze week vol staan met het schandaal van St. Oswald, en iedereen die door het hek naar binnen gaat, moet nu spitsroeden lopen langs de pers en de fotografen.

De meesten van ons verwaardigen zich niet commentaar te geven, maar ik denk dat Eric Scoones op woensdag weleens met de *Mirror* kan hebben gesproken. Hun stukje riekte naar Scoones: de leiding werd als niet-zorgzaam afgeschilderd en er werd de verhulde beschuldiging geuit dat er in de hogere regionen sprake was van nepotisme. Ik kan echter maar moeilijk geloven dat mijn oude vriend de beruchte Mol zou zijn, die de afgelopen weken met zijn mengeling van klucht, roddel en smaad de lezers van de *Examiner* heeft geboeid. En toch bezorgden zijn uitlatingen me een duidelijk déjà-vugevoel, alsof de auteur iemand was wiens stijl ik kende, wiens subversieve humor ik begreep – en deelde.

Wederom gingen mijn gedachten naar de jonge Keane. In ieder geval iemand die scherp observeert en ook iemand met enig schrijftalent, als ik me niet vergis. Zou híj Mol kunnen zijn? Ik zou het een vervelende gedachte vinden. Verdorie, ik mocht de man, en ik vond zijn opmerkingen onlangs in de docentenkamer blijk geven van zowel intelligentie als van moed. Nee, Keane niet. Maar wie dan wel?

Het was een gedachte die me de hele middag bezighield. Ik gaf slecht les: ik verloor mijn geduld bij een groep vierdeklassers die zich niet leek te kunnen concentreren en liet een zesdeklasser nablijven die, zo moest ik later toegeven, niets anders had gedaan dan mij op een fout wijzen bij mijn gebruik van de aanvoegende wijs in een prozavertaling. Toen het achtste lesuur aanbrak, stond mijn besluit vast. Ik zou het de man gewoon open en eerlijk vragen. Ik mag graag denken dat ik goed ben in karakters beoordelen. Als hij Mol was, zou ik het beslist weten.

Toen ik hem echter vond, was hij in de docentenkamer in gesprek met juffrouw Dare. Ze glimlachte toen ik binnenkwam en Keane grijnsde. 'Ik heb gehoord dat u jarig bent, meneer Straitley,' zei hij. 'We hebben een taart voor u.'

Het was een chocolademuffin op een schoteltje, beide afkomstig uit de schoolkantine. Iemand had er een geel kaarsje in gestoken en er een vrolijk metalen frutseltje omheen gedaan. Een plakbriefje op de schotel vermeldde: 'Meneer Straitley, van harte gefeliciteerd met uw 65e verjaardag!'

Toen wist ik dat Mol zou moeten wachten.

Juffrouw Dare stak het kaarsje aan. De paar mensen die zo laat nog in de docentenkamer waren – Monument, McDonaugh en een paar nieuwelingen – klapten. Dat ik bijna begon te huilen gaf aan hoe aangeslagen ik was.

'Verdorie,' gromde ik. 'Ik had het nog wel stilgehouden.'

'Maar waarom?' zei juffrouw Dare. 'Moet u horen: Chris en ik gaan vanavond ergens iets drinken. Zou u ook willen komen? We gaan naar het vuur in het park kijken... Karamelappels eten... sterretjes afsteken...' Ze lachte en ik bedacht even hoe knap ze eigenlijk was, met haar zwarte haar en roze poppengezichtje. Ondanks mijn eerdere verdenkingen omtrent Mol, welke mogelijkheid me op dat moment volkomen uitgesloten leek, was ik blij dat Keane en zij het goed met elkaar konden vinden. Ik weet maar al te goed hoe St. Oswald aan je trekt; je denkt dat je tijd genoeg hebt om nog een meisje te leren kennen, je te binden, misschien kinderen te krijgen, als ze die wil, maar dan kom je er plotseling achter dat alles aan je voorbij is gegaan, niet met een jaar, maar met tientallen jaren tegelijk, en besef je dat je geen Jonge Kanjer meer bent, maar een Tweedjasje, dat voorgoed een band met St. Oswald is aangegaan, dat stoffige oude slagschip dat op de een of andere manier je hart heeft opgeslokt.

'Bedankt voor het aanbod,' zei ik. 'Maar ik blijf, geloof ik, maar thuis.'

'Dan mag u een wens doen,' zei juffrouw Dare.

'Dat kan ik in ieder geval doen,' zei ik.

2

DIE GOEIE OUWE STRAITLEY. IK BEN BIJNA VAN HEM GAAN HOUden de afgelopen weken, met zijn ongeneeslijke optimisme en zijn idiote gewoonten. Het is gek, maar dat optimisme werkt heel aanstekelijk: het gevoel dat het verleden misschien maar het best vergeten kan worden (zoals Bishop het ook is vergeten), dat bitterheid afgelegd kan worden en dat de plicht (tegenover de school, natuurlijk) een even motiverende kracht kan zijn als bijvoorbeeld liefde, haat en wraak.

Ik verstuurde die avond na schooltijd mijn laatste e-mailtjes. Een van Roach naar Grachvogel, voor beiden belastend, een van Bishop naar Devine en een van Light naar Devine waaruit toenemende paniek sprak. Een van Knight naar allen, dreigend, huilerig. En ten slotte de genadeslag: een bericht naar de mobiele telefoon van Bishop en naar zijn computer (de politie houdt die inmiddels vast in de gaten) – het laatste, tranenrijke, smekende tekstbericht van Colin Knight, verstuurd met zijn eigen mobieltje, dat te zijner tijd de ergste vermoedens moet bevestigen.

Al met al was ik heel tevreden en hoefde ik verder geen actie te ondernemen. Met één elegante zet vijf personeelsleden te gronde gericht. Bishop kon er natuurlijk ieder moment aan onderdoor gaan. Misschien een beroerte, of een zware hartaanval, voortkomend uit stress en de zekerheid dat wat het politieonderzoek ook opleverde, zijn tijd bij St. Oswald was uitgediend.

De vraag is: heb ik genoeg gedaan? Modder plakt, zeggen ze, en in dit vak des te meer. In zekere zin is de politie overbodig. Alleen al het vermoeden van seksuele onbetamelijkheid is voldoende om een carrière naar de knoppen te helpen. De rest kan ik vol vertrouwen overlaten aan een publiek dat met achterdocht, afgunst en de *Examiner* is grootgebracht. De bal is aan het rollen gebracht en het zou me niets verbazen als iemand anders het de komende weken van me overneemt. Misschien Sunnybankers, of niet al te subtiele types van Abbey Road. Er zullen branden zijn, misschien aanvallen op solitaire collega's, geruchten die in de cafés en clubs in de stad tot een schandalige zekerheid zullen worden opgeklopt. Eén duwtje en de dominostenen beginnen vanzelf te vallen.

Ik blijf natuurlijk zo lang ik kan. De helft van de pret bestaat eruit hier zijn en zien wat er gebeurt, hoewel ik op elke eventualiteit ben voorbereid. De schade zal in ieder geval reeds onafwendbaar zijn. Er ligt een hele afdeling in puin, er zijn nog veel meer personeelsleden bij de zaak betrokken geraakt en de reputatie van een tweede meester is hopeloos bevlekt geraakt. Er vertrekken leerlingen – deze week twaalf – en dat stroompje zal spoedig een stroom worden. Het lesgeven zal in het slop raken, gezondheid en veiligheid zullen in de knel komen, en dan is er nog de ophanden zijnde inspectie, die ongetwijfeld tot de sluiting van de school zal leiden.

De leden van het schoolbestuur, zo heb ik gehoord, hebben de afgelopen week elke avond een noodvergadering gehouden. Het hoofd, geen onderhandelaar, vreest voor zijn baan, dr. Tidy maakt zich zorgen over het mogelijke effect op de schoolfinanciën, en Bob Strange weet heimelijk alles wat het hoofd zegt in zijn eigen voordeel om te buigen en ondertussen de schijn van volledige loyaliteit en correctheid op te houden.

Tot dusverre heeft hij (op een paar kleine missers na) Bishops baan vrij aardig weten over te nemen. Misschien zit er ook een directeurschap in. Waarom niet? Hij is slim (in ieder geval slim genoeg om in het bijzijn van het bestuur niet ál te slim te lijken), competent, welbespraakt en net saai genoeg om de strenge persoonlijkheidstest die alle leerkrachten op St. Oswald moeten ondergaan met goed gevolg af te leggen.

Alles bij elkaar is het een aardig staaltje van antisociale manipulatie. Dat zeg ik zelf maar (want niemand anders kan dat doen), maar in feite ben ik erg tevreden over hoe alles uitpakt. Er is nog één kleine onafgemaakte kwestie, maar ik ben van plan daar vanavond iets aan te gaan doen, bij het vreugdevuur. Daarna kan ik me een feestje veroorloven en dat zal ik ook gaan houden. Er staat een fles champagne klaar met Straitleys naam erop en ik ben van plan die vanavond open te trekken.

Momenteel heb ik echter even niets om handen. Dat is het ergste gedeelte van een campagne als deze: die lange, geladen momenten van wachten. Het vuur wordt om zeven uur ontstoken, tegen achten zal de brandstapel een vuurbaken zijn en zullen er duizenden mensen in het park zijn; uit luidsprekers zal luide muziek komen, er zal gegild worden op de kermis en om halfnegen zal het vuurwerk beginnen – een en al rook en vallende sterren.

Precies de juiste plek voor een stille moord, vind je ook niet? Het donker, de mensenmassa, de verwarring. De regel van Poe dat iets wat je in het volle zicht verbergt het langst ongezien blijft is hier gemakkelijk toe te passen, en ik zal alleen maar weg hoeven lopen en het lijk hoeven achterlaten, zodat het door een arme, verbijsterde ziel ontdekt kan worden. Of misschien ontdek ik het zelf, met een kreet van schrik, erop vertrouwend dat de onvermijdelijke menigte me aan het zicht zal onttrekken.

Nog één moord. Dat ben ik aan mezelf verplicht. Of misschien twee.

Ik heb Leons foto nog steeds: een artikel uit de *Examiner*, dat nu bladbruin en gespikkeld is geworden van ouderdom. Het is een schoolfoto, in die zomer genomen, en de kwaliteit is slecht, omdat hij voor de voorpagina is vergroot tot een korrelige brij van samenklittende puntjes. Maar toch is het zijn gezicht, zijn scheve grijns, zijn te lange haar en zijn afgeknipte das. De kop staat naast de foto:

    PLAATSELIJKE SCHOOLJONGEN VALT DOOD:
            PORTIER ONDERVRAAGD

Tja, zo luidt althans de officiële versie. We sprongen en hij viel. Toen mijn voeten de andere kant van de schoorsteen raakten, hoorde ik hem gaan: een gootgeratel van kapotte leien en een gepiep van rubberzolen.

Het duurde even voordat ik het begreep. Zijn voet was uitgegleden: misschien had hij even geaarzeld, misschien had een kreet van beneden ervoor gezorgd dat hij missprong. Ik keek en zag dat hij, in plaats van stevig naast me neer te komen, met zijn knie de rand van de geul had geraakt: hij was langs de slijmerige schuinte naar beneden gegleden en geglibberd, teruggestuiterd, en nu hing hij daar boven de smalle opening van de afgrond, met zijn vingertoppen vastgeklemd aan de rand van de goot, de ene voet acrobatisch uitgestrekt om houvast te krijgen aan de andere kant van de schoorsteen, de andere slap in het niets hangend.

'Leon!'

Ik stortte me naar beneden, maar ik kon niet bij hem komen. Ik zat aan de verkeerde kant van de schoorsteen. Ik durfde niet terug te springen uit angst een lei los te schoppen. Ik wist hoe bros de goot was, hoe afgebrokkeld en geschulpt de randen waren.

'Hou vol!' riep ik, en Leon keek naar me op, zijn gezicht een waas van angst.

'Blijf daar, jongen. Wacht maar.'

Ik hief mijn hoofd. John Snyde stond nu op de borstwering, nauwelijks tien meter bij ons vandaan. Zijn gezicht was van steen, zijn ogen waren gaten, zijn hele lijf trilde. Hij schuifelde met mechanische beweginkjes naar voren; de angst sloeg als stank van hem af. Maar hij kwam vooruit. Centimeter voor centimeter kwam hij dichterbij – zijn ogen waren bijna dichtgeknepen van angst – en algauw zou hij me zien. Ik wilde wegrennen, ik móést wegrennen, maar Leon was daar nog, Leon hing daar nog...

Onder me hoorde ik een zacht gekraak. Het was de goot die het begaf; er brak een stukje af, dat in de ruimte tussen de gebouwen viel. Er was een gepiep van rubber toen een gymp van Leon nog een paar centimeter verder omlaaggleed langs de glibberige muur.

Terwijl mijn vader dichterbij kwam, begon ik achteruit te lopen, steeds meer de schaduw van de klokkentoren in. De lichten van de brandweerauto beneden streken stroboscopisch over het dak; zo meteen zouden er overal op het dak mensen zijn.

'Hou vol, Leon,' fluisterde ik.

Toen voelde ik het duidelijk in mijn nekvel: ik werd gadegeslagen. Ik keerde mijn hoofd om en zag...

Roy Straitley stond, met zijn oude tweedjasje aan, voor zijn raam, zo'n drie meter boven me. Zijn gezicht was felverlicht en zijn ogen stonden geschrokken; zijn mondhoeken waren in een tragikomisch masker neergetrokken.

'Pinchbeck?' zei hij.

En precies op dat moment kwam er een geluid van beneden, een hol, ratelend geluid als van een reusachtige munt die in een stofzuigerslang vastzit.

Toen: *krak*.

Stilte.

De goot had losgelaten.

3

IK ZETTE HET OP EEN LOPEN EN BLEEF RENNEN; HET GELUID VAN Leons val zat me als een zwarte hond op de hielen. Nu kwam mijn kennis van het dak me goed van pas. Ik danste als een aapje over mijn dakcircuit, sprong als een kat van de borstwering op de brandtrap, vanwaar ik me toegang verschafte tot de middengang door middel van de nooddeur, die niet op slot zat. Daarna de openlucht in.

Ik rende nu uiteraard instinctmatig; het enige wat telde was de noodzaak mijn eigen huid te redden. Buiten bewogen de roodblauwe lichten van de brandweerauto's die op de binnenplaats van de kapel geparkeerd stonden nog mystiek stroboscopisch heen en weer.

Niemand had me het gebouw zien verlaten. Ik had het gered. Overal om me heen waren brandweermannen en politieagenten, die de omgeving afzetten om de kleine groep kijkers die zich op de oprit had verzameld weg te houden. Niemand had me gezien. Behalve Straitley natuurlijk.

Behoedzaam liep ik naar de portierswoning, de geparkeerde brandweerwagens met de batterij rood-blauwe lichten en de ambulance die hoopgevend met loeiende sirene over de lange oprit aan kwam rijden mijdend. Ik werd door instinct gedreven. Ik zette koers naar huis. Daar zou ik veilig zijn. Daar zou ik onder mijn bed liggen, in een deken gehuld, zoals ik op zaterdagavond altijd had gedaan, met mijn deur op slot, mijn duim in mijn mond, wachtend tot mijn vader thuiskwam. Het zou donker zijn onder het bed, het zou er veilig zijn.

De deur van ons huis stond wijd open. Door het keukenraam kwam licht; de gordijnen van de zitkamer waren open, maar ook daar was licht, en er stonden gedaanten afgetekend tegen het licht. Meneer Bishop was er, met zijn megafoon. Er stonden twee agenten bij de patrouillewagen die de oprit blokkeerde.

Nu zag ik nog iemand, een vrouw in een jas met bontkraag, een vrouw wier gezicht in het licht me plotseling, vluchtig bekend voorkwam...

De vrouw keerde zich om, keek me aan en haar mond viel open in een grote lippenstift-'O'.

'O, schat! O, liefje!'

De vrouw rende op haar kattenhakjes op me af.

Bishop keerde zich om met de megafoon in zijn hand, maar toen werd er geroepen door de brandweermannen aan de andere kant van het gebouw: 'Meneer Bishop! Hierheen, meneer!'

De vrouw had fladderende haren, vochtige ogen en armen als vleermuisvleugels die me insloten. Ik voelde mezelf krimpen; er kriebelde vacht tegen mijn mond en plotseling kwamen de tranen. De tranen stroomden uit me toen alles als een vloedgolf van herinneringen en verdriet over me heen sloeg. Leon, Straitley, mijn vader – ik vergat het allemaal, liet het ver achter me terwijl ze me meenam het huis in, de veiligheid in.

'Het had anders moeten gaan, liefje.' Haar stem trilde. 'Het had een verrassing moeten zijn.'

Op dat ene moment zag ik het allemaal: het ongeopende vliegticket, de gefluisterde telefoongesprekken. *Hoeveel?* Stilte. *Goed dan. Het is beter zo.*

Hoeveel waarvoor? Voor het opgeven van zijn aanspraak op mij? En hoeveel krasloten, hoeveel kratten bier en afhaalpizza's hadden ze hem beloofd voordat hij hun gaf wat ze wilden?

Ik begon weer te huilen, deze keer van woede om hun gezamenlijke verraad. Mijn moeder hield me vast, geurend naar iets duurs en onbekends. 'O, schat. Wat is er gebeurd?'

'O, mam,' snikte ik, met mijn gezicht nog dieper in het bont van haar jas. Mijn mond lag tegen haar haar; ik rook sigarettenrook en haar droge muskusachtige geur, terwijl iets kleins en geniepigs zijn hand in mijn hart stak en erin kneep.

4

ONDANKS HET FEIT DAT MEVROUW MITCHELL VOLHIELD DAT LEON nooit alleen het dak op zou zijn gegaan, werd de beste vriend van haar zoon, de jongen die ze Julian Pinchbeck noemde, nooit gevonden. De schoolgegevens werden doorgenomen, er werd een huis-aan-huisonderzoek ingesteld, maar zonder succes. Zelfs deze poging zou misschien niet ondernomen zijn als meneer Straitley niet had volgehouden dat hij Pinchbeck op het kapeldak had gezien, maar dat de jongen jammer genoeg had weten te ontkomen.

De politie leefde erg mee – de vrouw was per slot van rekening ten einde raad –, maar in hun hart moeten ze gedacht hebben dat die arme mevrouw Mitchell niet helemaal bij zinnen was dat ze zo over niet-bestaande jongens praatte en weigerde de dood van haar zoon als een tragisch ongeluk te aanvaarden.

Dat had kunnen veranderen als ze mij weer had gezien, maar dat gebeurde niet. Drie weken later ging ik bij mijn moeder en Xavier in hun Parijse huis wonen, waar ik de volgende zeven jaar zou blijven.

Tegen die tijd was mijn transformatie echter al een eind gevorderd. Het lelijke eendje was veranderd en met mijn moeders hulp gebeurde dat snel. Ik bood geen weerstand. Nu Leon dood was, kon Pinchbeck niet hopen of wensen te overleven. Ik ontdeed me vlug van mijn St. Oswald-kleding en vertrouwde erop dat mijn moeder de rest zou doen.

'Een tweede kans,' noemde ze het. Nu opende ik alle briefjes, brieven en pakjes die mooi verpakt onder mijn bed lagen en maakte ik goed gebruik van wat ik erin aantrof.

Ik heb mijn vader nooit meer gezien. Het onderzoek naar zijn gedrag was slechts een formaliteit, maar zijn manier van doen was vreemd en wekte de achterdocht van de politie. Er was niet echt een reden om te vermoeden dat er sprake was van boze opzet, maar hij was agressief toen hij werd ondervraagd en een blaastest wees uit dat hij zwaar had gedronken. Ook was zijn verslag van die nacht vaag en niet overtuigend, alsof hij zich nauwelijks herinnerde wat er gebeurd was. Roy Straitley, die bevestigde dat hij aanwezig was op de plek des onheils, had gemeld dat hij hem naar een van de jongens 'Wacht maar!' had horen roepen. De politie hechtte hier later veel waarde aan, en hoewel Straitley altijd had volgehouden dat John Snyde de gevallen jongen *te hulp* snelde, moest hij toegeven dat de portier met zijn rug naar hem toe had gestaan toen het ongeluk plaatsvond en dat hij daarom niet zeker kon hebben geweten of de man een poging deed om te helpen of niet. Per slot van rekening, zo zei de politie, was Snydes blazoen niet echt schoon te noemen. Die zomer nog had hij een officiële berisping gekregen omdat hij geweld had gebruikt tegen een leerling op het terrein van St. Oswald, en ook waren zijn lompe gedrag en gewelddadige temperament in de school een bekend feit. Dr. Tidy bevestigde het en Jimmy voegde er enige verfraaiingen van zichzelf aan toe.

Pat Bishop, die had kunnen helpen, bleek wonderlijk genoeg weinig zin te hebben om een goed woordje voor mijn vader te doen. Dat kwam deels doordat het nieuwe hoofd Pat duidelijk had gemaakt dat zijn plicht vooral bij St. Oswald lag en dat hoe eerder het fiasco Snyde de wereld uit was, hoe sneller men zich van de hele affaire kon distantiëren. Daarbij kwam dat Bishop zich slecht op zijn gemak begon te voelen. Deze zaak vormde een bedreiging voor zijn recente aanstelling en zijn groeiende vriendschap met Marlene Mitchell. Per slot van rekening was hij degene die zich zo vriendelijk tegenover John Snyde had opgesteld. Hij was de tweede meester en hij had hem aangemoedigd, in hem geloofd en hem verdedigd, wetende dat John een geschiedenis van gewelddadigheid jegens mijn moeder, mij en, in minstens één gedocumenteerd geval, een leerling van St. Oswald had, hetgeen het des te plausibeler maakte dat de man, tot het uiterste getergd, zijn zelfbeheersing had verloren en Leon Mitchell over de daken had achtervolgd tot het diens dood was geworden.

Er kwam nooit enig echt bewijs ter ondersteuning van de aanklacht. Roy Straitley weigerde in ieder geval de claim te ondersteunen. Bovendien had de man toch hoogtevrees? Maar de kranten kregen er lucht van. Er kwamen anonieme brieven, telefoontjes en de gebruikelijke verontwaardiging die rond een dergelijke zaak ontstaat. Niet dat er ooit een zaak wás. John Snyde is nooit formeel in staat van beschuldiging gesteld. Desondanks verhing hij zich in een pensionkamer in de stad, drie dagen voordat we naar Parijs vertrokken.

Maar dan nog weet ik wie hiervoor verantwoordelijk was. Niet Bishop, hoewel hij deels schuld had. Niet Straitley, niet de kranten, zelfs niet het hoofd. St. Oswald had mijn vader gedood, even zeker als St. Oswald Leon doodde. St. Oswald met zijn bureaucratie, zijn trots, zijn verblinding, zijn aannames. Het had hen gedood en verteerd zonder ergens bij stil te staan, als een walvis die plankton opzuigt. Nu, vijftien jaar later, herinnert niemand zich hen nog. Het zijn alleen nog maar namen op een lijst van crises die St. Oswald heeft overleefd.

Maar deze zullen ze niet overleven. Wie het laatst weggaat, moet het gelag betalen.

5

Vrijdag 5 november
18.30 uur

IK GING NA SCHOOL EVEN NAAR HET ZIEKENHUIS MET BLOEMEN EN een boek voor Pat Bishop. Niet dat hij veel leest, maar misschien zou hij dat wel moeten doen; bovendien, zo vertelde ik hem, zou hij het rustig aan moeten doen.

Dat deed hij natuurlijk niet. Toen ik binnenkwam, was hij in een heftige discussie gewikkeld met dezelfde verpleegster met roze haar die zich niet lang geleden met míjn probleem had beziggehouden.

'Nee, hè, niet wéér een,' zei ze, toen ze mij zag. 'Zeg, zijn al die mensen van St. Oswald zo lastig als jullie tweeën, of bof ik gewoon?'

'Nou, ik maak het anders uitstekend.' Hij zag er niet naar uit. Hij had een blauwachtige teint en leek kleiner, alsof al dat rennen op de een of andere manier effect op hem had gehad. Hij zag de bloemen in mijn hand. 'Jezus christus, ik ben nog niet dood.'

'Geef ze maar aan Marlene,' opperde ik. 'Om haar op te vrolijken. Dat zal ze wel nodig hebben.'

'Ja, daar kon je weleens gelijk in hebben.' Hij lachte naar me en ik ving even een glimp van de oude Bishop op. 'Neem haar mee naar huis, wil je, Roy? Ze wil niet weggaan en ze is doodop. Ze denkt dat er iets met mij zal gebeuren als ze een nacht goed slaapt.'

Marlene, ontdekte ik, was naar de ziekenhuiscafetaria gegaan om een kop thee te drinken. Ik vond haar daar nadat ik van Bishop de belofte had losgekregen dat hij in mijn afwezigheid niet zelf zou gaan kijken.

Ze leek verbaasd me te zien. Ze had een verkreukelde zakdoek in haar hand en haar gezicht, zonder make-up, wat heel ongewoon was, was roze en vlekkerig. 'Meneer Straitley! Ik had niet verwacht...'

'Marlene Mitchell,' zei ik streng. 'Na vijftien jaar vind ik het weleens tijd worden dat je me Roy noemt.'

Met een piepschuimbeker vol bijzonder visachtig smakende thee erbij praatten we wat. Het is gek dat onze collega's, die net-nietvrienden die ons leven dichter bevolken dan onze naaste bloedverwanten, in hun diepste wezen zo verborgen voor ons blijven. Wanneer we aan hen denken, zien we hen niet als mensen, met een gezin en een privé-leven, maar zoals we hen elke dag zien: gekleed voor het werk, zakelijk (of niet), efficiënt (of niet) en allemaal als satellieten rond dezelfde logge maan.

Een collega in spijkerbroek heeft al iets fouts, maar een collega in tranen is bijna onfatsoenlijk. Die privé-glimpen van de wereld buiten St. Oswald lijken bijna onwerkelijk, als een droom.

De werkelijkheid is het steen, de traditie, de onvergankelijkheid van St. Oswald. Leerkrachten komen, leerkrachten gaan. Soms gaan ze dood. Soms gaan zelfs jongens dood, maar St. Oswald blijft bestaan, en in de loop der jaren heb ik daar steeds meer troost uit geput.

Marlene is anders, voel ik. Misschien omdat ze een vrouw is – die dingen betekenen voor een vrouw niet zoveel, heb ik gemerkt. Misschien omdat ze ziet wat St. Oswald met Pat heeft gedaan. Of misschien vanwege haar zoon, die me nog steeds niet loslaat.

'Je zou hier niet moeten zijn,' zei ze, haar ogen droogdeppend. 'Het hoofd heeft tegen iedereen gezegd...'

'Het hoofd kan me wat. Het is na schooltijd en ik kan doen wat ik wil,' zei ik tegen haar. Voor het eerst van mijn leven klonk ik als Robbie Roach. Maar ze moest ervan lachen, en dat was precies wat ik wilde. 'Zo is het beter,' zei ik tegen haar, de droesem in mijn koud geworden drank inspecterend. 'Weet jij, Marlene, waarom ziekenhuisthee altijd naar vis smaakt?'

Ze glimlachte. Ze ziet er jonger uit wanneer ze lacht, of misschien kwam dat doordat ze niet opgemaakt was – jonger en niet zo

Wagneriaans. 'Het is lief van je dat je langskomt, Roy. Dat heeft nog niemand gedaan, het hoofd niet en Bob Strange ook niet. En ook geen van zijn vrienden. O, het gaat allemaal heel tactvol. Allemaal heel Oswaldiaans. Ik weet zeker dat de senaat even tactvol omging met Caesar toen ze hem de gifbeker gaven.'

Ik denk dat ze Socrates bedoelde, maar ik liet het maar zitten. 'Hij redt het wel,' loog ik. 'Pat is een taaie, en iedereen weet dat die beschuldigingen belachelijk zijn. Je zult zien: tegen het eind van het jaar smeken de leden van het schoolbestuur hem terug te komen.'

'Ik hoop het.' Ze nam een slok koude thee. 'Ik geef hun niet de kans hem te begraven, zoals ze Leon hebben begraven.'

Het was de eerste keer in vijftien jaar dat ze in mijn aanwezigheid haar zoon ter sprake bracht. Er was weer een barrière geslecht, en toch had ik het verwacht; die oude kwestie is de afgelopen weken meer dan anders in mijn gedachten geweest en ik denk dat dat bij haar ook zo was.

Er zijn natuurlijk parallellen: ziekenhuizen, een schandaal, een verdwenen jongen. Haar zoon was na de val niet meteen dood, hoewel hij niet meer bij bewustzijn kwam. In plaats daarvan was er de lange wake aan het bed van de jongen, die vreselijke, langgerekte kwelling van hoop, van een opeenvolging van hoopvollen en goedbedoelenden – jongens, familie, vriendinnetje, leraren, priester – tot het onvermijdelijke eind kwam.

We hebben die tweede jongen nooit gevonden en het feit dat Marlene volhield dat hij iets gezien moest hebben, werd altijd opgevat als een wanhopige poging van een hysterische moeder om de tragedie te verwerken. Alleen Bishop probeerde te helpen: hij controleerde de schoolgegevens en nam foto's door, totdat iemand (mogelijk het hoofd) hem erop wees dat hij, als hij de zaak bleef vertroebelen, St. Oswald bijna zeker schade zou berokkenen. Niet dat het er uiteindelijk toe deed, natuurlijk, maar de afloop heeft Pat nooit lekker gezeten.

'Pinchbeck, zo heette hij.' Alsof ik dat vergeten kon zijn. Maar ik ben goed in namen en ik had de zijne onthouden vanaf die dag op de gang, toen ik hem aantrof in de buurt van mijn kantoor, waar hij zonder goed excuus rondhing. Leon was er toen ook bij geweest, bedacht ik. En de jongen had gezegd dat hij Pinchbeck heette.

'Ja, Julian Pinchbeck.' Ze glimlachte, maar het was geen prettige lach. 'Niemand geloofde in hem. Behalve Pat. En jij, natuurlijk, toen je hem daar zag...'

Ik vroeg me af óf ik hem gezien had. Ik vergeet namelijk nooit één enkele jongen; in die drieëndertig jaar is me dat nog nooit gebeurd. Al die jonge gezichten, bevroren in de tijd; elk van hen gelooft dat de tijd voor hen alleen een uitzondering zal maken, dat alleen zij eeuwig veertien zullen blijven...

'Ik heb hem gezien,' zei ik tegen haar. 'Althans, dat dacht ik.' Rook en spiegels: een spookjongen die oploste in de nachtnevel toen de ochtend kwam. 'Ik was er toch zó zeker van...'

'Dat waren we allemaal,' zei Marlene. 'Maar er was geen Pinchbeck in de schoolgegevens en ook niet in de fotodossiers. Zelfs niet in de lijsten met aanvragers. Enfin, het was toen al allemaal voorbij. Niemand was geïnteresseerd. Mijn zoon was dood. We moesten een school leiden.'

'Ik vind het heel naar voor je.'

'Het was niet jouw schuld. Bovendien...' Ze stond plotseling energiek op, weer helemaal de schoolsecretaresse. 'Daarmee krijg ik Leon niet terug, toch? Pat heeft nu mijn hulp nodig.'

'Hij boft,' zei ik, en ik meende het. 'Denk je dat hij er bezwaar tegen zou hebben als ik je even meenam? Alleen maar om wat te drinken, natuurlijk...' zei ik, 'maar ik ben wel jarig en je ziet eruit alsof je wel aan iets stevigers dan thee toe bent.'

Ik mag graag denken dat ik mijn gevoel voor omstandigheden nog niet kwijt ben. We spraken af voor een uurtje, meer niet, en lieten Pat achter met instructies om zijn boek te gaan liggen lezen. We liepen de korte afstand naar mijn huis; het was inmiddels donker en de nacht geurde al naar kruit. Wat vroeg vuurwerk spatte boven Abbey Road uiteen; het was mistig en verbazingwekkend zacht. Thuis waren er gemberbrood en zoete gekruide wijn. Ik stak in de zitkamer het vuur aan en haalde de twee bijpassende bekers tevoorschijn. Het was warm en comfortabel; bij het licht van het vuur leken mijn oude leunstoelen minder sjofel dan anders en het kleed minder kaal. Om ons heen, vanaf iedere wand, keken mijn jongens uit het verleden me met het grijnzende optimisme van de eeuwige jongen aan.

'Wat veel jongens,' zei Marlene zacht.

'Mijn spookgalerie,' zei ik, maar toen ik haar gezicht zag voegde ik eraan toe: 'Sorry, Marlene, dat was tactloos.'

'Geeft niet,' zei ze glimlachend. 'Ik ben niet zo gevoelig meer als vroeger. Daarom heb ik deze baan genomen, weet je. In die tijd was ik ervan overtuigd dat er een samenzwering was om de waarheid te verhullen en dat ik hem op een dag echt door de gang zou zien lopen met zijn gymtas en dat brilletje dat van zijn neus afgleed... Maar dat is nooit gebeurd. Ik heb hem losgelaten. En als meneer Keane er na al die jaren niet weer over begonnen was...'

'Meneer Keane?' zei ik.

'Ja. We namen het nog eens door. Hij is namelijk erg geïnteresseerd in schoolgeschiedenis; ik geloof dat hij een boek wil gaan schrijven.'

Ik knikte. 'Ik wist dat hij er belangstelling voor had. Hij had aantekeningen en foto's...'

'Bedoel je deze?' Uit haar portemonnee haalde Marlene een fotootje dat duidelijk uit een schoolfoto geknipt was. Ik herkende het meteen – in Keanes boekje was het een slechte kopie geweest, nauwelijks zichtbaar, waarop hij een gezicht met rood potlood omcirkeld had.

Maar deze keer herkende ik de jongen ook: dat bleke gezichtje met dat uilenbrilletje, als een wasbeertje, de schoolpet ver over de slappe pony getrokken.

'Is dat Pinchbeck?'

Ze knikte. 'Hij lijkt niet zo goed, maar ik zou hem overal herkennen. Bovendien heb ik die foto wel duizend keer bekeken om namen bij gezichten te passen. Iedereen is na te trekken, behalve hij. Wie hij ook was, Roy, een van ons was hij niet. Maar hij was er wel. Waarom?'

Opnieuw dat déjà vu, de gewaarwording dat er iets op zijn plaats valt, zij het niet gemakkelijk. Maar het was vaag, heel vaag. Ook had dat opgeheven gezichtje iets wat me dwarszat. Iets bekends.

'Waarom heb je die foto destijds niet aan de politie laten zien?' vroeg ik.

'Het was al te laat.' Marlene haalde haar schouders op. 'John Snyde was dood.'

'Maar de jongen was een getuige.'

'Roy, ik had een baan. Ik moest om Pat denken. Het was voorbij.'

Voorbij? Misschien. Maar iets aan die ellendige affaire was altijd onafgemaakt gebleven. Ik weet niet waar het verband vandaan kwam, waarom het me na zoveel jaar weer te binnen schoot, maar nu was het gebeurd en wilde het me niet meer loslaten.

'Pinchbeck.' Het woordenboek geeft als betekenis: *(van sieraden) opzichtig, goedkoop, namaak. Vals.* 'Een naam die zo vals was als maar kon.'

Ze knikte. 'Ik weet het. Ik vind het nog steeds heel gek wanneer ik eraan denk dat hij in het schooluniform van St. Oswald met de andere jongens door de gangen heeft gelopen en met hen heeft gepraat, zelfs met hen is gefotografeerd, nota bene. Ik snap niet dat niemand het gemerkt heeft...'

Ik wel. Want waarom zouden ze? Duizend jongens, allemaal in uniform. Wie zou vermoeden dat hij een buitenstaander was? Bovendien was het een belachelijk idee. Waarom zou een jongen zo'n bedrog op touw zetten?

'De uitdaging,' zei ik. 'Gewoon voor de kick. Om te kijken of het kon.'

Hij zou nu natuurlijk vijftien jaar ouder zijn. Achtentwintig of zo. Hij zou natuurlijk gegroeid zijn. Hij zou nu lang zijn, goedgebouwd. Hij zou contactlenzen dragen. Maar het was mogelijk, toch? Het was toch mogelijk?

Hulpeloos schudde ik mijn hoofd. Ik had tot dat moment niet beseft hoeveel hoop ik op Knight gevestigd had: dat hij verantwoordelijk was voor het recente onheil dat ons was overkomen. Knight was de schuldige, degene die de e-mails had verstuurd, degene die boosaardig die viezigheid van internet had gesurft (als dat het goede woord is). Knight had Bishop en de anderen beschuldigd, Knight had het poorthuis in brand gestoken, ik had mezelf er zelfs half-en-half van overtuigd dat Knight achter die artikelen had gezeten die getekend waren met 'Mol'.

Nu zag ik de gevaarlijke illusies voor wat ze waren. Deze misdaden tegen St. Oswald gingen veel verder dan eenvoudige streken. Geen jongen had die kunnen uithalen. Deze insider – wie het ook was – was bereid het spel heel ver door te spelen.

Ik moest aan Grachvogel denken, die zich had opgesloten.
Ik moest aan Tapi denken, die in de klokkentoren opgesloten had gezeten.
Aan Jimmy, die, net als Snyde, de schuld kreeg.
Aan Fallow, wiens geheim was onthuld.
Aan Pearman en Kitty, idem dito.
Aan Knight, Anderton-Pullitt, de graffiti, de portierswoning, de diefstallen, de Mont Blanc-pen, de kleine daden van gelokaliseerde verstoring en het eindboeket – Bishop, Devine, Light, Grachvogel en Roach – waarbij de een na de ander de lucht in vloog als vuurpijlen in een vlammende lucht...

En weer moest ik aan Chris Keane denken, met zijn intelligente gezicht en donkere pony, en aan Julian Pinchbeck, de bleke jongen die op zijn twaalfde of dertiende al een bedrog had aangedurfd dat zo brutaal was dat vijftien jaar lang niemand het voor mogelijk had gehouden.

Zou Keane Pinchbeck kunnen zijn? Grote goden – Keane?

Het was een verbijsterende gedachtesprong die onlogisch was, of intuïtief, maar toch zag ik hoe het mogelijk gedaan was. St. Oswald heeft een idiosyncratisch beleid ten aanzien van aanvragen voor toelating, dat meer gebaseerd is op persoonlijke indrukken dan op papieren referenties. Het was denkbaar dat iemand, iemand die slim was, door het netwerk van controles glipte dat de ongewensten moet uitfiltreren (in de privé-sector is een controle op strafblad natuurlijk niet nodig). Bovendien komt alleen al de gedachte aan een dergelijk bedrog niet bij ons op. We zijn net als de bewakers van een vriendelijke buitenpost: niet veel meer dan kluchtige uniformen en rare loopjes, totdat onverwacht sluipschuttervuur honderden slachtoffers maakt. Iemand was ons als vliegen aan het doodslaan.

'Keane?' zei Marlene, precies zoals ik gedaan zou hebben als de rollen omgedraaid waren. 'Die aardige jongeman?'

Ik praatte haar snel bij over de aardige jongeman: het notitieboekje, de computerwachtwoorden en daarbij steeds zijn subtiel spottende, arrogante houding, alsof het leraarsvak niet meer dan een amusant spel was.

'Maar Knight dan?' zei Marlene.

Daar had ik over na zitten denken. De zaak tegen Bishop steunde op Knight; de tekstberichten van Knights telefoon naar de zijne hielden de illusie in stand dat Knight weggelopen was, misschien uit angst voor verder misbruik...

Maar stel nu eens dat Knight niet de schuldige was... Waar was hij dan?

Ik dacht na. Zonder de berichten van Knights telefoon, zonder de brand in het poorthuis en de berichten vanaf zijn e-mailadres, wat zouden we dan aangenomen en gevreesd hebben?

'Ik denk dat Knight dood is,' zei ik tegen haar met een frons op mijn gezicht. 'Het is de enige logische conclusie.'

'Maar waarom zou iemand Knight willen doden?'

'Om de inzet te verhogen,' zei ik langzaam. 'Om er zeker van te zijn dat Pat en de anderen er echt goed bij zouden worden betrokken.'

Marlene, lijkbleek, staarde me aan. 'Niet Keane,' zei ze. 'Hij lijkt heel charmant. Hij heeft zelfs dat taartje voor je gemaakt...'

Goden!

Dat taartje. Tot dat moment was ik dat helemaal vergeten. En zo was ik ook Diannes uitnodiging om naar het vuurwerk te gaan kijken en iets te drinken om mijn verjaardag te vieren vergeten...

Was er iets aan haar dat Keane had gealarmeerd? Had ze zijn notitieboekje gelezen? Had ze zich iets laten ontvallen? Ik moest aan haar ogen denken, die bruisten in haar levendige jonge gezicht. Ik moest eraan denken hoe ze met die plagerige stem van haar zei: 'Vertel eens: ben je een beroepsspion of is het alleen maar een hobby?'

Ik kwam te snel overeind en voelde de onzichtbare vinger nadrukkelijk tegen mijn borst duwen, alsof die me de raad gaf weer te gaan zitten. Ik negeerde hem. 'Marlene,' zei ik, 'we moeten weg. Snel. Naar het park.'

'Waarom daarheen?' zei ze.

'Omdat hij daar is,' zei ik, mijn jas pakkend en hem over mijn schouders gooiend. 'En omdat Dianne Dare bij hem is.'

6

Vrijdag 5 november
19.30 uur

IK HEB EEN AFSPRAAKJE. SPANNEND, HÈ? ZELFS HET EERSTE DAT IK in jaren heb gehad. Ondanks de hooggespannen verwachtingen van mijn moeder en het optimisme van mijn analytica. Ik ben nooit zo geïnteresseerd geweest in het andere geslacht. Zelfs nu nog is het eerste wat bij me opkomt wanneer ik daaraan denk: Leon die 'Kleine viezerik!' riep en het geluid dat hij maakte toen hij van de schoorsteen viel.

Natuurlijk heb ik dat niet aan hen verteld. Ik heb hen beziggehouden met verhalen over mijn vader, over de pakken slaag die hij me gaf en over zijn wreedheid. Het stelt mijn analytica tevreden en ik ben het zelf ook bijna gaan geloven; ik ben bijna Leon vergeten die over de geul sprong en zijn gezicht, verstard in het troostgevende sepia van het verre verleden.

Het was jouw schuld niet. Hoe vaak heb ik dat in de daaropvolgende dagen niet gehoord? Ik was vanbinnen koud, ik werd gekweld door nachtelijke angsten, ik was verstijfd van verdriet en de angst voor ontdekking. Ik geloof dat ik een tijdje werkelijk mijn verstand kwijt was en ik wierp me met een wanhopige ijver op mijn transformatie. Ik werkte er (met mijn moeders hulp) gestaag aan alle sporen van Pinchbeck, die er nu niet meer was, uit te wissen.

Natuurlijk is dat nu allemaal voorbij. Schuldgevoel, zo zegt mijn analytica, is de natuurlijke reactie van het ware slachtoffer. Ik heb hard gewerkt om dat schuldgevoel uit te wissen en ik denk dat ik daar tot nu toe vrij goed in geslaagd ben. De therapie werkt. Natuurlijk ben ik niet van plan haar de precieze aard van die therapie van mij te vertellen, maar ik denk dat ze het met me eens zal zijn dat ik bijna van mijn schuldcomplex genezen ben.

Nog één klus en dan de uiteindelijke catharsis.

Nog één blik in de spiegel en dan: op naar mijn afspraakje bij het vreugdevuur.

Dat ziet er goed uit, Snyde. Dat ziet er goed uit.

7

Vrijdag 5 november
19.30 uur

IK DOE ER MEESTAL EEN KWARTIER OVER OM VAN MIJN HUIS NAAR het gemeentepark te lopen. Wij deden er vijf minuten over, waarbij ik werd voortgedreven door de onzichtbare vinger. De mist was dikker geworden: de maan was omgeven door een wollige krans en het vuurwerk dat van tijd tot tijd boven ons knalde, verlichtte de hemel als weerlicht.

'Hoe laat is het?'

'Halfacht. Ze kunnen elk moment het vuur ontsteken.' Ik haastte me voort, een groep kleine kinderen omzeilend die een pop op een karretje voortzeulde.

'Pond voor de pop, meneer?'

In mijn tijd waren het penny's. We snelden voort, Marlene en ik, door de rokerige avondlucht, die doorspekt was met sterretjes. Een magische avond, even vrolijk als die uit mijn jeugd en geurend naar donkere herfstbladeren.

'Ik weet niet of we dit wel moeten doen.' Dat was Marlene, de altijd zo verstandige Marlene. 'Zou dit soort dingen niet beter door de politie gedaan kunnen worden?'

'Dacht je dat ze zouden luisteren?'

'Misschien niet. Maar toch denk ik...'

'Moet je horen, Marlene. Ik wil hem gewoon zien. Met hem praten. Als ik gelijk heb, en Pinchbeck Keane is...'

'Ik kan het niet geloven.'

'Maar als dat zo is, dan kan juffrouw Dare in gevaar zijn.'

'Als het zo is, kun jíj in gevaar zijn, oude sufferd.'

'O.' Dat was eigenlijk nog niet bij me opgekomen.

'Bij de ingang staat politie,' zei ze verstandig. 'Ik zal rustig even praten met degene die de leiding heeft, terwijl jij kijkt of je Dianne kunt vinden.' Ze glimlachte. 'En als je geen gelijk hebt – en daarvan ben ik overtuigd – kunnen we met ons allen Guy Fawkes vieren. Goed?'

We haastten ons voort.

Vanaf de weg zagen we de gloed al enige tijd voordat we bij de parkingang waren. Er had zich al een menigte verzameld; bij de ingang stonden mensen kaartjes af te geven en voorbij het hek stonden nog meer mensen, duizenden mensen – een krioelende massa hoofden en gezichten.

Daarachter was het vuur al aangestoken; weldra zou het een toren van vlammen zijn die de lucht in schoten. Een pop, zittend op een kapotte leunstoel halverwege de stapel, leek het tafereel te domineren.

'Je vindt hen hier nooit,' zei Marlene, toen ze de menigte zag. 'Het is te donker, en moet je al die mensen zien...'

Inderdaad, er waren meer mensen bij het vreugdevuur dan zelfs ik had verwacht. Voor het merendeel gezinnen: mannen met kinderen op hun schouders, verklede tieners, jongeren met buitenaardse antennes, die met neonstaafjes zwaaiden en suikerspinnen aten. Achter het vreugdevuur bevond zich de kermis: gokspelletjes, *waltzers* en schiettenten, tenten waar je eendjes kon opvissen en het spookhuis, draaimolens en *the wheel of death*.

'Ik vind hen wel,' zei ik. 'Doe jij nu maar wat jij moet doen.'

Aan de andere kant van de open plek, bijna niet te zien door de laaghangende mist, stond het vuurwerk op het punt te beginnen. Een haag van kinderen omzoomde het terrein; het gras aan mijn voeten was tot modder gewoeld. Om me heen hoorde ik allerlei geluiden van de menigte, diverse soorten kermismuziek en achter ons het rode pandemonium van het vuur met zijn lekkende vlammen en opgestapelde pallets die een voor een door de hitte explodeerden.

En nu begon het. Er klonk plotseling hier en daar applaus, gevolgd door 'Ooo!' onder de menigte toen een dubbele handvol vuurpijlen uiteenwaaierde, en knalde en de mist met een plotseling rood en blauw flitslicht verlichtte. Ik liep door, de gezichten die in neonkleuren oplichtten verkennend. Mijn voeten bewogen oncomfortabel door de modder, mijn keel deed zeer van de kruitdamp en de spanning. Het was onwerkelijk: de hemel vlamde en de gezichten in het vuurwerklicht leken net renaissancedemonen, met hoorntjes en drietand.

Keane bevond zich ergens in de menigte, maar zelfs die zekerheid begon te vervagen, werd vervangen door een nieuw soort twijfel aan mezelf. Ik zag mezelf weer achter de Sunnybankers aan gaan, zag hoe mijn oude benen het begaven terwijl de jouwende jongens over de schutting ontsnapten. Ik moest aan Pooley en zijn vrienden denken en aan die keer dat ik in elkaar was gezakt op de benedengang, voor het kantoor van het hoofd. Ik moest denken aan wat Pat had gezegd: 'U wordt trager', en aan de jonge Bevans, die nu wel niet zo jong meer zou zijn, en aan de kleine, maar constante druk van de onzichtbare vinger in mijn binnenste. Ik ben vijfenzestig, hield ik mezelf voor. Hoe lang kan ik verwachten de schijn op te houden? Mijn eeuw had nog nooit zo ver weg geleken en daar voorbij kon ik niets anders dan duisternis zien.

Ik was er nu tien minuten en ik wist dat het hopeloos was. Je kon net zo goed proberen een badkuip met een lepel leeg te scheppen als proberen in deze chaos iemand te vinden. Vanuit mijn ooghoek kon ik nog net Marlene zien, die een paar honderd meter verderop ernstig stond te praten met een getergd overkomende jonge agent.

De avond van Guy Fawkes is een slechte avond voor ons plaatselijke politiekorps. Gevechten, ongelukken en diefstallen tieren welig; onder dekking van de duisternis en de feestvierende menigte is bijna alles mogelijk. Maar desondanks leek Marlene haar best te doen. Terwijl ik toekeek, zag ik de getergde agent in zijn portofoon praten. Daarna trok er een pluk mensen voor hen langs, die hen aan het zicht onttrok.

De mist hing nu nog lager en werd spookachtig verlicht door het vuurwerk, als het binnenste van een lampion. Daardoor leek nu bijna iedere jongeman Keane. Telkens bleek het echter een andere jongeman met scherpe gelaatstrekken en donkere pony te zijn, die me vreemd aankeek en dan terugkeerde naar zijn vrouw (vriendin, kind). Toch was ik ervan overtuigd dat hij er was. Misschien was dat het instinct van een man die de laatste drieëndertig jaar van zijn leven deuren op meelbommen en bureaus op graffiti heeft geïnspecteerd. Hij was hier ergens. Ik voelde het.

We waren er nu een halfuur en het vuurwerk was bijna voorbij. Zoals altijd hadden ze het beste tot het laatst bewaard: een boeket van vuurpijlen, fonteinen en ronddraaiend vuurwerk dat de zeer dikke mist in een sterrenhemel wist te veranderen. Een gordijn van fel licht daalde neer en even werd ik bijna verblind en moest ik me op de tast een weg banen door de mensenmassa. Mijn rechterbeen deed zeer en mijn hele rechterzij stak, alsof daar iets aan het uiteenvallen was, alsof de vulling langzaam naar buiten kwam, als bij een naad van een heel oude teddybeer.

En toen zag ik plotseling in dat apocalyptische licht juffrouw Dare staan, in haar eentje, een eindje van de menigte vandaan. Eerst dacht ik dat ik me vergiste, maar toen keerde ze zich om en zag ik haar gezicht, dat half schuilging onder een rode baret, oplichtend in opzichtige tinten blauw en groen.

Even maakte die aanblik een krachtige herinnering bij me los, een dringend gevoel van verschrikkelijk gevaar, en ik rende op haar af, waarbij mijn voeten weggleden in de gladde modder.

'Juffrouw Dare! Waar is Keane?'

Ze droeg een aardige rode mantel die bij haar baret paste en haar zwarte haar was keurig weggestopt achter haar oren. Ze lachte raadselachtig toen ik hijgend naast haar kwam staan.

'Keane?' zei ze. 'Die moest weg.'

8

Vrijdag 5 november
20.30 uur

IK MOET TOEGEVEN DAT IK ER NIETS VAN SNAPTE. IK WAS ER ZO zeker van geweest dat Keane bij haar zou zijn dat ik haar dommig aanstaarde zonder iets te zeggen, terwijl ik de kleurige schaduwen over haar bleke gezicht zag flikkeren en de reusachtige slag van mijn hart in het duister kon horen.

'Is er iets?'

'Nee hoor,' zei ik. 'Gewoon een ouwe gek die voor detective speelt, dat is alles.'

Ze glimlachte.

Boven me en om me heen lichtten de laatste vuurpijlen op. Deze keer junglegroen, een aangename kleur die van de gezichten om ons heen marsmannetjes maakte. Het blauw vond ik een beetje eng, als de blauwe lichten van een ambulance en het rood...

Weer kwam er iets – niet helemaal een herinnering – gedeeltelijk naar boven en dook weer onder. Iets met die lichten, die kleuren, de manier waarop ze gezichten beschenen...

'Meneer Straitley,' zei ze vriendelijk. 'U ziet er niet best uit.'

Ik had me eerlijk gezegd weleens beter gevoeld, maar dat kwam door de rook en de hitte van het vuur. Belangrijker was voor mij echter de jonge vrouw die naast me stond, een jonge vrouw die, zo vertelden al mijn instincten me, nog steeds in gevaar kon zijn.

'Luister, Dianne,' zei ik, haar arm beetpakkend. 'Er is, denk ik, iets wat je moet weten.'

En ik stak van wal. Eerst had ik het over het notitieboekje, toen over Mol, Pinchbeck en de dood van Leon Mitchell en John Snyde. Het was allemaal indirect wanneer je al die gebeurtenissen op zichzelf bekeek, maar hoe meer ik erover nadacht en praatte, hoe meer ik een plaatje zag ontstaan.

Hij had me zelf verteld dat hij op Sunnybank had gezeten. Stel je voor wat dát voor iemand als Keane betekend moest hebben. Een slim joch, een boekenwurm, een beetje een rebel. De leerkrachten moesten een bijna even grote hekel aan hem gehad hebben als de leerlingen. Ik zag hem voor me: een stugge, eenzelvige jongen, die zijn school haatte, die zijn leeftijdgenoten haatte en die in een fantasiewereld leefde.

Misschien was het begonnen als een kreet om hulp. Of als grap, of als een gebaar van opstandigheid jegens de privé-school en wat die symboliseerde. Het moest gemakkelijk geweest zijn toen hij eenmaal de moed had gevonden om de eerste stap te zetten. Zolang hij het uniform droeg, zou hij behandeld zijn als de andere jongens. Ik stelde me voor hoe opwindend het moest zijn geweest om ongezien door de deftige oude gangen te lopen, in de klaslokalen te kijken, zich onder de andere jongens te begeven. Opwinding die hij niet had kunnen delen, maar die wel krachtig was – en die algauw tot iets als een obsessie was verworden.

Dianne luisterde stil terwijl mijn verhaal groeide. Het was allemaal giswerk, maar het voelde waar; en terwijl ik verderging, begon ik de jonge Keane voor mijn geestesoog te zien, iets te voelen van wat hij had gevoeld en zijn ontzetting te begrijpen om wat hij geworden was.

Ik vroeg me af of Leon Mitchell de waarheid ooit geweten had. Marlene had zich in ieder geval helemaal door Julian Pinchbeck laten inpakken, en ik dus ook.

Niet iemand die zich gauw van de wijs laat brengen, die Pinchbeck, zeker niet voor zo'n jonge knul. Zelfs op het dak had hij zijn hoofd koel gehouden en was hij als een kat ontsnapt voordat ik hem kon onderscheppen; hij verdween in de schaduw en liet zelfs liever John Snyde beschuldigd worden dan dat hij zijn eigen aandeel opbiechtte.

'Misschien waren ze aan het dollen. U weet toch hoe jongens zijn. Een dom spelletje dat te ver ging. Leon viel. Pinchbeck rende weg. Hij zorgde dat de portier de schuld kreeg en leeft nu al vijftien jaar met de schuldgevoelens.'

Stel je voor wat dat met een kind doet. Ik dacht aan Keane en probeerde de bitterheid achter de façade te zien. Het lukte me niet. Er was misschien sprake van enig gebrek aan eerbied, een snufje bijdehandheid, een pietsje spotternij in zijn manier van praten. Maar boosaardigheid... echte boze opzet? Het was moeilijk te geloven. En toch, als het niet Keane was, wie kon het dan zijn?

'Hij heeft met ons gespeeld,' zei ik tegen juffrouw Dare. 'Dat is zijn stijl. Zijn humor. Het is hetzelfde basisspelletje als eerst, denk ik, maar deze keer maakt hij het af. Het is voor hem niet genoeg meer om zich in de schaduw op te houden. Hij wil St. Oswald raken waar het echt pijn doet.'

'Maar waarom?' zei ze.

Ik zuchtte en voelde me plotseling heel moe. 'Ik mocht hem graag,' zei ik, hoewel dat niet ter zake deed. 'Ik mag hem nog steeds.'

Er viel een lange stilte.

'Hebt u de politie gebeld?'

Ik knikte. 'Dat heeft Marlene gedaan.'

'Dan zullen ze hem vinden,' zei ze. 'Maak u geen zorgen, meneer Straitley. En misschien moesten we toch maar die verjaarsborrel gaan halen.'

9

HET BEHOEFT GEEN BETOOG DAT MIJN EIGEN VERJAARDAG EEN triest gebeuren was. Ik begreep echter dat het een noodzakelijke fase was en maakte met grimmige vastberadenheid mijn cadeautjes open, die nog in hun opzichtige papier gepakt onder het bed lagen. Er waren ook brieven – alle brieven waarop ik voorheen had neergekeken – en ik besteedde nu aan elk woord obsessief aandacht, de vellen onzin doorwerkend om de paar kostbare fragmenten te vinden die mijn metamorfose zouden voltooien.

> *Lief troetelbeertje,*
>
> *Ik hoop toch zo dat je de kleren die ik je gestuurd heb gekregen hebt. Ik hoop dat ze allemaal passen! Kinderen lijken hier in Parijs veel harder te groeien en ik wil dat je er voor je bezoek leuk uitziet. Je bent nu vast al heel groot. Ik kan haast niet geloven dat ik al bijna dertig ben. De dokter zegt dat ik geen kinderen meer kan krijgen. Gelukkig heb ik jou nog, lieverd. Het is net of God me een tweede kans heeft gegeven.*

De pakjes bevatten meer kleren dan ik in mijn hele leven bezeten had. Stelletjes van Printemps of Galeries Lafayette, shirtjes in suikeramandelkleuren, twee jassen (een rode voor de winter en een groene voor de lente) en een aantal hesjes, T-shirts en shorts.

De politie was heel zachtmoedig met me omgesprongen. En dat was maar goed ook: ik verkeerde in een hevige shocktoestand. Ze stuurden een aardige vrouwelijke agent die me een aantal vragen stelde en die ik met gepaste onomwondenheid en af en toe een traan beantwoordde. Ik kreeg een paar keer te horen dat ik heel dapper was geweest. Mijn moeder was trots op me, de aardige agente was trots op me. Het zou gauw voorbij zijn; het enige wat ik hoefde te doen was de waarheid spreken en nergens bang voor zijn.

Wat is dat toch gek, dat het zo gemakkelijk is het ergste te geloven. Mijn verhaal was simpel (ik heb ontdekt dat leugens altijd beter zo eenvoudig mogelijk kunnen worden opgedist) en de politiemevrouw luisterde gretig, zonder me te onderbreken en kennelijk zonder enige scepsis.

Officieel verklaarde de school het een tragisch ongeluk. Mijn vaders dood was een welkome afsluiting van de zaak en bezorgde hem zelfs enige postume sympathie van de plaatselijke pers. Zijn zelfmoord werd toegeschreven aan extreme wroeging na de dood van een jonge overtreder op een tijdstip waarop hij belast was met het toezicht, en de andere details, inclusief de aanwezigheid van een mysterieuze jongen, werden snel opzijgeschoven.

Mevrouw Mitchell, die een probleem had kunnen vormen, kreeg een hoge schadevergoeding en een nieuwe baan als Bishops secretaresse – ze waren in de weken na Leons dood tamelijk goede vrienden geworden. Bishop zelf, die pas promotie had gemaakt, kreeg van het hoofd de waarschuwing dat nader onderzoek van het ongelukkige voorval zowel schade aan de reputatie van St. Oswald zou toebrengen als een verzaking van zijn plichten als tweede meester zou zijn.

Dan was er nog Straitley. Niet veel anders dan de Straitley van nu: een man die grijs was voor zijn tijd, die zwolg in absurditeiten, die iets slanker was dan nu, maar ook dan nog niet bijster aantrekkelijk, een voortsukkelende albatros, met zijn stoffige toga en leren pantoffels. Leon heeft hem nooit zo gerespecteerd als ik; hij beschouwde hem als een onschuldige clown, best beminnelijk, op zijn manier slim, maar in wezen geen bedreiging. Toch was Straitley degene die het dichtst bij de waarheid kwam en het was alleen zijn arrogantie, de arrogantie van St. Oswald, die hem blind maakte voor de voor de hand liggende feiten.

Ik denk dat ik dankbaar had moeten zijn. Maar een talent als het mijne wil graag erkend worden en van alle terloopse beledigingen die ik in de loop der jaren van St. Oswald te verduren kreeg herinner ik me deze, denk ik, het best. Zijn blik van verbazing, neerbuigendheid zelfs, toen hij voor de tweede keer naar me keek en me afschreef.

Natuurlijk dacht ik niet helder na. Ik was nog verblind door schuldgevoelens, verwarring en angst. Ik moest nog een van de meest schokkende en best bewaarde geheimen van het leven leren, namelijk dat wroeging slijt, zoals alles. Misschien wílde ik die dag wel betrapt worden, om mezelf te bewijzen dat er nog orde heerste, om de mythe van St. Oswald in mijn hart ongeschonden te bewaren, maar vooral om na vijf jaar in de schaduw eindelijk mijn plaats in het licht te kunnen innemen.

En Straitley? In mijn lange spel tegen St. Oswald is het altijd Straitley geweest, en niet het hoofd, die de rol van de koning heeft gespeeld. De koning verplaatst zich langzaam, maar het is een krachtige vijand. Toch kan iedere goedgeplaatste pion hem ten val brengen. Niet dat ik dat wilde, o, nee. Hoe absurd het ook was: ik hoopte niet op zijn ondergang, maar op zijn respect, zijn goedkeuring. Ik was al te lang de onzichtbare geweest, de geest in de krakende machinerie van St. Oswald. Nu wilde ik eindelijk dat hij naar me keek, dat hij me zag, en dat hij, als hij niet kon winnen, toch in ieder geval een onbesliste uitkomst zou overeenkomen.

Ik was in de keuken toen hij eindelijk langskwam. Het was op mijn verjaardag, vlak voor het avondeten, en ik had de helft van de dag met mijn moeder gewinkeld en de andere helft over mijn toekomst zitten praten en plannen zitten maken.

Een klop op de deur – ik vermoedde al wie het was. Ik kende hem namelijk heel goed, zij het vanuit de verte, en ik had zijn bezoek verwacht. Ik wist dat juist hij nooit de gemakkelijke oplossing voorrang zou geven op de rechtvaardige. Streng maar rechtvaardig, dat was Roy Straitley, met een natuurlijke neiging van iedereen het beste te geloven. Hij trok zich niets aan van Johns reputatie, de verhulde dreigementen van het nieuwe hoofd, of de speculaties in de *Examiner* van die dag. Zelfs de mogelijke schade voor St. Oswald was hieraan ondergeschikt. Straitley was de klassenleraar van Leon en voor Straitley waren zijn jongens belangrijker dan wat ook.

Eerst wilde mijn moeder hem niet binnenlaten. Hij was al tweemaal aan de deur geweest, vertelde ze me: eenmaal toen ik in bed lag en nog een keer toen ik me aan het verkleden was en mijn Pinchbeck-kleren verwisselde voor de Parijse setjes die ze me in haar talloze verzorgingspakketjes gestuurd had.

'Mevrouw Snyde, als u me heel even binnen zou willen laten...'

Mijn moeders stem, haar nu zo keurige klinkers, klonken achter de keukendeur nog steeds vreemd. 'Ik heb u toch al gezegd, meneer Straitley, dat we een moeilijk etmaal achter de rug hebben, en ik vind echt dat...'

Ook toen al voelde ik dat hij bij vrouwen niet op zijn gemak was. Toen ik door de kier in de keukendeur gluurde, zag ik hem staan, omlijst door de nacht, het hoofd gebogen, de handen diep in de zakken van zijn oude tweedjasje gestoken.

Vóór hem stond mijn moeder, met haar Parijse parels en pastelkleurige twinset, klaar voor de confrontatie. Het maakte hem onrustig, dat vrouwelijke temperament. Hij had liever met mijn vader gepraat, recht op de man af, in eenlettergrepige woorden.

'Misschien zou ik even met het kind kunnen praten.'

Ik controleerde mijn spiegelbeeld in de fluitketel. Door de begeleiding van mijn moeder zag ik er nu goed uit. Mijn haar was keurig en vlot gekapt, mijn gezicht was schoon en ik zag er schitterend uit in een van de nieuwe setjes. Ik had mijn bril afgezet. Ik wist dat ik voor de test zou slagen en bovendien wilde ik hem zien, en misschien ook gezien worden.

'Meneer Straitley, geloof me, we kunnen niets...'

Ik duwde de keukendeur open. Hij keek snel op. Voor het eerst keek ik hem in de ogen als mezelf. Mijn moeder stond bij me in de buurt, klaar om me bij de eerste tekenen van te grote druk weg te grissen. Roy Straitley zette een stap in mijn richting; ik ving de troostgevende geur van krijtstof, Gauloises en mottenballen op. Ik vroeg me af wat hij zou zeggen als ik hem in het Latijn begroette; de verleiding was bijna te groot om er weerstand aan te bieden, maar toen herinnerde ik me dat ik een rol speelde. Zou hij me in mijn nieuwe rol herkennen?

Even dacht ik dat dat ging gebeuren. Zijn blik was doordringend. Zijn spijkerstofblauwe en enigszins bloeddoorlopen ogen vernauwden zich een beetje toen ze in de mijne keken. Ik stak mijn hand uit – nam zijn dikke vingers in mijn koele. Ik dacht aan al die keren dat ik hem in de klokkentoren had gadegeslagen, aan alle dingen die hij me zonder het te weten geleerd had. Zou hij me nu zien? Zou het gebeuren?

Ik zag hoe zijn ogen me opnamen; hij keek naar het schone gezicht, de pastelkleurige trui, de sokken en gepoetste schoenen. Niet echt wat hij had verwacht, dus. Ik moest moeite doen een glimlach te onderdrukken. Mijn moeder zag het en glimlachte, trots op haar prestatie. En dat was ook terecht: de transformatie was helemaal haar werk.

'Goeienavond,' zei hij. 'Sorry dat ik jullie lastigval. Ik ben meneer Straitley. De klassenleraar van Leon Mitchell.'

'Aangenaam, meneer,' zei ik. 'Ik ben Julia Snyde.'

10

IK MOEST LACHEN. HET WAS ZO LANG GELEDEN DAT IK MEZELF ALS Julia had gezien en niet zozeer als Snyde. En bovendien had ik Julia nooit gemogen, net als mijn vader, en aan haar herinnerd worden, haar zíjn, was nu vreemd en verwarrend. Ik dacht dat ik Julia achter me had gelaten, net als ik Sharon achter me had gelaten. Maar mijn moeder had zichzelf een nieuw image gegeven. Waarom zou ik dat niet kunnen?

Straitley had het natuurlijk niet in de gaten. Voor hem blijven vrouwen een slag apart, dat je op veilige afstand kunt bewonderen (of vrezen). Zijn manier van doen is anders dan wanneer hij met zijn jongens praat; bij Julia werd zijn ongedwongen houding een beetje stijver, werd het een behoedzame parodie van zijn joviale zelf.

'Ik wil je niet van streek maken,' zei hij.

Ik knikte.

'Maar ken je een jongen die Julian Pinchbeck heet?'

Ik moet toegeven dat mijn opluchting ontsierd werd door een zekere teleurstelling. Ik had op de een of andere manier meer van Straitley verwacht, meer van St. Oswald ook. Ik had hem de waarheid tenslotte al zo ongeveer aangeboden. En toch had hij hem nog niet gezien. In zijn arrogantie, de bijzonder mannelijke arrogantie die de fundering van St. Oswald vormt, had hij niet gezien wat toch zo overduidelijk was.

Julian Pinchbeck.

Julia Snyde.

'Pinchbeck?' zei ik. 'Ik geloof het niet, meneer.'

'Hij zal zo ongeveer van jouw leeftijd zijn. Donker haar, mager. Draagt een bril met een metalen montuur. Hij kan op Sunnybank

Park zitten. Misschien heb je hem in de buurt van St. Oswald wel-eens gezien.'

Ik schudde mijn hoofd. 'Het spijt me, meneer.'

'Je weet toch waarom ik het vraag, hè Julia?'

'Ja, meneer. U denkt dat hij er gisteravond was.'

'Hij was er,' snauwde Straitley. Hij schraapte zijn keel en zei, zachter nu: 'Ik dacht dat jij hem misschien ook gezien had.'

'Nee, meneer.' Weer schudde ik mijn hoofd. Het was wel erg grappig, bedacht ik, en toch vroeg ik me af hoe hij me niet had kunnen zien. Kwam het misschien doordat ik een meisje was? Een sloerie, een buggykop, een schooier, een proletariër? Was het zo onmogelijk iets dergelijks van Julia Snyde te geloven?

'Weet je het zeker?' Hij keek me scherp aan. 'Want die jongen is een getuige. Hij was erbij. Hij heeft gezien wat er gebeurd is.'

Ik keek naar de glanzende neuzen van mijn schoenen. Ik had hem op dat moment wel alles willen vertellen, alleen al om zijn mond te zien openvallen. Maar dan had hij ook alles over Leon moeten weten en ik wist dat dat onmogelijk was. Daarvoor had ik al te veel geofferd. En daarvoor moest ik mijn trots maar inslikken.

Op dat moment keek ik naar hem op, terwijl ik mijn ogen liet vollopen met tranen. Het was gezien de omstandigheden niet moeilijk. Ik moest aan Leon denken en aan mijn vader, en ook aan mezelf, en de tranen kwamen vanzelf. 'Het spijt me,' zei ik. 'Ik heb hem niet gezien.'

De oude Straitley leek inmiddels niet op zijn gemak en stond te kuchen en te schuifelen net als toen Kitty Teague haar kleine crisis in de docentenkamer had.

'Goed dan.' Hij haalde een grote en enigszins groezelige zakdoek tevoorschijn.

Mijn moeder keek boos. 'Hebt u nu uw zin?' zei ze, bezitterig een arm om me heen slaand. 'Na alles wat het arme kind al heeft meegemaakt...'

'Mevrouw Snyde, het was niet...'

'Ik vind dat u weg moet gaan.'

'Julia, toe. Als je iets weet...'

'Meneer Straitley,' zei ze. 'Ik zou graag willen dat u vertrekt.'

En dat deed hij dus, met tegenzin; hij had wel willen schreeuwen, maar was ook onzeker; enerzijds verontschuldigde hij zich, anderzijds was hij vervuld van achterdocht.

Want achterdochtig wás hij – ik zag het aan zijn ogen. Hij zat ver bezijden de waarheid, natuurlijk, maar zijn jarenlange onderwijservaring gaf hem een zesde zintuig waar het leerlingen betrof, een soort radar dat ik ergens moest hebben geactiveerd.

Hij keerde zich met zijn handen in zijn zakken om. 'Julian Pinchbeck. Weet je zeker dat je nooit van hem gehoord hebt?'

Stom knikte ik, vanbinnen grijnzend.

Zijn schouders zakten voorover. Toen mijn moeder de deur voor hem opende, keerde hij zich abrupt om en keek hij me voor wat de laatste keer in vijftien jaar zou worden aan. 'Ik wilde je niet van streek maken,' zei hij. 'We zijn allemaal bezorgd om je vader. Maar ik was de klassenleraar van Leon. Ik ben verantwoordelijk voor mijn jongens...'

Weer knikte ik. *'Vale, magister.'* Het was slechts een fluistering, maar ik zou zweren dat hij het hoorde.

'Wát zei je daar?'

'Goedenavond, meneer.'

11

DAARNA VERHUISDEN WE NAAR PARIJS. EEN NIEUW LEVEN, HAD mijn moeder gezegd, een nieuw begin voor haar kleine meid. Maar zo gemakkelijk was het niet. Ik hield niet van Parijs. Ik miste mijn thuis en de bossen en de troostgevende geur van gemaaid gras die over de velden golfde. Mijn moeder betreurde mijn jongensachtige manieren, waarvan ze natuurlijk mijn vader de schuld gaf. Hij had nooit een meisje gewild, zei ze, klagend over mijn kortgeknipte haar, mijn magere borstkas en mijn knieën met korsten. Volgens haar zag ik er dankzij John meer uit als een vuil jongetje dan als de bevallige dochter die ze voor zich had gezien. Maar dat zou volgens haar gaan veranderen. Ik had alleen maar tijd nodig om tot bloei te komen.

Ik probeerde het echt. Ik moest eindeloos winkelen, jurken passen en naar de schoonheidssalon. Ieder meisje zou ervan dromen onder handen te worden genomen, Gigi te zijn, Eliza te zijn, van het lelijke eendje in de elegante zwaan te veranderen. Dat was in ieder geval mijn moeders droom. Ze gaf eraan toe en pronkte blij met haar levende pop.

Tegenwoordig is er natuurlijk nog maar weinig terug te vinden van mijn moeders werk. Mijn eigen touch is veel verfijnder en beslist minder opzichtig. Mijn Frans is vloeiend, dankzij vier jaren in Parijs, en hoewel ik in mijn moeders ogen nooit helemaal aan de eisen heb voldaan, mag ik graag denken dat ik me een bepaalde stijl heb aangemeten. Ik heb ook een abnormaal hoge zelfwaardering, althans, volgens mijn analytica, soms grenzend aan het pathologische. Misschien is dat zo, maar als er geen ouders zijn, waar moet een kind dan haar goedkeuring vandaan halen?

Toen ik veertien was, had mijn moeder wel door dat ik nooit een schoonheid zou worden. Ik was er niet het type voor. *Un style très anglais*, zoals de schoonheidsspecialiste (het kreng!) herhaaldelijk beweerde. De rokjes en twinsets die er bij de Franse meisjes zo aardig uitzagen, stonden mij gewoon belachelijk, en ik verruilde ze algauw voor de veiligheid van de spijkerbroek, sweatshirts en sportschoenen uit mijn vroegere jeugd. Ik weigerde make-up op te doen en knipte mijn haar kort. Ik zag er niet meer uit als een jongetje, maar het was duidelijk geworden dat ik ook nooit een Audrey Hepburn zou worden.

Mijn moeder was niet zo teleurgesteld als had gekund. Ondanks haar hooggespannen verwachtingen hadden we geen band gekregen. We hadden weinig met elkaar gemeen en ik kon merken dat ze het zat was al die moeite te doen. Maar wat belangrijker was: Xavier en zij hadden eindelijk voor elkaar wat ze tot nu toe voor onmogelijk hadden gehouden: een wonderbaby, geboren in de maand augustus van het jaar daarop.

Tja, dat deed de deur dicht. In één klap was ik een last geworden. De wonderbaby – ze noemden haar Adeline – had me in wezen uit de markt geprijsd en noch mijn moeder, noch Xavier (die weinig eigen meningen had) leek geïnteresseerd in een onhandige tiener. Ondanks alles was ik opnieuw onzichtbaar.

O, ik kan niet zeggen dat het me veel kon schelen. Dat in ieder geval niet. Ik had niets tegen Adeline, die me niet veel meer leek dan een krijsend brokje roze stopverf. Wat me dwarszat was de belofte, de belofte van iets wat nauwelijks was geboden, of het werd alweer afgepakt. Het feit dat ik het niet had gewild, deed er niet toe. Mijn moeders ondankbaarheid wel. Ik had per slot van rekening offers voor haar gebracht. Voor haar had ik St. Oswald verlaten. St. Oswald lokte me nu meer dan ooit als een verloren paradijs. Ik vergat hoe ik het had gehaat, hoe ik er jarenlang strijd tegen had gevoerd, dat de school in één klap mijn vriend, mijn vader en mijn jeugd had verzwolgen. Ik dacht er de hele tijd aan en het scheen me toe dat ik me alleen maar in St. Oswald ooit echt levend had gevoeld. Daar had ik gedroomd, daar had ik vreugde, haat en verlangen gevoeld. Daar was ik een held geweest, een rebel. Nu was ik gewoon een stugge tiener, met een stiefvader en een moeder die over haar leeftijd loog.

Ik weet het nu: het was een verslaving, en St. Oswald was mijn drug. Dag en nacht hunkerde ik ernaar, zocht ik armzalige substituten waar ik maar kon. Ze verveelden me snel: mijn *lycée* was saai en de vermetelste rebellen waagden zich alleen maar aan zeer puberaal wangedrag: een beetje seks, een beetje spijbelen en een aantal in wezen oninteressante drugs. Leon en ik hadden samen jaren eerder al dingen gedaan die veel spannender waren. Ik wilde meer, ik wilde wanorde, ik wilde álles.

Ik was me er destijds niet van bewust dat mijn gedrag al aandacht begon te trekken. Ik was jong, boos en bedwelmd. Je zou kunnen zeggen dat St. Oswald me bedorven had; ik was als een leerling die voor een jaar teruggestuurd wordt naar de kleuterschool en speelgoed stukmaakt en tafeltjes omvergooit. Ik vond het heerlijk een slechte invloed te zijn. Ik spijbelde, ik bespotte mijn leraren, ik dronk, ik rookte en ik had snelle (en voor mij vreugdeloze) seks met een aantal jongens van een rivaliserende school.

Het kritieke ogenblik kwam op een bijna akelig gewone manier. Mijn moeder en Xavier – die, naar ik had aangenomen, zo opgingen in hun wonderkind dat ze zich niet veel meer aantrokken van het gewonere soort – hadden me beter in de gaten gehouden dan ik had gedacht. Nadat ze mijn kamer hadden opgeruimd, hadden ze het excuus dat ze zochten: een doodgewoon blokje hars van vijf gram, een pakje condooms en vier xtc-pillen in een dichtgedraaid papiertje.

Het was kinderspel, meer was het niet. Iedere gewone ouder zou het zo vergeten zijn, maar Sharon mompelde alleen maar iets over mijn voorgeschiedenis en haalde me van school en – wat de ultieme schande was – schreef me in bij een kinderpsychologe, die, zo beloofde ze, me gauw zou weten te corrigeren.

Ik geloof niet dat ik van nature een wraakzuchtig iemand ben. Wanneer ik heb toegeslagen, is dat altijd na een bijna ondraaglijke provocatie geweest. Maar dit was meer dan een mens kon verdragen. Ik verspilde geen tijd aan verontwaardigde beweringen dat ik onschuldig was. In plaats daarvan, en tot mijn moeders verbazing, werkte ik mee zo goed als ik kon. De kinderpsychologe, die Martine heette en die grote oorringen met kleine zilveren katjes droeg, verklaarde dat ik goed vooruitging en ik voedde haar elke dag totdat ze heel tam werd.

Je kunt zeggen wat je wilt over mijn onconventionele opleiding, maar ik heb wel een uitgebreide algemene ontwikkeling. Dat heb ik te danken aan de bibliotheek van St. Oswald, of Leon, of aan de films waar ik altijd naar heb gekeken, maar hoe dan ook wist ik genoeg van geestesziekten om een kinderpsychologe die van katjes houdt om de tuin te leiden. Ik vond het bijna jammer dat het zo gemakkelijk ging: ik wenste eigenlijk dat ze me voor een grotere uitdaging hadden gesteld.

Psychologen, ze zijn allemaal hetzelfde. Je kunt met hen over van alles en nog wat praten, maar uiteindelijk komt het altijd op hetzelfde neer: seks. Na een indrukwekkend vertoon van weerstand en een aantal goed freudiaanse dromen, bekende ik: ik had seks gehad met mijn vader. Niet met John, zei ik, maar met mijn nieuwe vader, waardoor het niet verkeerd was – althans, volgens hém, hoewel ik daar zelf inmiddels niet zo zeker meer van was.

Begrijp me goed, ik had op zich niets tegen Xavier. Mijn moeder was degene die me had verraden, mijn moeder wilde ik kwetsen. Maar Xavier was zo'n geschikt werktuig en bovendien deed ik het voorkomen alsof het bijna geheel met mijn instemming was gebeurd, zodat hij er met een lichtere – en misschien zelfs voorlopige – straf af zou komen.

Het werkte prima. Te prima, misschien: ik had inmiddels mijn routine verfijnd en een aantal verfraaiingen aan de basisformule toegevoegd. Nog meer dromen – ik droom niet, zoals ik al zei, maar ik heb wel een zeer levendige fantasie –, een aantal lichamelijke aanwensels en de gewoonte in mezelf te snijden, die ik van een van de meer gevoelige meisjes in mijn klas op school had overgenomen.

Lichamelijk onderzoek leverde het bewijs. Xavier werd zoals te verwachten viel het huis uitgezet, de gescheiden vrouw in spe werd een ruime toelage in het verschiet gesteld en ik werd (deels dankzij mijn briljante toneelspel) door mijn liefhebbende moeder en de katjesdragende Martine voor drie jaar in een instituut gestopt. Ze konden er geen van beiden van overtuigd worden dat ik geen gevaar meer voor mezelf vormde.

Tja, je kunt iets ook té goed doen.

SCHAAKMAT

1

Vrijdag 5 november
Guy Fawkes, 21.15 uur

'NOU,' ZEI HIJ. 'DAT WAS HET DAN.'

Het vuurwerk was afgelopen en de menigte begon zich te verspreiden en schuifelde langzaam naar de uitgangen. Het afgezette terrein was bijna leeg; alleen de geur van kruit hing er nog. 'Misschien moeten we Marlene gaan zoeken. Ik vind het geen prettige gedachte dat ze ergens alleen staat te wachten.'

Die goeie ouwe Straitley. Altijd een heer. En ook zo dicht bij de waarheid: hij was beslist dichter bij de waarheid gekomen dan mijn moeder, of mijn analytica, of de beroepskrachten die hadden geprobeerd mijn tienergeest te begrijpen. Niet dichtbij genoeg, nog niet, maar hij was er bijna; we zaten nu in het eindspel en mijn hart begon bij die gedachte sneller te slaan. Lang geleden had ik als een pion tegenover hem gestaan en verloren. Nu kon ik hem eindelijk als dame uitdagen.

Ik keerde me naar hem toe en zei: *'Vale, magister.'*

'Wát zei u?'

Ze had zich omgekeerd om weg te gaan; bij de gloed van de smeulende resten leek ze heel jeugdig onder haar rode baret en met het dansende licht van het vuur in haar ogen. 'U hebt het wel verstaan,' zei ze. 'U hebt me toen toch ook verstaan, meneer?'

Toen? De onzichtbare vinger porde weer zachtjes, bijna meelevend. Ik voelde een plotselinge drang om te gaan zitten, maar bood er weerstand aan.

'U zult het u mettertijd wel herinneren,' zei juffrouw Dare met een lach. 'U bent tenslotte iemand die nooit een gezicht vergeet.'

Ik sloeg hem gade terwijl hij het uitdacht. De mist was dikker geworden. Het was nu moeilijk verder dan de dichtstbijzijnde bomen te zien. Het vuur achter onze rug bestond nog slechts uit smeulende resten: als het niet ging regenen, zou het twee tot drie dagen blijven smeulen. Straitley fronste zijn voorhoofd, dat bij het zwakke licht glansde als een gerimpelde totem. Er ging een minuut voorbij. Twee minuten. Ik begon ongerust te worden. Was hij te oud? Was hij het vergeten? En wat moest ik doen als hij me nu in de steek liet?

Eindelijk sprak hij. 'Het is... Julie, hè?'

Warm, oude man. Ik durfde adem te halen. 'Julia, meneer. Julia Snyde.'

Julia Snyde.

Wat was het lang geleden dat ik die naam gehoord had. Wat was het lang geleden dat ik zelfs maar aan haar had gedacht. En toch zat ze hier weer. Ze zag er precies uit als Dianne Dare, die me vol genegenheid – en met een sprankje humor – in haar heldere bruine ogen aankeek.

'Hebt u uw naam veranderd?' zei ik ten slotte.

Ze glimlachte. 'Gezien de omstandigheden, ja.'

Dat kon ik begrijpen. Ze was naar Frankrijk gegaan. 'Was het niet Parijs? Daar hebt u zeker uw Frans geleerd.'

'Ik was een goede leerling.'

Nu herinnerde ik me die dag in de portierswoning weer. Haar donkere haar, korter geknipt dan nu, de keurige meisjeskleren, de plooirok en pastelkleurige trui. Zoals ze toen naar me had gelachen, verlegen, maar met een weten in haar ogen. Wat was ik er zeker van geweest dat ze iets wist...

Ik keek nu naar haar bij het spookachtige licht en vroeg me af hoe ik het niet gezien kon hebben. Ik vroeg me af wat ze nu hier deed en hoe ze van portiersmeisje veranderd was in de zelfverzekerde jongedame die ze nu was. Maar vooral vroeg ik me af hoeveel ze nu eigenlijk geweten had en waarom ze dat voor me verborgen had gehouden, nu en al die jaren geleden.

'U kende Pinchbeck, hè?'

Ze knikte zwijgend.

'Maar hoe zit het dan met Keane?'

Ze glimlachte. 'Zoals ik al zei: hij moest weg.'

Nou, dat was ook zijn verdiende loon, de kleine gluiperd met zijn notitieboekjes. Mijn eerste blik had me al moeten waarschuwen: die regels, die tekeningen, die grillige kleine observaties over de aard en de geschiedenis van St. Oswald. Ik weet nog dat ik me toen afvroeg of het niet beter zou zijn geweest als ik meteen met hem afrekende, maar ik had destijds veel aan mijn hoofd en bovendien was er behalve die foto nog niet veel dat belastend voor me was.

Je zou toch denken dat een ontluikend schrijftalent het veel te druk met zijn muze zou hebben om zich met zo'n oude geschiedenis bezig te gaan houden. Maar dat had hij wel gedaan, en bovendien had hij op Sunnybank Park gezeten, hoewel hij drie of vier klassen hoger had gezeten dan ik en het verband niet meteen gelegd zou hebben.

Ik had dat zelf namelijk ook een tijdje niet gelegd, maar op een zeker moment moet ik zijn gezicht herkend hebben. Ik kende het al voordat ik naar Sunnybank Park ging: ik herinnerde me dat ik had toegekeken toen een stel jongens hem na school in het nauw dreef, ik herinnerde me zijn nette kleren – ze maakten je als Sunnybanker verdacht – en vooral de bibliotheekboeken onder zijn arm, die hem tot een doelwit maakten. Ik had toen meteen geweten dat ík dat had kunnen zijn.

Het leerde me een les toen ik die jongen gadesloeg. Je moet onzichtbaar zijn, had ik mezelf voorgehouden. Je moet er niet te slim uitzien. Loop niet met boeken rond. En als je twijfelt, moet je maken dat je wegkomt. Keane was niet weggerend. Dat was altijd zijn probleem geweest.

In zekere zin vind ik het zielig voor hem. Toch wist ik na het notitieboekje dat ik hem niet kon laten leven. Hij had de foto van St. Oswald al gevonden, hij had al met Marlene gepraat, maar bovenal was er die foto, genomen op God mag weten wat voor sportdag op Sunnybank, met achteraan ondergetekende (de fladderbroek was gelukkig aan het zicht onttrokken). Wanneer hij eenmaal dat verband had gelegd – en dat zou vroeg of laat toch gebeurd zijn – zou het een eenvoudige zaak zijn geweest de fotoarchieven van Sunnybank door te nemen, totdat hij vond wat hij zocht.

Ik had het mes enige maanden geleden gekocht – 24,99 pond bij de legerwinkel – en ik moet zeggen dat het een goed mes was: scherp, slank, tweesnijdend en dodelijk. Zo'n beetje als ik, dus. Eigenlijk jammer dat ik het moest achterlaten – ik had het voor Straitley willen bewaren –, maar het terugnemen zou een wat vies gedoe zijn geweest, en bovendien wilde ik niet in een openbaar park rondlopen met een moordwapen in mijn zak. Ze zullen op het mes ook geen vingerafdrukken vinden. Ik had handschoenen aan.

Ik was hem gevolgd naar het afgezette gedeelte, net toen het vuurwerk begon. Er stonden daar bomen en in de luwte van die bomen waren de schaduwen tweemaal zo donker. Er waren natuurlijk overal mensen, maar de meesten stonden naar de lucht te kijken en bij het valse licht van al die vuurpijlen zag niemand het snelle, kleine drama dat zich onder de bomen afspeelde.

Er is verbazingwekkend veel vaardigheid voor nodig om iemand tussen de ribben te steken. Het lastigste zijn de tussenribspieren: ze trekken zich namelijk samen, zodat je, zelfs als je niet per ongeluk een rib raakt, door een gespannen spierlaag heen moet voordat je echte schade kunt aanrichten. Op het hart mikken is even riskant: dan zit namelijk het borstbeen in de weg. De ideale methode is door het ruggenmerg heen snijden, tussen de derde en de vierde wervel, maar vertel jij me maar eens hoe ik in het donker en onder een grote legerparka die plek had moeten vinden.

Ik had natuurlijk zijn keel kunnen doorsnijden, maar iedereen die het weleens echt geprobeerd heeft in plaats van alleen maar naar de film kijken, kan je vertellen dat het niet zo gemakkelijk is als het lijkt. Ik hield het op een opwaartse stoot vanaf het middenrif, net onder het borstbeen. Ik heb hem onder de bomen gedumpt, waar mensen die hem zagen zouden aannemen dat hij dronken was en hem met rust zouden laten. Ik ben geen biologieleraar, dus kan ik alleen maar raden naar de technische doodsoorzaak – bloedverlies of een ingeklapte long –, maar hij was verdomde verbaasd, dat kan ik je wel vertellen.

'U hebt hem gedood?'

'Ja, meneer. Niets persoonlijks, hoor.'

De gedachte drong zich aan me op dat ik misschien echt ziek was, dat dit allemaal een hallucinatie was die meer over mijn onderbewuste zei dan ik wilde weten. Ik had me in ieder geval weleens beter gevoeld. Een plotselinge steek boorde zich pijnlijk in mijn linkeroksel. De onzichtbare vinger was een hele hand geworden, een stevige, constante druk tegen mijn borstbeen die me naar adem deed snakken.

'Meneer Straitley?' Er lag bezorgdheid in juffrouw Dares stem.

'Slechts een steekje,' zei ik, en ik ging abrupt zitten. De modderige bodem leek, hoewel hij zacht was, ongelooflijk koud, een kou die door het gras heen omhoog pulseerde als een stervende hartslag. 'U hebt hem gedood?' herhaalde ik.

'Hij was een los eindje, meneer. Zoals ik al zei: hij moest weg.'

'En Knight?'

Het was even stil. 'Knight ook,' zei juffrouw Dare.

Eén ogenblik, één verschrikkelijk ogenblik, stokte mijn adem. Ik had de jongen niet gemogen, maar hij was een van mijn jongens, en ondanks alles had ik, denk ik, toch gehoopt...

'Toe, meneer Straitley. Dit kan ik nu niet hebben. Kom, sta op...' Ze duwde een schouder onder mijn arm – ze was sterker dan ze leek – en hees me omhoog.

'Knight is dood?' zei ik verdoofd.

'Wees maar niet bang, meneer. Het ging snel.' Ze duwde een heup als een wig tegen mijn ribben en hees me half overeind. 'Maar ik had een slachtoffer nodig, niet alleen maar een lijk. Ik had een verhaal nodig. Een vermoorde schooljongen haalt de voorpagina – zelfs op een slechte dag –, maar een vermiste jongen kun je blijven uitmelken. Er wordt gezocht, er wordt gespeculeerd, er wordt in tranen gesmeekt door de radeloze moeder, er worden vrienden ondervraagd, en als de hoop afneemt, wordt er in plaatselijke vijvers en bassins gedregd, en wanneer er een kledingstuk wordt gevonden, wordt bij de officieel geregistreerde pedofielen in de omgeving de onvermijdelijke DNA-test afgenomen. U weet hoe dat gaat, meneer. Zij weten ook hoe dat gaat, maar wéten doen ze niets. En pas als ze het zeker weten...'

De kramp in mijn zij kwam weer opzetten en ik snakte gesmoord naar adem. Juffrouw Dare hield meteen op met praten. 'Sorry, meneer,' zei ze, vriendelijker nu. 'Dat is nu niet meer zo belangrijk. Knight kan wachten. Hij gaat toch nergens heen. Adem maar langzaam. Blijf lopen. En kijk me aan, wilt u? We hebben niet veel tijd.'

En dus ademde ik en keek ik en bleef ik lopen, en langzaam hinkten we, ik als een albatros om de nek van juffrouw Dare hangend, naar de beschutting van de bomen.

2

Vrijdag 5 november
21.30 uur

ER STOND EEN BANK ONDER DE BOMEN. WE STROMPELDEN ER SAmen over het modderige gras heen en ik viel er met een schok die mijn oude hart als een kapotte veer deed slingeren op neer.

Juffrouw Dare probeerde me iets te vertellen. Ik probeerde uit te leggen dat ik andere dingen aan mijn hoofd had. O, het overkomt ons uiteindelijk allemaal, ik weet het, maar ik had iets beters verwacht dan deze gekte in een modderig veld. Maar Keane was dood, Knight was dood, juffrouw Dare was iemand anders en inmiddels kon ik mezelf niet langer wijsmaken dat de pijn die oplaaide en aan mijn zij klauwde ook maar enigszins op een steek leek. Wat is ouderdom toch onwaardig, dacht ik. Geen glorie in de senaat, maar een haastige aftocht in een ambulance, of erger nog: een moeizaam verval. En toch vocht ik door. Ik hoorde mijn hart zich inspannen om in beweging te blijven, om dat ouwe lijf nog wat langer gaande te houden, en ik dacht: zijn we er ooit klaar voor? En geloven we er ooit echt in?

'Toe, meneer Straitley. U moet u concentreren.'

Me concentreren nog wel! 'Ik heb het toevallig even heel druk,' zei ik. 'Met mijn onbeduidende, maar ophanden zijnde vertrek. Misschien later...'

Maar nu kwam die herinnering weer, dichterbij nu, bijna dichtbij genoeg om aan te raken. Een gezicht, gedeeltelijk blauw, gedeeltelijk rood, dat zich naar me toe keerde, een jong gezicht, rauw van narigheid en hard van vastberadenheid, een gezicht dat ik vijftien jaar geleden even zag...

'Ssst...' zei juffrouw Dare. 'Ziet u me nu?'

En toen zag ik het plotseling.

Een zeldzaam moment van overweldigende helderheid. Rijen dominostenen die wild ratelend omvielen naar het mystieke centrum. Zwart-witbeelden die plotseling reliëf kregen, een vaas die in minnaars veranderde, een vertrouwd gezicht dat uiteenviel en ineens iets heel anders werd.

Ik keek, en op dat moment zag ik Pinchbeck met zijn opgeheven gezicht, zag ik zijn bril met het stroboscopische alarmlicht erop. En tegelijkertijd zag ik Julia Snyde met haar keurige zwarte pony en juffrouw Dares grijze ogen onder haar schooljongenspet, terwijl verlate vuurwerkflitsen haar gezicht verlichtten, en plotseling wist ik het gewoon.

Ziet u me nu?

Ja, ik zag haar.

Het moment ging niet aan me voorbij. Zijn mond viel open. Zijn gezicht leek slap te worden. Het was net of ik naar versneld verval keek, dat vertraagd was opgenomen. Plotseling leek hij heel wat ouder dan zijn vijfenzestig jaren. In feite leek hij op dat moment een echte centurio.

Catharsis. Daar heeft mijn analytica het steeds maar over, maar ik had tot op dat moment nog nooit iets dergelijks ervaren. Die blik op Straitleys gezicht. Het inzicht – het afgrijzen – en daarachter, dacht ik misschien, het medelijden.

'Julian Pinchbeck. Julia Snyde.'

Ik glimlachte en voelde de jaren als een drukkende last van me af glijden. 'Het was toch zo duidelijk, meneer,' zei ik. 'En u zag het steeds maar niet. U vermoedde het niet eens.'

Hij zuchtte. Hij zag er steeds zieker uit: zijn gezicht had een masker van zweet. Hij haalde ratelend en ongecontroleerd adem. Ik hoopte dat hij niet doodging. Ik had zo lang op dit moment gewacht. O, hij zou natuurlijk uiteindelijk weg moeten, met of zonder mijn moordmes kon ik hem gemakkelijk doden, wist ik, maar daarvóór wilde ik dat hij het begreep. Dat hij het zag en zonder enige twijfel wist.

'Ik snap het.' (Ik wist dat dat niet zo was.) 'Het was een afschuwelijke affaire.' (Dat was het.) 'Maar waarom wilde u wraak nemen op St. Oswald? Waarom gaf u de schuld aan Pat Bishop, of Grachvogel, of Keane, of Light... En waarom doodde u Knight, die nog maar een jongen was...'

'Knight was lokaas,' zei ik. 'Triest, maar noodzakelijk. En wat de anderen betreft: laat me niet lachen. Bishop? De hypocriet. Die was weg zodra er een schandaal in de lucht hing. Grachvogel? Het zou toch een keer gebeurd zijn, of ik nu een handje meehielp of niet. Light? Zo iemand kunnen jullie missen als kiespijn. En wat Devine betreft: ik heb u zo ongeveer een dienst bewezen. Interessanter is het dat de geschiedenis zich lijkt te herhalen. Kijk maar hoe snel het hoofd Bishop liet vallen toen hij dacht dat dit schandaal nadelig zou kunnen zijn voor de school. Nu weet hij hoe mijn vader zich voelde. Het deed er niet toe of hem iets te verwijten viel of niet. Het deed er zelfs niet toe dat er een leerling was omgekomen. Wat er het meest toe deed, en wat er nog steeds het meest toe doet, was de bescherming van de school. Jongens komen en gaan. Portiers komen en gaan. Maar God verhoede dat er iets zou gebeuren wat St. Oswald zou kunnen bezoedelen. Negeer het, begraaf het en zorg dat het weggaat. Dat is toch het schoolmotto?' Ik haalde diep adem. 'Nee, nu niet meer. Nu heb ik eindelijk uw aandacht.'

Hij uitte een rasperig geluid dat gelach had kunnen zijn. 'Misschien,' zei hij. 'Maar had u ons niet gewoon een ansichtkaart kunnen sturen?'

Goeie ouwe Straitley. Altijd de pias uithangen. 'Hij mocht u, meneer. Hij heeft u altijd gemogen.'

'Wie? Uw vader?'

'Nee, meneer. Leon.'

Er viel een lange, duistere stilte. Ik voelde zijn hart pompen. De feestende menigte had zich allang verspreid; je zag alleen nog hier en daar gestalten die als een silhouet afgetekend stonden tegen de gloed van het smeulende vuur in de verte en in de bijna verlaten arcades. We waren alleen, zo alleen als maar kon, en overal om ons heen hoorde ik de geluiden van de bladloze bomen, het langzame, brosse gekraak van de takken en af en toe het scherpe gescharrel van een diertje – een rat of een muis – tussen de gevallen bladeren.

De stilte ging zo lang door dat ik vreesde dat de oude man in slaap was gevallen – of dat hij weggegleden was naar een plek ver weg waar ik hem niet kon volgen. Toen zuchtte hij en hij stak in het donker zijn hand naar me uit. Zijn vingers voelden koud tegen mijn handpalm.

'Leon Mitchell,' zei hij langzaam. 'Gaat het daar soms allemaal om?'

3

Guy Fawkes
21.35 uur

LEON MITCHELL. IK HAD HET KUNNEN WETEN. IK HAD VANAF HET begin kunnen weten dat alles terug te voeren was tot Leon Mitchell. Als er ooit een jongen was die de personificatie van problemen was, dan was hij het. Van al mijn spoken heeft deze nooit in vrede gerust. En van al mijn jongens achtervolgt hij me het meest.

Ik sprak één keer over hem met Pat Bishop, toen ik probeerde precies te begrijpen wat er gebeurd was en of ik iets meer had kunnen doen. Pat verzekerde me dat dat niet zo was. Ik stond destijds op mijn balkon. De jongens bevonden zich onder mij op het dak van de kapel. De portier was al ter plaatse. Wat had ik kunnen doen om de tragedie te voorkomen – als Superman naar beneden vliegen? Het ging allemaal zo snel. Niemand had het tegen kunnen houden. En toch is terugblikken verraderlijk: engelen worden schurken, tijgers worden clowns. In de loop der jaren smelten oude zekerheden als rijpe kaas; geen herinnering is veilig.

Hád ik hem kunnen tegenhouden? Je kunt je niet voorstellen hoe vaak ik mezelf die vraag gesteld heb. Midden in de nacht lijkt het allemaal maar al te goed mogelijk en wikkelen de gebeurtenissen zich met een droomachtige helderheid af terwijl de jongen – veertien jaar oud – telkens weer valt, en deze keer was ik er wél bij. Ik sta op mijn balkon als een te dikke Julia en in die nachtelijke uren zie ik Leon maar al te duidelijk voor me, hangend aan de roestige rand met zijn kapotte nagels in de rottende steen geklemd, zijn ogen een en al doodsangst.

'*Pinchbeck?*'

Mijn stem maakt hem aan het schrikken. Een stem met gezag, die heel onverwachts uit de nacht komt. Hij kijkt instinctief op, zijn greep verslapt. Misschien roept hij iets, begint hij naar boven te reiken. Zijn hiel schraapt tegen een voetsteun die al half verroest is.

En dan begint het, eerst langzaam en toch onmogelijk snel, en er zijn seconden, hele seconden, waarin hij kan denken aan die koker van ruimte, die verschrikkelijke duisternis.

Schuldgevoelens die als een lawine vaart meerderen.

Herinneringen, stilstaande beelden op een donker scherm.

Rijen dominostenen, alsmede de groeiende overtuiging dat het misschien door mij kwam, dat als ík niet precies op dat moment die naam had geroepen, misschien, heel misschien...

Ik keek op naar juffrouw Dare en zag haar naar me kijken. 'Vertel me eens,' zei ik, 'wie geeft u nu eigenlijk de schuld?'

Dianne Dare zei niets.

'Vertel me dat eens.' De steek die geen steek was klauwde fel aan mijn zij, maar na al die jaren was de behoefte het te weten toch pijnlijker. Ik keek naar haar op. Wat zat ze daar glad en sereen: haar gezicht leek in de mist wel dat van een renaissance-Madonna. 'U was erbij,' zei ik moeizaam. 'Kwam het door míj dat Leon viel?'

O, wat ben je toch slim, dacht ik. Mijn analytica zou nog iets van je kunnen leren. Me nu weer confronteren met dat sentiment, misschien in de hoop wat meer tijd te winnen...

'Alstublieft,' zei hij. 'Ik moet het weten.'

'Waarom dan?' zei ik.

'Hij was een van mijn jongens.'

Wat eenvoudig, wat verpletterend. *Een van mijn jongens.* Plotseling wou ik dat hij nooit gekomen was, of dat ik me van hem had kunnen ontdoen, zoals ik me van Keane had ontdaan: gemakkelijk, zonder ellende. O, hij was er slecht aan toe, maar nu was ik degene die moeite had met ademen, was ik degene die de lawine voelde aankomen. Ik had zin om te lachen, de tranen stonden in mijn ogen. Kon het zijn dat Roy Straitley na al die jaren zichzelf de schuld gaf? Het was kostelijk. Het was vreselijk.

'Straks gaat u me nog vertellen dat hij als een zoon voor u was.' De trilling in mijn stem logenstrafte de snier. Ik was eerlijk gezegd diep geschokt.

'De jongens die ik verloren heb,' zei hij, de snier negerend. 'Na die drieëndertig jaar herinner ik me ze nog stuk voor stuk. Ze hangen aan de muur van mijn huiskamer, zijn namen in mijn klassenboeken. Hewitt, '72. Constable, '86. Jamestone, Deakin, Stanley, Poulson – Knight.' Hij zweeg even. 'En natuurlijk Mitchell. Hoe zou ik hem vergeten kunnen zijn? De kleine etterbak.'

Het gebeurt weleens. Je kunt hen niet allemaal mogen, hoewel je je best doet om hen gelijk te behandelen. Maar soms is er een jongen – als Mitchell, als Knight – die je nooit zult mogen, hoe je ook je best doet.

Hij was van zijn vorige school getrapt omdat hij een leraar had verleid; hij was tot op het bot verwend door zijn ouders; hij loog, gebruikte mensen, manipuleerde hen. O, hij was slim, hij kon zelfs charmant zijn. Maar ik wist wat hij was en dat zei ik haar ook: vergif tot in de kern.

'U hebt het mis, meneer,' zei ze. 'Leon was mijn vriend. De beste vriend die ik ooit heb gehad. Hij gaf om me, hij hield van me, en als u er niet was geweest, als u op dat moment niet had geroepen...'

Haar stem brak nu, werd, voor het eerst sinds ik haar kende, schril en onbeheerst. Pas toen begreep ik dat ze van plan was me te vermoorden – absurd eigenlijk, want ik moest het geweten hebben vanaf het moment dat ze bekende. Ik neem aan dat ik bang had moeten zijn, maar ondanks dat, ondanks de pijn in mijn zij, was het enige wat ik voelde een overheersende irritatie, alsof een intelligente leerling een elementaire grammaticafout had gemaakt.

'Word toch eens volwassen,' zei ik tegen haar. 'Leon gaf alleen om zichzelf. Hij hield ervan mensen uit te buiten. Dat deed hij: hij speelde ze tegen elkaar uit, hitste ze op. Het zou me niets verbazen als het zijn idee was geweest het dak op te gaan, gewoon om te kijken wat er zou gebeuren.'

Ze haalde scherp adem, als een kat die blaast, en ik wist dat ik te ver was gegaan. Toen begon ze te lachen, haar zelfbeheersing hervindend alsof die nooit weg was geweest. 'U bent zelf anders ook een aardige machiavellist, meneer.'

Ik vatte dat op als een compliment en zei dat ook.

'Dat is het ook, meneer. Ik heb u altijd gerespecteerd. Ook nu zie ik u eerder als een tegenstander dan als een vijand.'

'Pas maar op, juffrouw Dare, straks word ik nog verwaand.'

Ze moest weer lachen, een broos geluid. 'Maar toch,' zei ze, met glanzende ogen. 'Ik wilde dat u me zag. Ik wilde dat u het wíst...' Ze vertelde me hoe ze meegeluisterd had naar mijn lessen, mijn papieren had doorgenomen, haar voorraad had opgebouwd uit de gevallen graantjes van St. Oswalds rijke oogsten. Terwijl ze aan het woord was, dwaalde ik een poosje af, want de pijn in mijn zij kwam nu terug.

Ze vertelde over die tijd van spijbelen, geleende boeken, gepikte uniformen en regels die overtreden werden. Net als de muizen had ze haar nest in de klokkentoren en op het dak gemaakt, waar ze kennis had vergaard en zich had gevoed wanneer ze maar kon. Ze had naar kennis gehongerd, ze was uitgehongerd geweest. En zonder het te weten was ik haar *magister* geweest. Vanaf het moment waarop ik die dag op de middengang voor het eerst met haar had gesproken, had ze me uitverkoren. En nu had ze me weer uitverkoren om de schuld voor de dood van haar vriend te dragen, voor de zelfmoord van haar vader en de vele mislukkingen in haar leven.

Het gebeurt weleens. Het is de meeste van mijn collega's weleens overkomen. Het is een onvermijdelijk gevolg van het leraar zijn, van het leidinggeven aan ontvankelijke pubers. Natuurlijk overkomt het leraressen dagelijks; de rest overkomt het goddank maar heel af en toe. Maar jongens blijven jongens en soms raken ze gefixeerd op een personeelslid (man of vrouw) en soms noemen ze het zelfs liefde. Het is mij weleens overkomen, het is Kitty weleens overkomen en het is zelfs die ouwe Zuurpruim overkomen – hij heeft ooit een halfjaar geprobeerd onder de attenties van een jonge leerling uit te komen die Michael Smalls heette en die altijd een excuus vond om hem op te zoeken en zijn tijd in beslag te nemen, en die ten slotte, toen zijn onbewogen held niet aan zijn onmogelijke verwachtingen voldeed, hem bij iedere mogelijke gelegenheid tegenover meneer en mevrouw Smalls afkamde, zodat ze hun zoon uiteindelijk (na een rampzalige cijferlijst) van St. Oswald haalden en op een alternatieve school deden, waar hij, toen hij zijn draai gevonden had, prompt verliefd werd op de jonge lerares Spaans.

Nu zat ik blijkbaar in hetzelfde schuitje. Ik wil niet beweren dat ik een Freud of zo ben, maar het was zelfs mij duidelijk dat deze ongelukkige jongedame mij op de een of andere manier net zo gekozen had als de jonge Smalls Zuurpruim had gekozen en me eigenschappen toedichtte, en nu ook verantwoordelijkheden, die totaal niet in verhouding tot mijn echte rol stonden. Erger nog: ze had hetzelfde met Leon Mitchell gedaan, die, nu hij dood was, een status en een romantisch waas had verworven die geen enkele levende, hoe heilig ook, ooit zou kunnen hopen te verwerven. Eerlijk gezegd kon er van concurrentie geen sprake zijn. Wat voor overwinning valt er te behalen in een strijd met de doden?

Toch bleef die irritatie. Het was de verspilling die me dwarszat, die verduvelde verspilling. Juffrouw Dare was jong, intelligent, getalenteerd: ze had een vrolijk leven vol beloften vóór zich moeten hebben. In plaats daarvan had ze ervoor gekozen zich als een oude centurio te ketenen aan het wrak van St. Oswald, aan het vergulde boegbeeld van Leon Mitchell nota bene, een jongen die alleen opviel door zijn inherente middelmatigheid en het stomme verknoeien van zijn jonge leven.

Ik probeerde dit over te brengen, maar ze luisterde niet. 'Hij zou iemand geworden zijn,' zei ze koppig. 'Leon was bijzonder. Anders. Slim. Hij was een vrije geest. Hij speelde het spel niet volgens de geldende regels. De mensen zouden zich hem herinnerd hebben.'

'Zich hem herinnerd hebben? Misschien, ja. Ik heb in ieder geval nog nooit iemand gekend die zo'n spoor van vernieling achterliet. Arme Marlene. Ze wist de waarheid, maar hij was haar zoon en ze hield van hem, wat hij ook deed. En dan die leraar op zijn vroegere school. Dat was een leraar metaalbewerking, een getrouwde man, een sufferd. Leon heeft hem zelfzuchtig, impulsief geruïneerd toen zijn attenties hem gingen vervelen. Hebt u weleens aan de vrouw van die leraar gedacht? Zij gaf ook les en in het leraarsvak word je vanzelf medeschuldig. Twee carrières naar de knoppen. Eén man in de gevangenis. Een huwelijk op de klippen. En dat meisje, hoe heette ze ook alweer? Ze kan niet ouder dan veertien zijn geweest. Allemaal slachtoffers van de spelletjes van Leon Mitchell. En nu ik, Bishop, Grachvogel en Devine. En u, juffrouw Dare, wat brengt u op de gedachte dat u een uitzondering zou zijn?'

Ik hield op omdat ik adem tekortkwam en er viel een stilte. Een stilte die zo diep was dat ik me afvroeg of ze weg was gegaan. Toen zei ze iets, met een zacht, glasachtig stemmetje.

'Welk meisje?' zei ze.

4

Guy Fawkes
21.45 uur

HIJ HAD HAAR GEZIEN IN HET ZIEKENHUIS, WAAR IK NIET HEEN had gedurfd. O, ik had wel gewild, maar Leons moeder had de hele tijd naast zijn bed gezeten en het risico was onaanvaardbaar. Maar Francesca was gekomen, en de familie Tynan en Bishop. En Straitley, natuurlijk.

Hij herinnerde zich haar nog goed. Wie zou dat ook niet? Vijftien jaar en mooi op een manier die oude mannen onverklaarbaar hartverscheurend vinden. Ze was hem opgevallen, in de eerste plaats door haar haar en de manier waarop het in één zijdezachte massa voor haar gezicht viel. Ze was misschien verbaasd geweest, maar ook niet weinig opgewonden door het dramatische van de situatie, de levensechte tragedie waarin zij een rol vervulde. Ze had zwart gekozen, alsof het om een begrafenis ging, maar ze had het vooral gekozen omdat het bij haar paste, want Leon ging natuurlijk niet echt dood. Hij was toch zeker pas veertien! Als je veertien bent, is doodgaan iets wat alleen op de televisie gebeurt.

Straitley had niet met het meisje gesproken. In plaats daarvan was hij naar de cafetaria van het ziekenhuis gegaan om voor Marlene een kop thee te halen, terwijl ze zat te wachten tot het bezoek voor Leon wegging. Hij had Francesca gezien toen ze wegging – misschien nog steeds gefascineerd door dat haar dat als een dier op haar onderrug bewoog – en toen was het hem opgevallen dat de ronding van haar buik geprononceerder leek dan de gebruikelijke molligheid die je bij tieners ziet; met die lange, slanke benen en smalle schouders deed dat gewicht rond haar buik haar behoorlijk lijken op...

Ik ademde diep in en uit, de methode gebruikend die mijn analytica me geleerd had: vijf tellen in, tien tellen uit. De geur van rook en vochtige vegetatie was heel sterk: in de mist steeg mijn adem op als een rookpluim van drakenvuur.

Hij loog natuurlijk. Leon zou het me verteld hebben.

Ik zei dat hardop. De oude man lag heel stil op de bank en ontkende niets.

'Het is een leugen, oude man.'

Het kind zou nu veertien zijn, zo oud als Leon toen hij stierf. Jongen of meisje? Jongen, natuurlijk. Leons leeftijd, met Leons grijze ogen en Francesca's zonnehuid. Hij was niet echt, hield ik mezelf voor, maar toch kon ik dat beeld niet uit mijn hoofd krijgen. Die jongen, die denkbeeldige jongen, met iets van Leon in de jukbeenderen, iets van Francesca in de volle bovenlip... Ik vroeg me af of hij het geweten had. Kon hij het níet geweten hebben?

En als hij het nu eens geweten had? Francesca deed hem niets. Ze was gewoon een meisje, had hij tegen me gezegd. Om gewoon een wip mee te maken, niet de eerste, niet de beste. En toch had hij het voor me geheimgehouden, voor Pinchbeck, zijn beste vriend. Waarom? Was het schaamte? Angst? Ik had Leon boven die dingen verheven geacht. Leon, de vrije geest. En toch...

'Zeg dat het een leugen is, dan laat ik u leven.'

Straitley zei geen woord; er klonk alleen maar een geluid als van een oude hond die zich omdraait in zijn slaap. Ik vervloekte hem in gedachten. Ons spel was bijna voorbij en nu probeerde hij ineens een element van twijfel in te brengen. Het ergerde me, alsof wat ik St. Oswald aandeed niet alleen maar een kwestie van pure wraak om mijn geruïneerde leven was, maar iets smerigers, iets minder nobels. 'Ik meen het,' zei ik. 'Want anders is ons spelletje nu klaar.'

De pijn in mijn borst was nu afgenomen, maar daar was een diepe en langoureuze kou voor in de plaats gekomen. In de duisternis boven me kon ik juffrouw Dare snel horen ademen. Ik vroeg me af of ze nu plannen zat te maken om me te vermoorden, of dat ze gewoon de natuur haar gang wilde laten gaan. Hoe het ook uitpakte, ik kon me er niet druk om maken.

Desondanks vroeg ik me vaag af waarom het haar iets deed. Mijn evaluatie van Leon leek haar nauwelijks in haar vaart te hebben gestuit, maar mijn beschrijving van het zwangere meisje had haar volledig van haar stuk gebracht. Juffrouw Dare had het duidelijk niet geweten, dacht ik. Ik probeerde te bedenken wat dit voor mij kon betekenen.

'Het is een leugen,' herhaalde ze. De beheerste humor was uit haar stem verdwenen. Nu kraakte elk woord van de dodelijke statische elektriciteit. 'Leon zou het me verteld hebben.'

Ik schudde mijn hoofd. 'Nee, dat zou hij niet. Hij was bang. Doodsbang voor het effect op zijn studievooruitzichten. Hij ontkende eerst alles, maar zijn moeder kreeg uiteindelijk de waarheid uit hem. En wat mijzelf betreft: ik had het meisje nog nooit gezien. Ik had nog nooit van die andere familie gehoord. Maar ik was Leons klassenleraar. Men moest het mij vertellen. Natuurlijk was zowel hij als het meisje minderjarig. Maar de familie Mitchell en de familie Tynan waren altijd bevriend geweest, en met de steun van de ouders en de Kerk hadden ze het kunnen redden.'

'U verzint dit.' Haar stem klonk vlak. 'Leon zou zich daar totaal niet druk om hebben gemaakt. Hij zou gezegd hebben dat het banaal was.'

'Ja, dat vond hij een mooi woord, hè?' zei ik. 'Pretentieus stuk onbenul. Hij dacht altijd dat de gewone regels voor hem niet golden. Ja, het was banaal, en ja, het beangstigde hem. Hij was tenslotte nog maar veertien.'

Het was stil. Juffrouw Dare torende als een monoliet boven me uit. Eindelijk zei ze iets.

'Jongen of meisje?' vroeg ze.

Ze geloofde me dus. Ik haalde diep adem en de hand die mijn hart omknelde leek losser te worden, een beetje maar. 'Ik weet het niet. Ik heb geen contact meer met haar.' Ja, uiteraard raakte het contact verbroken. 'Er was destijds sprake van adoptie, maar Marlene heeft het me nooit verteld en ik heb het nooit gevraagd. En juist u zou moeten begrijpen waarom.'

Weer een stilte, zo mogelijk langer dan de vorige. Toen begon ze zacht en wanhopig te lachen.

Ik begreep waarom. Het was tragisch. Het was belachelijk. 'Er is soms moed voor nodig om de waarheid onder ogen te zien. Om onze helden, en onze schurken, te zien zoals ze werkelijk zijn. Om onszelf te zien zoals anderen ons zien. Ik vraag me af, juffrouw Dare, of u in al die tijd waarin u zegt onzichtbaar te zijn geweest uzelf weleens echt hebt gezien.'

'Wat bedoelt u?'

'U weet best wat ik bedoel.'

Ze had de waarheid gewild, en die gaf ik haar nu, terwijl ik me nog steeds afvroeg voor welk hardnekkig doel ik mezelf dit alles aandeed, en voor wie. Voor Marlene? Voor Bishop? Voor Knight? Of gewoon voor Roy Straitley, BA, die ooit een zekere Leon Mitchell had onderwezen zonder hem meer of minder te begunstigen of te veroordelen dan iedere andere jongen – althans, dat hoopte ik vurig, zelfs met het nadeel van al die wijsheid achteraf en de geringe, aanhoudende angst dat misschien een deel van mij had geweten dat de jongen zou kunnen vallen – het had geweten, maar het tot een factor in een duistere vergelijking had gemaakt, tot een halfuitgedachte poging de andere jongen tegen te houden, de jongen die hem geduwd had.

'Dat is het, hè?' zei ik zacht tegen haar. 'Dat is de waarheid. *U* hebt hem geduwd, maar u bedacht u en probeerde te helpen. Maar ik stond daar en u moest wegrennen...'

Want dát was wat ik meende te hebben gezien toen ik met mijn bijziende ogen vanuit mijn hoge positie in de klokkentoren had staan turen: twee jongens, van wie de ene naar me toe gekeerd was en de andere zijn rug afgewend had, en tussen ons in de gestalte van de schoolportier, wiens wankelende schaduw over het lange dak had bewogen.

Hij had iets naar hen geroepen en de jongens waren gevlucht; degene die met zijn rug naar me toe gekeerd was, sprong voor de andere uit, zodat hij bijna recht tegenover mij in de schaduw van de klokkentoren tot stilstand kwam. De andere was Leon. Ik herkende hem meteen, een korte glimp van zijn gezicht in het harde licht voordat hij zich bij zijn vriend aan de rand van de geul voegde.

Het had een gemakkelijke sprong moeten zijn. Ongeveer een meter, en dan zouden ze bij de hoofdborstwering zijn geweest, waardoor ze ongehinderd over het hoofddak van de school hadden kunnen rennen. Voor de jongens misschien een gemakkelijke sprong, maar ik zag aan de schuifelende gang van John Snyde wel dat hij bij lange na niet in staat was hen daarheen te volgen.

Ik had toen kunnen roepen, móéten roepen, maar ik moest weten wie de andere jongen was. Ik wist al dat hij niet een van mijn jongens was. Ik ken mijn jongens en zelfs in het donker wist ik zeker dat ik hem herkend zou hebben. Ze stonden samen te balanceren op de rand van de afgrond en een lange vinger van licht vanaf het vierkante binnenplein deed Leons haar rood en blauw oplichten. De andere jongen bevond zich nog steeds in de schaduw; zijn ene hand was uitgestrekt, alsof hij zijn gezicht wilde afschermen voor de naderende portier. Er leek een zachte, maar niettemin heftige discussie gaande te zijn.

Die duurde tien seconden, misschien minder. Ik kon niet verstaan wat ze zeiden, hoewel ik de woorden 'springen' en 'portier' opving en een flardje schril, onaangenaam gelach. Ik was nu boos, even boos als om de jongens die mijn tuin waren binnengedrongen en mijn schutting hadden beklad. Het ging me niet zozeer om de overtreding, zelfs niet om het feit dat ik er midden in de nacht heen had gemoeten (ik was in feite uit eigen beweging gekomen toen ik hoorde dat er iets aan de hand was). Nee, mijn woede zat dieper. Jongens misdragen zich, dat hoort bij het leven. In die drieëndertig jaar heb ik dat ruimschoots gedemonstreerd gezien. Maar dit was een van míjn jongens. Ik voelde me zo'n beetje als Meek zich gevoeld moet hebben op die dag in de klokkentoren. Niet dat ik het zou hebben laten merken, natuurlijk – leraar zijn betekent in principe dat je je woede verbergt wanneer je die echt voelt, en dat je hem veinst wanneer je hem niet echt voelt –, maar desondanks zou het me goed hebben gedaan als ik de uitdrukking op de gezichten van die twee jongens had gezien wanneer ik vanuit het donker hun naam had geroepen. Maar daarvoor moest ik hun béíder namen weten.

Ik kende Leon natuurlijk al. Ik wist dat hij in de ochtend zou zeggen wie zijn vriend was. Maar de ochtend was nog uren ver weg en op dat moment zou het voor de jongens even duidelijk zijn geweest als voor mij dat ik hen niet kon tegenhouden. Ik kon hun reactie op mijn boze geroep al horen: het gelach, het gejouw wanneer ze wegsprintten. Later zou ik hen er natuurlijk voor laten boeten. Maar de legende zou blijven bestaan en de school zou het niet vergeten. Dan heb ik het niet over hun straf van vier weken papier rapen of hun vijfdaagse schorsing, maar over het feit dat een jongen die oude Quasi op zijn eigen terrein had getart en er – al was het maar voor een paar uur – mee weg had kunnen komen.

Dus wachtte ik, turend om de gelaatstrekken van de tweede jongen te kunnen onderscheiden. Even ving ik een glimp op toen hij achteruitstapte om de sprong te kunnen maken: een plotselinge dot rood-blauw licht toonde me een jong gezicht dat vertrokken was door de een of andere harde emotie: de mond was neergetrokken, de tanden waren ontbloot, de ogen waren als spleten. Het maakte hem onherkenbaar en toch kende ik hem. Ik wist het zeker. Een jongen van St. Oswald. Nu maakte hij rennend de sprong. De portier naderde snel – zijn brede rug vulde gedeeltelijk mijn gezichtsveld daar waar het dak naar de geul afdaalde, en toen, in het plotselinge waas van beweging en de sluiterklik van licht, wist ik zeker dat ik Pinchbecks hand contact zag maken met Leons schouder – heel even maar – voordat ze samen in het donker naar de overkant gingen.

Tja, natuurlijk zag het er anders uit. In ieder geval waar ik stond, maar dat was toch vrij dichtbij. Ja, oude man, ik duwde Leon en toen je mijn naam riep, wist ik zeker dat je het me had zien doen.

Misschien wílde ik zelfs dat iemand het zag, dat iemand eindelijk mijn aanwezigheid zou erkennen. Maar ik was in de war, ontzet over wat ik had gedaan, opgetogen over mijn durf en brandend van schuldgevoelens, woede, doodsangst en liefde. Ik zou er alles voor over hebben gehad als het was gebeurd zoals ik je had verteld: Butch en Sundance op het dak van de kapel, het laatste bolwerk, de laatste samenzweerderige blik tussen vrienden toen we onze dappere sprong naar de vrijheid waagden. Maar zo ging het niet. Zo ging het helemáál niet.

'Je vader?' zei Leon.

'Spring!' zei ik. 'Toe dan, man, spring!'

Leon staarde me aan met een gezicht dat blauw oplichtte door de brandweerlampen. 'Dus dat is het,' zei hij. 'Je bent het kind van de portier.'

'Schiet op,' siste ik. 'Er is geen tijd.'

Maar Leon had eindelijk de waarheid gezien: de blik die ik zo haatte lag weer op zijn gezicht en zijn lippen krulden zich in wrede vrolijkheid. 'Het is bijna de moeite waard om hiervoor gepakt te worden,' fluisterde hij. 'Stel je eens voor hoe ze zullen kijken...'

'Hou op, Leon.'

'Want anders, mietje?' Hij begon te lachen. 'Wat ga je anders doen?'

Ik had een afschuwelijke smaak in mijn mond, een zure metaalsmaak, en ik besefte dat ik op mijn lip had gebeten. Het bloed liep als kwijl over mijn kin.

'Toe nou, Leon...'

Maar Leon lachte nog steeds op die hortende, gekunstelde manier van hem, en een verschrikkelijk ogenblik lang keek ik met zijn ogen: ik zag de dikke Peggy Johnsen en Jeffrey Stuarts en Harold Mann en Lucy Robbins en alle wanstaltigen en pechvogels uit de klas van meneer Bray en de Sunnybankers die geen toekomst hadden wanneer ze Abbey Road verlieten, en de buggykoppen en de sloeries en de schooiers en de proletariërs, en erger nog: ik zag mezelf, duidelijk en voor het eerst.

Op dat moment gaf ik hem een duw.

Ik herinner me dit gedeelte niet zo duidelijk. Soms maak ik mezelf wijs dat het een ongelukje was. Soms geloof ik dat bijna. Misschien verwachtte ik dat hij zou springen: Spiderman haalt tweemaal die afstand en ik had het zelf vaak genoeg gedaan om heel zeker te weten dat hij niet zou vallen. Maar Leon viel wel.

Mijn hand op zijn schouder.
Dat geluid.
O, God. Dat geluid.

5

Guy Fawkes
21.55 uur

NU HEBT U HET EINDELIJK ALLEMAAL GEHOORD. HET SPIJT ME DAT het hier en nu moest zijn. Ik verheugde me erg op kerst op St. Oswald, om nog maar te zwijgen over de inspectie. Maar ons spel is uitgespeeld. De koning is alleen. Al onze andere stukken hebben het speelbord verlaten en we kunnen elkaar voor de eerste en laatste keer recht in de ogen kijken.

Ik geloof dat u me mocht. Ik denk dat u me respecteerde. Nu kent u me. Dat is alles wat ik ooit echt van je heb gewild, oude man. Respect. *Regard.* Die eigenaardige zichtbaarheid die het automatische geboorterecht is van degenen die onder de juiste omstandigheden geboren zijn.

'Meneer? Menééér?'

Hij deed zijn ogen open. Mooi. Ik was al bang dat hij me ontglipt was. Het was misschien humaner geweest als ik er een eind aan had gemaakt, maar ik merkte dat ik dat niet kon. Hij had me gezien. Hij kende de waarheid. Als ik hem nu doodde, zou het niet als een overwinning voelen. Onbesliste strijd dus, *magister.* Daar kan ik mee leven.

Bovendien zat me nog één ding dwars, één vraag die nog beantwoord moest worden voordat ik het spel beëindigd verklaarde. Ik bedacht dat het antwoord me weleens niet zou kunnen bevallen, maar toch moest ik het weten.

'Vertel me eens, meneer: als u zag dat ik Leon een duw gaf, waarom hebt u dat toen dan niet gezegd? Waarom beschermde u me terwijl u wist wat ik gedaan had?'

Ik wist natuurlijk wat ik van hem wilde horen. Zwijgend keek ik hem nu aan – ik was zo laag ineengedoken dat ik zelfs de kleinste fluistering nog zou kunnen horen.

'Zeg iets tegen me, meneer. Waarom hebt u het niet verteld?'

Even was het stil, op zijn ademhaling na, die traag en ondiep in zijn keel ratelde. Ik vroeg me af of ik er te laat mee was, of hij van plan was uit louter boosaardigheid de laatste adem uit te blazen. Toen sprak hij en zijn stem was zwak, maar ik hoorde hem goed. Hij zei: 'St. Oswald.'

Ze had gezegd: geen leugens.

Dus gaf ik haar de waarheid. In ieder geval zoveel ik kon, hoewel ik naderhand niet goed wist in hoeverre ik die ook werkelijk had uitgesproken.

Daarom had ik het geheim al die jaren bewaard, had ik nooit aan de politie verteld wat ik op het dak had gezien, had ik de affaire mét John Snyde ten onder laten gaan. Je moet begrijpen dat de dood van Leon op het schoolterrein al vreselijk genoeg was. De zelfmoord van de portier maakte het nog erger. Maar een kind erbij betrekken, een kind beschuldigen, zou de hele afschuwelijke affaire eens en voor altijd in het domein van de roddelpers hebben gebracht. Dat verdiende St. Oswald niet. Mijn collega's, mijn jongens, zouden onoverzienbare schade hebben opgelopen.

En bovendien: wat had ik nu eigenlijk precies gezien? Een gezicht, in een fractie van een seconde waargenomen bij verraderlijk licht. Een hand op Leons schouder. De gestalte van de portier die mij het zicht benam. Het was niet voldoende.

En dus had ik de zaak laten rusten. Het was niet echt oneerlijk, hield ik mezelf voor – per slot van rekening vertrouwde ik mijn eigen getuigenis nauwelijks. Maar nu kwam de waarheid eindelijk boven water, keerde hij als een reusachtig gevaarte terug om mij en mijn vrienden, alles wat ik had willen beschermen, onder zijn gigantische wielen te verpletteren.

'St. Oswald.' Haar stem klonk peinzend, nauwelijks verstaanbaar, als vanuit een diepe grot.

Ik knikte, blij dat ze het begreep. Dat kon ook haast niet anders. Ze kende St. Oswald even goed als ik, kende de gewoonten en de duistere geheimen, de prettige dingen en de rariteiten. Het is moeilijk een instelling als St. Oswald uit te leggen. Net als lesgeven ben je ervoor in de wieg gelegd of niet. Wanneer ze er eenmaal in zijn gezogen, zijn maar al te veel mensen niet meer in staat weg te komen – in ieder geval niet totdat St. Oswald besluit hén uit te spuwen (met of zonder klein honorarium uit het fonds van het docentenkamercomité). Ik werk al zo lang op St. Oswald dat daarbuiten niets meer bestaat, dat ik geen vrienden buiten de docentenkamer heb, geen andere hoop heb dan die voor mijn jongens, geen leven buiten...

'St. Oswald,' herhaalde ze. 'Natuurlijk was het dat. Het is gek, meneer, maar ik dacht dat u het misschien voor mij had gedaan.'

'Voor u? Waarom?'

Er spatte iets op mijn hand, een druppel uit de bomen vlakbij, of iets anders, ik wist het niet. Ik voelde plotseling medelijden opwellen – dat zal wel niet erg toepasselijk geweest zijn, maar ik voelde het toch.

Had ze nu echt gedacht dat ik al die jaren had gezwegen omwille van de een of andere imaginaire verstandhouding tussen ons? Dat zou een aantal dingen kunnen verklaren: dat ze achter me aan had gelopen, dat ze een allesverterende behoefte aan goedkeuring had, dat ze steeds barokkere manieren had bedacht om mijn aandacht te trekken. O, ze was een monster, maar op dat moment had ik met haar te doen, en in het donker stak ik mijn onhandige oude hand naar haar uit.

Ze pakte hem. 'Dat stomme St. Oswald ook. Die stomme vampier.'

Ik wist wat ze bedoelde. Je kunt blijven geven, maar St. Oswald heeft altijd honger en verslindt alles: liefde, levens, loyaliteit, zonder dat zijn oneindige honger ooit gestild wordt.

'Hoe kunt u het verdragen, meneer? Wat heeft het u te bieden?'

Goede vraag, juffrouw Dare. Feit is dat ik geen keuze heb: ik ben als een moedervogel die zich tegenover een kuiken van monsterlijke afmetingen geplaatst ziet dat onverzadigbaar gulzig is. 'De waarheid is dat velen van ons, in ieder geval van de oude garde, voor St. Oswald zouden liegen of zelfs hun leven zouden geven als de plicht dat vereiste.' Ik voegde er niet aan toe dat ik het gevoel had dat ik dat op dat moment misschien ook werkelijk aan het doen was, maar dat kwam doordat ik een droge mond had.

Ze grinnikte onverwachts. 'Wat overdrijft u toch altijd heerlijk. Weet u, ik voel me enigszins geneigd uw wens te vervullen en u voor uw geliefde St. Oswald te laten sterven en te kijken hoe dankbaar ze u ervoor zullen zijn.'

'Dankbaar zullen ze me niet zijn,' zei ik, 'maar de belastingvoordelen zijn enorm.' Het was niet bijster spitsvondig bij wijze van laatste woorden, maar de omstandigheden in aanmerking genomen was het het leukst haalbare.

'Doe niet zo stom, meneer. U gaat niet dood.'

'Ik ben net vijfenzestig geworden en ik mag doen waar ik zin in heb.'

'Zo. En dan uw eeuw mislopen?'

'Het gaat om het spel,' citeerde ik fout. 'Niet om wie het speelt.'

'Dát hangt weer af van de vraag aan wiens kant je staat.'

Ik moest lachen. Het was een slimme meid, dacht ik, maar zie jij maar eens een vrouw te vinden die echt iets van cricket begrijpt. 'Ik moet nu slapen,' zei ik soezerig tegen haar. 'Wickets verzamelen en terug naar het paviljoen. *Scis quid dicant...*'

'Nog niet, meneer,' zei ze. 'U kunt nu niet gaan slapen...'

'Let maar eens op,' zei ik, en ik sloot mijn ogen.

Er viel een lange stilte. Ik hoorde hoe haar stem zich verwijderde, net als haar voetstappen, terwijl de kou me bekroop.

'Van harte gefeliciteerd, *magister*.'

Die laatste woorden klonken heel ver weg, heel definitief in het donker. De laatste sluier, bedacht ik somber – ik zou nu ieder moment de lichttunnel kunnen zien waar Penny Nation het altijd over had, met zijn hemelse cheerleaders om me aan te moedigen.

Eerlijk gezegd heb ik het altijd nogal akelig vinden klinken, maar nu merkte ik dat ik het licht – een tamelijk spookachtige, groenige gloed – ook werkelijk kon zien en dat ik de stemmen van vertrokken vrienden mijn naam kon horen fluisteren.

'Meneer Straitley?'
Wat gek, dacht ik. Ik had verwacht dat hemelse wezens me minder formeel zouden aanspreken. Maar ik kon het nu duidelijk horen en bij de groene gloed zag ik dat juffrouw Dare weg was en dat wat ik in het donker voor een gevallen tak had aangezien in feite een hoopje mens was dat op nog geen drie meter afstand op de grond lag.

'Meneer Straitley,' fluisterde het weer, met een stem die even roestig en even menselijk als de mijne klonk.

Nu zag ik een uitgestrekte hand, een stukje van een gezicht achter de met bont afgezette capuchon van een parka, dan een klein groenig lichtje, dat ik eindelijk herkende als het schermpje van een mobiele telefoon, dat zijn gezicht verlichtte. Het was ook een bekend gezicht, van iemand die gespannen was maar kalm, terwijl hij geduldig, de telefoon met klaarblijkelijk zeer pijnlijke inspanning vasthoudend, over het gras naar me toe kroop.

'Keane?' zei ik.

6

Paris, 5ième arrondissement
Vrijdag 12 november

IK HEB DE AMBULANCE GEBELD. OP DE AVOND VAN GUY FAWKES staat er altijd een bij het park voor het geval er ongelukken, gevechten of rampen plaatsvinden, en het enige wat ik hoefde te doen, was (voor het laatst met Knights mobiele telefoon) bellen en melden dat er een oude man in elkaar was gezakt, waarbij ik instructies achterliet die zowel precies genoeg zouden zijn om hem te vinden als vaag genoeg om mij de kans te geven goed weg te komen.

Het duurde niet lang. In de loop der jaren ben ik vrij goed geworden in snelle ontsnappingen. Ik was om tien uur terug in mijn huis, om kwart over tien was ik gepakt en gezakt. Ik liet de huurauto (sleutels in het contact) achter op Abbey Road. Ik was er tamelijk zeker van dat hij om halfelf al gestolen en in de fik gestoken zou zijn. Ik had mijn computer al schoongewist en de harddisk verwijderd, en nu ontdeed ik me van wat ervan over was langs het treinspoor toen ik op weg was naar het station. Inmiddels had ik nog slechts een kleine koffer met de kleren van juffrouw Dare als bagage; ik deed ze in een kledingcontainer voor een liefdadig doel, waar men ze zou wassen en naar de derde wereld zou sturen. Ten slotte gooide ik de paar documenten die nog bij mijn vroegere identiteit hoorden in een afvalcontainer en kocht ik een overnachting in een goedkoop motel en een enkeltje met de trein naar huis.

Ik moet zeggen: ik heb Parijs gemist. Vijftien jaar geleden had ik dat nooit voor mogelijk gehouden, maar nu ben ik erg op de stad gesteld. Ik ben verlost van mijn moeder (een heel trieste zaak:

twee mensen omgekomen bij een brand in een appartement) en ben dientengevolge de enige begunstigde van een aardig erfenisje. Ik heb mijn naam veranderd, net als mijn moeder ooit deed, en ik geef nu al twee jaar Engels aan een prettig voorstedelijk lycée. Ik heb onlangs kort onbetaald verlof genomen om de research te voltooien die naar mijn vaste overtuiging zal leiden tot mijn snelle promotie. Ik hoop het wel; in feite weet ik toevallig dat er binnenkort een schandaaltje aan het licht zal komen (naar aanleiding van het computergokprobleem dat mijn leidinggevende heeft), waardoor er een geschikte plek voor me zou kunnen vrijkomen. Het is natuurlijk niet St. Oswald, maar het volstaat. Althans, voorlopig.

Wat Straitley betreft: ik hoop dat hij nog leeft. Geen enkele andere leraar heeft mijn respect weten te verwerven, zeker niet het personeel van Sunnybank Park of dat van het saaie Parijse lycée dat daarna kwam. Verder heeft niemand – leraar, ouder, noch analytica – me ooit iets geleerd dat de moeite van het weten waard was. Misschien heb ik hem daarom laten leven. Of misschien deed ik het omdat ik mezelf wilde bewijzen dat ik eindelijk mijn oude *magister* heb overtroffen, hoewel in leven blijven in zijn geval dubbele verantwoordelijkheden oplevert, en wat zijn getuigenis voor St. Oswald zal betekenen is moeilijk te zeggen. Als hij zijn collega's uit het huidige schandaal wil redden, zie ik toch geen andere weg dan de Snyde-affaire oprakelen. Dat zal onaangename effecten hebben. Mijn naam zal vallen.

Ik ben op dat front echter gerust: mijn sporen zijn goed verborgen en in tegenstelling tot St. Oswald zal ik hieruit opnieuw ongezien en onbeschadigd tevoorschijn komen. De school heeft echter al eerder schandalen overleefd en hoewel deze nieuwe ontwikkeling het profiel van de school op zeer onaangename wijze zal verhogen, stel ik me zo voor dat hij het wel zal doorstaan. Gek genoeg hoop ik dat in zekere zin. Per slot van rekening hoort een aanzienlijk deel van mezelf daar thuis.

Zoals ik hier in mijn favoriete cafeetje zit (nee, ik vertel je níet waar het is), met mijn *demitasse* en mijn croissants voor me op het formica tafelblad, en terwijl de novemberwind boven de brede boulevard grinnikt en snikt, zou ik haast op vakantie kunnen zijn. Er hangt dezelfde sfeer van beloften in de lucht, van plannen maken. Ik zou moeten genieten. Ik heb nog twee maanden verlof en ik ga aan een nieuw opwindend projectje beginnen, maar wat het mooiste, het raarste is: ik ben vrij.

Maar ik sleep die wraakzucht van me nu al zo lang met me mee dat ik het gewicht, de zekerheid iets na te jagen te hebben, bijna mis. Voorlopig schijn ik even te zijn uitgeraasd. Het is een eigenaardig gevoel en het bederft het moment. Voor het eerst in vele jaren moet ik weer aan Leon denken. Ik weet dat het vreemd klinkt – is hij niet al die tijd bij me geweest? –, maar ik bedoel de echte Leon, en niet de figuur die tijd en afstand van hem hebben gemaakt. Hij zou nu bijna dertig zijn. Ik weet nog dat hij zei: 'Dertig. Da's oud. Jezus, maak me maar dood voordat ik zo oud ben.'

Ik heb het nooit gekund, maar nu zie ik Leon voor me op zijn dertigste: een getrouwde Leon, een Leon met een beginnend buikje, een Leon met een baan, een Leon met een kind. En nu kan ik toch wel zien hoe gewoon hij lijkt, overschaduwd door de tijd, teruggebracht tot een reeks oude kiekjes waarvan de kleuren verbleekt zijn en die een komisch beeld geven van modes die allang voorbij zijn – mijn God, liepen ze dáárin? –, en plotseling begin ik te huilen, wat belachelijk is. Niet om de Leon van mijn verbeelding, maar om mezelf, om dat mietje van toen, dat nu achtentwintig is en onstuitbaar en voor altijd afstevent op God mag weten wat voor nieuwe duisternis. Kan ik het verdragen? En zal ik ooit ophouden?

'Hé, la Reinette. Ça va pas?' Dat is André Joubert, de cafébaas, een man van in de zestig, zo dun als een zweep en donker van uiterlijk. Hij kent me – of denkt dat hij me kent – en er ligt bezorgdheid op zijn hoekige gezicht wanneer hij mijn gezicht ziet. Ik maak een wegwuifgebaar – 'Tout va bien' –, laat een paar munten op de tafel liggen en stap de boulevard op, waar mijn tranen in de stoffige wind zullen opdrogen. Misschien vermeld ik dit tijdens mijn volgende afspraak met mijn analytica. Maar ach, misschien sla ik de afspraak wel helemaal over.

Mijn analytica heet Zara, draagt grove gebreide kleding en gebruikt *l'Air du Temps*. Het enige wat ze van me weet is wat ik zoal heb verzonnen en ze geeft me homeopathische sepia- en jodiumtinctuur om mijn zenuwen te kalmeren. Ze is een en al medeleven voor mijn problematische jeugd en voor de tragedies die me op zo jonge leeftijd eerst van mijn vader en toen van mijn moeder, stiefvader en kleine zusje hebben beroofd. Ze maakt zich zorgen om mijn verlegenheid, mijn jongensachtigheid en om het feit dat ik nooit intiem ben geweest met een man. Ze geeft mijn vader – die ik voor haar in de vorm van Roy Straitley heb gegoten – de schuld en dringt er bij me op aan te streven naar afsluiting, catharsis en zelfbeschikking.

De gedachte komt bij me op dat ik dat misschien al bereikt heb.

Aan de andere kant van de boulevard is Parijs helder en scherpgerand, kaalgestript door de novemberwind. Het maakt me rusteloos; ik wil precies zien waar die wind heen waait, ik word nieuwsgierig naar de kleur van het licht vlak achter de horizon in de verte.

Mijn voorstedelijke lycée lijkt vergeleken bij St. Oswald banaal. Mijn projectje is al eerder gedaan en het vooruitzicht me ergens te vestigen, promotie te aanvaarden, in een hokje te passen, lijkt nu alles bij elkaar genomen te gemakkelijk. Na St. Oswald wil ik meer. Ik wil nog steeds durven, streven, overwinnen – zelfs Parijs lijkt nu te klein voor mijn ambitie.

Waarheen dan? Amerika is misschien leuk, dat land van de imageverandering, waar Brits zijn alleen al automatisch een hogere status geeft. Amerika, een land van zwart-witwaarden, van interessante tegenstrijdigheden. Ik heb het gevoel dat er voor een getalenteerde speler als ik heel wat in zou kunnen zitten. Ja, ik zou Amerika misschien best leuk vinden.

Of Italië, waar iedere kathedraal me aan St. Oswald doet denken en waar het stof en de vuiligheid van die fantastische oude steden in goudgeel licht baden. Of Portugal, Spanje – of verder nog, India en Japan, totdat ik op een dag ineens weer voor de hoofdingang van St. Oswald sta, als de slang met de staart in zijn bek, die met stil sluipende ambitie de aarde omgordt.

Nu ik erover nadenk: het lijkt onvermijdelijk. Niet dit jaar, misschien zelfs niet eens dit decennium, maar op een dag zal ik daar ineens staan kijken naar het cricketveld, de rugbyvelden, de binnenpleinen, bogen, schoorstenen en valhekken van St. Oswald, gymnasium voor jongens. Ik vind dat een wonderlijk troostgevende gedachte, als het beeld van een kaars op een vensterbank die alleen voor mij brandt – alsof het verstrijken van de tijd, in de afgelopen paar jaar steeds vaker in mijn gedachten, niet meer is dan wolken die over die lange, goudkleurige daken trekken. Niemand zal me kennen. Jaren van nieuwe persona's bedenken hebben me beschermende kleuren gegeven. Slechts één persoon zou me herkennen en ik ben van plan te wachten met er mijn gezicht, een gezicht, te laten zien tot ver na de pensionering van Roy Straitley. Ergens wel jammer. Ik had best een laatste spel gewild. Maar wanneer ik weer op St. Oswald kom, zal ik op de erelijst zeker zijn naam tussen die van de oude centurio's zoeken. Ik heb zo het gevoel dat die erop zal staan.

7

14 november

HET IS, GELOOF IK, ZONDAG, MAAR IK WEET HET NIET ZEKER. De zuster met het roze haar is er weer; ze ruimt de zaal op en ik meen me te herinneren dat Marlene er ook was, dat ze stil op de stoel naast mijn bed heeft zitten lezen. Maar vandaag is het echt de eerste dag dat de tijd normaal verloopt en dat de golven van bewusteloosheid die de afgelopen week mijn dagen en nachten hebben bepaald beginnen te wijken.

Juffrouw Dare schijnt spoorloos verdwenen te zijn. Haar huis is leeggeruimd, haar auto is uitgebrand teruggevonden, haar laatste salaris is nog steeds onaangeroerd. Marlene, die haar tijd verdeelt over de zaal en het schoolkantoor, zegt tegen me dat de diploma's en brieven die ze tijdens haar sollicitatie heeft overlegd vals zijn gebleken, en dat de 'echte' Dianne Dare, die vijf jaar geleden een graad in talen behaalde, al drie jaar bij een kleine uitgeverij in Londen werkt en zelfs nog nooit van St. Oswald heeft gehoord.

Vanzelfsprekend heeft men haar signalement doen uitgaan. Maar je kunt een uiterlijk veranderen, je kunt een nieuwe valse identiteit aannemen, en mijn vermoeden is dat juffrouw Dare, of juffrouw Snyde, als ze zo nog heet, ons nog weleens heel lang zou kunnen ontglippen.

Helaas heb ik de politie op dit punt niet zo goed kunnen helpen als ze hadden gewild. Ik weet alleen dat ze de ambulance belde en dat de broeders me ter plaatse de verzorging gaven die mijn leven redde. De volgende dag gaf een jonge vrouw die beweerde mijn dochter te zijn, een mooi pakje af bij de zaal; er zat een ouderwets, fraai gegraveerd zilveren horloge met ketting in.

Niemand schijnt zich het gezicht van de jonge vrouw te kunnen herinneren, hoewel ik echt geen dochter of ander familielid heb dat bij de beschrijving past. In ieder geval is de vrouw nooit teruggekomen; het horloge is een gewoon horloge, tamelijk oud en enigszins aangetast, maar ondanks zijn ouderdom loopt het heel goed en het heeft een wijzerplaat die, al is hij niet bepaald mooi, toch zeker karakter heeft.

Het is niet het enige geschenk dat ik deze week heb ontvangen. Ik heb nog nooit zoveel bloemen gezien: je zou denken dat ik al voor lijk lag. Toch bedoelen ze het goed. Er staat hier een stekelige cactus van mijn Brodie-jongens, met de schaamteloze opmerking: 'We denken aan u.' Een Kaaps viooltje van Kitty Teague, gele chrysanten van Pearman, een vlijtig liesje van Jimmy, een gemengd boeket van de docentenkamer, een jacobsladder van de schijnheilige Volkenbond, een graslelie van Monument (misschien ter vervanging van degene die Devine uit het kantoor van de klassieke talen heeft verwijderd) en van Devine zelf een grote wonderboom die naast mijn bed glanzend afkeurend staat te zijn, alsof hij zich afvraagt waarom ik nog niet dood ben.

Het scheelde niet veel, hebben ze me verteld.

Wat Keane betreft: de operatie duurde een paar uur en er was tweeënhalve liter donorbloed nodig. Hij kwam me onlangs opzoeken en hoewel hij van de verpleegster in zijn rolstoel moest blijven, zag hij er merkwaardig goed uit voor een man die ternauwernood aan de dood is ontsnapt. Hij heeft tijdens zijn verblijf in het ziekenhuis een dagboekje bijgehouden, met schetsjes van de verpleegsters en scherpe observatietjes over het leven op zaal. Er zit misschien een boek in, zegt hij. Nou, ik ben blij dat het hem niet gestuit heeft in zijn creativiteit, hoewel ik hem heb verteld dat er van leraren die schrijver worden nooit veel terechtkomt en dat hij, als hij een behoorlijke loopbaan wil, zich moet houden aan waar hij echt goed in is.

Pat Bishop heeft de hartafdeling verlaten. De verpleegster met het roze haar (die Rosie heet) verklaart bijzonder opgelucht te zijn. 'Drie Ozzy's tegelijk? Daar krijg ik grijze haren van,' kreunt ze, hoewel ik heb gemerkt dat haar houding tegenover mij heel wat milder is geworden (een neveneffect van Pats charme, vermoed ik) en dat ze nu meer tijd aan mij besteedt dan aan de andere patiënten.

Op grond van het nieuwe bewijs zijn de aanklachten tegen Pat ingetrokken, hoewel het nieuwe hoofd de officiële schorsing nog steeds niet heeft opgeheven. Mijn andere collega's staan er beter voor: geen van hen is officieel aangeklaagd en ze zullen na verloop van tijd dus waarschijnlijk allemaal terugkeren. Jimmy is opnieuw in dienst genomen, officieel totdat de school een vervanger heeft gevonden, maar ik vermoed dat hij niet meer weg te denken zal zijn. Jimmy denkt dat hij deze tweede kans aan mij te danken heeft, hoewel ik hem al een paar maal verteld heb dat ik er niets mee te maken heb. Een gesprekje met dr. Tidy, dat is alles. Verder moet je de schuld geven aan de komende schoolinspectie en aan het feit dat zonder onze niet zo snuggere, maar zeer capabele klusjesman heel wat kleine, maar noodzakelijke radertjes en wieltjes allang volledig vastgelopen zouden zijn.

Wat mijn andere collega's betreft: ik heb gehoord dat Isabelle voorgoed vertrokken is. Ook Light is weggegaan (kennelijk om een managementcursus te gaan volgen: het onderwijs is hem te zwaar gebleken). Pearman is terug, tot de heimelijke teleurstelling van Eric Scoones, die zichzelf de afdeling al zag runnen nu Pearman afwezig was, en Kitty Teague heeft gesolliciteerd naar de functie van jaarhoofd bij St. Henry, die ze ongetwijfeld zal krijgen. Wat verder weg runt Bob Strange op semi-permanente basis de tent – hoewel ik via via heb gehoord dat hij heel wat gebrek aan discipline van de jongens te verduren heeft gehad – en er gaan geruchten dat er een afvloeiingsregeling in de maak is (een genereuze som) om ervoor te zorgen dat Pat wegblijft.

Marlene vindt dat Pat moet vechten – de bond zou zijn zaak zeker steunen – maar een schandaal is een schandaal, hoe de afloop ook is, en er zullen altijd mensen zijn die de gebruikelijke clichés weer van stal halen. Arme Pat. Ik denk dat hij nog steeds ergens hoofd zou kunnen worden, of beter nog: hoofdexaminator, maar zijn hart ligt bij St. Oswald en dat hart is gebroken. Niet door het politieonderzoek – ze deden tenslotte gewoon hun werk –, maar door de honderden kleine vernederingen: de telefoontjes die niet beantwoord werden, de gegeneerde toevallige ontmoetingen, de vrienden die zich tegen hem keerden toen ze zagen uit welke hoek de wind waaide.

'Ik zou terug kunnen gaan,' zei hij tegen me toen hij zich voorbereidde op zijn vertrek. 'Maar het zou niet meer hetzelfde zijn.' Ik weet wat hij bedoelt. Wanneer de tovercirkel eenmaal doorbroken is, kan hij nooit meer helemaal hersteld worden. 'Bovendien,' vervolgde hij, 'zou ik dat St. Oswald niet willen aandoen.'

'Ik zie niet in waarom niet,' zei Marlene, die stond te wachten. 'Want waar was St. Oswald toen jíj hulp nodig had?'

Pat haalde alleen maar zijn schouders op. Je kunt het gewoon niet uitleggen, niet aan een vrouw: zelfs niet aan een heel bijzondere vrouw als Marlene. Ik hoop dat ze voor Pat zal zorgen, dacht ik; ik hoop dat ze zal begrijpen dat sommige dingen nooit helemaal te begrijpen zijn.

Knight?

Colin Knight blijft vermist en iedereen gaat er nu van uit dat hij dood is, behalve de ouders van de jongen. Meneer Knight is van plan de school gerechtelijk te vervolgen en heeft zich al in een aantal gespierde campagnes gestort die veel media-aandacht krijgen: hij wil dat er een 'Colin-wet' wordt aangenomen die een verplichte DNA-test, psychologische beoordeling en strikte politiecontrole eist voor iedereen die met kinderen gaat werken, naar hij zegt om ervoor te zorgen dat wat er met zijn jongen is gebeurd nooit meer kan gebeuren. Mevrouw Knight is afgevallen en heeft er juwelen bij gekregen: op de foto's in de kranten en in de dagelijkse televisiebulletins zie je een broze, gelakte vrouw wier nek en handen nauwelijks in staat lijken de vele kettingen, ringen en armbanden te torsen die als kerstversiering aan haar hangen. Ik betwijfel of het lichaam van haar zoon ooit gevonden zal worden. Vijvers en bassins hebben geen spoor opgeleverd, verzoeken aan het publiek hebben heel veel goedbedoelde respons, veel hoopgevende waarnemingen en veel goodwill opgeroepen – maar zonder resultaat. 'Er is nog steeds hoop,' zegt mevrouw Knight in het televisienieuws, maar de televisie blijft het verhaal alleen maar brengen om de fascinerende aanblik die mevrouw Knight biedt, die stijf in Chanel gepakt is en gewapend is met diamanten en zich maar blijft vastklampen aan de waan van de hoop terwijl ze stijf wordt en sterft, en niet omwille van de jongen. Het is beter dan *Big Brother*. Ik heb haar vroeger nooit gemogen – ik heb geen reden om haar nu te mogen –, maar ik heb wel medelijden met haar. Marlene had houvast aan haar baan en ook aan haar genegenheid voor Pat, maar het voornaamste was dat Marlene haar dochter, Charlotte, had, weliswaar geen substituut voor Leon, maar toch een kind, een hoop, een belofte. Mevrouw Knight heeft niets, niets dan een herinnering die naarmate de tijd verstrijkt steeds minder betrouwbaar wordt. Het verhaal over Colin Knight is in het doorvertellen al aangedikt. Net als al dat soort slachtoffers is hij achteraf een populaire jongen geworden, geliefd bij zijn leraren, gemist door zijn vrienden. Een uitstekende leerling die ver had kunnen komen. De foto in de krant toont hem op een verjaarsfeestje op de leeftijd van elf of misschien twaalf jaar; hij glimlacht overmoedig (ik heb Knight geloof ik nooit zien glimlachen), zijn haar is gewassen, zijn ogen staan helder, zijn huid is nog gaaf. Ik herken hem nauwelijks, en toch doet de realiteit van de jongen er niet meer toe; dít is de Knight die we ons allemaal zullen herinneren, dat tragische beeld van een jongetje dat verdween.

Ik vraag me af wat Marlene er allemaal van vindt. Per slot van rekening heeft ook zij een zoon verloren. Ik heb het haar vandaag terloops gevraagd, toen Pat zijn spullen aan het verzamelen was (planten, boeken, kaarten en een hele stoot ballonnen met 'Beterschap!' erop). En ik stelde haar ook een vraag die al zo lang niet gesteld is dat er nog een moord voor nodig was om hem eindelijk naar buiten te brengen.

'Marlene,' zei ik. 'Wat is er met het kind gebeurd?'

Ze stond bij het bed met haar leesbril op het etiket van een palm in een pot te ontcijferen. Ik bedoelde natuurlijk Leons kind – dat van Leon en Francesca – en ze moet het geweten hebben, want haar gezicht verstarde abrupt en werd zorgvuldig uitdrukkingsloos, iets wat me even aan mevrouw Knight deed denken.

'Deze plant staat droog,' zei ze. 'Hij moet water hebben. Echt, Roy, het lukt je ook nooit om ze allemaal goed te verzorgen.'

Ik keek haar aan. 'Marlene,' zei ik.

Het zou nu eenmaal haar kleinkind geweest zijn. Leons kind, de spruit die hoop bood, het levende bewijs dat hij geleefd had, dat het leven doorgaat, dat het weer lente wordt – allemaal clichés, ik weet het, maar dat zijn nu eenmaal de kleine raderen waarop de grote raderen draaien, en wat zouden we moeten als die er niet waren?

'Marlene,' herhaalde ik.

Haar ogen gingen naar Bishop, die een eindje verderop met Rosie stond te praten. Toen knikte ze langzaam. 'Ik wilde hem nemen,' zei ze ten slotte. 'Het was Leons zoon en ik wilde hem natuurlijk hebben. Maar ik was gescheiden en te oud voor adoptie; ik had een dochter die me nodig had en een baan die tijd kostte. Oma of niet, ze zouden hem nooit aan mij toewijzen. En ik wist ook dat ik hem, als ik hem zag, al was het maar één keer, nooit meer zou kunnen laten gaan.'

Ze hadden de baby ter adoptie aangeboden. Marlene had nooit geprobeerd erachter te komen waar het kind heen was gegaan. Hij kon overal zijn. Er worden geen namen, geen adressen uitgewisseld. Hij zou iedereen kunnen zijn. We hadden hem misschien zelfs zonder het te weten gezien tijdens een cricketmatch tussen twee scholen, in een trein of gewoon op straat. Hij zou dood kunnen zijn – dat komt voor – of hij zou hier kunnen zijn, op dit moment, een veertienjarige jongen onder duizend andere, een jong, vaag bekend gezicht, een haardos, een blik...

'Dat zal niet gemakkelijk geweest zijn.'

'Het is me gelukt,' zei ze.

'En nu?'

Een korte stilte. Pat was klaar om te gaan en kwam glimlachend op mijn bed af gelopen. Hij zag er ongewoon uit in zijn spijkerbroek en T-shirt (de meesters op St. Oswald dragen een pak).

'We redden ons wel,' zei Marlene en ze pakte Pats hand. Het was de eerste keer dat ik haar dat had zien doen en op dat moment begreep ik dat ik hen allebei nooit meer op St. Oswald zou zien.

'Veel geluk,' zei ik ten afscheid.

Even stonden ze hand in hand aan het voeteneind van mijn bed op me neer te kijken. 'Pas goed op jezelf, ouwe,' zei Pat. 'Ik zie je nog weleens. Tjezus, ik kan je achter al die rotbloemen nu al haast niet meer zien.'

8

Maandag 6 december

KENNELIJK BEN IK ONGEWENST. ALTHANS, DAT VERTELDE BOB STRAN-ge me toen ik vanmorgen op mijn werk verscheen. 'Jezusmina, Roy, de jongens krijgen er niets van als ze een paar lessen Latijn moeten missen!'
Nou, misschien niet, maar het kan me toevallig wel iets schelen wat voor cijfers mijn jongens halen, en toevallig kan de toekomst van de klassieke talen op school me ook iets schelen, en bovendien voel ik me al heel wat beter.
O, de dokter zei wat dokters meestal zeggen, maar ik herinner me Bevans toen hij nog een kleine, ronde jongen in mijn klas was en de gewoonte had tijdens de les voortdurend één schoen uit te trekken, en ik mag hangen als ik me door hem orders laat geven.
Ik kwam tot de ontdekking dat ze Meek de leiding over mijn klas hadden gegeven. Ik merkte het aan het lawaai dat door de vloer van de stiltekamer heen drong: een vreemd nostalgische opeenhoping van klanken, waarin de steeds terugkerende sopraan van Anderton-Pullitt en de diepe bas van Brasenose onmiddellijk te herkennen waren. Er dwarrelde ook gelach via het trapgat naar beneden, en even had het ieder moment kunnen zijn – ieder willekeurig moment – met dat gelach van de jongens en het protest van Meek en de geur van krijt en verbrande toast die uit de middengang opsteeg, en in de verte de herrie van klokken, deuren, voetstappen en dat eigenaardige glij- en sleepgeluid van schooltassen die over de geboende vloer worden gesleept, en de hakken van mijn collega's, tikkend op weg naar een kantoor of naar een vergadering, en de

stoffige goudgele lucht van de klokkentoren die dik glanst van de stofjes.

Ik haalde diep adem.

Ahhh.

Het is net of ik jaren weg ben geweest, maar ik voel de gebeurtenissen van de afgelopen weken al van me afvallen, als een droom die heel lang geleden iemand anders overkomen is. Hier op St. Oswald moet nog strijd geleverd worden, les worden gegeven, hier moeten de jongens nog wegwijs worden gemaakt in de subtiliteiten van Horatius en de gevaren van de ablativus absolutus. Sisyfusarbeid, maar wel arbeid die ik, zolang ik nog op mijn twee benen sta, van plan ben voort te zetten. Met een mok thee in de hand en de *Times* (geopend bij de kruiswoordpuzzel) keurig onder mijn arm gestopt en met een toga die stoffig over de glimmende vloer fladdert, ga ik resoluut op weg naar de klokkentoren.

'Ah, Straitley.' Dat moet Devine zijn. In die droge, afkeurende stem kun je je niet vergissen, en ook noemt hij me nooit bij mijn voornaam.

Daar stond hij, bij de trap, gestoken in grijs pak, geperste toga en blauwzijden das. 'Gesteven' is bij benadering niet het juiste woord voor dat stijve van hem; zijn gezicht is zo star als dat van een beeld. Natuurlijk staat hij na de Dare-affaire bij mij in het krijt en dat maakt het nog erger, neem ik aan.

Twee mannen, gestoken in pakken en schoenen die duidden op administratieve actie, stonden als schildwachten achter hem. Ah, natuurlijk. De inspecteurs. Ik was in alle opwinding vergeten dat ze vandaag zouden komen, hoewel ik een ongewone mate van gereserveerdheid en welvoeglijkheid bij de jongens had opgemerkt toen ze binnenkwamen.

'Ah, de inquisitie.' Ik salueerde vaag.

De oude Zuurpruim keek me dreigend aan. 'Dit is meneer Bramley,' zei hij, onderdanig gebarend naar een van de bezoekers, 'en dit is zijn collega, meneer Flawn. Ze zullen vanmorgen uw lessen volgen.'

'Juist, ja,' zei ik. Echt iets voor Devine om dat voor mijn eerste dag te regelen. Maar goed: een man die zich verlaagt tot de Gezondheiden Veiligheidsmanoeuvre is natuurlijk niets te laag, en bovendien

ben ik al te lang op St. Oswald om me te laten intimideren door een paar Pakken met een klembord. Ik schonk hun mijn allerhartelijkste glimlach en ging meteen in de tegenaanval. 'Ik ben net op weg naar het kantoor van klassieke talen,' zei ik. 'Het is toch zo belangrijk om een eigen ruimte te hebben, vindt u ook niet? Ach, let maar niet op hem,' zei ik tegen de inspecteur, toen Devine als een opwindbare gazelle de middengang in liep. 'Hij is een beetje prikkelbaar.'
Vijf minuten later waren we bij het kantoor. Een aardig vertrek, moet ik zeggen. Ik ben er altijd op gesteld geweest en nu die club van Devine het heeft laten schilderen, ziet het er nog vriendelijker uit. Mijn graslelies zijn weer uit de kast gehaald waarin Devine ze had opgeborgen en mijn boeken staan prettig gerangschikt op een aantal planken achter mijn bureau. Maar wat nog wel het mooiste is: het bordje met KANTOOR DUITS erop is vervangen door een keurig plaatje met de eenvoudige tekst: KLASSIEKE TALEN.

Ach, op sommige dagen win je en op andere verlies je. Het was dan ook met een bepaald overwinnaarsgevoel dat ik die ochtend lokaal 59 binnenstapte, zodat Meeks mond openzakte en er een plotselinge stilte in de klokkentoren viel.

Het duurde een paar seconden, en toen steeg er van de houten vloer een geluid op, een gegrom als van een raket die de lucht in gaat en toen gingen ze staan, allemaal; ze klapten, juichten, gilden en lachten. Pink en Niu, Allen-Jones en McNair, Sutcliff, Brasenose, Jackson, Anderton-Pullitt, Adamczyk, Tayler en Sykes. Al mijn jongens – nou ja, niet allemaal – en toen ze daar stonden te lachen en te klappen en mijn naam te roepen, zag ik Meek ook overeind komen en zijn gezicht opklaren in een welgemeende lach.
'Het is Quasi!'
'Hij leeft!'
'U bent weer terug, meneer!'
'Krijgen we dan nog steeds geen echte leraar dit trimester?'
Ik keek op mijn zakhorloge. Klapte het dicht. Op het deksel stond het schoolmotto:

Audere, agere, auferre
Durven, streven, overwinnen

Natuurlijk kan ik niet zeker weten of juffrouw Dare degene was die het me toestuurde, maar ik ben ervan overtuigd. Ik vraag me af waar ze nu is – en wie ze nu is. In ieder geval zegt mijn intuïtie me dat we misschien nog weleens iets van haar zullen horen. Die gedachte vind ik nu niet meer zo verontrustend. We hebben al eerder voor problemen gestaan en hebben die overwonnen. Oorlogen, sterfgevallen, schandalen. Jongens en personeelsleden komen en gaan, maar St. Oswald blijft altijd bestaan. Ons kleine stukje eeuwigheid.

Heeft ze het daarom gedaan? Ik zou het bijna geloven. Ze heeft in het hart van St. Oswald een stukje voor zichzelf uitgesneden, is in drie maanden tijd een legende geworden. En wat nu? Zal ze weer onzichtbaar worden? Een onbeduidend leven, een eenvoudige baan, misschien zelfs een gezin? Is dat wat monsters doen wanneer de helden oud worden?

Even liet ik het lawaai aanzwellen. De herrie was enorm: alsof niet dertig, maar driehonderd jongens zich in het kleine vertrek lieten gaan. De klokkentoren schudde, Meek keek bezorgd, zelfs de duiven op het balkon vlogen klapwiekend weg. Het was een moment dat me lang zal bijblijven. Het winterse zonlicht dat schuin door de ramen viel, de omgegooide stoelen, de gehavende banken, de schooltassen die overal op de verbleekte houten vloer lagen, de geur van krijt en stof, hout en leer, muizen en mensen. En van jongens natuurlijk. Jongens met volle haardossen, een wilde blik in de ogen en een grijns op het gezicht, met voorhoofden die glansden in de zon; uitbundige springers, onverlaten met inkt op hun vingers voetstampers en petgooiers en buikbrullers met loshangende overhemden en de subversieve sokken klaar voor de strijd.

Er zijn momenten waarop een staccato gefluister werkt. Op andere momenten echter, bij die zeldzame gelegenheden dat er een echte statement gemaakt moet worden, kun je weleens je toevlucht moeten nemen tot geschreeuw.

Ik deed mijn mond open, maar er kwam niets uit.

Niets. Nog geen piepje.

Buiten op de gang ging de bel voor de les, een gezoem ver weg, dat ik door het gebrul in de klas eerder voelde dan hoorde. Even wist ik zeker dat dit het einde was, dat ik zowel mijn *feeling* als mijn stem kwijt was, dat de jongens, in plaats van in de houding te gaan staan, gewoon op zouden staan en bij het horen van de bel weg zouden stampen en me net als die arme Meek zwak en protesterend als slachtoffer van hun anarchisme zouden achterlaten. Even geloofde ik het bijna, toen ik bij de deur stond met mijn theemok in mijn hand en de jongens als duveltjes uit doosjes springend van vreugde.

Toen zette ik twee stappen op mijn achterdek; ik legde beide handen op het bureaublad en beproefde mijn longen.

'Heren. Stilte!'

Net wat ik dacht.

Het klonk als een klok.

Dankwoord

Opnieuw ben ik zeer veel dank verschuldigd aan de vele mensen – agenten, redacteurs, proeflezers, marketingdeskundigen, zetters, boekverkopers en vertegenwoordigers – die zo hard hebben gewerkt om dit boek op de plank te krijgen. Een speciale vermelding op de erelijst is voor de aanvoerster van het hockeyteam Serafina Clarke; een eervolle vermelding gaat ook naar de aanvoerster van het netbalteam Brie Burkeman, naar Jennifer Luithlen voor de uitwedstrijden, naar Francesca Liversidge voor haar redactionele bijdrage aan het schooltijdschrift, en naar Louise Page voor het promoten van de school in de buitenwereld. Afdelingspunten worden toegekend aan schoolsecretaresse Anne Reeve en het hoofd van de IT-afdeling Mark Richards. De kunstmedaille gaat wederom naar Stuart Haygarth en de prijs voor Frans (zij het in een teleurstellend jaar) naar Patrick Janson-Smith. Er worden prefectinsignes uitgereikt aan Kevin en Anouchka Harris, en de knutselprijs gaat (voor het derde achtereenvolgende jaar) naar Christopher Fowler.

Ten slotte gaat mijn oprechte en innige dank uit naar mijn eigen Brodie-jongens (ik zei toch al dat jullie het nog ver zouden schoppen?), naar mijn voormalige klas 3H, naar de leden van de rollenspelclub en naar al mijn collega's van LGS, te talrijk om op te noemen. En diegenen onder jullie die misschien vrezen dat ze zichzelf op de bladzijden van dit boek zullen tegenkomen, zeg ik: wees gerust, jullie staan er níét in.

Een volledig overzicht van de evenementen van dit trimester is te vinden op de schoolwebsite: joanne-harris.co.uk.